VACAS

DAWN O'PORTER

VACAS

[NEM TODA MULHER QUER SER PRINCESA.]

Tradução de Marina Schnoor

Rio de Janeiro, 2017

Título original: The Cows
Copyright © Dawn O'Porter 2017

Direitos de edição da obra em língua portuguesa no Brasil adquiridos pela Harper Collins Brasil, um selo da Casa dos Livros Editora LTDA. Todos os direitos reservados. Nenhuma parte desta obra pode ser apropriada e estocada em sistema de banco de dados ou processo similar, em qualquer forma ou meio, seja eletrônico, de fotocópia, gravação etc., sem a permissão do detentor do copirraite.

Rua da Quitanda, 86, sala 218 – Centro – 20091-005
Rio de Janeiro – RJ
Tel.: (21) 3175-1030

CIP-BRASIL. CATALOGAÇÃO NA PUBLICAÇÃO
SINDICATO NACIONAL DOS EDITORES DE LIVROS, RJ

O69v O'Porter, Dawn
  Vacas / Dawn O'Porter ; tradução Marina Schnoor.
- 1. ed. - Rio de Janeiro : HarperCollins, 2017.
  352 p.

  Tradução de: The cows
  ISBN 978-85-950-8171-0

  1. Ficção escocesa. 2. Feminismo. I. Schnoor, Marina.
II. Título.

17-43519   CDD: 828.99113
         CDU: 821.111(411)-3

Para Chris e Art

Vaca: a fêmea adulta de uma raça domesticada de gado, usada como fonte de leite ou carne.

O nome "vaca" é dado oficialmente à novilha que tem um bezerro.

Se você quer um bom corte de carne, precisa de uma novilha, porque as vacas, depois de serem destruídas pela maternidade, não rendem um bom bife. Vacas são animais incrivelmente complexos; elas fazem amigos e até se apaixonam, também sentem medo, raiva e podem guardar rancor.

Vacas estão destinadas a um estado hormonal constante, grávidas ou produzindo leite. Toda novilha é um pedaço de carne, meramente uma fonte de produção em potencial. Mas, pelo visto, não oferecem muita coisa além disso...

Algumas pessoas dizem que isso se reflete em nossa sociedade e no modo com enxergamos as mulheres.

Ou não.

Existem vários tipos de mulheres, e todo esforço é necessário para que elas não sejam vistas apenas como novilhas ou vacas. Mulheres não precisam se encaixar em estereótipos.

Vacas não *precisam* seguir o rebanho.

1

Sexta, tarde da noite, abril

Tara

Vejo uma gota de suor brotar na testa dele e escorrer pelo rosto, como se estivesse derretendo. Ele está quase lá, dá para ver. Só mais alguns leves empurrões e o cara vai explodir e me dar tudo de que preciso. Ele funga e acerta o punho cerrado no nariz. Acho que era uma tentativa de enxugá-lo, mas acabou sendo um soco na própria cara. O suor escorre até o queixo, segue pelo pescoço até ser absorvido pelo colarinho branco. Então rapidamente se espalha formando uma mancha úmida, enquanto, em uma linha de montagem, outra gota surge e segue o mesmo caminho. Ele vai falhar a qualquer minuto, sei disso.

Estamos sozinhos no quartinho de um Holiday Inn saindo da M4 há mais de três horas. Pedi de propósito um que tivesse vista para a rua, assim poderia insistir para que as janelas ficassem fechadas por causa do barulho. Estamos vivendo o dia mais quente do ano e está fazendo um calor escaldante aqui, mas precisei desligar o ar-condicionado porque a câmera capta o barulho do aparelho. Ele não vai aguentar por muito mais tempo. Eu? Eu aguento qualquer coisa para conseguir a frase de efeito de que preciso.

Ele concordou em dar a entrevista porque seria apenas eu e minha câmera no quarto. Esse sórdido escroto parece ter esquecido que a função básica de um equipamento de gravação é capturar um momento que pode ser transmitido para milhões de pessoas.

Estou há meses trabalhando nesse documentário sobre assédio sexual no trabalho. Shane Bower é gerente da Colchões Bower e entrevistei várias funcionárias da equipe dele que me contaram sobre seu hábito da mão boba. Ontem abordei o cara na porta da casa dele às nove da manhã, enquanto ele saía para trabalhar. Contei sobre as acusações e perguntei o que tinha a dizer. Bower negou tudo, é claro, e entrou no carro. Joguei um cartão de visitas a tempo, porque meu instinto dizia que ele ia entrar em contato. E eu estava certa, porque duas horas depois meu celular tocou. Bower me perguntou sobre o que se tratava meu programa e o que eu queria. Respondi que estava fazendo um curta-metragem sobre assédio sexual para um canal digital novo e queria saber se as alegações contra ele eram verdade. Mais uma vez ele negou pelo celular, mas eu disse ter juntado evidências contra ele e que seria inteligente da parte dele tentar convencer os espectadores de sua inocência, porque o documentário iria ao ar com ou sem a contribuição dele. Ao ouvir isso, concordou em dar a entrevista. Mas a sós comigo. Em um quarto. Me certifiquei de que a câmera já estivesse gravando quando ele entrou.

— Não duvido que você esteja dizendo a verdade, Shane — digo, de trás da câmera.

Estou mentindo. Ele é tão culpado que dá pra sentir o cheiro da culpa.

— Só acho que o público vai ficar confuso com tantas funcionárias contando a mesma história. Você pedindo para elas pularem nos colchões da loja, e depois pedindo para pularem no seu...

— Ok, ok. Para de dizer isso, por favor — diz ele, cuspindo e engasgando por todos os orifícios, a mancha de suor no colarinho já chegando ao ombro. — Eu amo minha esposa — continua Bower, e vejo um medo genuíno em seus olhos.

Ele está atordoado, como uma aranha paralisada quando a luz acende no meio da noite. Mas, se deixarmos as luzes acesas por tempo suficiente, a aranha vai se mexer. Ela precisa.

A câmera continua ligada e ele não me pede para desligá-la. Sempre fico impressionada com o fato de que as pessoas resistem à verdade até esse ponto, mas depois explodem, quase como se fosse um alívio colocar tudo para fora. Ele poderia interromper nosso encontro nesse momento e ir embora sem me dar qualquer prova concreta, se safar dessa, mas culpados raramente fazem isso. Eu entrego a corda e eles sempre acabam se enforcando.

— Meus filhos são tudo pra mim — diz ele, uma quantidade tão grande de fluidos escorrem por seu rosto que eu gostaria de ter um babador à mão.

— Se você for sincero, talvez dê tudo certo — digo, sabendo que vou ter que cortar quase tudo que eu disse e editar o vídeo para parecer que ele chegou aqui sozinho.

Mas então ele me dá tudo de que preciso, a fala mais gloriosa que eu poderia imaginar.

— Essas vagabundas agem como se estivessem implorando por isso. Como é que o cara vai saber que elas não querem?

Aaaaah, que lindo!

Abaixo a câmera, mas deixo ligada caso ele me entregue mais alguma pepita de ouro televisiva, embora já não importe mais o que aconteça. Já tenho o que preciso. Uma confissão. Um desfecho para a cena. A partir daqui é caso de polícia. Vou continuar quando as autoridades aparecerem.

Acabei bem na hora do almoço. Caramba, eu sou boa nisso!

— Arrasei — digo, jogando os cartões de memória da câmera na mesa do meu chefe.

— O quê? Ele confessou? — pergunta Adam com seu jeito grosso, empolgado com o resultado, mas preocupado com a possibilidade de ter que me elogiar.

— Aham. A confissão perfeita. Peguei o cara, eu disse que ia conseguir.

— OK, Tara, já chega de agir como se você estivesse numa série policial. O cara era um alvo fácil.

— "Alvo fácil"? Fiquei horas trancada sozinha com ele num quarto abafado pra conseguir isso. Não teve nada de fácil.

Adam se levanta da mesa, e, levando os cartões de memória, entra no escritório principal, onde ergue a mão e diz:

— Pegamos o cara.

Há uma salva de palmas quando todo mundo percebe que o programa em que estamos trabalhando há meses vai ter um final bom.

Fico atrás de Adam, vendo o idiota levar o crédito, querendo juntar coragem para dizer: "Nós, UMA OVA. EU FIZ TUDO SOZINHA." Mas somos uma equipe, é claro.

— Ok. Tara, Andrew, Samuel, podemos fazer uma reunião rápida na salinha, por favor? — pergunta Adam, apontando para nós três o seguirmos até uma sala com paredes coloridas, pufes, revistas, uma TV e um grande tapete redondo.

O lugar foi pensado para motivar a criatividade e é para lá que a equipe de desenvolvimento vai quando quer fingir que está trabalhando. Todos se sentam e passam horas assistindo à TV, lendo livros e revistas e estudando o *MailOn-line* para ter ideias de programas. São três pessoas lideradas por Samuel, e nos últimos dois anos, só uma das ideias realmente chegou às telas. Não que isso importe, mas eu já emplaquei cinquenta.

Detesto essas reuniões porque tenho que lidar com três egos masculinos imensos que sabem que sou muito boa no que faço, mas são incapazes de admitir. São eles Andrew, o chefe de produção, Samuel, o chefe de desenvolvimento, e Adam, o chefe-chefe. Certamente é verdade quando dizem que a TV é uma indústria dominada por homens, mas isso é estranho porque há um monte de mulheres no ramo e muitas estão no alto escalão. O problema é que, se tratando de números de audiência, o consenso geral é que mulheres irão assistir programação focada em homens, mas homens não assistirão a nada muito feminino. Então tudo é mais masculino do que feminino para que o canal não perca o público do "futebol". Aqui, antes de qualquer programa ser feito, eles dizem que o que as mulheres querem assistir é menos importante do que aquilo que os homens querem assistir. Esse machismo é filtrado pela indústria e chega até os responsáveis por montar a programação, uma característica que pode ser vista em toda sua glória aqui na Great Big Productions.

Quando me sento no pufe de plástico colorido, minha calça de couro sintético faz um barulhão de peido. É claro que todo mundo sabe o que causou o barulho, mas consigo sentir a dúvida no ar, e até a esperança, de que eu tenha me humilhado ao soltar gases de verdade. Eles fazem uma pausa para sentir o cheiro, e ao confirmar que o ar está limpo, Adam começa a reunião.

— Ok, bem... ah, calma aí, precisamos de café — diz ele, chamando sua assistente, Bev. Eu sabia que ele ia fazer isso. Adam é do tipo que aproveita qualquer oportunidade para me mostrar que é o chefe, e essa jogada é clássica. — Pode trazer três cafés e água, por favor? — pede quando Bev entra na salinha. Ela está vestindo uma saia curta demais para um ambiente corporativo e uma camisa branca sob a qual se enxerga um sutiã cor-de-rosa. — Rapidinho — acrescenta, apressando a moça para continuar com seu plano, que é encarar a bunda dela e fazer grunhidos estranhos enquanto ela sai.

Depois ele faz um "uuuh" e diz, baixinho:

— Como um cara consegue trabalhar assim?

Mais algumas fungadas e, logicamente, Adam lança um olhar para mim, para ter certeza de que estou vendo tudo. Olho diretamente para ele, sem deixar dúvida de que notei suas falsas intenções sexuais.

Desde o dia em que, dois anos atrás, entrei na sala de Adam e o flagrei assistindo a um ménage entre homens, é desse jeito que ele tenta esconder de mim sua homossexualidade. Na ocasião, Adam entrara em pânico ao perceber que eu tinha visto a cena pelo reflexo na janela e disse que estava fazendo pesquisa para um programa que estava desenvolvendo.

— Sobre orgias gays à beira da piscina? — perguntei.

— Sim — respondeu ele, fechando o computador, mas sem se levantar.

Nunca mais tocamos no assunto e nem preciso dizer que nunca vi nem sinal de um programa sobre orgias gays.

Desde então, Adam usa qualquer oportunidade para me mostrar que curte mulher. Objetificar sua assistente, Bev, é a atitude clássica. Não sei por que ele não abre o jogo... o problema é que ele parece mais interessado em ser importante do que gay. Me sinto meio mal por ele; viver com esse nível de negação deve ser exaustivo.

— Vamos falar de trabalho? — sugiro, querendo seguir em frente.

Resumindo, somos uma produtora de televisão que percebeu que o futuro está na internet. Então estamos criando conteúdo digital e várias webséries para marcar nossa presença on-line porá continuarmos sendo relevantes quando a TV se tornar irrelevante. Fazemos principalmente programas sobre pessoas reais em situações reais, e me colocaram no comando porque já fiz programas incríveis com personagens de diversos escalões da sociedade – meu chefe acha que dariam excelentes web-episódios de quinze minutos. E ele tem razão, porque, apesar de ser grosso e chatíssimo, é bem esperto. Então posso dizer que esse é um trabalho importante para mim, que passei anos dando duro em produções longas e de baixo orçamento, e agora finalmente tenho a chance de fazer programas mais "ousados" — uma péssima palavra que eles usam na TV —, com menos controle sobre o conteúdo e mais liberdade para os palavrões. Estamos começando um documentário meu sobre assédio sexual. Vai ser incrível e meio que é meu trabalho dos sonhos. A parte ruim é que preciso passar bastante tempo com esses três.

— Só porque estamos trabalhando com conteúdo on-line, não significa que possamos relaxar com os orçamentos. A verba é menor. Vocês entendem isso, né? — diz Andrew, olhando para mim de um jeito condescendente, como se eu não conhecesse o conceito de economia. Ele não é muito competente e sabe disso. Abusa da grosseria para mascarar o medo de ser demitido.

— Não se preocupe, Andrew. Não vou torrar a verba com absorvente e sapatos. Acho que consigo me controlar.

Já eu, sou grossa para me defender.

— E os turnos vão ser cansativos. Pouca verba significa dias longos — continua ele, demonstrando sabedoria.

Ai, lá vamos nós! Nesse instante, tenho que explicar de novo minha situação, apesar de todo mundo estar cansado de saber.

— Tenho que sair às cinco para buscar Annie na creche — digo.

Tenho que tomar o cuidado de dizer "na creche" em vez de "na minha mãe". Eles realmente acham que estou pagando por isso.

Adam revira os olhos, Andrew bufa com irritação e Samuel descruza as pernas, enquanto pareço, como diz Andrew, "não estar comprometida" com o projeto. Eles sabem exatamente o que estão fazendo e sabem que vai ficar tudo bem.

— Não encontrei uma creche que funcione depois das 17h30 durante a semana — continuo. — Você sabe disso.

— Não pode pedir para sua mãe ficar com ela quando estivermos ocupados aqui? — diz Adam, abusando da sorte.

— Não, não posso — respondo em tom desafiador.

É claro que minha mãe poderia ficar com Annie, mas não é essa a questão. Quero passar um tempo com minha filha. Meu horário de saída é às cinco, foi esse o acordo que assinei quando comecei a trabalhar na Great Big Productions quatro anos atrás, e desde então Adam vem tentando tirar isso de mim.

— Tudo bem — diz ele, bufando e cruzando os braços como uma criança petulante.

Samuel também estala a língua e cruza as pernas para o outro lado. A ironia do tempo que eles estão perdendo com isso passa batida.

— Só que não é justo, né? Com o resto do pessoal? — diz Adam.

Sei que ele não considera um problema eu sair às 17h, porque isso nunca afetou meu rendimento. Ele só encontrou uma oportunidade para se reafirmar e resolveu aproveitá-la.

— Eu sou mãe solteira, Adam. Não venha me falar sobre o que é "justo". Trabalho em tempo integral e tudo o que peço é para sair às cinco horas para buscar minha filha na creche. Sempre chego aqui duas horas antes de todo mundo e, em três anos, nunca faltei por estar doente. Eu faço meu trabalho.

Ele espera alguns segundos para deixar a tensão me causar dor de cabeça, depois diz:

— Estar "no trabalho" foi o que te colocou nessa.

Pausa para risada de reprovação, gargalhada, fungada etc.

— Essa foi boa, hein? — digo, me recostando no pufe e fazendo outro barulho de peido. — Desculpa, comi muito no almoço.

E com isso eles esquecem o assunto.

Cam

www.HowItIs.com
Camilla Stacey

Tenho 1,85m de altura, loira não natural e, se não fico de olho nas minhas sobrancelhas, os pelos se encontram no meio da testa. Também quero dizer que tenho mãos e pés bizarramente grandes e membros excepcionalmente compridos. Já me disseram que pareço o filho do Primo It com o Mr. Tickle, mas, na realidade, eu sou atraente.

Pareço uma amazona, mas na realidade sou do norte de Londres mesmo. Meu pai é de Working e minha mãe é de Barnet. Só que eu sou comprida e tenho mãos grandes. Fazer o quê?

Nunca tive problemas com a minha aparência, apesar das imperfeições. Nunca tive vergonha em colocar um biquíni ou tirar a blusa na frente de um cara. Não me preocupo com o peso porque nunca engordo, independentemente do que coma. Uso tamanho 40 por mais que provavelmente seja 38, porque preciso de espaço para os braços e as pernas.

Meu rosto também é legal, eu gosto dele. Pareço um pouco com a Emma Stone só que com um nariz mais largo e a pele mais escura. Meus olhos são grandes e castanhos, meus cílios são compridos pra caramba e as bochechas são naturalmente rosadas. Meus dentes não são certinhos, só que nunca mais pensei em colocar aparelho desde que a Kate Moss transformou os dentes tortinhos algo glamoroso. Levei muito tempo para absorver minha aparência e isso não foi por vaidade, foi com base em dados científicos. Já me olhei nua no espelho várias vezes, porque este é meu corpo e acho que preciso conhecê-lo melhor do que ninguém. Já agachei em cima de um espelho para ver o que os caras veem, investiguei meu rosto com uma lente de aumento e contei minhas rugas. Eu me conheço muito bem, porque tirei um tempo para fazer isso. Aos 36 anos, estou feliz com quem eu sou.

Aposto que algumas pessoas vão ler isso e ficar putas comigo, porque tenho uma visão positiva da minha própria imagem. Afinal não deveríamos ser assim, certo? Nossa sociedade celebra a magreza, peitões e bunda definida. Ela quer que a gente fique e se sinta linda. Mas assim que alguém admite que gosta da própria aparência, a gente acha que a pessoa foi longe demais. Mas não fique puta comigo por dizer que gosto de mim mesma. Não estou dizendo que me acho perfeita, melhor do que alguém ou atraente para a humanidade inteira, só estou dizendo que imagem corporal não é algo que me deixa pra baixo. Tenho muitos problemas, mas minha aparência não é um deles.

Não posso ser a única que se sente assim. Então, vamos lá, o que você enxerga quando se olha no espelho?

Bj,

Cam

Stella

O que eu enxergo quando me olho no espelho?, penso comigo mesma enquanto como o último pedaço de um croissant com manteiga e termino de ler o blog da Camilla Stacey. Adoro a Cam. Eu e Alice sempre citávamos os melhores trechos uma para a outra. É como se Cam estivesse sempre pensando o que nós ainda não pensamos. *O que eu vejo no espelho, Cam?* Bem, minha descrição de mim mesma não seria tão positiva quanto a sua, com certeza. Não que eu não me ache atraente, não vejo problemas na minha aparência. A questão é que me olhar no espelho me deixa triste por lembrar do passado ou com medo ao pensar no futuro. Se eu visse apenas a minha aparência, provavelmente não odiaria tanto estar diante do meu próprio reflexo. Mas, em vez disso, vejo os fantasmas da minha mãe e da minha irmã olhando de volta.

Rolo pela linha do tempo da minha página no Facebook. Como esperado, está lotada de mensagens.

Pensei em você hoje bjs

Espero que você tenha dado um sorriso hoje. Sei que onde quer que Alice esteja, ela está tomando umas taças de champanhe bj

Não consigo imaginar como você está sentindo hoje. Sempre me lembro de vocês duas e das festas de arromba que davam no seu aniversário. Sinto muita saudade dela. Muito amor pra você abs

Ainda não parece verdade. Espero que hoje não seja um dia ruim. Vou usar meu laço rosa com orgulho <3

Deve ter umas 25 mensagens, dizendo tudo menos "Feliz aniversário". Não vi mais a maioria dessas pessoas desde o enterro de Alice, cinco anos atrás, mas, mesmo assim, todo ano elas escrevem mensagens vagas no meu perfil. Provavelmente nem se lembrariam de mim se não fosse pelo Facebook.

Há várias atualizações de status sobre Alice na minha linha do tempo, pessoas comentando sobre o relacionamento que tinham com ela, expondo a tristeza que sentem. Esperando por piedade e atenção ao escrever mensagens emocionantes sobre a falta que sentem dela.

É tudo muito transparente. Nunca menciono Alice aqui porque detesto posts carentes. Aqueles em que a pessoa escreve direta ou enigmaticamente sobre coisas tristes da vida, sempre na esperança de receber mensagens compreensivas de "amigos". Um desses posts é o de Melissa Tucker, uma garota que estudou na mesma escola que a gente e jogava netball com Alice:

Hoje é o aniversário de uma das melhores amigas que já tive. Ela era divertida, linda, gentil e generosa. Nunca conheci ninguém como ela. Descanse em paz, Alice Davis. O mundo é um lugar mais sombrio sem você.

"Nunca conheceu ninguém como ela?" Ela era minha gêmea *idêntica*. Não sei se Melissa é cruel ou só idiota, mas tenho que me controlar para não escrever uma resposta no post dela. Quem diz uma coisa dessas?

Vejo um ponto verde no canto esquerdo da tela: "Alice Davies – on--line". Imagino ela deitada na cama do nosso apartamento, postando besteira no Facebook, como costumava fazer.

Eu disse para todo mundo que tirei o perfil de Alice do ar quando ela morreu, mas não é verdade. Deixei de ser amiga de todo mundo e mudei a conta para privado. Sou a única "amiga" de Alice. Para todo mundo a página não existe mais, mas posso acessar sempre que quero, para ler todos os posts antigos. Como aquele em que ela dizia que não conseguiu fazer uma receita porque não tinha tomate-cereja no mercado. As coisas que mais gosto são os detalhes do cotidiano. Alice simplesmente vivendo a vida.

Toda manhã, quando chego no trabalho, acesso na conta pelo celular e depois, quando ligo o computador, o Facebook mostra que ela está on--line. O pontinho verde me faz sentir que ela está logo ali, sentada na sua cama, capaz de dizer "oi" a qualquer momento.

— Oi — diz Jason, saindo de seu escritório e me fazendo pular na cadeira. — Desculpa, não queria te assustar.

Fecho rapidamente o Facebook e abro o site da empresa, mesmo que pareça estranho estar sentada ali apenas olhando para a tela. Seja como for, Jason não tentaria ver. Ele não é esse tipo de chefe.

— Tenho que ir. Não vi a hora passar! — diz ele, de pé na minha frente com os braços cruzados.

Não é uma postura defensiva ou rude. É assim que as mãos dele ficam quando não estão segurando uma câmera.

— Não esquenta. Ela só quer saber como vão as coisas, certo? Não precisa mostrar nada para ela agora, né? — digo, tentando passar alguma segurança.

— Bem, eu devia ter apresentado um esboço na semana passada, então vou ter que explicar por que não fiz isso.

— Basta dizer que vai dar tudo certo e que vamos cumprir o prazo. Posso fazer uma sugestão? Acho melhor você ficar sem TV ou internet até terminar. Off-line.

— Nossa, que coisa horrível. Mas quem sabe... — diz ele, descruzando um dos braços para esfregar o rosto.

Parece perturbado, mas isso combina com ele. Jason é um cara austero, nunca parece ter tido uma boa noite de sono, mesmo quando diz que teve. Está sempre vestindo camisetas largas e calça jeans. É alto e magro, e tem tanta energia que sofre para ficar parado. O cérebro dele pula de um pensamento para outro, sem lhe dar tempo para se preocupar com o que disse, então às vezes fala fora de hora, mas sempre se safa por causa do brilho no olhar. Parte do seu charme está em ser muito aberto e fácil de lidar. Por isso Jason é tão bom no que faz. Bem, pelo menos na parte da fotografia. Ele tem demonstrado ser inútil em escrever livros.

— Achei um aplicativo que funciona tipo uma trava de segurança para o computador, aí a pessoa não consegue fazer nada até ter escrito determinado número de palavras. Quer testar? Também posso deletar os aplicativos de redes sociais e bloqueá-los no seu celular, que tal? — digo, achando que pode ser a única esperança.

Jason tira o notebook da bolsa e o coloca na minha frente.

— Manda ver. Preciso mesmo fazer alguma coisa dramática. Depois pode deixar o note na minha mesa. Venho trabalhar amanhã. Pode bloquear meu celular na segunda?

— Sem problemas.

Ele fica tempo demais parado ali, me olhando. Levanto a cabeça para ver o que ele quer.

— Você tem sorte, Stella. Sua vida não para quando você não consegue pensar em nada para dizer, escrever ou fotografar. Você vem trabalhar, depois volta para o seu namorado e para uma casa própria, e amanhã tudo estará igual, tudo perfeito. Que inveja.

Jason tem inveja da minha vida? Oi? Tenho que me conter para não me levantar e gritar com tanta força a ponto de fazê-lo cair para trás e bater com a cabeça na porta. Ele tem inveja da *minha* vida? Será que faz ideia de como realmente é? Não, ele não faz. Nunca contei nada a meu respeito. Nada sobre minha mãe, Alice, minha saúde. Ele sabe o básico: moro em Londres, no meu apartamento próprio, com meu namorado Phil. E isso é tudo que meu chefe precisa saber. Mas é estranho, penso, que a gente passe cinco dias por semana, oito horas por dia dentro do mesmo estúdio, conversando quase sempre... bem, geralmente é *ele* quem fala. Não sei se é possível tocar tão superficialmente a profundidade da vida real e termos uma relação tão boa, mas a verdade é que temos. Um relacionamento profissional de sucesso tem todas as qualidades de um relacionamento ruim. Se passar tanto tempo assim com um namorado fosse tão simples...

— Não sei se eu chamaria de perfeito — digo, minimizando a situação extremamente imperfeita que é a minha existência.

— Bem, parece boa para mim. Você tem um namorado, segurança. Vai se casar, ter filhos. Uma família de verdade. Provavelmente vou morrer sozinho no meu estúdio, nocauteado por um tripé ou alguma outra coisa patética do tipo.

Ele olha para o estúdio, os olhos ainda brilhando, apesar do rosto envelhecido e com rugas. Normalmente pulamos os detalhes da nossa vida pessoal, mas alguma coisa no fato de escrever esse livro está fazendo Jason repensar tudo ao seu redor, inclusive eu.

— Na verdade, *eu* tenho inveja de você — digo, encontrando uma vozinha no fundo da mente que necessita ser ouvida. — Você tem a chance de criar e as pessoas se empolgam com isso. Você tira fotos que mudam a maneira de pensar das pessoas. Olha só! — digo, apontando para as paredes, onde impressões em tamanho grande do trabalho dele me entretêm todos os dias. Os retratos são tão detalhados que é como se os pensamentos das pessoas fotografadas estivessem estampados no rosto. — Esses momentos estariam perdidos se não fosse pelo seu trabalho, se você não os capturasse. E agora você está escrevendo um livro, que é uma coisa que vai durar mais que a sua vida. Uma prova física de que você existiu. Talvez, daqui a cinquenta anos, alguém esteja sentado em um hotel, esperando no aeroporto ou observando a estante de livros da casa de um amigo, e veja a sua obra. Essas pessoa vai ver suas fotos, ler as palavras que você escreveu e imaginar quem foi o cara incrível que capturou essas histórias. E na contracapa vai estar seu nome. E a pessoa vai ler em voz alta "Jason Scott" e pensar em como você era inteligente, em como suas fotos a inspiraram e a ajudaram a enfrentar aquele tempo. Depois essa pessoa vai fechar o livro e outra pessoa vai aparecer e gostar muito dele também. Esse é o seu legado. O trabalho incrível que você produziu. Você é quem tem sorte, Jason.

Há uma longa pausa enquanto Jason me lança um olhar penetrante. Ele é tão sexy que às vezes preciso imaginá-lo na privada para tirar isso da minha cabeça.

— Parece que você treinou esse discurso por semanas — diz ele, porque nunca ouviu uma coisa tão profunda sair da minha boca.

Em geral sou uma pessoa muito prática, acho. É o que Jason exige de mim. Ele é um artista desorganizado que precisa de estrutura, e eu gosto de organizar as coisas das outras pessoas porque me distrai do caos que é a minha própria cabeça.

— Só acho que você deveria ter orgulho do que conquistou, mesmo que o trabalho seja árduo às vezes — continuo, abrindo o notebook dele como se para encerrar a conversa.

— Você tem razão — concorda Jason enquanto me observa procurar o programa que bloqueia a internet e começar a baixá-lo. — Você é boa com palavras. Talvez *você* devesse escrever meu livro! — diz ele de brincadeira, dando uma piscadela. Mas a brincadeira tem um fundo de verdade. — Vai fazer alguma coisa hoje à noite?

— Na verdade, hoje é meu aniversário. Então vou jantar com Phil e alguns amigos — digo, tão pouco empolgada com os planos quanto demonstro estar.

— Caramba, Stella, você deveria ter avisado, eu teria comprado alguma coisa. Aonde vocês vão?

— Ah, nenhum lugar especial. Um restaurante de tapas legal na Bermondsey, o Pizzaro. Bem tranquilo.

— É uma data importante? Seus sessenta e alguma coisa? — sugere ele, se achando muito engraçado.

— Ei, cuidado aí. Não, só meros 29 mesmo. Nada de especial.

— Ok, divirta-se. Beba todas e faça alguma loucura. Vejo você na segunda.

— Até segunda — repito, vendo Jason sair.

Quando a porta se fecha, deixo o computador dele de lado e volto para o meu. Fico encarando o pontinho verde por algum tempo, querendo que ele me mostre que Alice ainda está ali. Mas claro que não vai acontecer. Clico na página dela e escrevo: `Feliz Aniversário, mana. Saudades bjs`

Depois pego minhas coisas e vou embora.

Tara

Raramente consigo buscar Annie na escola, então nas sextas, quando ela tem aula de dança e sai às 16h, sempre estou lá. Isso significa sair do trabalho ainda mais cedo, mas sorrio e suporto os olhares de reprovação dos colegas, porque não existe concurso de culpa materna que eu não ganhe. Ser mãe solteira e trabalhar geralmente significa que alguém em algum lugar não está feliz comigo. Seja uma pessoa do trabalho ou a minha própria filha, costumo ter que me desculpar com alguém por não dedicar o suficiente do meu tempo. Esse sentimento de não ser suficiente para ninguém me preocupa muito. Será que eu ganharia mais e seria melhor no meu trabalho se não saísse às 17h? Minha filha seria mais feliz se eu sempre saísse às 16h? Vai saber qual seria a resposta... eu não faço ideia, mas não consigo deixar de pensar que as outras mães no portão da escola me acham péssima.

Tenho certeza de que todas me julgam pela minha situação, então não faço qualquer esforço para me aproximar delas. Isso significa que elas também se esforçam pouco para se aproximar de mim. Ficam lá, conversando como se fossem velhas amigas, e eu respondo e-mails no meu celular, só levantando a cabeça para dizer "oi" enquanto espero Annie. Tenho certeza de que elas me acham metida e grossa. Acho que *realmente* sou grossa: minha falta de interesse é deliberada, mas se elas se esforçassem mais, eu também me esforçaria. Será que essas mulheres não pensam: "Ei, ela está sozinha. Criando uma filha sem ajuda. Vamos lá enturmá-la?" Mas não, elas não pensam. Só ficam lá rindo e imersas em suas conversas, casualmente julgando a mim porque Annie não tem pai e minha mãe cuida dela na maior parte do tempo. Minha mãe diz que sou paranoica e que as outras mulheres conversam sempre com ela, o que só deixa óbvio que elas têm, de fato, algum problema comigo. Bem, quem são elas pra julgar? Ser mãe e dona de casa é muito melhor do que trabalhar a quantidade de horas que eu trabalho? Essas mulheres são mais felizes do que eu? Quem sabe e quem se importa? Nunca consegui me dar bem com outra mulher só porque ela também tem filhos. Essas aulas para mães e bebês, onde devíamos ser sinceras e compartilhar nossos sentimentos, dar conselhos, aceitar ajuda... Nossa, como eu detestava. Eu me sentia um farol de controvérsias brilhando em uma sala cheia de gente que se considerava normal. Desisti semanas depois de começar. Eu só precisava da Annie e da minha mãe. Quando se vive sozinha, a gente logo aprende a confiar no mínimo de pessoas possível. Meu vilarejo era pequeno, mas indestrutível. Eu era muito feliz no conforto das minhas decisões.

Cinco anos depois, aqui no portão da escola, ainda não consigo me encaixar nesse mundo. É difícil puxar assunto quando você passou o dia tirando informações de um maníaco sexual e elas provavelmente passaram o dia congelando porções individuais de lasanha. Acho difícil conversar sobre criação de filhos com pessoas que não fazem nada além de criarem seus filhos. Essas mulheres são de uma raça diferente. *Ande, Annie, saia logo daí!*

— Tara! — grita uma voz amigável que me pega desprevenida.

Ao me virar, percebo que é Vicky Thomson. A filha dela, Hannah, é da turma de Annie. Vicky é uma dona de casa entediada e desesperada para voltar a trabalhar. Ela acha que pode arranjar um emprego na TV, apesar de ter zero experiência na área. Vive dando ideias de roteiros, como se eu fosse o Simon Cowell e pudesse mudar a vida dela. O mais irritante é que algumas das ideias são realmente boas.

— Eu estava mesmo querendo te encontrar — diz ela, correndo até mim. — Estou trabalhando naquela ideia que te contei — continua, presumindo que me lembro do que se trata. — Achei que talvez você pudesse levar isso adiante, tentando juntar casais gays no final, o que acha?

— Ok, desculpa. Do que você está falando mesmo? — pergunto, sendo um pouco grossa.

Vicky é uma daquelas pessoas que não deixam a gente em paz quando recebem muito feedback. Ela não deixa o papo morrer.

— Minha ideia, "Take My Gay Away". O roteiro para um programa sobre gays que não são aceitos pelos pais, que por sua vez os mandam para um acampamento nos Estados Unidos para serem "curados". Você disse que tinha gostado, então andei trabalhando mais nisso. Talvez a gente pudesse sugerir para a sua produtora... depois de três filhos em seis anos eu estou mais do que pronta para voltar ao trabalho, caramba. Preciso fazer alguma coisa agora que eles estão na escola, sabe?

— É uma ótima ideia — digo, educadamente.

— Então, o que você acha? Podemos apresentar para sua produtora? — insiste ela.

— Acho interessante, mas temos uma coisa bem parecida em desenvolvimento, então não sei se vai funcionar agora — digo, dando a resposta padrão para quando as pessoas dão boas sugestões. Isso me dá cobertura, caso eu acabe roubando a ideia.

— Ah, ok. Bom, e aquela sobre mulheres que querem ter pênis, mas não querem que a sociedade as veja como homens? — diz ela, se pendurando em mim como um cachorro sentindo cheiro de biscoito no meu bolso.

— Espera aí, isso existe? — pergunto, porque o tubarão da TV que existe dentro de mim precisa saber mais.

— Ahã, descobri na internet.

— Meu Deus, o que você estava pesquisando?

— Garotas com pau — responde, como se fosse normal.

— Por quê?

— Sei lá, acho que eu queria saber como é ser uma mulher que tem pau.

— Você quer ter pau?

— Não.

— Maneiro.

Os portões da escola se abrem e as crianças jorram para fora como um vazamento de petróleo, lentamente alcançando os pais. Annie é uma das últimas, mais devagar que o normal. Percebo ela está triste.

— Annie, o que aconteceu? — pergunto, me ajoelhando e aproximando o rosto do dela. — Está se sentindo mal?

Ela balança a cabeça devagar, e olha pra baixo.

— Aconteceu alguma coisa na escola? Alguém fez alguma maldade com você?

— Não, mas a Trudy vai dar uma festa no sábado e disse que eu não posso ir porque a mãe dela falou que não tem espaço pra mim.

— Por que ela diria isso? — pergunto, nem um pouco surpresa.

A mãe da Trudy é uma vaca. A mulher me repreendeu porque cheguei atrasada na peça de Natal no ano passado. Chegou a estalar a língua. Sendo que tive que sair uma tomada antes de acabar o expediente para chegar a tempo. Adam me disse muitas merdas por causa disso, mas saí mesmo assim, para não decepcionar Annie. Ainda assim, ouvi aquele "tsc tsc" quando abri a porta enquanto a Virgem Maria (Trudy) procurava um quarto para passar a noite. Não foi como se eu tivesse entrado no meio de uma apresentação de *Macbeth* no Teatro

VACAS   25

Nacional, né? Fiquei atrás e acenei para Annie, que estava no palco interpretando o melhor burrico que já vi. Ela acenou de volta para mim e uma das suas orelhas caiu. A mãe de Trudy fez "tsc tsc" de novo. Na época não me importei; sabia que Annie tinha ganhado a noite por eu estar ali, chegando tarde ou não.

— OK — digo, esfregando os braços dela. — Vamos dar um jeito nisso, tá?

Segurei a mão de Annie e marchei até Trudy e sua mãe, que estava dando os detalhes da festa de sábado para outra pessoa.

— O tema é Disney — dizia ela. — E traga seu marido, quanto mais gente melhor.

Ao terminar a frase, ela que estou me aproximando e tosse, como se isso pudesse apagar as palavras que acabou de dizer.

— Oi — digo, sem medo.

— Oi. Vem, Trudy, hora de ir.

Ela segura a mão da filha e começa a arrastá-la para longe.

— Espera aí — continuo, com mais vigor. Ela para e sua expressão tensa sugere que não quer que eu faça uma cena. — Annie ficou sabendo que não tem espaço para ela na festa, mas suponho que tenha sido um mal-entendido, já que ela é uma amiga tão especial, não é mesmo?

— Hum, bem — diz a mãe de Trudy, olhando em volta, na esperança de que alguém a salve. — A casa não é tão grande para acomodar todo mundo. As crianças, os pais...

Busco o nome dela no fundo da memória... Verity, talvez?

— Achei que o motivo tinha sido você achar que ela estaria ocupada — digo, com convicção. Não vou deixar que ela faça isso com Annie, é muito cruel. — Trudy, você gostaria que Annie fosse à sua festa? — pergunto, pegando pesado.

— Eba! — grita Trudy, com uma expressão de alegria genuína.

Annie também se anima. Lanço um olhar convincente para a mãe de Trudy, deixando-a sem escolha a não ser ceder. Ela se inclina na minha direção, enquanto Trudy e Annie tentam ouvir o que ela diz.

— Acho que você precisa saber que Annie tem dito coisas inapropriadas para Trudy. Não sei o que acontece na sua casa, mas não gosto quando minha filha chega em casa perguntando o que é um pervertido, porque a amiga disse que a mãe dela conhece um.

Um nó se forma na minha garganta. *Annie está sendo excluída do grupinho por minha causa?* Vou ter que engolir essa bela culpa materna.

— Olha, obviamente ela me ouviu falando ao telefone sobre um programa que estou fazendo sobre assédio sexual. Posso garantir que não existe nada estranho acontecendo na nossa casa. Não tem nenhum pervertido. Na verdade, posso até te dizer a última vez que um homem apareceu por lá. Então, pronto. Agora que você sabe sobre meu trabalho *e* minha vida sexual, Annie pode ir à festa ou não, Verity?

Meu trabalho me treinou a sempre pedir o que quero. Não se consegue muito com entrevistados quando não se não faz perguntas.

A expressão de Verity é tensa, como se dissesse "pelo amor de Deus", enquanto tapa as orelhas da filha para o caso de eu dizer mais alguma coisa que ela considere ofensiva. Depois bufa de forma exagerada. Annie, Trudy e eu estamos olhando para ela, esperando uma resposta.

— Vamos lá, Verity — digo. — Vou falar com Annie a respeito do que ela ouviu e vou tomar mais cuidado com minhas ligações de trabalho. Por favor, não tire isso dela.

— Ai, tá bem — diz ela. — O tema é Disney. Das 13h às 15h. — Ela agarra a mão de Trudy e a arrasta para longe. — E meu nome é Amanda, não Verity.

Uau, passei longe.

— Pronto — digo, me ajoelhando diante de Annie. — Está tudo bem, ela só não sabia que você queria muito ir. Feliz agora?

— Aham. Preciso de uma fantasia — diz Annie com doçura, e um pedacinho de mim morre enquanto percebo que agora vou precisar arranjar algo para ela usar. — Posso ir de princesa?

Eu me levanto e seguro a mão dela enquanto vamos para o carro.

— O que eu disse sobre meninas serem princesas? Lembra?

— Você disse que não precisamos ser princesas.

— Isso mesmo. Todas as meninas irão à festa de princesa, então acho que a gente deveria tentar algo diferente, certo?

— Aham!

— Minha garota!

— Mamãe — diz ela, enquanto coloco o cinto de segurança ao redor de seu torso —, o que é vida sexual?

Ok, preciso mesmo prestar mais atenção no que falo.

Cam

— Ok, filha, todas as prateleiras estão instaladas — diz o pai ao sair do quarto dela. Ela está sentada perto da janela do seu novo apartamento maravilhoso, imaginando onde colocar a *chaise longue* que comprou no eBay que acabou de ser entregue. — Precisa de mais alguma coisa antes que eu vá?

— Não, pai, obrigada. Era só isso mesmo. — Ela olha para o pai com carinho. — Não importa o quão velha eu esteja, sempre vou precisar que meu pai coloque as prateleiras para mim, né?

— Espero que sim. E, caso contrário, finja que ainda precisa, ok? — diz ele, se aproximando para abraçá-la.

Os dois sabem que Cam é tão boa quanto ele em fazer as coisas sozinha. Ela pede ajuda para fazer com que o pai se sinta bem.

— Estou muito orgulhoso de você, Camilla. Trabalhei a vida inteira e acho que não conquistei tanto quanto você.

— Você sustentou quatro filhas, pai. É uma conquista e tanto.

— É, minha vida girou em torno de vocês, com certeza.

Cam olha para o pai com ar de compreensão. Ela sempre foi muito próxima dele, bem mais que as irmãs. Antes de Tanya nascer, a mais velha das quatro, ele promovia shows de comédia pelo país inteiro. Não era um trabalho estável, e envolvia turnos que iam até tarde da noite. Como isso que não combinava muito com a rotina de um bebê, ele desistiu. Sem qualificação para outros trabalhos, o pai de Cam arranjou emprego na escola local como inspetor, onde ficou até se aposentar, quatro anos atrás. A verdade, no entanto, é que ele nunca gostou do trabalho porque não envolvia criatividade, o que era difícil e cansativo para ele. Se manteve firme, no entanto, porque sempre foi um bom pai e esse é o tipo de sacrifício que as pessoas fazem quando têm filhos.

— Sempre te falei que sucesso é ser feliz, não é? — diz ele. — As pessoas dão ênfase demais ao dinheiro. Nunca fui rico, mas vocês eram saudáveis e felizes, então, independentemente do que eu tivesse feito durante o dia, voltar para casa e ver vocês me fazia sentir o homem mais rico do mundo.

— É, você sempre disse isso — concorda Cam. Ela sabe que não é totalmente verdade. Se dependesse exclusivamente de sua vontade, ele teria continuado promovendo eventos. Mas a mãe de Cam queria estabilidade e o pai era bom demais para discordar. — Mas eu amo pra cacete ser rica — diz ela, cutucando as costelas dele com delicadeza.

Os dois riem.

— Não deixe sua mãe ouvir você falando assim — diz ele.

É claro que ela nunca faria isso. Cam e o pai sempre compartilharam o mesmo senso de humor e uma compreensão mútua. Ele é a única pessoa da família que não questiona as escolhas dela, e Cam é muito grata por isso.

— Você sempre foi diferente das outras, Camilla. Você escolheu um caminho e seguiu, nunca tentou ser o que as pessoas esperavam. Tenho orgulho de você, filha.

— Caramba, pai! Para com isso. Acabei de me mudar e proíbo lágrimas neste apartamento, até as de felicidade, ok? — Eles se abraçam de novo. Antes de soltar, ela sussurra no ouvido dele: — Obrigada.

— Não tem nada que agradecer. Você fez tudo sozinha.

— Fiz mesmo. Mas só porque você sempre me encorajou a ser eu mesma. Não sou como as outras garotas porque você me deixou descobrir como ser feliz do meu jeito.

— Não tive escolha. Você não podia ser de outro jeito — diz ele, andando até a porta. — Me liga se precisar de mais alguma coisa, ok?

— Pode deixar.

— E nada de trazer garotos pra cá.

— Ai, pai! Ok, vai logo. Mamãe vai encher seu saco se você se atrasar para o jantar. Te amo. Tchau. — Cam o empurra com delicadeza pela porta. — Cuidado na escada — diz ela enquanto a fecha.

Cam abre um sorriso enorme ao observar seu novo apartamento. Um flat vitoriano de dois quartos, em Highgate, com uma bela vista de Londres e que custara 1,2 milhão de libras. Ela procurou móveis do período em que a casa foi construída, e vai combiná-los com enormes obras de arte moderna. O apartamento é bem iluminado, belíssimo e todinho dela. Situado em uma parte de Londres onde todo mundo sonha em morar. Cam mal consegue acreditar.

Jogando-se na *chaise longue* vitoriana verde-clara, ela pega o notebook e apoia o aparelho nas pernas. Ao abrir o *HowItIs.com*, vê que o site se tornou. Ele não apenas rende cerca de 20 mil libras por mês em publicidade, como também tem notoriedade, um público.

O site é sua voz no mundo. Cam nunca foi muito boa com pessoas, mas sempre teve bastante coisa a dizer. Essa mistura infeliz fez dos tempos de escola um período difícil. Alguém com a cabeça cheia de pensamentos, mas sem nenhum escape para tanto, tende a pensar demais e dizer de menos. No caso dela, essa característica ganhou vida em forma de um constrangimento social que as outras crianças não achavam divertido. Inevitavelmente, Cam era meio solitária. Mas isso só até o boom da internet, quando ela estava com 20 e poucos anos e finalmente teve a chance de expressar para o mundo como realmente era, a chance de dizer o que sentia sem a pressão da interação social. Isso mudou sua vida.

Há caixas empilhadas nas paredes e a TV ainda está encaixotada no chão. A internet só vai ser instalada em alguns dias, então ela está usando um modem USB que a permite escrever e postar onde quer que esteja. Foi essa responsabilidade com o conteúdo que a tornou quem é.

Uma das primeiras blogueiras de estilo de vida, Cam tem se mantido na posição como "a melhor fonte para mulheres que falam sério". Ou foi o que disse o *The Times* na sua lista "o que não perder no próximo ano". "O selo de aprovação Cam Stacey é o que toda mulher quer..." (*The Guardian*, Janeiro, 2016). Com quase dois milhões de seguidores e oito contratos grandes de publicidade, Cam está raspando o tacho e se agarrando ao amor do público. Mas isso não quer dizer que não tenha que tomar cuidado. Escrever para blogs é um jogo perigoso, especialmente para quem fala sobre mulheres e é tão franca quanto Cam. Mulheres querem modelos. Elas seguem mulheres famosas que abriram caminho para pensadoras livres e são veneradas como heroínas, mas qualquer uma que deixe a peteca cair, diga algo errado ou seja controversa demais, vai parar na cova dos leões.

Aconteceu com uma amiga dela no ano passado. Uma pessoa muito fofa, Kate Squires, que escrevia sobre como conciliar maternidade e vida profissional, já que ela mesma ocupava um cargo de chefia numa empresa de Relações Públicas. Kate havia se tornado uma inspiração para seus quase 50 mil seguidores no Twitter. Mulheres que ao mesmo tempo eram mães e profissionais buscavam inspiração em Kate sobre como fazer o "malabarismo" entre trabalho e vida pessoal. Até que um belo dia, Kate ferrou a coisa toda com um único tuíte. Um tuíte imbecil que mudou o toda a sua vida.

`Mulheres sem filhos, vcs não entendem como é difí-`
`cil chegar em casa e ter que cuidar de outra pessoa`
`que não vc mesma. #PrecisoDeUmTempo`

A população infértil do planeta caiu em cima dela. Kate tinha ofendido pessoalmente cada mulher com problemas reprodutivos no Twitter e além. O que ela disse foi tão ofensivo que o *Times* cobriu a história de uma mulher que, depois de três abortos espontâneos, tentou se matar quando leu o tuíte da Kate. "Isso me perturbou quando eu estava muito, muito deprimida", disse ela. "Era como se a sociedade estivesse me dizendo que não tenho valor como mulher porque não posso ter filhos."

As pessoas tinham o direito de ficarem ofendidas porque foi mesmo uma coisa muito insensível de se dizer. Mas será que Kate merecia uma campanha de ódio on-line e essa sucessão de coisas horríveis que aconteceram em sua vida? Cam acompanhou o caso com compaixão, mas tentando aprender com tudo. É complicado manter o equilíbrio nessa corda bamba entre fazer um comentário nas redes sociais e encarar o que acontece depois. É preciso foco, planejamento e atenção aos detalhes para não cair quando se vive em um mundo onde 140 caracteres podem acabar com sua vida.

No Twitter, Kate usou o habitual "Não quis ofender ninguém, só tinha tido um dia difícil", mas não adiantou. Usando um vestido floral e lançando seu melhor olhar de Princesa Diana, chegou a ir ao programa *Loose Women* para dar uma desculpa sincera, embora ligeiramente patética. Ao sair do estúdio, foi confrontada por manifestantes com cartazes dizendo "Mulheres que não são mães também têm sentimentos". Isso apareceu em quase todos os programas de notícia e o rosto de Kate passou a ser o mesmo do problema que a sociedade tem com mulheres sem filhos. Ela pediu clemência, mas as redes sociais não perdoam. Em semanas, ela estava off-line e fora da área. Foi demitida de seu cargo na empresa de Relações Públicas sob a alegação de que era impossível eles mesmos serem representados por alguém com essa imagem. No momento, Kate está desempregada e penando para conseguir se recolocar. O marido foi embora depois que ela surtou, e Kate hoje mora num pequeno apartamento no sul de Londres, e não mais na casa enorme que tinha em Penge. Ela quase nunca atende o telefone. Cam não fala com ela há meses. Sua vida inteira virou do avesso por causa de um tuíte escrito enquanto estava com sono.

Cam observou e aprendeu.

Ela tem conseguido encontrar o delicado equilíbrio entre desafiar limites e ser corajosa, mas sem nunca ofender alguém. Claro que Cam tem um ou outro *hater* ocasional, mas geralmente ela consegue ignorá-los. Também já foi diversas vezes alvo das feministas mais tradicionais, que acham que sua atitude em relação ao sexo é a razão para tantos homens abusarem sexualmente de mulheres. O objetivo de Cam, no entanto, é promover as diversas facetas do feminismo moderno, portanto contrariar "As Conservadoras" é parte disso. Nem mesmo as ameaças de estupro que recebeu depois de escrever um texto pesado sobre Bill Cosby a derrubaram. Aparecer à porta e agredir alguém fisicamente exige muito mais do que para tuitar "Vou te jogar em cima do capô de um carro e fazer você se arrepender por ter dito isso".

Na internet, a maioria das pessoas só fala merda. Parte da sobrevivência na era digital exige internalizar totalmente esse fato e Cam está disposta a isso. Mas direitos das mulheres é um assunto delicado. Há uma luta — o feminismo —, mas há vários tipos de mulheres, e agradar a todas é impossível.

Quando está prestes a fechar os olhos, Cama recebe uma mensagem.

Isso deve ser seu. Tem seu nome escrito. Quer de volta?

Anexada, a foto do pênis ereto de seu amante de 28 anos. Ele escreveu CAM na base do membro, com hidrocor. Ela pensa nos lençóis de algodão que acabou de comprar e torce para que a tinta seja lavável...

traz a pizza e seu pau, bj

De repente, não se sente mais tão cansada.

Stella

— Vou querer bolinho de bacalhau e cordeiro — digo ao garçom que está anotando nosso pedido.

Ele está parado ali faz um tempão, esperando eu decidir o que comer. Hoje é meu aniversário, então tenho o direito de ser chata. Também estou tentando matar o tempo. Phil está estranho, Jessica está empolgada demais e eu não estou muito a fim de lidar com nenhum dos dois.

— Entããão, Mike e eu temos novidades — diz Jessica.

Ela é minha amiga mais antiga, a única que fez algum esforço em relação a mim depois que Alice morreu, e não fez isso para se sentir melhor consigo mesma. Jessica é uma dessas pessoas raras e extraordinárias que realmente gostam de si e que não dependem de reafirmação por parte de falsos amigos. Ela é um doce, mas sua animação constante é desafiadora. Phil não entende porque não contei a ela a respeito das coisas que estou passando, não entende por que precisa suportar sozinho o fardo de saber sobre o legado da minha família. Mas as coisas não são assim tão preto no branco com Jessica; ela nunca passou por um trauma. É uma boa amiga porque é leal, mas tentar falar com ela sobre a minha vida me faz sentir a pessoa mais fodida do mundo. Afinal, qual o sentido de compartilhar nossa dor com alguém que não consegue sentir empatia? Uma das razões que me levou a ficar com Phil foi o fato do pai dele ter morrido quando ele tinha quatorze anos. Alguma coisa na tragédia dele permitiu que eu me abrisse sobre a minha. E bem, no fim das contas ele é meu namorado, certo? É trabalho dele aguentar o fardo dos meus problemas. A única coisa que eu e Jessica realmente temos em comum é história, mas como Phil diz, preciso ter pelo menos uma amiga, então aqui estou, prestes a ouvir o que ela tem para anunciar.

Phil fica tenso e tenta se levantar, mas coloco a mão no joelho dele e o obrigo a ficar. Preciso dele aqui. A gente pode estar desmoronando ou não, mas ele é meu parceiro, e preciso disso no momento. De uma pessoa do meu lado. Não dou conta sozinha.

— Estou grávida — revela Jessica, como se a gente não soubesse o que significa quando recém-casados dizem "temos notícias".

Ela está exalando felicidade. Sei que posso ser uma escrota nessas situações em que as pessoas ao redor expressam alegria, então tento não fazer isso com Jessica porque ela não merece.

— Parabéns — digo, me inclinando na mesa para segurar a mão dela, de um jeito bem estranho. — Quantos meses? — pergunto, me esforçando para não parecer invejosa.

— Estou esperando para primeiro de janeiro. Aposto que vai nascer na virada do ano, já curtindo uma balada — diz ela, se aconchegando em Mike, que é um cara incrivelmente legal, mas um pouco chato.

Ele está sorrindo e parece feliz da vida com sua nova esposa e o embrião. Phil, por outro lado, está brincando com o garfo feito um garoto de seis anos, os olhos vidrados no iPad. Sinto que preciso compensar essa falha e então me levanto, vou até o outro lado da mesa e abraço Jessica.

— Estou tão feliz por vocês — digo, alcançando Mike para abraçá-lo também. — Vocês vão ser os melhores pais.

— Obrigada, a gente está muito feliz Agora, mãos à obra, vocês dois, ok? O pequeno vai precisar de um coleguinha — diz ela, com um sorriso enorme.

— Aham, estamos trabalhando nisso — digo, um pouco entusiasmada demais.

Phil larga o garfo e começa a ler o cardápio, mesmo já tendo pedido. Antes ele era tão sociável, tão animado... foi isso que me atraiu nele. Preciso de uma pessoa assim do meu lado, alguém mais espalhafatoso, mais atraente para os outros, mais sociável. Como Alice era. As habilidades sociais dela nos tornaram as garotas mais populares da escola. Todo mundo queria andar com as Gêmeas Davies. Na verdade, as pessoas curtiam a novidade que existia ao redor de gêmeas, mas só gostavam de uma. Eu não era boa amiga como Alice era. Minha personalidade difícil não era atraente como o jeito caloroso da minha irmã. Eu nunca teria sido popular sem ela. Por isso, quando Alice morreu, não levou muito tempo para ficar evidente que sem um parceiro mais simpático, ninguém ia querer continuar sendo meu amigo. Fora Jessica, que mantenho por perto para impedir que Phil tente arranjar amigas para mim, porque ele acha que é disso que preciso.

— Ok, quem é a aniversariante? — pergunta o garçom, voltando para a mesa com uma garrafa de champanhe e quatro taças.

— Essa aqui — diz Mike, apontando para mim.

Jessica sorri para ele.

— Uau, champanhe? Obrigada — digo, esfregando a perna de Phil.

Gestos românticos costumavam ser bem normais, mas havia tempo que ele não fazia algo assim.

— Não! O quê? — diz ele, parecendo preocupado. — Nós não pedimos champanhe.

— Não pediram mesmo! Quem pediu foi um tal de "Jason Scott", que ligou para o bar e solicitou a entrega — diz o garçom, esclarecendo as coisas.

Eu me sinto corar um pouco, mas não sei por quê.

— Aaaah, que fofo — diz Jessica. — Posso tomar uma tacinha? — pergunta, olhado para Mike para saber se ele aprova. Ele faz que sim e o garçom começa a servir. — Então, Jason continua um sonho como sempre?

— Rá! — digo, genuinamente emocionada com o gesto. Tinha sido impressionante, para ser sincera. — É, ele continua bem gato. Mas, não, credo. Que coisa estranha. Jason é meu chefe e eu só tenho olhos para Phil. Saúde.

Ergo a taça, mas só duas outras se juntam a ela no ar. Um guincho alto toma o restaurante enquanto Phil empurra a cadeira para trás e se levanta.

— Desculpa — diz ele, percebendo que chamou atenção. — Já volto.

Ele corre até o banheiro e eu fico ali sentada com Jessica e Mike, tentando fingir que está tudo normal.

Tara

— Amanhã pego você ao meio-dia — digo a Annie, dando um beijo de despedida.

— Pode vir a hora que quiser, vamos levar o cachorro para passear de manhã e depois comer ovos com bacon — diz minha mãe.

Embora não entenda minhas escolhas e estilo de vida, minha mãe é uma mulher muito incrível. E está desesperada para que eu ache uma figura paterna para Annie, então concordou em ficar com ela sexta à noite para que eu possa ir a encontros.

— Só não conta para o seu pai, ok? — É o que ela pede toda semana quando saio de casa. — Ele não suporta imaginar você com meninos. Ele quase morreu do coração quando você ficou grávida. Provou que todos os pais estão certos!

Minha mãe é engraçada nesse meio-termo entre ser liberal e conservadora. Nunca sei aonde isso vai chegar.

— Eu sei, mãe. Se você puder lembrar a ele que tenho 42 anos, seria ótimo. Mas, bem, olha o que a gente conseguiu com tudo isso.

Olhamos para a sala pela porta da frente. Annie está tirando selfies com o iPhone da avó.

— Ela precisa de uma figura paterna — diz minha mãe.

— Não precisa, não, mãe. Nós estamos bem.

Mas é claro que seria legal se ela tivesse. E seria legal se eu não morresse encalhada.

— Marcou algum encontro para hoje? — pergunta ela.

— Aham. Ele parece legal, trabalha com mídia, é fofo. Se eu tiver sorte, não é um assassino.

— Tara, por favor. Sem piadas. Li a história de uma garota que foi assassinada num encontro. Não tem graça.

— Mãe, as pessoas saem em encontros há milênios. Mas, sim, vou tentar não ser assassinada. — Abro a porta da frente. — Manda um beijo para o papai. — Fecho a porta e depois a abro depressa. — Aliás, o que ele acha que eu faço toda sexta à noite?

Estou curiosa para saber o que minha mãe inventou, porque ela tem razão: apenas imaginar que estou com algum cara faria meu pai ter uma convulsão.

— Eu disse que você tinha começado um grupo de tricô.

— O quê? Mãe, que patético!

— Acho que vou ter que comprar alguma coisa na internet e fingir que foi você quem fez para o aniversário dele. Me desculpa, eu entrei em pânico. Foi a primeira coisa que me veio à cabeça.

Dou um abraço nela e vou embora. Minha mãe abre a porta alguns segundos depois e grita para a rua:

— Você não precisa transar com todos, Tara!

Liberal ou conservador? Não tenho certeza.

Em casa, tomo uma ducha, visto uma camisa de seda bonita e a calça de couro falso, passo um pouco de maquiagem, afofo o cabelo e estou pronta. Já faz anos que desisti de me esforçar demais para um encontro. Sempre imaginei como é o processo para os homens, que aparecem vestindo o que usaram para trabalhar naquele dia, enquanto a mulher precisa aparecer toda produzida e maquiada. Isso abre um precedente logo no começo que não quero ter o trabalho de manter, então uso uma versão um pouco mais chique das minhas roupas normais. E acho que funciona. Mas ainda estou solteira, o que significa alguma coisa.

Ser mãe solteira é estranho. Não só porque todo mundo que você conhece te julga ou se compadece de você, mas porque é preciso pensar em muito mais coisas quando se começa a gostar de alguém. Se chama senso de responsabilidade, acho. Não posso levar aquele amigo com quem eu transo casualmente para casa, para conhecer minha filha. Isso seria confuso para ela, então geralmente não tenho esse tipo de relacionamento. Isso é bom para Annie, mas um saco para mim.

Minha filha nunca me viu num relacionamento, então preciso lidar de forma cuidadosa com a situação. Apresentei um cara para ela no ano passado, mas só porque ele era muito incrível. Tinha decidido deixar para trás todo o medo em relação à Annie e convidei o cara para entrar em nossas vidas. Só que ele era tão incrível que era casado. Porque, logicamente, homens excelentes de quarenta anos nunca são solteiros. Por que seriam? Filhos da puta.

Esse em questão certa vez passou uma tarde de sábado na minha casa fazendo Annie rir tanto que ela foi dormir tonta de alegria. Quando ela apagou, a gente começou a transar e, no meio da coisa, o celular dele não parava de tocar. Ele acabou atendendo, porque o toque estava cortando o clima, depois caiu no choro. Era a esposa, dizendo que o pai dele tinha acabado de sofrer um ataque cardíaco e tinha morrido. O cara estava literalmente dentro de mim quando atendeu. Quer dizer, provavelmente foi a pior coisa que já aconteceu durante uma transa desde que aquele casal na China que morreu porque estava mandando ver apoiado na janela do apartamento até a janela cair. Ele ficou tão devastado que nem conseguiu disfarçar que era casado. Eu ainda tive que reconfortar o cara, sendo que na verdade queria cortar o pau dele com um alicate de unha e jogar na rua. Também fiquei muito, muito desapontada.

Minutos depois, ele tinha ido embora e nunca mais tive notícias. Annie ainda pergunta dele, "o moço engraçado". Um dia vou contar para ela que o moço era tão engraçado quanto um diagnóstico de gonorreia. Ah, é, junto com a memória daquela noite horrível, ele também me deixou isso.

Tratar uma DST tendo uma criança em casa foi horrível. Eu me sentia infectada e contagiosa, implorava para os antibióticos acabarem. Quando terminei o tratamento, jurei nunca mais apresentar ninguém para ela a menos que a) tivesse certeza de que o cara não era casado e b) não precisasse fazer exame de DST depois de transar com ele.

Agora tenho muitas esperanças nos meus encontros de sexta. Quero alguém legal. Alguém honesto, seguro e divertido. Nunca se sabe, mas o cara desta noite, Al, parece ok nas fotos. Antes disso, no entanto, vou tomar um drinque rápido com minha melhor amiga, Sophie.

— Desculpa, me atrasei — diz ela, se aproximando lentamente no bar. — Eu estava pintando o cabelo, mas a menina era muito lerda, aí decidi que não gostei da cor e pedi para ela pintar de volta de... enfim, oiiiiii.

Sophie sempre se atrasa, por isso sempre trago meu Kindle.

Eu e Sophie somos filhas únicas, o que significa que temos uma relação quase de irmãs, como começamos a nos chamar quando tínhamos dez anos, afinal éramos o que a outra tinha de mais próximo disso. Eu questionava muito isso, porque Sophie me enlouquece quase o tempo todo. Até que outra amiga da escola disse que, se a irmã não fosse da família, as duas jamais seriam amigas, mas que, mesmo assim ela a amava porque é isso que irmãs fazem. Então percebi que Sophie devia mesmo ser a irmã que nunca tive e que era normal a gente nem sempre se entender. Eu só tinha que amá-la, o que fiz e ainda faço, porque temos muita história. E não dá para apagar isso, não importa quantas vezes a pessoa prefira passar tempo com um secador de cabelo do que com você.

— O cabelo ficou ótimo — digo, porque ficou mesmo.

E porque sempre fica, já que ela é maravilhosa. Magra, loira, a pele impecável. Chega a ser irritante, mas é tudo natural. Com exceção da cor do cabelo.

— Obrigada. Ok, podemos beber champanhe? Acho que preciso de um espumante.

Peço duas taças mas ela grita que quer uma garrafa. Então aqui estamos nós, sentadas num bar às 18h40 de sexta-feira, bebendo champanhe sem nenhum motivo em particular.

— Só tenho vinte minutos. Tenho um encontro com um cara chamado Al às sete.

A animação pré-encontro me faz abrir um sorrisinho...Talvez esse seja um dos bons. Provavelmente não.

— Caramba, não acredito que você ainda se propõe a esse tipo de coisa, não consigo nem imaginar — diz ela. — Nossa, nunca tive tantos encontros quanto você. Carl foi meu único encontro formal e, como acabamos casando, parece que deu certo, né? Um brinde a isso!

Ainda não consigo aceitar que Sophie, totalmente vida louca, esteja casada. Acho que nunca conheci alguém tão faminta quando se tratava de sexo e festas. O apetite dela pelos dois sempre me fascinou.

— E Carl, como está?

— Está bem. Eu sei, estou falando o mesmo de sempre. O casamento vai bem na maior parte do tempo, desde que eu não fale sobre o meu passado.

— Ainda? Sério?

— Sim, o grande elefante sensual no meio da sala. Claro que ele não sabe de nada, eu nunca contaria essas histórias. Mas ele faz um monte de suposições a respeito de mim e das coisas que eu costumava fazer. O mais irritante é que ele chega bem perto.

— Mas de onde ele tira tudo isso? — pergunto.

— Ele diz que não entende como alguém como eu não transava horrores quando era solteira.

— Ok, você sabe que isso é um pouco ofensivo, né? — digo, percebendo que é ofensivo de fato, mas Carl tem razão: Sophie transava horrores.

— Ontem, Beth Taylor, se lembra dela da escola? Ela me marcou numa foto antiga no Facebook. É uma foto com um monte de gente, acho que eu tinha uns dezessete anos, e eu apareço no fundo, beijando um cara. Ela me marcou e escreveu: "É assim que me lembro de você, Sophie. Espero que esteja bem." Uma idiota. Por que alguém faz uma coisa dessas?

— É, eu vi. Achei engraçado. E acho que a maioria das pessoas casadas de quarenta e poucos anos não vão encher o saco do outro por ter beijado alguém aos dezessete, né?

— Verdade. Mas mesmo assim... tenho que tomar cuidado. Ele é meio das antigas e preciso que meu casamento dê certo. Fica mais fácil se eu editar um pouco meu passado, só que agora tenho que estar sempre atenta por causa dessa merda de internet. Qualquer um pode me mandar um tuíte ou postar uma foto minha daquela época. Lembra aquela vez que a gente foi para Ibiza, na festa da espuma? Graças a Deus foi antes dos celulares com câmera, mas e se alguém estava com uma daquelas câmeras descartáveis que todo mundo tinha e me encontra no Facebook? Imagina as fotos minhas que estão soltas por aí. Porque, meu Deus do céu, eu disse para o Carl que nunca usei drogas, acredita? Ele ia surtar se descobrisse as coisas que a gente fazia. Agora eu começo a suar frio toda vez que aparece uma lembrança do Facebook!

Bebo um pouco do champanhe.

— Ei, mas a gente se divertiu, não?

Pisco para ela.

— Um brinde a isso!

Não sei como Sophie consegue estar casada com alguém que não aceita quem ela é. Interpretar um novo papel, inventar um novo passado. Ver Sophie coordenar a vida enquanto tenta esconder quem ela era — é? — do marido tem sido uma lição para mim, para saber o que quero. De jeito nenhum eu quero encontrar alguém que não me aceite. Não quero ter que mentir, esconder ou negar nada. Sophie nunca admitiria, mas ela se casou com Carl porque passou a vida inteira curtindo e não arrumou qualificação para trabalhar com nada do que gostaria. Sendo assim, arrumar um cara rico era o único jeito de conquistar uma casa legal e dinheiro para comprar garrafas de champanhe quando você só tem vinte minutos para beber e absolutamente motivo algum para comemorar. Mas prefiro ser pobre e sozinha.

— Ok, melhor eu ir, não quero me atrasar para o meu encontro delicioso — digo, descendo da banqueta do bar. — Bebe a minha parte.

— Ah, não se preocupe, foi pra isso que eu trouxe isso aqui — diz ela, mostrando o cartão de crédito do marido. — Ah, e se ele perguntar, você pode dizer que estávamos com outras pessoas? Seria mais fácil.

— Sophie, somos melhores amigas desde o primário e ele ainda não gosta que você saia comigo?

— Não. Quando somos só nós duas ele acha que vamos fazer alguma merda, que você é uma má influência. Não me olhe assim, Tara! Por favor, basta dizer a gente estava com uns conhecidos da escola. Quanto mais gente de olho em mim, mais ele acha que vou me comportar melhor, ok?

Eu me sento de novo.

— Ele é muito controlador, Sophie. Isso me preocupa — digo, obrigando minha amiga a me olhar nos olhos.

Ela dá um sorrisinho e depois desvia o olhar.

— Talvez eu precise ser um pouco controlada? — sugere ela, bebendo a champanhe. — Não posso ficar por conta própria, Tara. Sabe-se lá o que pode acontecer...

Kate me lança um olhar crítico, e sei o que ela quer dizer. A gente sempre fez loucuras, mas depois que tive Annie, precisei parar. Logo ficou claro que apesar de também ter sido porra louca, nunca fui como Sophie. Ao longo dos anos, sabe-se lá como, consegui impedir que ela perdesse o controle. Nem percebi que estava fazendo isso, mas eu a levava para casa quando bebia demais, a arrastava de quartos onde ela não deveria estar, a impedia de cheirar mais carreiras do que o necessário, arrancava copos de dose da sua mão... Quando engravidei, Sophie não tinha ninguém por perto para fazer isso por ela, e logo vimos o perigo que essa situação representava. Eu estava grávida de seis meses quando fui parar na emergência de um hospital numa sexta à noite. Eles me ligaram às duas da manhã dizendo que Kate tinha sido encontrada num beco, a saia levantada até a cintura e tão fora de si que mal conseguia dizer o próprio nome. Quando entrei no quarto, ela estava chorando no leito. Sophie fora dopada por um barman em uma boate e, embora não houvesse sinais de qualquer abuso sexual, o galo em sua testa e o estado das suas roupas deixavam claro que o cara tinha ao menos tentado.

— Não consigo cuidar de mim mesma — disse ela, de um jeito patético, me olhando da cama de hospital. — E você não pode mais cuidar de mim, então não sei o que fazer.

Levei minha amiga para casa e cuidei dela por uma semana. Então ela voltou para casa a fim de "começar de novo". Estava determinada a mudar, a crescer. Houve alguns outros "incidentes", até que conheceu Carl. Eles se casaram um ano depois e agora ela está sendo cuidada como queria. Só que por mais desconfortável que eu fique com isso, sei que Sophie provavelmente está melhor assim. E ela ama mesmo o cara, porque ele é rico.

— Ele é bom para mim de outras maneiras — afirma, mostrando o cartão de crédito de novo. — Estou muito feliz, juro. Te amo.

— Também te amo — digo, com lealdade. — Preciso ir.

Ela se serve de outra taça e tenho que lembrar que isso não é mais problema meu.

Entro no Sanderson Hotel na Berners Street e confiro o bar. O lugar é mais chique do que um que eu escolheria. Gosto mais de pubs do que bares, mas não vou negar uma noite de drinques chiques num lugar legal, se é isso que o cavalheiro quer. Estou aqui para encontrar Al, que trabalha com mídia, estava livre hoje à noite e pela foto parecia legal. Essas são três ótimas razões para marcar um encontro, até onde eu sei. Principalmente por ele parecer bonito na foto, claro.

Dou uma olhada no bar e avisto o cara. Ele é fofo, mas a foto obviamente era antiga. O cabelo está muito mais comprido e o rosto muito mais velho. Mas tudo bem. Não julgo as pessoas por usarem a foto mais bonita nos sites de relacionamento, todo mundo faz isso. Sempre me preparo para ficar um pouco desapontada na vida real, e torço para que a personalidade compense. Al parece mesmo mais velho do que na foto, mas ao me aproximar, percebo que ele é muito, muito bonito.

— Oi — digo, me sentando no banco ao lado dele. — Chique esse lugar, hein? Você vem sempre aqui?

Estou brincando, óbvio. Ninguém fala "Você vem sempre aqui?". Ele parece um pouco surpreso por eu ter me sentado. Será que eu devia ter pedido licença?

— Não, na verdade nunca vim aqui. Não costumo frequentar lugares assim, pra falar a verdade.

— Ok — digo, pensando que é estranho, então, que tenha marcado aqui.

Eu também nunca viria para um bar chique de hotel, o tipo de ambiente que fede a caso extraconjugal.

— O que você está bebendo? — pergunto, assumindo que ele esteja apenas um pouco nervoso.

— Pisco Sour.

— Ótimo, vou querer um também.

Gesticulo para o barman me trazer um drinque.

— Só um drinque, ok? Não estou a fim de mais nada — diz ele de maneira bem grosseira.

Fico tão passada que a melhor resposta que consigo dar é ficar boquiaberta.

— Desculpe — diz. — Não quis ser grosso, mas não gosto de criar falsas esperanças.

— Cara, acabei de chegar. Talvez eu também não tenha gostado de você, já pensou nisso? — digo, descendo do banco.

— Bem, acho que se você está indo bem e em posição de ser exigente, faz sentido.

— Indo bem? Oi? Olha, não é só porque dei like na sua foto esquisita que eu estou morrendo de vontade de ficar com você, ok? É só um jantar.

Eu devia simplesmente ir embora, mas, depois de lidar com Shane Bower e meu chefe, estou de saco cheio de evitar discussões misóginos arrogantes que acham que Deus lhes deu o direito de desprezar mulheres. Foda-se esse cara.

— Aposto que você é casado, tem filhos e está procurando uma bundinha mais jovem pra comer antes de voltar pra casa, certo? — continuo, um pouco surpresa com minha arrogância.

— Calma lá. Em primeiro lugar, não. Eu não sou casado e não tenho filhos. Segundo, o que diabos você quer dizer com "deu like" na minha foto?

— Como assim, "o que diabos você quer dizer com deu like na minha foto"? Tinder. Você sabe o que isso significa.

— Tinder? Eu nunca entrei no Tinder — diz ele, parecendo realmente confuso.

Eu encaro Al.

— Você não se chama Al, né?

— Não, não me chamo. E acho que você não é prostituta?

— Não! Eu não sou prostituta!

Ele segue meu olhar até o outro lado do bar, onde um cara com o cabelo castanho mais curto e camisa cinza olha nervosamente para a tela do celular e depois para a porta. Pego meu telefone na bolsa. Recebi cinco mensagens de Al, cada uma descrevendo a si mesmo com mais detalhes e perguntando "Qual é você?"

— Sou Jason — diz o cara ao meu lado, estendendo a mão para mim.

— Tara — respondo, percebendo que estou loucamente atraída por ele.

O barman traz meu drinque.

Uma hora depois, Jason e eu já bebemos três Pisco Sours, comemos duas porções de batata, uma de azeitonas e rasgamos três jogos americanos que pareciam caros. Falamos sobre política, sobre como sentimos saudade dos cachorros que tivemos quando éramos crianças e até tivemos uma discussão acalorada, mas divertida, sobre o jeito certo de fazer molho bolonhesa.

Enquanto parece que estamos tendo uma conexão inesperada, mas sensacional, que lembra mesmo um encontro, percebo o verdadeiro Al saindo com uma mulher de vestido justo.

— Pronto — diz Jason. — Al se deu bem, no final das contas. Depois de cem libras, vai ser como se nada tivesse acontecido.

— Escapei com sorte — digo, tomando o último gole do drinque e deixando meus olhos flertarem por mim. — Você é solteiro, não tem filhos, não transa com prostitutas e não usa Tinder. Também só estava sozinho num bar numa sexta à noite, sem esperar ninguém. Então agora me diz, qual é o seu problema? — pergunto, brincando.

— Ei, mas eu adoro prostitutas. Só não gostei de você.

Dou um chute carinhoso na perna dele.

— Sou meio antiquado, acho. E esperançoso. Não uso Tinder porque o conceito nunca fez sentido pra mim. Acho que estou solteiro porque sou exigente e acabo escolhendo as mulheres erradas. E estou sentado aqui sozinho porque minha editora marcou uma reunião para garantir que meu livro está saindo, e depois de muita enrolação cá estou eu, fingindo que está tudo bem pelas últimas duas horas.

— Sua editora? Você é escritor? — pergunto, achando isso dolorosamente sexy.

— Na verdade, não. Sou fotógrafo. Mas estou publicando meu primeiro livro e acabei concordando em colocar um monte de palavras junto com as fotos. Meu prazo acaba em três semanas. Minha assistente me excluiu da internet e estou prestes a entrar numa caverna para terminar de escrever.

— Sobre o que é o livro?

— Bem, meu trabalho geralmente é focado em pessoas, principalmente em quem não é o que parece. Fiz uma matéria grande para a *The Times Magazine* sobre multimilionários que vivem como se fossem mendigos, e a ideia foi escolhida para virar livro. Tudo ótimo, mas a matéria tinha mil palavras e o livro precisa umas quarenta mil. Pelo visto, só consigo escrever dez palavras a cada dezessete horas.

— Uau. Eu li essa matéria, era mesmo incrível. O seu trabalho é incrível. Por que as pessoas não gastam todo aquele dinheiro? É bizarro — digo. — Tenho tantas perguntas que nem sei por onde começar...

— Ótimo. Então nem comece. Não quero ser grosseiro, mas, até amanhã de manhã, eu gostaria de fingir que isso não está acontecendo. Podemos falar sobre outra coisa que não seja trabalho?

— Claro, não me importo — digo, realmente gostando da ideia.

Minha vida se resume ao trabalho e a Annie e, por mais que eu ame os dois, uma noite de folga não seria nada mal.

— E me desculpa, mas eu preciso perguntar o que você faz — diz ele, percebendo que seria falta de educação não querer saber.

— Sim, provavelmente. Trabalho com TV. Com documentários. Adoro meu trabalho, é desafiador e variado, mas os detalhes podem esperar. Afinal, você tem toda razão. Hoje é sexta e temos outras coisas para conversar, certo?

— Temos?

— Sim, temos. Você disse que namora as mulheres erradas, então quem são essas "mulheres erradas"? — pergunto, torcendo para que ele não me descreva.

— Erradas pra mim. Simples assim. Ambição e sucesso são coisas que me deixam extremamente excitado, então procuro mulheres com grandes conquistas. Só que o lado negativo é que esse tipo de mulher nunca quer ter filhos. E sou um desses caras desesperados para ter uma família. Quero me apaixonar e ter bebês. Só que estou começando a perceber que essa é a coisa menos sexy que um cara pode dizer, porque sempre que digo levo um pé na bunda.

— Ah — falo, me sentindo um pedaço de carne que já passou muito da data de validade.

— Viu? É exatamente assim que acontece. Eu digo que quero ter filhos e vocês fazem essa cara. Ah, os infortúnios de ser um cara à moda antiga num mundo de mulheres modernas...

— Não. Eu acho legal você querer ter filhos e fazer isso do jeito certo. E o fato de você achar que o mundo é das mulheres — digo, empurrando o copo vazio gentilmente até o outro lado do bar. — Na verdade, eu tenho uma filha. Annie. Ela tem seis anos. Quer dizer, de jeito nenhum eu teria outro filho, sem chance, mas ela é meu mundo.

— Quem é o pai? — pergunta ele, sem rodeios.

— Uau, direto, hein? — digo, atordoada com a ousadia dele, mas também aliviada por tirar logo isso do caminho.

Penso em Sophie, nesse casamento horrível que transforma a vida inteira dela em uma mentira. Não vou fazer isso. Se esse encontro der em alguma coisa, ele vai ter que me aceitar do jeito que sou.

— Um cara chamado Nick. Nunca soube o sobrenome dele.

Arregalo os olhos e ergo as sobrancelhas, como se dissesse "Ok, pode me julgar".

— Ok, então foi tipo... um lance de uma noite só ou algo mais sinistro?

— Não, nada sinistro. Coisa de uma noite. Muito rápido e legal, mas um dos meus óvulos foi perfurado por um dos espermatozoides dele. E antes que você pergunte como ele reagiu, ele não sabe. Nunca contei.

Não ergo o olhar. Foda-se. Tenho 42 anos. Sou mãe. Estou procurando especificamente alguém que faça parte da minha vida e de Annie, e se o cara não conseguir aceitar minha verdade, então por que tomar outro drinque? Me preparo para ser rejeitada.

Ele chama o garçom.

— Pode trazer uma garrafa de champanhe, por favor?

— Para? — pergunto, confusa.

— Se isto aqui der certo, acabei de ganhar uma filha.

Ele dá um chutinho na minha perna e ri.

O cara é incrível pra cacete.

Stella

Olho meu reflexo no espelho do banheiro e me forço a continuar olhando. Existe um motivo para que eu não faça isso com frequência: é impossível esquecer alguém cujo rosto você vê todos os dias no seu próprio reflexo. Às vezes parece cruel, em outras me sinto sortuda por ver Alice quando preciso.

Aperto o nariz e abro bem a boca, mas não consigo fazer igual a ela. Só assim as pessoas conseguiam nos diferenciar, pelo sorriso. O dela era único. Eu não sou capaz de um sorriso tão meigo.

Nossa mãe costumava dizer que ela era a rosa e eu, o espinho. Parte da mesma flor, mas com um efeito totalmente diferente no mundo. A delicadeza dela disfarçava minha natureza espinhosa. Agora estou exposta, sem as pétalas da personalidade dela para me esconder. É uma luta diária não espetar qualquer um que chegue perto de mim.

— Por que você está vestindo isso? — pergunta Phil, entrando no banheiro.

— Que susto, Phil. Não ouvi você chegar em casa — digo, saindo do modo Alice.

Ele coloca um tubo novo de pasta de dente no copo da pia e começa a abrir uma embalagem de lâminas de barbear.

— Você jantou? Eu estava pensando em assar um atum — digo, percebendo que ele passou no mercado e querendo distraí-lo da pergunta que fez primeiro.

— Trouxe frango. Por que você está usando isso, Stella?

Ele está se referindo à minha saia. Uma saia rodada vintage roxa e azul com estampa de pássaros. Era de Alice. Sua peça de roupa favorita. Não consigo jogá-la fora e uso de vez em quando, mesmo que Phil fique puto.

— É só uma saia, Phil — digo, andando magoada até o quarto.

Calma, Stella, não exploda, penso. *O que Alice diria?* Tento ser mais como ela. Mais razoável, mais gentil, mais feliz. Mesmo querendo cutucá-lo, fazê-lo sentir na pele. Tem uma bomba dentro de mim prestes a explodir, mas, se isso acontece, não sei se alguém sobreviverá à destruição. Então engulo em seco, canalizo Alice e tento apagar o pavio.

— Não acha que está na hora de se livrar das roupas dela? — sugere ele, sabendo que está entrando em terreno perigoso.

— Claro — digo, com calma. — E por que não arrancar minha cara junto?

— Ok, Stella, não faça isso. Você precisa desapegar da Alice. Está na hora.

Ando calmamente até a cozinha.

— Como você quer que eu prepare o frango? — pergunto para ele, que me segue.

— Acho que não é saudável você continuar usando as roupas dela, ok?

— Posso fazer empanado? Ou você prefere frito?

Tiro a panela do armário.

— Stella, puta que pariu, dá pra você me escutar? Tire essa saia!

— Está bem — grito, batendo a panela na pia. Abro o zíper e puxo a saia até o chão. Piso nela, pego e amasso, formando uma bola, depois jogo no lixo. — Pronto. Está feliz agora?

Phil me olha com pena, balançando a cabeça.

— Então vai querer empanado ou frito? — pergunto a ele com tranquilidade, de calcinha no meio da cozinha, segurando uma espátula.

— Você precisa de ajuda, Stella. Precisa mesmo.

Com isso, ele sai bate a porta de casa e sai. Quando sei que foi embora, pego a saia do lixo e a visto outra vez.

Acho que vou fazer frango frito.

Cam

Deitada na cama, Cam observa Mark dormindo, seu corpo sem pelos brilhando de suor pós-sexo, seus músculos um deserto montanhoso de vales suaves e cor de laranja em virtude das luzes da rua que invadem o quarto. É o amante perfeito. Do tipo que os escritores juntam com donas de casa rejeitadas em romances de sacanagem. Ele é perfeito para o que Cam precisa.

Ela se pergunta se deve beijá-lo enquanto ele dorme, mas se lembra dos limites desses relacionamentos. Sexo deve ser tratado com naturalidade, afeto, com cuidado.

Cam pega o notebook. Transar com um cara mais jovem é um conteúdo para o blog que ela não pode dispensar.

```
Ter vinte e tantos anos é uma idade tão legal para
um cara, né? Ele já superou as desgraças da adoles-
cência, mas ainda não sentiu o desejo de espalhar
sua semente e ter filhos. Geralmente está na melhor
forma física, encontrando seu caminho no mundo pro-
fissional e se apresentando para as mulheres como um
trator com pinto.
    Adoro esses tipos. São um presente para mulheres
como eu, preciso repetir: 36, solteira, feliz. Re-
centemente achei um desses na fila do supermercado.
Eu estava comprando pizza orgânica congelada e ele,
shakes de proteína. Nossos olhares se encontraram,
então rolou aquela conversa fiada básica e, uma hora
```

depois, estávamos na cama. Mas não foi a conversa fiada o que nos uniu, foi luxúria. Pura luxúria. Se estiver me julgando por isso, então acho que você não entende como funcionam relações mútuas entre adultos. É saudável e consensual. Você não tem porque opinar.

Mas a gente adora opinar, né? Julgar as escolhas sexuais das outras pessoas, especialmente se elas têm um quê de controvérsia. Rimos, questionamos, colocamos nossas auréolas e dizemos para quem faz coisas que não fazemos que isso é estranho e errado. Mas, sério, se é bom (e permitido por lei) e todo mundo está feliz, então quem tem direito de dizer que não é certo?

Como um ato tão particular e íntimo como o sexo pode receber tanta atenção da sociedade? Provavelmente porque isso excita as pessoas no sentido físico e mais ainda quando elas podem fofocar sobre os desvios de conduta dos outros. Não faz sentido numa sociedade tão diversa quanto a nossa atualmente que alguns ainda se sintam desconfortáveis quando outros não se comportam do jeito considerado "normal".

Mas a sociedade nos diz o que é normal, não é? Já estava escrito nos livros antes de nascermos: monogamia é o jeito certo, devemos encontrar "a pessoa certa", casar, ter filhos. Mas talvez monogamia não seja para todo mundo. Talvez algumas pessoas, como eu, não tenham medo de ficar sozinhas. Na verdade, esse é o objetivo.

Fico tão feliz por não ser normal... Aos 36, não tenho qualquer intenção de sossegar. Algumas pessoas na minha vida acham isso insuportável. Mas não consigo ser de outro jeito.

Há mais mulheres solteiras na faixa dos trinta e dos quarenta do que em qualquer outra época. Somos uma demografia em rápida ascensão, mas ser solteira não significa que você quer ou mereça menos sexo. Decidi que quero transar com um cara mais jovem, receber a atenção física que desejo, mas também a liberdade emocional em que acredito. Essa é minha escolha e, enquanto estou sentada aqui, olhando para essa linda criatura que dorme na minha cama – presente quando preciso dele, ausente quando não preciso – tenho orgulho de não ser normal. Na verdade, recomendo.

Bom sonhos,
Cam

Tara

Às 23h saímos do Sanderson em uma pegação tão intensa que é como se não estivéssemos em uma rua de Londres à vista de todo mundo que passa.

— Vamos para a minha casa — diz Jason, gentilmente. — Podemos ver TV. Te empresto um pijama. Podemos falar sobre sentimentos? — Ele me puxa para ainda mais perto e coloca as mãos no meu rosto. — Ou podemos transar bem aqui e lidar com o tesão que você me causa.

Ele me beija. Nossas bocas têm exatamente o mesmo gosto e se encaixam como peças de um quebra-cabeça. Igual a quando ficamos horas tentando abrir a porta com a chave errada e, quando finalmente achamos a certa, a fechadura gira com tanta facilidade que fica claro que estávamos fazendo aquilo do jeito errado há muito tempo. O desejo sexual por baixo da roupa é tão intenso quanto música e iluminação de palco em um show de calouros na TV. Minha virilha me atrai na direção do cara com uma força tão gostosa quanto o próprio sexo. É o tipo de conexão que desejei em todas as noites de sábado que passei sozinha, depois de colocar Annie na cama. Noites que passei me sentindo fria, vazia e rejeitada pelas minhas próprias escolhas, depois de mais um encontro escroto na noite anterior. Tudo o que sempre quis foi me sentir verdadeiramente excitada. Um corpo completo, um desejo cem por cento real de transar com alguém até perder os sentidos, em vez da esperança distante de que o sexo possa render a conexão que estou procurando.

Eu me afasto. "Um cara à moda antiga", "esposa e família", "uma filha grátis". As palavras dele ecoam na minha cabeça. *Se isso está mesmo acontecendo, então pode esperar.*

— Para — digo, pisando na rua e me afastando dele. — Vamos parar. Não vamos fazer isso hoje. Vamos esperar.

— Meu Deus, você é louca? — pergunta ele, sua boca brilhando sob a luz do poste.

— Não estou louca. Não vamos fazer isso hoje. Vamos sair de novo na sexta que vem? Um encontro marcado, "à moda antiga"?

Se eu nunca mais vir esse cara, posso pelo menos terminar esta noite incrível sem nenhuma vergonha sexual.

— Quero ver você de novo — digo. — Só acho bom ser sensata às vezes.

— Você sabe que antigamente as pessoas já transavam, né? — diz ele, arrumando o zíper da calça, mas oferecendo um sorriso de quem entendeu. — Pelo menos me deixa chamar o táxi pra você.

— Não, vou de metrô. Táxi vai demorar muito e eu moro perto da estação.

— Onde você mora mesmo? — pergunta ele.

— Walthamstow — digo.

— Walthamstow? Nunca fui lá. Será que na noite de sexta que vem eu finalmente vou pegar a Victoria Line até o fim?

— Talvez — digo. — É uma linha de metrô muito sexy.

Passo o braço em volta dele e andamos até a estação.

— Anota meu número — digo, quando chegamos à estação Tottenham Court Road. — Prometo que não estou dando uma desculpa qualquer, realmente quero sair com você de novo. Quero fazer isto outra vez.

Dou um beijo em Jason, deixando claro que gostei dele. Depois de alguns segundos, ele se afasta e pega o celular no bolso. Digita os números que lhe digo.

— Mensagens picantes estão permitidas? — indaga ele.

Eu rio e confirmo com a cabeça.

— Todo tipo de mensagem está permitido. Pode mandar.

— Vou mesmo — diz ele. — E você trate de responder.

— Vou mesmo.

Ele me beija de novo e a dúvida quase me faz dizer "QUERO IR PARA SUA CASA MONTAR EM VOCÊ A NOITE INTEIRA". Mas penso nos meus sentimentos, penso em Annie, e consigo controlar meus impulsos. A sensação ao me afastar é maravilhosa. Estou tão incrivelmente excitada que seria capaz de dar meia volta, rasgar as roupas dele e transar loucamente bem no meio da Oxford Street.

Assim que chego na escada rolante, recebo uma mensagem.

A noite foi perfeita. Mal posso esperar para repetir. Bjs, J

Paro. Estou com pouco sinal e quero mandar uma resposta antes que não seja mais possível. Já fui bem clara, não há mais necessidade de me conter, não quero deixá-lo com nenhuma dúvida sobre como me senti, então sou bem direta:

Não serei tão educada da próxima vez. Vou querer mais do que aconteceu na porta do hotel. Algum pedido especial?

Aperto enviar e um balãozinho de conversa aparece logo depois, mas fico sem sinal. Vai ser algo bem divertido de ler quando sair do metrô.

Jason

Jason ainda está parado na entrada do metrô, esperando que talvez ela mude de ideia e volte. Mas como isso não é um filme do Richard Curtis, logo percebe que ela foi mesmo embora. Está desapontado até receber a mensagem de Tara.

Algum pedido especial?

Que sexy. Jason não acredita na sorte que teve. Ela é inteligente, engraçada e sensual pra caramba. Ele gostou dela, mais do que de qualquer outra pessoa em anos, mas também quer ir com calma.

Algum pedido especial? Hummm. Será que é um pouco cedo para dizer que adora a ideia dela roçar seu cabelo pelo corpo todo dele? Ele gosta muito disso, não tem explicação. Não é nada pervertido ou estranho. Ele só adora mulheres de cabelo comprido. Algo que ela tem. Cabelo castanho comprido e grosso. Foi a primeira coisa que notou, mas teve bom senso e disse nada a esse respeito em voz alta. Mas ele realmente gostaria de ter transado... faz tempo desde que teve uma noite marcante. Ele responde:

Acho que vamos...

Neste exato momento, um ciclista o atinge. O cara cai, mas se levanta rápido, monta de novo na bicicleta e vai embora. Será que ficou constrangido? Estava fugindo de alguém? Foda-se, Jason só se importa com o fato de que seu celular voou da mão e caiu no esgoto.

Levando junto o número de Tara.

MERDA.

Tara

Enquanto o metrô passa por Seven Sisters, olho ao redor. Meu vagão está vazio. Carrego um peso dentro de mim. Essa explosão de libido parece um coração disparado dentro da minha calcinha. Eu podia esperar até chegar em casa para me proporcionar o que quero, mas aqui estou eu... sozinha no metrô. Levemente bêbada e relembrando os momentos de um encontro excitante. Faz tanto tempo desde que senti um tesão assim... Por que esperar?

Vejo um jornal *Metro* no banco e coloco as páginas no colo, depois enfio a mão na calça e dentro da calcinha. Minha cabeça se encosta na parede do vagão e eu penso no corpo de Jason encostado no meu. Imagino nós dois naquela porta, nus. Minhas pernas em volta da cintura dele enquanto ele me empurra contra a porta, sem se importar se tem alguém vendo. Totalmente focada em minha fantasia, eu me toco com mais força, é tão gostoso... Meus joelhos se separam e sinto o ar frio em meus pelos pubianos quando o jornal cai no chão. O metrô começa a desacelerar. Estou ficando sem tempo, mas não posso e não vou parar. Pressiono com mais força, capricho na imaginação e acelero a respiração até gozar forte como há muito não fazia. O metrô começa a parar. Sei que tenho que sair. Só mais um segundo...

Ouço uma fungada.

Meus olhos se abrem e vejo um garoto branco, loiro, usando conjunto de moletom. Com um celular na mão. Tirando uma foto? Meu Deus, o garoto estava me *filmando*?

— Merda! — grito enquanto corro até ele.

Mas o metrô para e sou jogada para a frente. Vou parar de cara no corredor com a calça nos pés. Os tênis do garoto desaparecem enquanto ele sai correndo do trem.

— PERVERTIDO — grito para a porta se fechando.

Mas que merda eu acabei de fazer?

2

Cam

Com um café da manhã composto por café preto e ovos mexidos com torradas e muito ketchup, Cam está sentada à mesa da cozinha, de camiseta e calcinha, dando alguns arremates na coluna que escreveu desde que Mark saiu para malhar às 9h. Enquanto lê o texto, procurando vírgulas omissas e erros de gramática, a campainha toca tão agressivamente que só um incêndio justificaria. Então sai correndo até o quarto para colocar uma legging, depois atende o interfone, e diz:

— O que foi? O que houve?

É quando ouve a irmã falar:

— Cam, sou eu, Mel. Estamos a caminho de Heath e pensamos em passar para dar oi.

Cam aperta o botão que abre o portão do prédio e instantaneamente escuta a debandada dos três sobrinhos correndo escada acima. Ao abrir a porta, é atingida por Max, 11 anos, Tamzim, 9 e Jake, 4. Todos correm direto para a janela e começam a dizer os nomes dos monumentos de Londres que conseguem ver dali.

— Bom dia, criançada — diz enquanto os três passam por ela.

— Bom dia, tia Cam — gritam eles em resposta.

Atrás deles, Mel vem subindo lentamente a escada, carregando bolsas pesadas de praia e um cooler.

— Opa, deixa eu te ajudar com isso — diz Cam, correndo para dar uma mãozinha.

— Esse é o flat menos adaptado para crianças que já vi. Quantos degraus tem essa escada? Cam! Você está sem sutiã! — diz Mel, em tom de desaprovação.

— São 46 degraus, é um prédio antigo e eu não tenho filhos, então para mim está bom. E não estou usando sutiã porque estou em casa. Sozinha. Ou ao menos estava.

— Eu sei, mas mesmo assim. Você podia ter colocado um antes de abrir a porta.

— Mel, você é minha irmã ou não?

— Sou, mas as crianças... enfim.

Cam fecha a porta e murmura com sarcasmo:

— Bem-vinda.

Mel larga todas as bolsas no chão, depois coloca as mãos nas costas e se inclina para trás. Ela suspira fundo, mas isso não disfarça o som dos ossos estalando. Parece exausta.

— O lugar é legal — diz ela, olhando em volta. — Mas é tão grande...Você não vai se sentir solitária?

— De jeito nenhum — diz Cam. — Chá?

— Melhor não. Vou ter que fazer xixi no parque se beber.

— Ok. — Cam, guarda a chaleira. Ela gosta mais de café, e fica feliz ao pensar que sua bexiga a permite tomar outra xícara. — Tudo bem?

— Não muito, mamãe está morta de preocupação. Ela acha seu site muito inapropriado e tem vergonha de ir ao clube das senhoras porque as outras acham que você é uma feminista que queima sutiãs!

— Bem, acho que isso explica por que não estou usando um.

Cam lança um olhar de "touché", e pensa de novo no post que escreveu na noite passada, sobre transar com um cara mais jovem. A mãe dela vai odiar, mas pelo menos ajudaria em relação às suspeitas de que era lésbica.

— Existe alguma coisa que você possa fazer para mamãe se sentir melhor? Ela literalmente só fala nisso.

— Mel, não tem nada que eu possa fazer para mamãe se sentir melhor, essa sou eu. Falei várias vezes para não ler meu blog, mas ela continua lendo. Se isso a tortura tanto, porque ela não para?

Mel vai até a janela.

— Ok, crianças, mais cinco minutos. Quero chegar ao parque antes que fique muito cheio e alguém roube nossa árvore. — Ela se volta para Cam. — Preciso me sentar à sombra ou meu sangue fica muito quente e as varizes começam a aparecer.

Cam olha para a irmã e não sabe o que dizer. Ela parece péssima. Mel nunca superou a maternidade, nem física nem emocionalmente. Costumava ser muito atlética e tinha um corpo ótimo, mas, aos poucos, a cada filho, ela foi engordando cada vez mais e agora veste 40. Infelizmente, carrega a maior parte do peso na bunda e nas coxas, então sofre com assaduras durante o verão e fica muito desconfortável em dias quentes. É uma mulher muito bonita, linda até, mas o estresse da vida e a privação de sono, além do desgaste de cuidar de três filhos, torna mais difícil que alguém note o sorriso que costumava atrair tantos garotos na escola. Ela teve depressão pós-parto após os três nascimentos e o casamento está por um fio. Cam tem certeza de que Dave está tendo um caso, mas não consegue culpá-lo. Mel se tornou uma pessoa complicada em virtude de toda essa raiva que sente pelo que sua vida se tornou. É a melhor propaganda para não ter filhos que Cam já viu.

A verdade é que Mel é muito mais parecida com Cam do que gostaria de admitir. Ela nunca foi maternal, nunca precisou estar em um relacionamento para ser feliz. Mas foi fraca na hora de ceder à tradição. A mãe delas não via um futuro para as quatro filhas que não envolvesse casamento e filhos. As duas mais velhas, Tanya e Angela, ficaram felizes em se conformar. Elas se casaram com caras que conheceram na faculdade e têm sete filhos no total. Tanya dá aula de ioga e Angela tem uma creche: tudo muito doentio e ideal na visão de Cam. Como se elas lessem *House & Garden* e tentassem viver como se estivessem numa daquelas fotos. Mas Mel, assim como Cam, não era assim. Era inteligente, estudiosa e a melhor aluna da turma. Sempre quis estudar Direito e trabalhar na cidade e seus planos iam além de ser mãe e dona de casa. Até que conheceu Dave, ficou grávida de Max e fez a burrada de contar para a mãe. Na época, Cam tinha aconselhado justamente o contrário, e a culpa que recaiu sobre ela por sequer considerar um aborto foi grande demais para suportar. Por isso Mel foi mãe aos 26 anos, mesmo não querendo. Desde então ela leva uma vida que não deveria.

— E aí, criançada, empolgados para o parque? — pergunta Cam, andando até eles.

Todos se viram ao mesmo tempo, feito macacos numa jaula que sabem que estão sendo vigiados.

— Por que você não tem namorado? — pergunta Tamzin, uma versão em miniatura de Cam, até nas mãos gigantes.

— Talvez eu tenha um namorado — diz Cam, sem querer aceitar ofensa de um macaco.

— Mas você não tem. Minha mãe disse que você deve gostar de meninas — declara Max, casualmente.

— Max, isso foi uma conversa particular entre vovó e eu — diz Mel bruscamente, tentando silenciá-lo com os olhos.

— Então por que você disse isso quando todo mundo estava na mesa de jantar? — questiona Max, encerrando o assunto.

Não é surpresa para Cam que a mãe e a irmã falem dela pelas costas. Ela é o assunto preferido mesmo quando está presente, porque não seria quando ausente?

— Gente, um dia vocês vão crescer e descobrir que tem muito mais coisa na vida além de ter namorados e namoradas. Como ter uma casa legal e um emprego que vocês gostem — diz Cam, abrindo os braços para mostrar o novo e maravilhoso apartamento. Eles voltam para a janela. — Vocês gostaram?

Eles não respondem. *Crianças não são muito observadoras*, pensa Cam.

— Quero casar e ter três filhos — diz Tamzim, com orgulho, olhando por cima do ombro.

— Mas talvez não se case, talvez mude de ideia, ou então não encontre alguém que ame e vai ficar feliz em aproveitar a vida no seu apartamento próprio, cercada de obras de arte caras e sem medo de que algum monstrinho rabisque as paredes.

Mel revira os olhos para a irmã mais nova.

— Ela não é da sua turma "mulher não precisa de homem", Cam. Toda menina tem o mesmo sonho. — Sua reposta é exaltada pelo filho.

— Odeio arte — diz Max, indo em direção ao notebook de Cam.

Ele quebrou o último computador dela, jogando-o no chão porque a internet não era boa o bastante para baixar *Kung Fu Panda*.

— De jeito nenhum — diz ela, arrancando o computador da frente dele. — Você não vai chegar nem perto disso.

— Por quê? Tem pornografia aí? — pergunta Max, de um jeito rude.

— Max! O que você sabe sobre pornografia?! — exclama Mel, parecendo mesmo horrorizada.

— Eu li no blog da tia Cam. Ela escreveu que pornô era bom.

Cam faz uma expressão de culpada para Mel, que olha de volta, revoltada.

— O quê? Calma aí, não tinha nem foto no post! E eu não mostrei meu blog para ele.

— Não, mas ele lê sempre que entra na internet. Está lá, Cam, qualquer um pode ver. Você não pode escrever sobre outras coisas? Coisas que não vão prejudicar psicologicamente meus filhos?

— Calma aí, ele não sofreu nenhum dano psicológico. Talvez você só tenha que melhorar seu filtro de internet.

Elas voltam a olhar para Max, que está mostrando a bunda na janela, enquanto Tamzin bate no vidro para chamar a atenção das pessoas na rua. Jake está assistindo e aprendendo.

— É melhor esconder isso aí, Max — diz Cam. — Ouvi dizer que eles prendem meninos que se expõem assim nesta área da cidade.

Max levanta a calça. O garoto se acha, mas, com seu jeito infantil, parece que está debatendo em sua cabecinha se Cam está dizendo ou não a verdade. Ele obviamente não quer se arriscar.

— Ok, é melhor a gente ir — diz Mel, gemendo enquanto flexiona os joelhos para pegar as bolsas no chão. — Você tem sorte por morar perto do parque. Eu odeio o metrô, é muito quente, minhas varizes não aguentam. Vamos, crianças. Hora de ir.

— Olha, eu preciso trabalhar um pouco, mas que tal se eu encontrar vocês no parque depois? — sugere Cam, querendo realmente passar algum tempo com eles, mas não em seu apartamento novo.

— Claro — diz Mel. Ela tenta organizar as crianças, mas fica toda atrapalhada com as bolsas e o cooler quando os três correm escada abaixo. — Mas, por favor, coloque um sutiã! — grita ela, descendo.

Voltando para a mesa da cozinha, Cam, como costuma acontecer quando ela encontra a família, se sente motivada. Quando incompreendidas pelas pessoas mais próximas, algumas pessoas se tornam fechadas, inseguras, envergonhadas. Mas para Cam, isso tem servido de inspiração para quase tudo o que faz. Ela vem dando tapinhas gentis no ombro da mãe e das irmãs a vida inteira, dizendo "eu sou diferente de vocês, mas sou feliz assim. Me aceitem". Mas, seja lá por que, nenhuma delas nunca conseguiu aceitar. Cam sabe que a mãe sofre lendo seu blog e, por mais que diga para ela não ler, Cam também adora saber que a mãe não consegue deixar de fazer isso. *HowItIs.com* é o lugar onde pode dizer o que precisa ser dito sem ser ignorada pelo que a sociedade, ou sua mãe, consideram normal. Cam tem orgulho de quem é. Não se encaixar é o catalisador de seu sucesso. Por isso é chegada a hora de escrever um post para qualquer um que se sinta feliz sozinho no meio da multidão.

Querem ouvir uma história de amor? Essa é uma que nunca foi contada. Ela se chama: Cam Stacey e seu grande amor, a internet. Vou começar do começo...

Era uma vez, uma garota chamada Cammie. Em geral ela era bastante estudiosa, se saía bem na escola e gostava disso. Ao mesmo tempo, tinha uma tendência à rebeldia: fumava, beijava meninos e bebia muita cidra, mas, no geral, ela era uma boa menina.

Não estava preocupada em ser descolada, mas, ao tentar não ser descolada, era justamente isso que ela parecia. Usava calça justa e camisetas de banda enquanto as outras garotas usavam minissaias e tops. Não tinha muitos amigos próximos, por isso passava seu tempo com os garotos, com quem falava sobre música em vez de fofocar com as meninas. Passou pela adolescência sem muitos problemas de um modo geral. As garotas talvez a achassem um pouco intimidadora, provavelmente os garotos também, mas Cam só queria paz e sossego. Com três irmãs mais velhas, sair de casa era como tirar férias, e ela não queria desperdiçar seu tempo com muitas pessoas, então geralmente ficava na sua.

Sim, você adivinhou, Cammie sou eu. E é assim que a história continua:

Terminei o colégio, entrei na faculdade e estudei inglês. Eu era o tipo de gente que lê todos os livros que pedem nos cursos. Eu estava sempre com um livro à tiracolo e tinha a tendência enervante de ler vários jornais por dia. Por quê? Porque eu sabia que precisava me tornar escritora. Eu sabia que precisava absorver palavras para ser boa nisso. Era o único jeito de tirar os bilhões de pensamentos e opiniões de dentro da minha cabeça. E isso precisava ser feito de um jeito que qualquer pessoa entendesse. Porque, socialmente, eu era uma fracassada.

Fiz o que todo aspirante a escritor fazia na época e escrevi páginas e mais páginas de artigos, imprimindo e mandando para editores em envelopes amarelos. Nunca recebi resposta. Até que uma coisa incrível aconteceu... o tal do e-mail. De repente, eu podia anexar meu trabalho nos e-mails. Ainda assim, as respostas não chegavam. Até que li uma matéria sobre esse hobby pouco conhecido chamado "blog". Uma mulher blogava sobre a família. O marido dela era fotógrafo, ela era linda, seus filhos eram inteligentes e o cachorro deles era fofo. Então, todo dia, ela fazia o marido tirar uma foto e postava com uma nota sobre o que eles tinham feito naquele dia. Era um negócio meio enjoativo, e, para ser sincera, não era o tipo de coisa que eu curtia. Até que descobri que trinta mil pessoas liam o blog dela todos os dias. E então eu soube que essa era a resposta que procurava.

Foi assim, leitores, que me casei com ela! E por ela, quero dizer a internet. E por casar, digo fiz um site. E aí, começamos a ter filhos. (Você entendeu a história a essa altura, né? Com filhos me refiro aos posts.)

Encontrar minha voz on-line me ajudou a achar a voz dentro de mim. Comecei a escrever sem parar, e todo dia, sem falta, eu postava alguma coisa. Fosse algo que eu estava sentindo ou uma reação a alguma notícia. Depois fiz todo mundo que conhecia ler meu blog. Imprimi flyers e coloquei nos parabrisas dos carros e em caixas de correio. Mandei o link para os editores de todo jornal e revista, e postei o endereço no MySpace. Fazer isso se tornou minha vida, meu vício. Quando não estava escrevendo, eu estava divulgando. Eu não precisava que os editores dos jornais me notassem, porque estava conseguindo sozinha toda a audiência necessária. E olhe só pra mim agora. Tenho um dos blogs de estilo de vida mais antigos em atividade no Reino Unido. HowItIs.com fará 16 anos semana que vem, e continua firme e forte. Mais de meio milhão de pessoas leem meu blog todos os dias, um público maior que o de muitas publicações impressas.

Estou contando essa história para qualquer pessoa que tenha voz e não saiba como ser ouvida. Você não precisa ser sociável como uma borboleta, não precisa ser charmoso, superconfiante, bonito ou magro. Você só precisa ter algo a dizer.

A internet é o amor da minha vida porque me permite ser quem eu quero ser. As palavras que ficavam entaladas na minha garganta agora saem pelos meus dedos com facilidade. Não sei quem eu teria me tornado se não tivesse esse escape. E sabe qual a melhor parte? Posso me conectar com centenas de milhares de pessoas todos os dias sem ter que articular uma palavra. Sugiro que tente. Que poste seus sentimentos na internet. Mesmo que ninguém os leia agora, um pedaço seu vai ficar ali para sempre. Isso é meio mágico!

Bjs,

Cam

Tara

— Mãe, meu algodão não para de cair — diz Annie, enquanto passamos pela porta da casa de Trudy.

Há dois balões de hélio amarrados na maçaneta com um Post-it dizendo: "Bem-vindas, princesas."

Minha cabeça está latejando por causa do exagero de bebida de ontem e quase nenhum sono. Não consigo tirar o garoto do metrô da cabeça, a câmera do celular apontada para mim feito uma arma cuja munição era constrangimento. E Jason ainda não me mandou mensagem desde que entrei no metrô. Como tudo deu tão errado?

— Mãe? — chama Annie, me puxando. — Estou me sentindo uma boba.

Apareci na casa da minha mãe às 11h30 com uma caixa de papelão vazia, cola em bastão, cartolina laranja, um pedaço de elástico, um chapéu branco, meias brancas e seis pacotes de algodão. É incrível o que dá para comprar no supermercado quando é preciso fazer uma fantasia para uma criança de seis anos. Cortei um buraco na caixa de papelão para a cabeça da Annie e cobri tudo com as bolas de algodão. Fiz um nariz de cenoura com a cartolina laranja e o elástico, e com as meias e o chapéu ela ficou ótima. Ok, não ótima, mas dei o meu melhor.

— Bonecos de neve são redondos, não quadrados, mãe.

— Annie, está tudo bem. Você está parecendo um boneco de neve.

— Mas por que um boneco de neve? Estamos no verão.

— Não tem um boneco de neve em *Frozen*? — pergunto, o que não parece ajudar muito.

Entramos. Claramente a festa está acontecendo no jardim. Os gritos e as risadas das crianças ecoam pela casa. Eu deveria ter tomado mais um analgésico.

A casa é bem legal. Um enorme terraço vitoriano com pequenas prateleiras de livros, uma TV enorme, um sofá azul-marinho chiquérrimo e uma casa de bonecas imensa embaixo da janela. Estou surpresa que Amanda tenha tanto bom gosto. Obviamente o marido dela ganha bem pra caramba porque, com exceção de duas cômodas que parecem ter sido escolhidas simplesmente por serem práticas, ambas com etiquetas descrevendo os brinquedos que contêm, nada aqui parece ter sido barato.

— Annie, Annie — grita Trudy entrando empolgada na sala, seguida por três outras princesinhas com seus vestidos obviamente comprados em lojas chiques.

Fico com pena da Annie. Ela está ridícula em comparação as outras.

As garotas a pegam pela mão e a arrastam até o jardim, onde um pequeno castelo inflável está sendo massacrado por cerca de quinze meninas extremamente empolgadas. À esquerda tem uma mesa comprida com uma toalha azul e pratos e mais pratos de comida azul e branca. Quero devorar tudo.

Na extremidade da mesa, há uns vinte adultos, homens e mulheres. Mães e pais. Por que fico tão nervosa nessas situações? A paranoia provocada pela ressaca me diz que eu era o assunto da conversa até o momento.

— Oi — digo, me aproximando da mesa.

— Tara — Amanda, toda simpática, vem se aproximando como se aquele momento desconfortável na escola nunca tivesse acontecido. O que é um pouco irritante. — Bebida? — pergunta ela, oferecendo uma taça de vinho branco.

Juro que todo mundo parou de conversar e sorriu para mim, daquele jeito que as pessoas fazem quando estão esperando que você faça contato visual com elas para dizer oi. Dou uma olhada em todos e digo oi para que possam voltar às suas conversas.

— Aceita? — insiste Amanda, praticamente enfiando a taça embaixo do meu nariz. Mas minha expressão deve ter me denunciado, porque ela puxa a taça de volta pergunta: — Muito cedo para beber?

— Ah, não, nunca é muito cedo. É que saí ontem à noite e estou me sentindo um pouco fraca.

— Ah, por favor. Ressaca só se cura bebendo mais, pode acreditar — diz ela enquanto um homem de camisa azul se aproxima de nós. — Este é Pete, meu marido.

Algo na voz dela denuncia que está brava com Pete.

— Oi — digo, estendendo a mão para ele.

Pete é alto, tem uma boca que ocupa a maior parte do rosto e é dono de um olhar muito sensual.

— Posso preparar um Bloody Mary pra você — diz ele. — Eu mesmo não estava muito bem hoje de manhã. Tem um pouco pronto na geladeira, aceita?

— Olha, seria perfeito. Obrigada! — digo, enquanto ele entra.

— A fantasia de Annie é... é corajosa.

— Obrigada, Amanda — digo, considerando isso um elogio e deixando claro que agora lembro o nome dela. — Gosto de encorajá-la a ser ela mesma em vez de seguir todo mundo. — Olhamos para Annie no jardim. Ela está tirando a caixa de papelão e colocando um vestido de princesa. — Nem sempre funciona.

— Entendo.

Ficamos as duas ali paradas, fingindo estar entretidas com o que as crianças estão fazendo, pensando em algo para dizer, mas há uma coisa negativa entre nós. Uma coisa cósmica, fora do nosso controle. Não tenho energia para impedir que aconteça.

— Aqui está — diz Pete, me entregando o Bloody Mary e quebrando o silêncio.

— Uau, com aipo e tudo! Saúde.

Brindamos e eu tomo um gole. Uma delícia.

— Ok, bem, divirta-se — diz Amanda, indo embora, como se tivesse chegado ao limite do que podia aguentar de mim. — Pete! — chama, ordenando que ele também se afaste.

Não consigo deixar de notar que ele olhou para os meus peitos enquanto ia embora.

— Olá, oi, ei, tudo bom? — digo, me aproximando da mesa de comida e da pequena multidão ao redor dela. — Humm, cupcake azul-bebê, que delícia — digo, pegando um prato de papel e o enchendo de comida.

Todo mundo está olhando para mim como se dissesse "ela não é fascinante?" Há um número enorme de pais e mães presentes e me sinto muito visível. Muito sozinha. Como posso ser tão confiante no trabalho e querer enfiar a cabeça no bolo de aniversário no meio de um grupo de pais?

— Bloody Mary e carboidratos, isso só pode significar uma coisa — diz Tracey, mãe da Gabby Fletcher, se aproximando de mim.

Já tínhamos conversado algumas vezes antes e geralmente ela é bem amigável, mas também tem essa aparência afetada que muitas mulheres adquirem depois que se casam e têm filhos. Mesmo as mais loucas, como Sophie, apesar de não ser mãe ainda. Antes, todas enchiam a cara, eram umas vadias drogadas, mas agora são chatas, seguras e casadas com um homem que enlouqueceria se soubesse as coisas que costumavam fazer. Tenho a impressão que Tracey tem um passado que não quer admitir. Ela sempre leva um segundo para responder as perguntas, como se estivesse se lembrando da coisa certa a dizer. Talvez eu esteja imaginando coisas, ou não.

— É, baita ressaca. E aqui nessa mesa tem tudo que preciso.

Pausa.

— Faz tanto tempo que não tenho uma ressaca de verdade... Não é possível, tendo dois filhos pequenos — diz ela, e os outros pais concordam acenando com a cabeça.

— Ah, eu sei. Minha mãe fica com Annie às sextas, pra que eu possa ter uma noite só pra mim. Acho que eu também não conseguiria de outro jeito.

Tracey olha para o grupo. Fico imaginando se não foi enviada por eles em busca de informações.

— Mas imagino que você deixe Annie com o pai em alguns finais de semana também? Quer dizer, espero que nunca aconteça nada comigo nem com James, Deus que me perdoe, mas compartilhar os filhos é sempre bom, né?

É comum as pessoas acharem que eu e o pai de Annie sejamos separamos. O que não é comum é me perguntarem isso na frente de vários pais numa festa temática da Disney. O tópico me deixa muito ansiosa, mesmo nos melhores momentos. Junte isso com a paranoia da ressaca, e de repente percebo que meu rosto está todo suado.

— Ah, na verdade Annie não tem pai — digo, enfiando metade de um cupcake azul na boca, torcendo para que ela mude de assunto.

— Ah, sim... eu e as meninas estávamos falando sobre isso agora pouco: não sabemos muito sobre você, a gente queria te conhecer um pouco melhor.

Meninas, penso. Por que as mulheres se referem a si mesmas como *meninas*? É tão estranho...

— Ah, entendi — digo, comendo mais um cupcake.

— Brigaram feio? — pergunta ela, depois de me observar mastigando e engolindo tudo.

— Não. Eu e ele nunca ficamos juntos, na verdade.

As outras mães se aproximam. Fico me perguntando quantos cupcakes consigo enfiar na boca de uma só vez, para não ter que falar mais.

— Ah, me desculpe, eu não deveria ser tão intrometida! — Pausa. — Foi só um casinho passageiro então?

Eu poderia simplesmente responder que sim, mas enquanto o Bloody Mary sobe e se junta aos resquícios do álcool da noite passada que ainda estão em meu organismo, sinto surgir uma coragem nada familiar.

— Não. Não foi um casinho, foi uma noite e só. Bem, uma coisa foi realmente passageira, acho. O esperma dele passando da minha vagina para o útero — digo, rindo, achando graça.

Depois olho para todo mundo e percebo que não foi nada engraçada.

— É uma história e tanto — diz Tracey, pegando um cupcake que obviamente não pretende comer. — Ele não queria se envolver, suponho? — pergunta ela feito um detector de mentiras humano que sei que não tenho como vencer.

— Na verdade, ele nunca soube. Eu nunca contei.

Silêncio. E parece muito longo. Acabo percebendo que essa não é uma das pausas estranhas dela, porque ela sequer sabe o que dizer. Meus nervos continuam me fazendo falar:

— Mas, enfim, agora estou à procura do amor verdadeiro e tal, não apenas esperma. Então, não se preocupem, meninas. Seus maridos estão à salvo!

Dou uma risada estridente e meio surtada. *O que estou fazendo? Quem é essa pessoa? Por que diabos mencionei os maridos delas?*

— Pete! — grita Amanda do outro lado do jardim. — Pete, vamos pegar o bolo.

Eu não tinha percebido que ele estava atrás de mim de novo.

A multidão de pais se dispersa e se espalha, formando grupinhos no jardim. Toda esposa está mantendo algum contato físico com o marido. Fico sozinha, parada na frente da mesa, eu e aproximadamente quarenta mil calorias em forma de bolinho azul. Me sinto o salgadinho amassado que ninguém quer comer.

Depois de um minuto ou dois, minha ansiedade vence.

— Annie, Annie, vamos, temos que ir — digo, me apressando até o castelo inflável e acotovelando outros pais no caminho para chegar até minha filha.

— Mas, mãe, a gente ainda não comeu o bolo — diz ela, parecendo envergonhada e preocupada ao perceber que estou falando sério.

— A gente come o bolo em casa. Anda, pega sua caixa de papelão.

— Mas...

— Annie, agora!

Ela me obedece, morrendo de vergonha porque gritei com ela na frente das amigas. Não me importo, estou muito constrangida para lidar com essas pessoas me julgando. Além do mais, estou com vontade de vomitar.

Agarro a mão de Annie e cruzo a casa às pressas, como se estivesse fugindo de uma avalanche. Quando abro a porta, Vicky Thomson está parada, o punho parado a meio caminho no ar, pronto para bater à porta. Dou um pulo... literalmente.

— Tara — diz ela. — Já vai? Meu Deus, estou atrasada. A festa já acabou? Por que sua boca está azul?

Muitas perguntas. Passo por ela, arrastando Annie pela mão.

— Ok, bom, tchau. E vamos tomar café um dia desses, tive outras ideias, acho que dariam...

Coloco o cinto em Annie e saio com o carro antes que ela tenha chance de terminar. Virando o quarteirão, fico um pouco mais calma. Então olho pelo retrovisor e me deparo com o rosto de Annie.

Minha princesinha está chorando de soluçar.

Cam

— Alô, sim, estou esperando a pizza há mais de uma hora... Sim, é Stacey... O quê? Falei com você pessoalmente! Ah, deixa pra lá, eu vou ligar para a Domino's.

Ela desliga.

— Que lixo — diz Cam para Mark, que também está com muita fome, mas não costuma se irritar. — Vai demorar muito para chegar...

VACAS   69

Ela vai até a cozinha, abrindo e fechando com violência os armários e a geladeira. Todos vazios.

— Gata, não fica assim — diz Mark, deixando Cam ainda mais brava com seu jeito de falar.

— Estou com vontade de comer pizza o dia inteiro — diz ela, bufando.

— Bem, vamos sair então? — sugere Mark, irritantemente calmo.

— Você quer dizer ir comprar pizza em algum lugar?

— Não, vamos jantar num restaurante. É sábado. Dia de sair!

Cam fica um pouco fria. "Vamos jantar num restaurante?" Tipo, sentar um na frente do outro? Num restaurante? Vestidos? Conversando? Seria possível?

Antes que ela tivesse a chance de questionar, Mark já está parado na porta, pronto para sair.

— Vamos, estou morrendo de fome — diz ele.

Ela pega as chaves, calça um chinelo e sai com ele. Está realmente acontecendo.

Cam observa Mark enquanto ele lê o cardápio. Faz poucos meses que se conheceram na fila do supermercado, fizeram sexo em todas as posições imagináveis, mas ela não faz a mínima ideia se ele tem um nome do meio. Ali, diante dele, Cam não consegue pensar em nada para dizer.

— Vou querer o sabor festival de carnes, nem sei por que li o cardápio. E você? — pergunta Mark, colocando o cardápio na mesa e acenando para o garçom.

— Eu? O que tem eu? — pergunta Cam, preocupada com a possibilidade de que Mark esteja pedindo que ela expresse algum sentimento.

— Hum, qual sabor você vai querer?

— Ah, havaiana, sempre.

— Aff, fruta na pizza não dá — diz Mark.

— Ah, ok— responde Cam, fazendo a expressão que ela acha que demonstra que está gostando de conhecer esse pequeno detalhe sobre ele, apesar de ter achado terrivelmente constrangedor.

Não é que ela não goste de Mark, ou que não goste de ficar com ele. Só que tinha passado a maior parte da vida adulta evitando qualquer encontro tradicional exatamente por não ser muito boa nisso. Ela não escolheria passar uma refeição inteira diante de alguém que não conhece direito. Um drinque, talvez. Um café, pode ser. Mas uma refeição? Um encontro propriamente dito? Ela não é boa nisso. É boa em ficar em casa, de calcinha, conversando sobre qualquer assunto entre uma transa e outra. Nesse ambiente ela tem objetos de cena, distrações de forte interação emocional. Mas aqui está Cam, sentada na frente de seu amigo colorido de alguns meses, percebendo pela primeira vez que a questão da idade realmente pode fazer a diferença. Sente-se muito vulnerável. Tipo um cara mais velho acompanhado de uma loira muito mais jovem. Fora da cama, isso parece bobo.

Eles fazem o pedido.

— E aí, o que você fez hoje? — pergunta ele, enquanto esperam.

— Ah, bem, fui ao parque com minha irmã, minha sobrinha e meus dois sobrinhos. Nadamos no lago, foi legal — diz Cam, enfiando duas azeitonas na boca.

— Ah, maneiro. Também tenho dois sobrinhos: Jacob e Jonah. Os dois querem ser chamados de JJ, então eu os chamo de JJJJ. Eles acham muito engraçado.

— Haha, que ótimo! — exclama Cam, escondendo seus sentimentos e cuspindo os caroços de azeitona na mão.

— Eles me adoram. Consigo levantar os dois de uma só vez. Eles me chamam de tio Hulk — diz Mark, levantando o braço e flexionando o bíceps.

Cam sorri. Ele é tão legal, e ela não quer ser grossa ou escrota, mas...

— Quantos anos têm os seus? — pergunta ele, sendo completamente aceitável e agindo como qualquer ser humano normal em uma situação dessas.

Mas isso já é demais para Cam. Ela não entende porque acha isso tão terrível. Ela não consegue. Simplesmente não dá.

— Mark, me desculpa. Não estou me sentindo muito bem, talvez seja insolação ou algo assim. Podemos pedir a pizza para viagem?

Mark não parece se incomodar. Afinal, pelo que sabe, ele ainda vai comer pizza, ainda vai ficar com Cam... então está tudo bem.

— Claro — diz, chamando o garçom e pedindo a pizza para viagem.

Cam relaxa instantaneamente, e se ocupa tirando a carteira da bolsa e contando o dinheiro.

— Eu pago — diz ela.

Mark fica feliz em aceitar. Enquanto eles saem, Cam tem outra ideia.

— Acho que vou voltar para casa sozinha... Me desculpa, mas acho que o calor de hoje realmente não me fez bem. E como passei o dia correndo atrás das crianças, não comi nada. Tudo bem por você?

— Claro, gata — diz Mark, compreensivo. Ele abre a caixa da pizza para pegar uma fatia. — Quer que eu leve você em casa?

— Não, vou ficar bem. Mas obrigada — responde ela, reconhecendo que ele é legal e fácil de lidar, e se perguntando por que não consegue ficar sentada na frente dele durante um jantar.

— Você vai sair hoje à noite? — pergunta ela.

— Provavelmente... eu adoro dançar, sabe — diz ele, escancarando ainda mais o grande contraste entre os estilos de vida.

Cam se pergunta se ele vai terminar a noite com alguém. Alguém da idade dele, que também trabalhe numa academia, que goste de conversar sobre qualquer assunto. Ela sabe que não pode se importar com isso.

— Divirta-se — diz ela, indo embora.

— Valeu, gata — grita ele.

Cam vai andando lentamente para casa.

De volta à mesa da cozinha, com o notebook à frente, metade da pizza à direita, uma xícara de chá à esquerda, Cam pensa no que escrever. Sabe que sua relação com o mundo através da internet é melhor do que pessoalmente, mas isso importa mesmo? Por que essa necessidade de ter que ser ótima off-line, quando on-line pode ser o que quiser? Não é como se Cam não tivesse nenhum contato humano; ela tem a família, Mark e, é claro, *tem* amigos. A maior parte desses relacionamentos é mantida por e-mail, sim, mas não é como se ela estivesse literalmente sozinha, feito uma velha em uma casa que ninguém visita. Ela poderia sair se quisesse, só não quer.

Cam fica ali parada por um minuto, refletindo a respeito.

Ou será que quer? Ou será que ficou tão obcecada em construir seu perfil on-line que esqueceu como é a comunicação cara a cara? Cam balança a cabeça. Não... não, é assim que as coisas são. A internet permitiu que ela se tornasse tudo o que queria e Cam é feliz levando uma vida que sai das pontas dos dedos. Ela é ousada no mundo virtual, corajosa e poderosa. No mundo real, meio que não se encaixa. Sua relação com a internet não é nada vergonhosa.

Pronto, já tem assunto para escrever. Cam começa a trabalhar.

Estar sozinha não significa que sou solitária.

Não me lembro da última vez em que me senti solitária, mas fico sozinha o tempo todo. Acho que isso acontece porque cresci numa casa cheia de gente e passei a maior parte da vida concentrada nos meus pensamentos. Na verdade, é provável que meu medo de estar cercada de muita gente seja equivalente aos que as outras pessoas sentem da solidão. Estar sozinha não me assusta. Na verdade, me deixa muito feliz.

É bem difícil se sentir solitário quando a gente preenche a vida com as coisas que ama. Para mim, o que amo não me leva além da porta. Gosto de caminhar, ver filmes, estar com a família, essas coisas. Mas, no restante do tempo, quando estou sozinha em casa, meus pensamentos e meu trabalho me ocupam.

Quando estou sozinha, eu me viro. Faço todo tipo de coisa, desde cuidar da beleza a escrever. Sentada aqui na cozinha num sábado à noite, escrevendo, achei que poderia compartilhar algumas das coisas que faço quando não há ninguém por perto.

Às vezes me sento numa cadeira na cozinha e arranco os pelos da virilha com uma pinça. Ou coloco um espelho na mesa perto da janela e uso a luz natural para inspecionar meus poros. Espremo cravinhos e arranco aqueles pelos escuros do rosto, que nasceram onde não deveriam. Como fico com a pele vermelha

VACAS 73

e inchada, provavelmente não faria isso se tivesse alguém por perto. Termino esse processo com uma máscara facial que deixo agir por dez minutos enquanto mando e-mails para os amigos.

E eu sou muito boa em mandar e-mails. Eu mandaria cartas se escrever à mão não me desse dor no pulso, porque adoro velha a ideia de manter amizades por correspondência. Escrevo longos e-mails para os amigos da escola perguntando como vão as coisas. Então eles me respondem com apenas algumas frases, e fico orgulhosa de mim mesma por manter contato, por mais que eu nunca me esforce para ver a pessoa pessoalmente. Também passo muito tempo lendo os e-mails que recebo de vocês, e boa parte do tempo respondendo.

Eu preparo minhas refeições, e às vezes sou bem criativa. Algumas noites atrás eu fiz, só para mim, curry verde tailandês de frango, do zero, incluindo a massa. Depois me sentei perto da janela e comi enquanto observava Londres e ouvia Tapestry da Carole King. Depois disso li quase meio romance sobre um refugiado norte-coreano, depois fui para a cama e fiz um post enquanto tomava uma xícara de chá de hortelã. De manhã, acordei por volta das 10h e terminei o curry. Frio mesmo. Porque não tinha ninguém para me julgar e, se querem saber, estava ótimo. Passei o resto do dia resolvendo coisas de casa com meu pai.

Essa é minha vida agora, e tem sido assim há bastante tempo. Estou sozinha, mas nunca solitária. Acho que nunca me sentiria solitária. Porque quando você domina a arte de desfrutar da própria companhia, a felicidade vem.

Bjs,
Cam

Cam posta o texto e pega uma fatia grande de pizza. Geralmente se sente calma depois de escrever um bom texto, mas não consegue se livrar do desconforto que sentiu mais cedo. A fraqueza que experimentou estando no mundo real. Como seu eu virtual e real podem ser tão diferentes? Cam vai com a pizza para o quarto, se enfia debaixo dos lençóis e come. Pensa que seria legal colocar uma pequena poltrona no canto do quarto, com uma estampa divertida, só como decoração. Ela pode procurar por uma amanhã, o que seria o jeito perfeito de passar o domingo. Ainda mastigando, solta um peido com cheiro de pizza, apaga a luz, e pouco depois cai no sono.

Domingo

Tara

Annie e eu estamos no sofá assistindo a um filme, como sempre fazemos nas tardes chuvosas de domingo. Meu celular vibra e dou um pulo como se uma vespa tivesse pousado na minha perna, assustando Annie. De repente saímos do sofá e ficamos paradas no meio da sala.

— O que foi, mãe? Quem é? — pergunta ela, aterrorizada.

— É só a Sophie — digo, melancolicamente, e volto a me sentar.

Ele mandou mensagem?

Não.

Não desanima. Quer vir aqui? Pode vir com a Annie. Carl está aqui, mas não tem problema.

Talvez mais tarde. Estou muito ocupada morrendo de vergonha. Bjs

Ok, venha se puder. Gosto que Carl me veja com crianças. Bjbj

Considero contar para ela sobre o cara que me filmou no metrô, mas nem sei como explicar uma coisa dessas para Sophie. Essa história está me deixando mal, então tento não pensar nela. Mas não consigo parar de imaginar o cara no quarto dele, batendo punheta com o vídeo, ou, até pior, postando no Facebook para todos os amigos se masturbarem também. É muito estranho pensar que algum desconhecido por aí tem esse vídeo. Meu Deus! Eu tendo um orgasmo *em vídeo*. É a pior coisa que posso imaginar.

Será que ele só tirou uma foto? Porque jornal caiu do meu colo no final. Talvez não seja tão ruim assim... só preciso esquecer essa história, fingir que nunca aconteceu, ou isso vai me assombrar para o resto da vida. Não posso fazer nada a respeito, então tenho que concentrar em outras coisas, como o fato de que achei que Jason tinha gostado de mim. Aff. O dia de hoje não vai ser bom. Annie quer fazer coisas, mas estou tão pra baixo que não consigo sair do sofá. Temos um impasse.

Ela ficou tão chateada em ir embora cedo da festa que se recusou a sair do quarto ontem à tarde. Me senti tão escrota que, depois de algumas tentativas patéticas de tirá-la de lá, simplesmente me deitei no sofá e comi Pringles, feito uma adolescente tentando superar um pé na bunda. Depois levei algo para Annie comer no quarto e ela jantou lá. Por que as crianças acham tão legal comer fora da mesa? Ela desceu em seguida e ficou jogando *Snap* até a hora de dormir. Depois que pegou no sono, voltei para os meus carboidratos e uma garrafa de vinho. Talvez por isso ainda esteja me sentindo mal.

— Você disse que a gente ia passear no parque hoje — comenta Annie, sem nem olhar para mim, de braços cruzados enquanto vê TV.

Estamos assistindo a *O calhambeque mágico*, mesmo já tendo visto umas cem vezes.

— Eu sei. Desculpa, Annie. Mamãe não está bem. Venha aqui, o que você quer assistir? Pode ser qualquer coisa, não me importo.

— Não quero ver TV. Quero sair.

Verifico de novo o celular, por mais que não tenha vibrado. *Por que Jason não me mandou mensagem?* Será que ele pensou que tinha enviado, mas a mensagem não foi? Só que nesse caso ele estaria esperando uma resposta e teria visto que não enviou. Não, ele decidiu não mandar mais nada. Mas por quê? Quero mandar outra, uma legal, fácil, engraçada. Mas não consigo. O mínimo que posso fazer por mim mesma é manter alguma dignidade e me conter para não falar nada vergonhoso. Annie bufa do meu lado.

— Que tédio, nem está mais chovendo — diz ela, olhando para meu celular como se outra criança estivesse tirando minha atenção dela.

— Ok, me desculpa, não estou legal — digo.

Ficamos sentadas lá em silêncio por mais alguns minutos. Sei que ela não está vendo o filme, eu também não, mas mesmo assim não tiramos os olhos da tela.

— Estou com fome — diz ela, por fim. — Quero ir ao parque tomar sorvete.

— A gente não pode ficar em casa sem fazer nada por um dia?

Percebo que *eu* é que pareço uma criança e digo a mim mesma que preciso crescer. Sou mãe, não uma adolescente rejeitada. Preciso cuidar da minha filha e parar de me lamentar. Me arrasto até a cozinha. Tem um pouco de frango na geladeira, sobrou do jantar de quinta, eu acho, e ainda deve estar bom. Coloco uma colher de maionese e mexo, depois acrescento duas fatias de pão. Jogo algumas Pringles no prato ao lado do lanche, e encho um copo d'água para ela.

— Pronto — digo, oferecendo o prato. — Fiz um sanduíche pra você. Frango com maionese. Está uma delícia. Coma tudo e vamos sair.

Ela dá algumas mordidas e engole com dificuldade.

— Está com um gosto estranho, mãe.

— Ah, Annie, por favor, pare de ser tão rabugenta e coma o sanduíche! — disparo, me arrependendo imediatamente. Mas estou tão cansada, tão envergonhada, que só preciso chafurdar nessas emoções até passar. Olho para Annie, que parece magoada. — Ah, querida, me desculpe, eu...

— Você é péssima! — grita ela, jogando o prato no chão. O sanduíche se espatifa e a maionese se espalha para todo lado.

Ela sai correndo da sala e sobe a escada. A porta do quarto bate com tanta força que a casa inteira treme. É a primeira vez que Annie faz isso, e eu não poderia me sentir pior. Jogo um pano de prato em cima da maionese derramada e ignoro a bagunça. Tapando o rosto com as mãos, digo a mim mesma que preciso ser forte, que não é culpa da Annie, que nossos finais de semana são preciosos e que não posso desperdiçar um deles só porque sou uma grande fracassada. Vamos para a casa de Sophie, vai ficar tudo bem. Vou compensar por ontem. Tenho que ser forte.

Olho o celular de novo e subo a escada.

Nada ainda. Por que ele não me mandou mensagem?

Stella

A noite passada foi uma merda. Enquanto eu fritava o frango, Phil voltou e se sentou na sala, com a TV tão alto que eu mal conseguia pensar. Fiquei o maior tempo possível na cozinha, me acalmando. Eu queria ir lá, arrancar a TV da parede e jogá-la na cabeça dele. Por que ele está sendo tão irritante? Foi a família inteira dele que morreu? É o corpo dele que está em tratamento? Fiquei observando a nuca dele pela porta da cozinha, resmungando baixinho tudo o que queria gritar na sua cara. Phil deveria ser o parceiro forte. Tinha que tomar conta de mim, me fazer sentir melhor. Ele era assim quando nos conhecemos. Era essa a pessoa que achei que estava mudando para minha casa. Foi ele quem me convenceu a fazer o exame, dizendo "Vou ficar do seu lado, amor" e "É melhor saber". E agora que temos o resultado, ele não é homem suficiente para lidar com isso.

Mas me segurei. Pensei nas coisas que quero: ter alguém ao meu lado e ser mãe. Então, como sempre faço, engoli a dor, tirei a linda saia de Alice, fui para a sala, me sentei ao lado dele, coloquei a mão na sua perna e pedi desculpas. Não tenho certeza pelo quê. Mas ele diminuiu o volume, aceitou um prato de comida e vimos um filme lado a lado.

Agora, um dia depois, estamos à mesa da cozinha, comendo o rosbife que preparei em mais uma tentativa de evitar que ele me largasse. Estou ficando sem assunto: nenhum amigo sobre quem falar, nenhuma fofoca do escritório, nenhuma notícia da família, e ainda estou tentando evitar a palavra com "c".

— Sabia que se você jogar no Google "O que acontece se eu morrer sem deixar um legado" os primeiros quatro resultados são sobre o que acontece com seu perfil do Facebook? — digo, mastigando um pedaço de carne na bochecha esquerda.

— Não sabia, não — responde Phil, tomando um gole de vinho tinto.

— Parece que agora dá para nomear alguém como seu "contato de confiança", e a pessoa vai poder controlar seu perfil depois que você morrer. Eu basicamente te daria minha senha e você poderia mudar minhas fotos, aceitar pedidos de amizade e tudo o mais.

— Por que simplesmente não desativa o perfil?

— Quem?

— Você.

— Bem, eu estaria morta — reitero.

— Ok, então por que o contato de confiança simplesmente não desativa o perfil? Pra que ter um perfil no Facebook se você está morta? — questiona Phil, de um jeito seco.

Paro um momento.

— E se o perfil for tudo o que você vai deixar para o mundo?

— Bem, isso seria bem deprimente, né? — diz Phil, obviamente esperando encerrar logo a conversa.

— Talvez seja só isso que *eu* vou deixar para trás — afirmo, obrigando-o a responder.

— Ok, Stella. Você precisa mesmo falar assim? — Phil explode e levanta da mesa, levando o prato para a pia. Ele abaixa a cabeça. — Não posso mais ter essas conversas casuais sobre morte, isso está fodendo com a minha cabeça.

— Desculpe — digo, mesmo não querendo.

Eu me aproximo por trás dele e envolvo sua cintura com os braços. Ficamos parados assim por um minuto ou dois, o corpo dele fica tenso e pouco convidativo. Saio do abraço.

— Quero você — digo, gentilmente, pegando o pênis flácido dele na mão e tentando torná-lo funcional.

Não me lembro de já ter precisado fazer isso no começo do relacionamento. Mas agora é padrão.

Depois de um longo silêncio, ele finalmente fica duro.

— Vamos pra cama — digo, pegando-o pela mão e levando-o para o quarto.

Enquanto tiro minha calça jeans e o tênis, Phil se deita. Ele abaixa um pouco a calça, mas fica de cueca. Monto nele.

— Talvez eu precise de uma ajudinha — digo, enfiando sensualmente os dedos na boca dele.

Phil chupa os dois e vira a cabeça para o lado. Passo os dedos molhados na vagina, um truque que ele me ensinou e que gostava de ver. Me posiciono em cima dele e me abaixo até que esteja dentro de mim. Phil continua com a cabeça para o lado. Me movo lentamente para cima e para baixo, sem tirar os olhos do rosto dele. Me esforço mais, fazendo os barulhos que costumavam excitá-lo. Me inclino para a frente e beijo seu pescoço, depois sua bochecha. Beijo a boca dele enquanto gemo e me mexo mais rápido, mas ele se recusa a me olhar. Está conseguindo manter a ereção, mas não se mexe, não oferece nada. Vou aumentando a velocidade aos poucos, mas não recebo nada em troca.

— Fala sério, Phil! — grito, frustrada. — Você vai me comer ou não?

Ele me empurra e caio na cama. Rolo para o lado e encaro a parede, cobrindo o rosto com as mãos. É vergonhoso demais para suportar.

— Me desculpa, Stella — diz ele, sinceramente. — Estou muito cheio.

Mentira.

Ele sai da cama, abotoa o jeans e vai para a sala. Escuto a TV ligada.

Tara

Eu e Sophie trabalhávamos em uma agência que fornecia garçons para festas de gente rica. Servíamos *Yorkshire puddings* em miniatura com creme de raiz-forte, ou qualquer outro prato pretensioso desse tipo, para a alta sociedade de Londres. Precisávamos lidar com muita gente babaca, mas também tínhamos a chance de entrar na casa deles. Mansões em Notting Hill e apartamentos inacreditáveis em Sloane Square. Era outro mundo, muito diferente do que estávamos acostumadas em Walthamstow. Nossas famílias eram prósperas para o padrão local, mas nada comparado ao pessoal que dava aquelas festas. As pessoas pareciam saídas de um filme, moravam numa Londres que não reconhecíamos como nossa. A gente morria de rir imaginando como seria viver assim. Fantasiávamos sobre usar vestidos de festa espalhafatosos, chinelos de marabu, perambular por nossas mansões enquanto bebíamos taças e mais taças de champanhe. Eram sonhos bobos, mas toda vez que chego na casa de Sophie e Carl, percebo que ela está vivendo o sonho.

Pego Annie no colo para que ela possa tocar a campainha. A casa é vitoriana, então a arquitetura é bem clássica. Seus dedinhos sofrem para apertar o botão, então coloco o dedo por cima do dela e digo "Um, dois, três". Ouvimos badalar dos lindos e perfeitos sinos do Big Ben que a campainha de quatrocentas libras reproduz sempre que alguém aparece. A voz de Sophie sai pelo interfone:

— Um minuto, estou no andar de cima.

Enquanto ela diz isso, ouvimos passos pesados se aproximando da porta.

Annie se segura em mim um pouco mais forte, o que me faz sentir melhor. Ela passou o dia todo brava comigo. Mas, como toda criança quando sente um pouco de medo do mundo exterior, Annie sabe que a mãe está aqui para cuidar dela. Aperto-a de volta, feliz em sermos um time de novo, e a porta se abre lentamente.

Carl. Com seu 1,88 metro de altura. Seu cabelo escuro cuidadosamente cortado e repartido de lado. Seu corpo bem cuidado de 51 anos escondido por um suéter creme de gola V, uma camisa xadrez por baixo. Não sei como se chama o modelo de calça que ele está usando... Seria chino casual? Ele se veste assim quando está relaxando em casa, e ainda assim consegue ficar mais chique que a maioria dos homens que conheço quando estão no trabalho.

— Oi, Carl, bom te ver — digo, entrando e dando um beijo em cada bochecha dele.

Me sinto vigiada, como se estivesse prestes a dizer algo incriminador que o deixaria puto. Lembro que sou mãe, que ele não é meu marido, e que realmente não importa se gosta de mim ou não. Me sinto julgada mesmo assim.

— Oi, Tara. Oi, Annie. Bem-vindas. Sophie está em algum lugar... Entrem — diz ele, com simpatia. Faço questão de lembrar que a maior parte da minha opinião sobre Carl vem da paranoia de Sophie.

— Oiiiiiiiii — diz Sophie, descendo pela larga escadaria.

Ela parece ótima no papel que assumiu. A roupa é preta e casual, mas está linda como sempre. Está perfeita.

— Tia Sophie! — exclama Annie, largando minha mão e correndo para ela.

As duas sempre se deram muito bem. Sophie já é infantil por natureza, então se dá bem com crianças. Mas tenho certeza de que não seria assim se tivesse filhos. Esse foi outro bom motivo para se casar com Carl. Ele tem três filhos do primeiro casamento e não está interessado em ter mais nenhum.

— Oi, meu amor — diz Sophie, pegando Annie no colo e dando um grande beijo nela. Percebo que ela olha diretamente para Carl, conferindo se ele está observando. Deve pensar que ser vista com crianças a faz parecer responsável. — Vamos para a cozinha?

A cozinha em questão é um grande cubo branco de três lados que se abre para o jardim perfeitamente bem cuidado. Carl vai até a adega, que é quatro vezes maior que a geladeira da minha casa, e diz para Sophie:

— Que tal um 2008?

— Ótimo — responde ela.

Enquanto ele abre a garrafa, Sophie abre a porta de trás para que Annie possa correr ao ar livre em volta dos canteiros de flores. Ela não pode fazer isso em casa porque meu jardim é basicamente um barracão sem telhado. Adoro vê-la brincando e feliz, um lembrete de que não estou mandando tão mal assim como mãe.

— E aí, ele respondeu sua mensagem? — pergunta Sophie, enquanto Carl serve três taças de vinho enormes na nossa frente.

Ele coloca três dedos de vinho para mim, três para ele, mas, ao servir a esposa, ela faz um sinal com a mão para ele parar e colocar menos. Essa é a primeira vez na história que a vejo fazer isso. Carl parece impressionado. Sophie olha para mim e dá uma piscadela.

— Não, agora não — diz ela, provando o vinho.

É o vinho mais incrivelmente delicioso, suave, cremoso e bem refrigerado que já tomei. Aposto que custa cinquenta libras a garrafa. Bebo lentamente, por mais que queira virar a taça.

— Claro que entendi tudo errado. Ele não entrou em contato comigo o fim de semana todo, estou péssima — continuo.

— Aposto que estão falando sobre um rapaz — diz Carl, como se fosse pai de alguém.

— Exato! Tara saiu na sexta com um cara que conheceu na internet — conta Sophie, como se estivesse explicando para Carl sobre um novo fenômeno entre os jovens.

— Na verdade, não foi bem o que aconteceu. Eu fui para encontrar um cara que conheci na internet, mas acabei ficando com outro que conheci no bar — digo, corrigindo-a e me arrependendo logo depois.

Carl parece confuso e me sinto uma vadia.

— Acho que eu nunca conseguiria sair com alguém que conheci na internet... Eu teria medo de que ele esperasse algo de mim no primeiro encontro — diz Sophie, como se a carapuça não servisse.

Fico boquiaberta e a encaro, como se dissesse: "Desculpa, mas qual personagem você está interpretando aqui?"

— Nunca fui muito de encontros — conclui ela.

Tenho que me segurar para não gritar: "Não mesmo, você só gostava de transar!" Ela precisa reescrever a própria história para deixar o marido feliz? Eu sei o que é isso: é medo de tomar um pé na bunda e ficar sem nada. Mas Carl faria isso mesmo? Ele é um pouco esnobe e cheio de pompa, mas não acho que seja tão mau.

— Espere aí — interrompe Carl. — Você ia se encontrar com alguém que conheceu na internet, mas acabou ficando com um cara do bar?

Ele parece mais intrigado do que me condenando, mas Sophie está nervosa.

— Pois é, eu fui falar com o cara errado. Quando percebi, a gente já estava se dando tão bem que acabei ficando com ele.

— E o outro cara? — pergunta Carl.

— Foi embora com uma mulher que devia ser prostituta, parecia bem feliz — respondo, olhando para Sophie, como quem diz *Você pode mentir sobre sua vida, mas eu não.*

Percebo que isso deixou Sophie assustada, porque ela está pensando em como se desatrelar da minha vida devassa.

— Nossa, a gente é tão diferente — comenta ela, me fazendo cuspir cerca de 2,50 libras de vinho na mesa branca que acomoda doze pessoas.

— Presta atenção, Tara — diz ela, se levantando para buscar um pano de prato e limpar minha bagunça.

Sinto como se tivesse quinze anos e estivesse na mesa com os pais de uma amiga que me acham uma má influência.

— Sophie, a gente não é assim tão diferente, é? — pergunto.

Não estou disposta a passar por mais nenhuma humilhação desnecessária neste fim de semana. Já cheguei ao auge com Jason e o episódio da masturbação. Ela para de limpar o tampo da mesa olha para mim. Carl está logo atrás, e ela olha bem no fundo dos meus olhos, como se dissesse "Por favor, segue a minha deixa". Mas por que eu deveria? Por que tenho que ficar sentada aqui enquanto me transformam numa velha meretriz, sendo que Sophie foi basicamente a "Miss Vadia de Walthamstow" de 1998 a 2010? Quando estou prestes a dizer algo terrivelmente mordaz para esclarecer as coisas, Annie entra correndo na cozinha.

— Mãe, acho que vou vomitar — diz ela, tão verde quanto o jardim atrás de mim.

E assim, com a força de um terremoto estourando uma represa, ela lança um jato de vômito no chão imaculado de Sophie.

3

Cam

O texto que Cam escreveu sobre solidão foi compartilhado 42 mil vezes, retuitado 18 mil e discutido no *This Morning*. Ela está vibrante. Tudo isso ajuda a aumentar os valores que cobra dos anunciantes, e prova que mesmo estando mais velha — bem, em comparação a Mark —, o *HowItIs* continua relevante como sempre.

Mas produzir conteúdo diário é difícil. Ela precisa encontrar um equilíbrio entre ultraje, opinião e detalhes pessoais. Blogs com uma boa dose dessas três coisas fazem sucesso, e ela acha que tem o que precisa para continuar com sua grande popularidade. Faz muito tempo que queria escrever sobre isso, mas tinha que aperfeiçoar a ideia. Depois de passar o final de semana pensando na horrível tentativa de encontro com Mark e se sua falta de traquejo social era ou não um problema, ela sabe que chegou a hora. Não é sobre ele, é uma coisa dela; sobre controlar sua vida do jeito mais corajoso e honesto possível. Cam está feliz, está fazendo as escolhas certas, e é importante para ela que todo mundo saiba disso. Sabe que o que está prestes a dizer vai provocar reações exageradas. Em seus leitores, é claro, mas principalmente em sua mãe.

`HowItIs.com`

`Por que não quero ter filhos`

`Não quero ter filhos. E não, não sou triste, egoís-`
`ta nem obcecada comigo mesma, muito menos má. Sou`

uma pessoa gentil e engraçada de 36 anos que adora os pais e faz bastante sexo. Sou atraente, estou em forma, estou transando com um cara ótimo e tenho ótimos amigos. Nunca sofri abuso sexual, já tive relacionamentos felizes e gosto muito de mim mesma.

Simplesmente não quero ter filhos. E isso não significa que não sou uma boa pessoa.

Também não odeio crianças, e, para ser sincera, acho estranho pessoas que odeiam. Quando alguém me diz que não quer ter filhos por causa disso, penso: você já foi criança, eu já fui criança, precisamos de crianças. Elas são adultos em miniatura. Não devem despertar ódio. Acredito que quem odeia crianças na verdade odeia mais a si mesmo. Eu não me odeio, só não quero ter filhos.

Sou tia e amo muito minha sobrinha e meus sobrinhos. Mas não estou desesperada para ser relevante para eles mais do que tias que têm filhos são. Eles não são uma prole substituta, são só meus sobrinhos. Sou uma tia divertida que faz visitas, brinca com eles, ensina palavras inapropriadas e vai embora quando chega a hora de ir pra cama. Eles gostam de mim, eu gosto deles, mas não quero que achem que se fugirem de casa podem morar comigo no meu apartamento novo, que, de muitas maneiras, é o meu bebê.

Há vários motivos para o fato de não ter filhos funcionar para mim. Sou escritora e passo a maior parte do tempo sozinha, como já falei. Amo essa parte da minha vida, e sei que precisaria lutar por isso se tivesse um filho. Escrever é minha terapia, meu jeito de me conectar com o mundo. Isso me satisfaz de várias formas e, desde que eu tenha um pensamento na cabeça e uma caneta ou um teclado para escrever, nunca tenho a sensação de que algo está faltando. Acredito que se eu tivesse um filho e fosse difícil encontrar tempo para escrever, aí, sim, eu sentiria que algo está faltando na minha vida. Então, por que eu ia querer isso?

Claro, sei que se tivesse um filho, eu sentiria um amor que provavelmente preencheria todas as lacunas e deixaria de lado todas as minhas preocupações, mas mesmo assim eu ficaria sem o tempo que tenho hoje para fazer o que amo da vida. Então não ganho nada tendo um filho, porque perderia muitas coisas importantíssimas para mim. Ficar sozinha, viajar, dormir tarde, finais de semana preguiçosos, sexo no sofá no meio do dia... Só para citar algumas.

Já li a respeito de mulheres que estão com a vida de pernas para o ar porque não conseguem encontrar um parceiro com quem reproduzir. E outras que precisaram fazer uma segunda hipoteca da casa para tentar uma fertilização in vitro. Também conheço mães que são incrivelmente felizes, e outras que prejudicaram a carreira, o valor próprio, e o que ninguém diz é que elas provavelmente nunca irão recuperar nenhuma dessas coisas. Minha vida é livre de tudo isso. Não tenho pressa para sossegar, não me sinto vazia, não tem nada faltando. Você pode me considerar egoísta, mas acho que sou uma revelação.

Minha família me pergunta se não tenho medo de ficar insatisfeita no futuro por não ter tido filhos. E eu penso: não há bilhões de mulheres por aí que se sentem insatisfeitas justamente porque tiveram filhos? O feminismo não trata basicamente da questão da escolha? Como olhar para os últimos quinhentos anos, para o fato das mulheres estarem sempre em segundo plano porque tinham que carregar os filhos, e não concordar que essa é uma razão perfeitamente razoável para não engravidar?

Como sociedade, precisamos parar de valorizar mulheres por serem mães ou não. Minha decisão de não começar uma família significa que algumas pessoas sempre vão achar que fracassei, que vivo uma tragédia. Mas não há nada de trágico nisso, porque amo a minha vida e estou muito empolgada com o futuro.

Ansiosa para receber e-mails de vocês.

Bjs,

Cam

Stella

Manhã de segunda-feira

— Stella, graças a Deus, porra. Você precisa desbloquear meu computador, preciso entrar na internet — diz um Jason frenético assim que chega no estúdio.

São 9h, ele nunca aparece tão cedo assim quando não tem uma sessão de fotos.

Eu sabia que isso ia acontecer e não vou ajudar. Ele me mandou um e-mail depois que saiu daqui na sexta, me fazendo prometer que, por mais que ele implorasse, eu não deveria desbloquear seu computador até o livro estar terminado. Ele me mandou todas as senhas do e-mail e das redes sociais. "Você manda", disse. "Você é o chefe."

— De jeito nenhum. "Sob nenhuma circunstância", foi o que *você* disse — lembro a ele, minha cabeça latejando por ter chorado até dormir às três da manhã. Phil dormiu no sofá.

— Bem, as coisas mudaram. Preciso encontrar uma pessoa.

— Jason, você disse que faria exatamente isso. Então, me desculpa, mas não vou obedecer. De que adianta combinar as coisas se você não cumpre? Você vai ficar off-line até escrever o livro. O que é tão urgente? — pergunto, curiosa.

— Conheci uma garota incrível na sexta. Peguei o número dela, mas assim que ela entrou no metrô, um cara me atropelou de bicicleta, bateu e meu celular caiu no bueiro.

— Ah, que chato. Ela pegou seu número?

— Sim, a gente estava trocando mensagem.

— Ótimo, então não tem problema. Vou comprar outro celular pra você e assim ela pode te mandar uma mensagem. Além disso, se você salvou o número, provavelmente está no iCloud. Agora volte ao trabalho e tenha um pouco de paciência. Nada de internet, como a gente combinou — digo, bem mandona.

Nem sempre é fácil ser a assistente pessoal de Jason, porque ele gosta de estar no controle. Felizmente, essa é a parte do meu trabalho que mais gosto, afinal não tenho muito controle sobre a minha própria vida.

Ele está visivelmente mais calmo em saber que o número da tal mulher não se perdeu para sempre.

— E talvez ficar na sua seja uma coisa boa — continuo, mesmo por fora do assunto.

Eu já havia testemunhado vários desastres amorosos de Jason porque ele apressa demais a coisa e assusta as pessoas. Seus truques românticos à moda antiga geralmente não colam com o tipo de mulher que ele gosta. Ele adora mandar flores, e mesmo que isso seja legal, já mandou entregar várias vezes no trabalho delas. E, para algumas das mulheres com quem ele sai, as que trabalham em escritórios muito masculinos, receber flores não pega bem.

Uma delas, de quem parece que ele havia gostado muito, tinha um cargo relativamente alto na Morgan Stanley. Ele mandou rosas para o escritório um dia depois do primeiro encontro. A mulher ligou para o estúdio com ódio, dizendo que nunca mais queria olhar na cara dele por tê-la constrangido no ambiente de trabalho. Jason não conseguiu entender qual era o problema. Eu disse a ele que mulheres que trabalham em escritórios com a presença majoritária de homens não gostam de demonstrações óbvias de que são mulheres. Receber flores passa a mensagem "SOU UMA MULHER COM SENTIMENTOS, ME TRATE DE MANEIRA DIFERENTE".

Ele disse que entendia, mas repetiu com a mulher seguinte. Cuja reação foi parecida. Jason é assim... Mas há uma certa fofura no fato de venerar as mulheres.

Jason entra no escritório e joga a mochila no chão. Escuto seu bufar, indicando frustração. Ele fica muito bonito quando está estressado, ainda mais se for por causa de mulher. Estou me sentindo muito mal hoje, estou puta com Phil, mas não consigo deixar de achar Jason divertido. É bonita a maneira com que se deixa consumir por amor. Queria muito que me olhassem do jeito como ele olha para as mulheres por quem se apaixona. Às vezes, acho que mesmo se eu plantasse bananeira pelada na frente do Phil, ele no máximo faria algum comentário sobre o clima. Ele perdeu muito do charme que tinha quando a gente se conheceu. Era um cara atraente, confiante, feliz. A pior parte disso é que sei que fui *eu* quem tirou isso dele, e não faço nada para melhorar as coisas. Sou cordial, educada, tento manter a chama, mas não consigo me conectar. Não de verdade.

Fico observando Jason sentado em sua cadeira, passando os dedos no cabelo. Suas rugas estão mais profundas porque ele está tenso. Me levanto e vou até a porta.

— Ei — digo, simpática. — Muito obrigada pela garrafa de champanhe na sexta, foi muito legal da sua parte.

O rosto dele volta ao normal, como se tivesse esquecido momentaneamente a tal mulher misteriosa.

— Ah, de nada. Você se divertiu?

— É, foi legal. A comida era boa. Minha amiga está grávida, então esse acabou sendo o assunto principal.

— Sério? Ela te deu a notícia no seu aniversário? Que egoísta, era o seu dia.

Ele dá uma piscadinha com o olho direito. Ele tem mais rugas ao redor do olho esquerdo do que do direito, fruto de tanto olhar pelas lentes da câmera. Sempre achei isso uma graça.

— Café? — pergunto.

— Por favor.

Enquanto espero a chaleira ferver, mando uma mensagem para Phil.

A noite de ontem foi estranha... Espero você em casa mais tarde?

Ele me responde rápido, dizendo que vai estar lá.

Jason me assusta ao aparecer atrás de mim.

— Stella, por favor, desbloqueia o meu computador. Quero achar Tara.

Ele realmente não vai desistir.

— Desculpa, Jason, não vai dar. Você precisa ficar alguns dias longe de tecnologia para começar o trabalho. Quanto tempo você já passou do prazo inicial? Várias semanas, certo? Se ela é tão legal assim, vai esperar. Vou comprar um celular novo pra você e o número dela vai estar salvo. Você manda uma mensagem depois, ok?

— Quanto tempo vai levar?

— Já já vou ver isso. Amanhã, no máximo depois de amanhã, ok?

— Ok.

Ele vai embora, parecendo realmente triste. Eu o chamo de volta.

— Mas, então, quem é essa tal de Tara? — pergunto, intrigada em saber como ele ficou tão bobo apaixonado dessa vez.

— A gente se conheceu na sexta à noite. E nos divertimos muito. Tipo, eu sempre me divirto nos encontros, mas toda vez parece que depende de mim, sabe? Do meu esforço? Mas não foi assim com ela. A coisa toda pareceu tão... tão mútua. Peguei o número dela, mas aí esse idiota esbarrou em mim e vi meu celular descendo pelo ralo. Eu estava no meio de uma mensagem para ela, foi tão frustrante... — Ele se aproxima para pegar a xícara dele da minha mão. — Não perguntei o sobrenome dela. Passamos a noite inteira juntos e não falamos sobre trabalho ou sobre o clima. A gente se deu muito bem. Pode tentar achar ela para mim, por favor? — pergunta ele, de um jeito patético.

— Eu? Mas como?

— Na internet.

— Você quer que eu encontre uma tal de Tara na internet? — pergunto, achando que ele só pode estar brincando.

— Não uma Tara qualquer. *A* Tara.

— Bom, você sabe onde ela trabalha?

— Na TV.

— Você sabe alguma coisa sobre ela? Algum detalhe específico que pode destacá-la no todo da internet? Porque tem muitas Taras online e não vou encontrá-la sem uma pista — digo, um pouco preocupada por ele achar que realmente posso fazer isso.

— Bom, sei que ela tem 42 anos. Tem por volta de 1,73 metro de altura, cabelo castanho cacheado, sardas lindas, é magra. Ela trabalha com televisão, tem uma filha de seis anos, e mora em Walthamstow. Só isso. Se você me deixasse entrar na internet eu conseguiria achar!

— Mas não posso, desculpe. Você me paga pra te controlar, então estou te controlando.

Jason apoia a cabeça nas mãos e solta o ar com força.

— Bem, vou encomendar seu celular e aí você liga pra ela, ok? Por enquanto, volte ao trabalho.

Ele vai embora feito um cachorro que tomou um chute. Quase cedo, mas me mantenho firme. Quero que esse livro seja escrito logo porque as coisas ficam chatas por aqui quando não há sessões de foto para organizar. Estou passando tempo demais no Facebook e ficando puta porque todo mundo é irritante.

Faço login. Muitas atualizações de status, muito compartilhamento. Pessoas com empregos novos, pessoas emagrecendo, pessoas tendo filhos. Gente com raiva do governo, outros fazendo piada. Eu não saberia o que escrever, mesmo se quebrasse meu silêncio no Facebook. O que eu poderia dizer? "Desesperada para ser mãe, mas meu namorado não quer transar comigo"? Ou "Minha irmã gêmea morreu e agora não sei mais viver"? Ou "Quando eu morrer, tem uma grande chance de ninguém lembrar que existi porque nunca fiz nada de relevante para o mundo"?

Decido que é melhor não escrever nada e clico no HowItIs.com para ver o que Camilla Stacey tem a dizer hoje.

Estar sozinha não quer dizer que sou solitária

Claro, penso. *Para alguns não é problema.*
Um lembrete do calendário aparece na minha tela.
MAMOGRAFIA 17H.
Como se eu fosse esquecer.

Tara

— Desculpe o atraso — digo a Andrew, entrando no escritório segunda de manhã. — Annie passou a noite em claro vomitando e precisei passar na minha mãe pra deixá-la.

Estou péssima. O final de semana foi uma bosta. Annie passou muito mal. O frango que coloquei no sanduíche dela estava totalmente podre e só percebi isso hoje de manhã, quando o cheirei direito. Voltando da casa da Sophie, Annie chorava e implorava para a dor passar. Ela vomitou no carro todo, na escada de casa e na cama. Fiquei de olho feito um falcão até ela cair no sono na minha cama, às cinco. Minha mãe veio buscá-la hoje de manhã e vou para o trabalho, por mais que devesse ter tirado o dia de folga. Me sinto muito culpada, mas, para ser sincera, não consigo suportar outro dia me sentindo a pior mãe do mundo. Sei que estou parecendo um zumbi, mas preciso trabalhar e esquecer o final de semana mais escroto de todos. Com exceção de ter conhecido Jason, o que foi incrível, mas ainda não acredito que interpretei mal nossa conexão. Porque é claro que foi isso que aconteceu. Pensar nisso agora *me* dá vontade de vomitar. E ainda teve o cara no trem, aff! Eu também não queria estar no trabalho, mas, por falar nisso, parece que Andrew decidiu não me fazer sentir culpada por ter chegado atrasada, o que é estranho.

— Acontece — diz ele. — Como foi o final de semana?

Ele se inclina para trás na cadeira e cruza os braços, exibindo um sorriso idiota. Se está tentando dar em cima de mim, precisa melhorar muito.

— Foi ok, obrigada. E o seu? — respondo, achando muito estranha essa conversa casual com quem geralmente me desentendo.

— Ah, tranquilo. Nada cheio de aventura ou algo assim.

— Ok. Bem, acho que às vezes um final de semana sossegado pode ser bom — digo sem fazer perguntas, esperando que encerrar o assunto.

Ponho o notebook na mesa, depois tiro o cardigã e coloco no encosto da cadeira. Andrew se inclina para a frente e me encara.

— O que foi? — pergunto, seca.

Ele está me irritando muito agora. Não estou no clima das brincadeiras dele.

— Nada, nada — responde, fingindo ler alguma coisa no computador.

Olho instintivamente para a cadeira e confiro se não colocaram uma bexiga de peido. Mas não tem nada.

— Ah, você chegou — diz Adam, entrando.

Ele também está com uma cara estranha que me dá vontade de conferir se não colocaram uma câmera embaixo da minha mesa.

— Cheguei, desculpe, é que a Annie ficou...

Ele me interrompe:

— Achei que você ia querer ficar no metrô o dia todo, já que gosta tanto...

O quê? Babaca. Ignoro os dois, então Samuel aparece atrás do Adam. Os dois me observam fazendo o login no computador.

— O que foi? O que vocês estão olhando? — pergunto, começando a ficar puta.

Odeio quando eles tentam me intimidar, é muito irritante.

— Ela não sabe, né? — comenta Samuel. — Ainda não viu. Meu Deus, vai ser lindo.

— Viu o quê? O que vai ser lindo? — pergunto, um pouco animada, mas tento disfarçar porque parece algo importante.

Andrew se aproxima da minha mesa e se debruça sobre mim para alcançar meu notebook. Puxo a gola da jaqueta para me cobrir mais. Ele digita "MailOn-line" no Google. Meu cérebro ferve enquanto tento adivinhar o que estou prestes a ver. Eu nunca admitiria, mas desconfio que um dos meus programas foi indicado a algum prêmio.

O site do MailOn-line abre. Em letras grandes na página principal vejo as palavras "Todos a bordo do metrô do amor! Mulher é filmada se masturbando na Victoria Line". E logo abaixo há uma imagem minha, estática, com a calça nos pés e a mão na virilha. Pixelaram minha mão, mas meu rosto está claro como todo o resto.

— Meu Deus — digo, sentindo meu coração bater tão forte que preciso engolir em seco por medo de que saia pela boca. — Meu deus.

Fico encarando a tela. Andrew dá play no vídeo, mas dou um tapa no mouse para parar.

— É você, batendo uma boa e velha siririca no metrô — esclarece Adam. — Nem eu faria uma coisa dessas.

— Meu Deus, Annie! — digo, soando patética. — Minha mãe, meu pai.

Apoio a cabeça nas mãos.

— Ih, acho que você não vai querer que seu pai veja isso — diz Andrew, dando um tapinha no meu ombro como se eu fosse um cachorro.

Sinto meu corpo quente, como se meu sangue fervesse. O peso das pessoas me olhando parece uma toalha quente enrolada na cabeça e que não consigo tirar. Minha respiração fica entrecortada, não consigo inspirar todo o ar que preciso. O que está acontecendo? A mão de Bev aparece na minha frente para deixar um copo d'água na minha mesa. Tento pegá-lo, mas minha mão não se fecha, tão trêmula que está, e derramo água para todo lado. Sinto um pingo gelado escorrer pela saia e vejo Bev no chão, ao meu lado, enxugando com um pano. Não consigo ouvir nada... será que estou embaixo d'água?

— Tara Thomas, a mulher da siririca no metrô — diz Andrew. — Essa é boa.

— Não, espera aí — acrescenta Adam, rindo. — Thomas, a Locomotiva!

As risadas deles são como um enxame de abelhas rodeando minha cabeça. Como eu vou sair dessa? Não sei o que dizer, não tenho como me defender. Então eu simplesmente saio correndo. Levanto, pego minha bolsa, corro até a porta, desço a escada e chego na rua. Quando sinto o ar fresco no rosto, inspiro como se fosse a primeira vez em anos. Me agacho na calçada, fecho os olhos e me lembro da minha imagem no metrô, com a mão na virilha, me masturbando. Como posso apagar tudo isso? Não posso. Isso nunca mais vai passar. Conheço o mundo o suficiente para saber como essas coisas rendem, porque é meu trabalho fazer essas coisas renderem. Olho para cima e a claridade do dia faz meus olhos doerem e meu cérebro implorar por escuridão, desesperado para se desligar. Minha pele começa a queimar como se eu estivesse no chão após a explosão de uma bomba atômica. Não é seguro estar aqui, todo mundo é meu inimigo e está infectado com algo que pode me matar. Preciso ir para casa. Ergo o braço e chamo um táxi. Quando um deles para, abro a porta e me jogo no banco de trás, onde deito. Será que o motorista viu? Será que todo mundo viu?

Meu celular vibra. Não consigo me forçar a ver quem está ligando.

O motorista continua olhando para mim pelo retrovisor.

— O que foi? — pergunto, ríspida.

— Desculpa, moça, parece que você está passando mal. Quer que eu pare?

Eu sento.

— Estou bem — digo, olhando pela janela.

Paramos no sinal vermelho e a pessoa prestes a atravessar a rua faz contato visual comigo. Me abaixo de novo. *Será que ela sabe?*

— Você está se escondendo da polícia, moça? — pergunta o taxista, brincando, mas com um tom preocupado.

— Não, mas, por favor, me leve para casa o mais rápido possível. Preciso estar em casa.

Chego dez minutos depois. Dou duas voltas na chave ao fechar a porta. A casa está gelada e eu deveria estar no trabalho, não aqui. Porque a casa não estava me esperando. Parece pequena, claustrofóbica e há um leve cheiro de vômito. Eu me sento na escada.

Não. Não, isso não está acontecendo. Não mereço que isso seja verdade, por que comigo?

Talvez porque eu tenha me masturbado na porra do metrô. No que eu estava pensando?

Vou até a cozinha e no caminho ligo o aquecedor porque estou com muito frio. Coloco a chaleira no fogo. *Isso não é real.* Respiro fundo lentamente enquanto tento ignorar uma chamada pelo notebook na minha bolsa. Não posso olhar. Esses últimos minutos são importantes, preciso aproveitá-los antes de precisar enfrentar a seriedade de algo que ainda não é real. Espero a chaleira apitar e faço um pouco de chá. Levo a xícara para a mesa da cozinha e pego o notebook na bolsa. Enquanto ele liga, mantenho a calma. Há ar nos meus pulmões. Seja lá o que aconteça, eu vou sobreviver.

Digito a senha.

O rosto da minha filha aparece na proteção de tela, pequenos lembretes com palavras-chave refletindo vários elementos da minha vida. "Fotos", "Médico da Annie", "Pesquisa", "Colaboradores TV", "Financeiro". Pequenos arquivos que mantêm minha vida em ordem, mas sei que minha vida acabou de ultrapassar os limites da área de trabalho. O ícone da internet surge na minha frente feito uma bolha vermelha prestes a explodir.

Clico.

Entro no MailOn-line e lá estou eu. Em evidência, como tudo o mais na página inicial, "batendo uma boa e velha siririca", como disse Adam. Clico para assistir no YouTube. Aperto o play.

Me vejo perdida no êxtase. A cabeça inclinada para trás, a língua passando pelos lábios. Minha mão e minha virilha estão pixeladas, mas a mancha escura claramente são meus pelos pubianos. O jornal *Metro* está ao meu lado no chão. Se eu ao menos tivesse segurado com a outra mão!

O vídeo só tem treze segundos, mas me mostra fazendo contato visual com a câmera e me jogando para a frente quando percebo que estou sendo filmada. É uma imagem clara e inegável do meu rosto. Olho nos meus próprios olhos na tela. O desespero é perturbador e minha tentativa de pegar o celular é inútil. Caio de cara no chão do metrô, feito um animal enlouquecido atingido por um dardo tranquilizante. O cara que está me filmando sai correndo do vagão, de costas, e a cena final sou eu no chão, com a calça aos pés. Depois o vídeo corta para as palavras "Assistir de novo?" em cima da imagem do meu rosto.

Olho para o canto direito. O vídeo tem 946.873 visualizações.

São só 11h30.

Entro no Twitter. #MulherdaSiriricaemWalthamstow está nos Trending Topics, divulgaram uma filmagem da câmera de segurança que me mostra saindo do metrô em Walthamstow. Fecho o notebook imediatamente, não consigo mais olhar.

Minha vida está fodida. Fodida. Não há nada que eu possa fazer.

Fico sentada com a cabeça apoiada nas mãos. O silêncio parece címbalos tocando em meus ouvidos. O que fazer agora? Ligar para alguém? Quem? Não faço ideia. Sinto que o que existe do lado de fora da minha porta é horrível demais para contemplar.

MULHER DA SIRIRICA EM WALTHAMSTOW?

Mas que honra!

Quase um milhão de pessoas viram eu me masturbar. Vai saber quantas mais vão ver até o final do dia. É muito raro alguém ceder a um desejo assim e ainda ser filmada, é tão injusto... não faz sentido.

Penso em Jason. Aquele balãozinho de conversa me enlouqueceu durante todo o fim de semana. Provavelmente ele já me achava louca por perguntar se tinha "algum pedido especial", e agora provavelmente também está vendo isso. Deve achar que sou uma vadia louca e bizarra que recusa sexo, mas curte se masturbar em lugares públicos. Ai, meu Deus. Se eu fosse homem, isso seria ilegal. Porra, será que é ilegal? Digito rapidamente "é ilegal uma mulher se masturbar em público?" Uma matéria do *Guardian* aparece e a primeira coisa que leio é que a pena para masturbação em público na Indonésia é decapitação. Tenho ânsia de vômito. Depois continuo lendo.

É uma ofensa para qualquer um expor "intencional e indecentemente" sua "pessoa" na rua ou em local público para obstrução, assédio ou perigo dos moradores ou passageiros (Nota: referências a "pessoa" significam "pênis").

Bem, eu não tenho uma "pessoa" e não estava sendo perigosa ou obstrutiva. E achei que estivesse sozinha! Não encontro nada sobre o que acontece quando uma mulher é flagrada se masturbando em público sem ser atriz pornô. Vasculhando o Google, as únicas evidências de qualquer mulher se masturbando em público são as matérias sobre mim. E há *centenas* delas. Quase todo meio de comunicação cobriu a história: da Sky News ao Buzzfeed, todos rindo ou questionando minha sanidade. Um até diz "Faz diferença ela ser mulher?" Clico na matéria e há vários comentários do tipo "Não faz diferença, qualquer pessoa disposta a se expor assim é um perigo para a sociedade".

Penso em Annie. Na escola. As professoras fazem um ótimo trabalho fingindo que não me julgam, mas isso vai ser a gota d'água. E se me denunciarem para o serviço social? E se o serviço social vir isso? Olho para minha porta, apenas cinco centímetros de madeira me protegem de uma debandada de críticas. Nunca mais vou sair de casa. Não posso.

Meu celular vibra. É Sophie.

Espera aí, isso é real? Está acontecendo mesmo ou é alguma pegadinha estranha de TV?

É real, me ajuda.

Me encontra hoje à noite no nosso bar. 18h?

Não respondo. Nunca mais vou sair de casa.

Ai, meu Deus. Sinto como se alguém tivesse morrido. Como se eu tivesse morrido. Como se tivesse que organizar meu próprio funeral. Luto e raciocinar de maneira lógica brigam dentro do meu cérebro. A garota que existe em mim quer sentar e chorar. As outras partes — a mãe, a produtora — sabem que tenho várias merdas para resolver. Pessoas com quem falar, contas para pagar.

Me levanto. *Vamos lá, Tara, você pode dar a volta por cima.*

Ok, mas ainda tem Annie. Como lido com ela? Mando uma mensagem para minha mãe.

Mãe, estou em casa. Passando mal. Você pode ficar com Annie até amanhã, por favor?

Ela responde no mesmo instante:

Claro, querida, você deve ter pegado da Annie. Melhoras.

Ela não costuma entrar na internet. Ela lê o *Daily Mail*, mas só o jornal físico, e espero não virar manchete.

Ok, próximo. Volto para o notebook e entro no Facebook. Tenho 145 notificações e 43 mensagens. O vídeo foi postado várias vezes no meu perfil, com comentários que variam de "Esse é um dos seus documentários?" a ofensas como "Punheteira".

Deleto todos, mudo as configurações de privacidade e tranco meu perfil, assim ninguém pode postar nada nele.

Próximo, trabalho. Vejo meu e-mail. Como esperado, já tem um do Adam.

"Você planeja voltar? Temos muito a fazer. Sugiro pegar um táxi."

Não consigo pensar em nada para dizer. Tudo que sei é que nunca mais vou voltar para aquele escritório. Não respondo. O luto está começando a vencer a lógica. Alguns minutos de clareza são suficientes, mas a ficha da realidade está caindo. E, sim, estou de luto. Luto pela vida que eu tinha e perdi. Como cheguei a esse ponto? Não é como se eu tivesse enchido a cara e sido escrota na frente de amigos com os quais vou precisar me desculpar; isso tem a ver com desconhecidos, colegas, a mídia.

Eu devia ter ficado em casa com minha filha, e não me expondo por aí. E pensar que foi uma noite em que tentei fazer tudo certo. Eu estava indo para casa depois de ter ficado em uma bolha abençoada durante o encontro e só precisava esperar para encontrar com Jason de novo. Eu ia fazer tudo certo, ser misteriosa, ir devagar. E agora ele e metade do mundo me viram fazendo o que está sendo apresentado como o ato sexual mais grotesco imaginável. Ainda não acredito que aquela era eu. *No que eu estava pensando?*

Mas eu sei no que estava pensando. Estava pensando em Jason e em como ele me fez sentir incrível. Que talvez tivesse conhecido um cara por quem realmente poderia me apaixonar, alguém que me aceitava do jeito que eu sou. E, mais importante, achei que estivesse sozinha.

E agora estou sozinha e morta de vergonha. Tenho medo de começar a chorar e nunca mais parar. Não faço ideia do que o mundo está prestes a jogar em cima de mim, em cima da minha vergonha íntima, da minha filha de seis anos. Tenho que aguentar firme. Respondo a mensagem de Sophie.

Sophie, você pode vir aqui em casa? Não posso sair.

Desculpe, amiga, vou estar no centro e depois tenho um jantar. Venha, vai ficar tudo bem. O mundo inteiro não pode ter assistido ao vídeo, certo?

Por que ela não pode deixar os planos de lado por mim, só desta vez? Mas, foda-se, preciso falar. E ela está certa, acho. Nem todo mundo viu o vídeo, *ainda*.

Te vejo às 18h

Porra!

Cam

Cam, usando um short preto de algodão e um sutiã sem costura, olha para Mark pela porta do banheiro. Ele está nu e com uma toalha pendurada na ereção. Ela o observa com uma caneta na boca.

— O que você acha de mulheres se masturbando? — pergunta ela, sem realmente querer uma resposta.

— Adoro quando você se masturba, gata. Igual você gosta quando eu faço.

Ele deixa a toalha de lado e começa a se tocar. Cam fixa os olhos no computador e começa a digitar "mulheres se masturbando" no Google. De imediato aparecem vários sites de pornografia.

— Não eu — continua ela, pensando alto. — Mulheres se masturbando, no geral. É ok?

Claro que Cam sabe que é ok pelos seus padrões, mas ela está jogando a pergunta para a sociedade. Só que a sociedade não está no seu quarto, então seu parceiro de cama desinteressado fica um pouco confuso.

— Você quer que eu te assista?

— Não, Mark. Só estou perguntando se é ok uma mulher se masturbar, em público. É diferente de quando um homem se masturba?

— Bom, eu...

— Não, Mark. Não precisa responder. É uma pergunta retórica.

Ele não sabe o que "pergunta retórica" significa, então se aproxima da cama, esperando encerrar a conversa ao colocar o pênis na bunda de Cam.

— Tenho que trabalhar. Te mando uma mensagem amanhã, tá?

Mark se veste e vai embora sem dar um pio. Quando a porta se fecha, Cam vê o vídeo da Mulher Siririca mais uma vez.

Ela tenta se colocar no lugar dela. Será que faria isso em público? Na frente de um parceiro sexual é sexy, mas quando você é flagrada sem saber é... bizarro? Ela se sentiria diferente se fosse um homem se masturbando no metrô? Por que as mulheres nunca falam sobre o assunto? Essa história toda deixou Cam muito desconfortável e ela não consegue deixar de sentir pena dessa... Mulher Siririca. Enquanto todo mundo na internet está julgando ou rindo dela, Cam está tendo uma reação diferente.

Ela pensa com cuidado, com os dedos apoiados no teclado. Então escreve.

Acabei de abusar sexualmente de alguém. E talvez você também.

Você certamente viu o vídeo da Mulher Siririca, certo? Aquele de treze segundos de uma mulher no metrô, se tocando até perceber que estava sendo filmada? O vídeo tem, no momento em que escrevo, 1.345.876 visualizações. E isso, sem dúvida, mudou a vida dela para sempre.

Eu, como todo mundo, cliquei no vídeo por curiosidade. Tente ficar impassível diante de uma manchete como "Mulher siririca de Walthamstow". Assisti e comecei a rir, mas depois vi de novo, e não achei tão engraçado. Aí assisti pela terceira vez, e fiquei brava comigo mesmo por ter decidido ver.

Não tem um único meio de comunicação no país que não esteja rindo dessa mulher, a chamando de louca, ou se referindo a ela como uma pervertida. Mas não é isso que eu vejo. Vejo alguém que claramente achava que estava sozinha, fazendo uma coisa muito particular, sendo filmada sem saber e depois sendo publicamente humilhada. E que saber? Não gostei. Não gostei nem um pouco. Ela podia estar no metrô, mas não queria ser vista. O olhar dela quando percebe que estava sendo filmada não é engraçado, é de partir o coração. A pessoa que a filmou não é só um tarado, mas um tremendo cuzão. Ele filmou essa mulher indecentemente contra a vontade dela, e todos nós somos culpados de abuso por ter assistido ao vídeo.

Seres humanos estão o tempo todo se envolvendo em todo tipo de putaria e coisas sexualmente intoleráveis, mas se safam porque a maioria das pessoas não tem o azar de ser flagrada. Essa pobre mulher não estava fazendo nada de tão errado. Não estava esfregando a vagina na cara das pessoas, atacando gente no meio da rua, mostrando os peitos para os pedestres: ela só estava tendo um breve momento de excitação particular no lugar errado. E agora virou piada nacional.

Sinto pena dela, e você também deveria.

Antes de assistir ao vídeo de novo, antes de repassar para os amigos, peço que pense nessa mulher. Sem dúvida ela está em casa, se escondendo, assustada demais para sair. Chorando, sozinha e com medo. Com vergonha demais para encarar até as pessoas mais próximas a ela. Pode ser que não, é claro. Talvez ela tenha achado tudo muito hilário e tenha sido pega de propósito, mas sabemos que isso não é verdade. Basta olhar para a cara dela no final do vídeo para saber que as consequências serão desastrosas.

Peço que você repense sua atitude em relação a essa história. Não é só o caso de uma mulher sendo flagrada, é o caso de uma mulher sendo explorada.

Pense nisso.

Bjs,

Cam

Tara

Corro até Sophie e me jogo nos braços dela.

— Ai, meu Deus, Sophie, me ajuda. O que foi que eu fiz?

Preciso da minha amiga, de uma amiga, de *qualquer* amiga, para me ajudar a ver algum sentido nisso.

— Ai, Tara, não acredito. Quer dizer, aquele vídeo é tão explícito... — diz ela, sem ajudar em nada.

— Achei que ele estava só tirando uma maldita foto. Na pior das hipóteses, achei que mostraria para os amigos, colocaria no Facebook e depois tiraria do ar porque a mãe mandou. Era um moleque, tipo, 18 anos ou coisa assim. Como ele conseguiu fazer isso? Caramba, geralmente o que viraliza é foto de homem bonito, não mães de 42 anos — digo, bebendo um pouco da champanhe que ela já pediu para mim.

— Bem, para ser sincera, sua boceta é a estrela do show — diz ela, rindo sozinha.

VACAS 103

— Sophie, não! Por favor.

— Desculpe. Mas, cara, a hora que você percebe que estava sendo filmada... é muito engraçado.

— Sophie, sério. Tenta dizer coisas que vão me fazer sentir melhor. Só tenta, pode ser?

— Desculpe.

— Foi horrível no trabalho. Nunca mais vou voltar lá. Os idiotas nem tentaram me ajudar.

— Te ajudar? Como?

— Dar algum apoio, sabe? Sugestões. Qualquer coisa. Em vez disso eles só riram, me chamaram de várias coisas. Era como se eu estivesse na escola de novo. Porra. Sophie, eu tenho uma filha, tenho uma carreira. Preciso que isso passe.

Sophie toma um gole. Depois me olha como se precisasse dizer alguma coisa.

— O quê? — pergunto. — Meu Deus, o quê?

— Nada, só... não sei se posso continuar encontrando com você até essa história morrer um pouco.

— Por quê?

— Carl viu o vídeo na hora do almoço. Ele ficou muito puto, disse que sempre teve a impressão de que você era assim, e agora a imaginação dele está correndo solta sobre o que a gente costumava fazer. Ele fica dizendo: "Se com 42 anos ela se masturba no metrô, o que vocês duas faziam quando tinham 20?"

Não acredito que ela está dizendo isso, e, ok, talvez Carl não seja um cara legal. Mas ela devia ficar do meu lado.

A raiva começa a me consumir. Não sei porque aguentei Sophie e sua ideia escrota de amizade por tanto tempo.

— Bem, por que você não conta a verdade para ele, então? Que você transou com praticamente tudo o que tinha dois olhos e duas pernas na maior parte da sua vida pré-casamento, e que geralmente me deixava sozinha esperando por você?

— Ok, Tara, não fale assim.

— Ou como levei você correndo para o hospital três vezes para fazer lavagem estomacal?

— Ok, não precisa...

— Ou como te apoiei quando passou por dois abortos, ou como você só ficava com caras casados para não ter que se comprometer com outra coisa além da carteira deles?

— Certo, agora você só está sendo má.

Ficamos em silêncio. Ela olha para o relógio, precisa estar em outro lugar.

— Desculpa, querida, mas isso dificulta muito as coisas para mim. Tenho uma vida diferente agora e não quero que seus erros me atrapalhem. Desculpa.

— Você é uma amiga de merda — digo.

Sempre foi. E não sei por que continuei amiga dela. Estou chocada demais para me sentir traída. Mas se essa é a reação de Sophie — justo ela, que fez coisas piores que isso em todos os meios de transporte público — a situação deve estar feia.

— Ok, você está chateada. Talvez quando voltarmos você esteja mais calma.

— Quando vocês voltarem?

— Sim, vamos passar duas semanas em Bora Bora. A gente precisava mesmo de férias e quando a sua cara e a sua boceta apareceram no jornal, pareceu o momento perfeito. Preciso manter Carl o mais distante possível disso. Distração clássica. Deve passar em duas semanas... espero.

Duas semanas parece uma eternidade. O que diabos vai ter acontecido comigo daqui a duas semanas?

— Eu aviso quando voltar, pra ver como você está — diz ela, terminando a champanhe e indo embora.

Não tenho energia para gritar alguma coisa para ela.

Apoio os cotovelos no bar, e tapo o rosto com as mãos.

— Aaaaaaaarghh — murmuro. — Aaargggh.

— Com licença — diz uma voz feminina atrás de mim. Me viro para ela, que parece estar tentando se lembrar de onde me conhece. — Não quero ser grosseira, e me desculpe se eu estiver errada, mas minha amiga e eu queríamos saber se essa é você.

Ela mostra o celular. É uma imagem congelada minha, com a cabeça para trás e a mão dentro da calça. Qual é a reação certa em uma situação dessas? Não sei, mas a única que tenho é sair correndo do bar, com a mão na boca, e vomitar na sarjeta.

*

De volta em casa, dou uma olhada na geladeira. Está quase vazia; apenas leite, um pedaço de queijo e o resto do frango que agora sei que preciso jogar fora. No freezer, duas pizzas, um saco de ervilha e uma máscara de gel para os olhos. No armário da cozinha, duas latas de sopa, algumas de feijão, um pouco de macarrão, arroz, biscoito água e sal e uma Pringles. Calculo ser capaz de passar três dias sem ter que sair de casa para comprar comida. Talvez as coisas já tenham esfriado até lá. Ou não.

Annie. Meu bebê. *Ai, meu Deus.*

Talvez minha mãe possa trazê-la para casa depois da escola amanhã. Será que elas trariam comida? Vou fingir que estou doente. Não, seria ridículo.

Que inferno. *O que eu faço, porra?*

Stella

Estou nua na frente do espelho da sala de exames, meus peitos enormes pendurados na minha frente feito cabeças de cavalo. Meus mamilos grandes e marrons parecem focinhos, apontando sutilmente para cima. Eles escondem minha cintura e complementam meu quadril largo. Alice e eu costumávamos ficar lado a lado, comparando cada pequeno detalhe e diferença como se fossem segredinhos que só nós duas sabíamos. Éramos o jogo mais difícil de sete erros, idênticas para todo mundo, exceto nós mesmas. Amávamos nossos corpos, e ainda amo o meu. Por isso a perspectiva de perder partes dele é tão horrível, me tornar diferente de Alice. Preciso do meu corpo para me lembrar dela.

Seguro a extremidade dos seios e os levanto um pouco, de volta à posição onde costumavam ficar. Não caíram muito desde a adolescência, mas o suficiente para eu nunca mais poder sair por aí sem sutiã. Com o decote levantado, me viro lentamente de um lado para outro e sorrio quando me lembro das blusas decotadas que eu usava quando saía à noite. Uma lembrança de mim e Alice dançando em um palco em

Ibiza surge na minha cabeça. Estávamos acordadas havia 24 horas e tínhamos conquistado dois irmãos endinheirados que nos davam ecstasy e doses de tequila. Estávamos tentando dançar sensualmente no palco, mas Alice deu um passo em falso e nós duas acabamos estateladas no chão. Ela ficou com o olho roxo e eu quebrei o braço. Passamos as oito horas seguintes em um hospital espanhol, cercadas por gente igualmente chapada com machucados parecidos. Como ainda estávamos muito loucas, rimos sem parar. Esse era o tipo de diversão que a gente tinha o tempo todo.

Observo a cicatriz no meu antebraço. Uma lembrança daquelas férias maravilhosas. Desconfortável com a alegria, agarro os seios e os empurro para trás, segurando com o cotovelo o máximo de pele possível embaixo do braço. Olho para o meu corpo. Sem seios. Sem mamilos. Sem sexo. É assim que vai ser. Minha vagina será um beco sem saída.

— Ok, está pronta? — pergunta a enfermeira, entrando e se aproximando da máquina de mamografia.

Levanto o cotovelo e meus seios retornam para a posição normal, balançando e batendo um no outro. A raiva queima dentro de mim como uma indigestão. Por que minha mãe? Por que Alice? Por que eu?

— Ok, levante o seio e o coloque na placa — diz a enfermeira.

Faço o que ela manda, pensando em como é ridículo o comando "coloque o seio na placa". E sei exatamente o que fazer, porque essa é minha segunda mamografia. Desde que ouvi a palavra "positivo", minha vida tem se resumido a consultas constantes, papanicolau, exames de sangue e seios esmagados por placas. O gene BRCA significa que o câncer pode aparecer logo, então, até fazer a cirurgia, estão me monitorando com toda atenção. Nada mais é particular. O corpo é meu, mas alguém, ou *alguma coisa*, está no controle.

— Ok, agora vou descer a outra placa, pode ser que aperte um pouco.

— Tudo bem — digo, um pouco impaciente —, sei como funciona.

— Quero que fique o mais confortável possível.

— O mais confortável possível? Enquanto você transforma meu seio numa panqueca para descobrir se tenho câncer ou não? Não estamos exatamente em um spa, certo?

— Ok, vamos terminar logo com isso, então, pode ser? — diz a enfermeira.

Me sinto péssima ao dificultar as coisas para os outros por estar fora de controle. Sei que não é legal, mas faço mesmo assim.

A máquina tira algumas fotos.

— Seus seios são lindos — comenta a enfermeira.

— Obrigada, também gosto deles.

— Isso é bom. Nesse trabalho, vejo muitas mulheres que não gostam dos próprios seios. É triste.

— Não tão triste quanto quem gosta deles ter que cortá-los fora, imagino?

Silêncio constrangedor. Outra coisa na qual sou muito boa. A enfermeira percebeu que o que eu disse podia ser um pouco insensível, considerando a situação, por isso continua tirando as fotos numa tentativa de me ver longe dali o mais rápido possível. Acho que não é trabalho dela lidar com a psicologia complexa desses casos.

— Ok, terminamos. Pode se vestir e esperar na recepção que a Dra. Cordon já irá atender você.

Phil está sentado na recepção, lendo um panfleto.

— Você veio? — pergunto, surpresa de vê-lo ali.

Mas, para ser justa, ele nunca faltou nenhuma das minhas consultas.

— Claro. Desculpe o atraso, você já tinha entrado quando cheguei — diz ele, de um jeito meigo, mas sem olhar para mim.

— Tudo bem. Você não ia poder entrar mesmo e não precisa me ver sendo tocada por um robô. — Eu rio, mas ele não. — A Dra. Cordon vai nos receber daqui a pouco.

— Ótimo.

— Ótimo. O que você está lendo?

Ele me entrega o panfleto.

Como a cirurgia preventiva salvou minha vida

Dentro tem a foto de uma mulher com o marido e o filho.

"Quando descobri que tinha o gene BRCA, temi pela minha família. Eu me sentia uma bomba-relógio. Não havia dúvida do que eu precisava fazer. Marquei a cirurgia imediatamente. Meu marido me deu muito apoio; eu sabia que ele me amava independentemente do meu corpo. Agora posso viver sem medo de deixar meu filho sem mãe. Tenho sorte de ter essa cirurgia como uma opção para mim e para a minha família."

— Imagino como seria meu testemunho num panfleto desses — digo, tentando fazer piada. — Algo do tipo: "Fiz a cirurgia porque minha mãe morreu de câncer de mama e minha irmã gêmea morreu de câncer no ovário. Eu não tinha escolha se não quisesse morrer. Ah, e nunca tive filhos, então, no fundo, minha morte não ia importar tanto. Na verdade, eu não devia ter me importado com isso e mantido meus seios, assim teria morrido com meu corpo intacto em vez de sozinha e com metade dele faltando..."

Ops. Eu queria que isso tivesse soado mais engraçado.

— Meu Deus, Stella. É horrível quando você fala assim — diz ele, pegando o panfleto da minha mão.

— Desculpe, saiu sem querer. Eu devia ter acrescentado que tenho você, que me faz muito feliz e tem me apoiado.

Sabemos que estou mentindo. Aproximo o rosto do dele, que leva a bochecha aos meus lábios para que eu possa beijá-lo.

— Stella? — chama a Dra. Cordon.

Nós dois ficamos aliviados com a interrupção, andamos até o consultório dela e nos sentamos lado a lado.

— E aí, como vocês estão? — pergunta ela.

— Bem — responde Phil.

— Estamos ok — confirmo.

— Ótimo. Só vamos ter os resultados da mamografia na semana que vem, e eu realmente gostaria que essa fosse sua última. Na sua idade, fazer muitos exames como esse pode ser prejudicial e o tecido dos seus seios é denso demais para mostrar um resultado claro. Se você decidir não operar, vamos partir para a ressonância magnética, ok? É muito mais preciso.

A Dra. Cordon marcou essa mamografia para mim porque da última vez que tentamos a ressonância eu tive um ataque de pânico. O barulho e a lembrança de Alice entrando em uma daquelas máquinas foram demais para suportar. Eu nunca vou querer fazer esse exame.

VACAS 109

— Eu quero fazer a cirurgia — digo, fazendo Phil se remexer na cadeira. — Mesmo com medo.

Minha mãe ficou muito mal na última rodada de quimioterapia. Alice e eu estávamos sentadas na cama, a ouvindo vomitar por quinze minutos sem parar. Quando saiu do banheiro, ela nos fez prometer que se pudéssemos fazer qualquer coisa para evitar que algo assim acontecesse, faríamos. Infelizmente, Alice não teve a chance de tomar qualquer decisão. O câncer apareceu e ela desapareceu na sequência. Tudo em menos de um ano.

— Eu sei — diz a Dra. Cordon, compreensiva. — E o que mais te preocupa?

— Ah, só esse lance de ser mutilada e estéril, sabe? É tudo muito assustador.

Phil funga. Dra. Cordon e eu olhamos para ele, para verificar que não está chorando.

— Sim, claro — diz a Dra. Cordon. — Mas considerando a agressividade do câncer de ovário da Alice, e também o câncer de mama da sua mãe, e como as duas desenvolveram a doença ainda muito jovens, e como Alice era sua irmã gêmea... — A palavra "era" fica no ar como uma nuvem escura que não vai embora. — Estou muito preocupada com sua situação. Vocês já pensaram melhor sobre ter filhos? Discutimos isso da última vez que vocês estiveram aqui, não?

Phil e eu temos dificuldade para encontrar as palavras, então não falamos nada. Não vou contar a ela que ele se recusa a transar comigo há um mês.

Ela sente a tensão no ar, e continua:

— Como eu disse na nossa última consulta, não tenho problema em esperar pouco mais de um ano para fazer a cirurgia, para vocês terem a chance de engravidar naturalmente. Posso ir monitorando você bem de perto durante todo esse processo. Se o resultado desse exame for bom, nada diz que você não tem tempo.

— Tenho mesmo? — pergunto. — Alice morreu com 26 anos. Como você sabe que tenho tempo?

— Ok, não tenho certeza. Você sabe que o resultado positivo para o gene significa que você tem 85% de chance de desenvolver câncer de mama ou de ovário. A idade da morte da sua mãe e da sua irmã mostra que o risco de que isso aconteça na juventude é muito alto. Mas se você realmente quer ter filhos, acho que deva tentar. Pode ser que você nunca tenha câncer, 15% de chance. Não precisamos fazer a cirurgia...

— Não, eu quero fazer — afirmo.

Mas também quero muito ter filhos. Muito mesmo.

— Ok, então meu conselho é que você vá para casa, tente engravidar e não se esqueça de que é uma mulher jovem e saudável. Podemos fazer a cirurgia depois que o bebê nascer. O que vocês acham?

— Por mim, sim — digo, olhando para Phil, que não diz nada, apenas balança a cabeça, sem muito entusiasmo.

— E se não der certo, podemos congelar seus óvulos, aí você opera e engravida depois. Mas, se forem rápidos, pode ser que dê para fazer tudo naturalmente, do jeito que você quer. Ok?

— Ok — digo, empolgada com essa conversa. — Vamos tentar.

— Vamos fazer aquele atum assado hoje à noite? — pergunto para Phil quando chegamos em casa.

Ele veio no Uber sem dizer quase nada.

— Claro.

— E tem champanhe na geladeira, a que seus pais me deram de aniversário. Podemos beber, relaxar...

— Claro.

— Ótimo, vou começar a preparar o jantar. Por que você não descansa um pouco?

Caramba, ele está muito mal-humorado. Quem foi que acabou de ser lembrado que tem 85% de chance ter câncer, mesmo?

Lavo as mãos e começo a preparar a comida. Percebo que ele está perambulando pela sala, o que me deixa desconfortável.

— Não posso mais fazer isso, Stella. — Phill para atrás de mim enquanto pego três latas de atum no armário.

— Fazer o quê? — respondo, como se ele fosse me dizer que não sabe como abrir uma garrafa de champanhe.

— É pressão demais. O gene, a operação, o bebê — continua Phil, sua voz ficando mais firme.

Me viro para ele. Está chorando. Isso está mesmo acontecendo. Penso no que falar, mas então lembro o que minha mãe costumava dizer. Quando alguém estiver prestes a te magoar, é melhor deixar que diga tudo o que precisa, assim você vai poder mandar ela calar a boca caso tente interromper você depois.

— Eu queria apoiar você, queria muito, mas isso chegou a outro nível. Você está fora de sintonia comigo, não percebe como tudo isso é difícil para mim. Você se sentou diante da Dra. Cordon da última vez e disse que queria ter um filho, que a gente tentaria ter um. Mas nunca me perguntou se era isso que *eu* queria. E agora sinto que se eu não te der um filho, você vai ser infeliz para sempre, e acho que você não considerou meus sentimentos em relação a isso. Não estou pronto para ser pai e não é assim que quero que aconteça, mesmo quando me sentir pronto. Desculpa, mas acho que não vai ser bom se eu continuar por perto enquanto você enfrenta essa situação.

— Ok, Phil. Não vamos fazer isso, então — digo, jogando o atum na bancada. — Não vou ter um filho, tudo bem.

— Mas esse não é o problema, é, Stella? — retruca ele, ganhando mais confiança. — O problema é que você não consegue me amar porque está de luto e com raiva demais, a ponto de não ter espaço para mais nada.

Apoio gentilmente as mãos na bancada e encaro a prateleira de temperos. Essa foi uma avaliação péssima da minha personalidade.

— Acho que a gente devia terminar — diz ele, claramente determinado a dizer tudo o que precisa e não deixar as emoções ficarem no caminho. — E eu sei que isso me faz parecer uma pessoa horrível, como se eu estivesse abandonando você, que me faz parecer cruel e egoísta, mas sei que se você não tivesse recebido o resultado positivo do exame, a gente não tentaria engravidar. Talvez nem estivéssemos mais juntos. Então estou terminando porque, independentemente do que você decida fazer, fingir que estamos apaixonados só por ser mais fácil não é certo, para nenhum dos dois. Acho que você está passando por uma coisa péssima, mas não consigo continuar assim. Desculpe.

Quero gritar na cara dele. Nosso relacionamento deveria facilitar as coisas, e não atrapalhar ainda mais. Phill entrou na minha vida cheio de compaixão, cheio de "Vou ajudar você, te dar apoio, cuidar de você". O que alguém no meu lugar deveria fazer nessa situação? Eu tinha perdido as pessoas que mais amava quando encontrei esse cara que falava "Ei, você não precisa ficar sozinha". Eu me joguei nos braços dele e fiz todas as coisas certas, absolutamente de tudo, todas as coisas que deixariam alguém feliz. Cozinhei, o idolatrei na cama, o fiz rir. O que mais eu poderia ter feito?

Poderia ter amado Phill de verdade.

— Volto para buscar minhas coisas quando você estiver no trabalho — avisa ele. Phil se aproxima da porta, mas se vira, logo antes de sair. — Você deveria fazer a cirurgia, Stella. Aprenda a ficar sozinha. Sei que tem sido horrível, mas você precisa descobrir quem é a Stella sem a Alice. Você não é mais uma gêmea.

— Sai daqui! — grito. — Por que você tinha que dizer isso, porra? — Pego um vaso da mesa e o jogo do outro lado da sala. O vaso se despedaça na porta atrás dele. — Vai embora — repito, enquanto observo ele sair depressa, com medo do que posso fazer depois. Nem eu sei.

A bomba dentro de mim explodiu.

4

Cam

— Na minha época as piadas eram mais engraçadas — diz o pai de Cam enquanto eles viram na Carlisle Street e chegam ao pub The Toucan. — Agora é uma questão de quem consegue ser mais escroto, dizer a coisa mais racista, agressiva ou politicamente incorreta. O público ri porque não sabe mais o que fazer, não por causa de uma piada bem formulada e inteligente. A comédia está perdendo a alma. Enfim, vamos pedir o de sempre?

— Sim, por favor — responde Cam, se sentando no banco do bar em formato de uma caneca enorme de Guinness.

O pai pede uma stout e uma caneca de lager. A lager é para Cam. Eles acabaram de sair de um show de stand-up comedy, uma tradição dos dois há uns dez anos. A mãe dela odeia shows de comédia, sempre odiou, e essa foi uma das razões para seu pai ter parado de trabalhar com isso. Cam não suportava imaginar que ele nunca mais frequentaria esses lugares, então toda terça-feira eles assistem a um show e saem para tomar uma ou duas cervejas depois. Ela adora, porque com o pai pode ser mais ela mesma. Esta noite eles foram assistir a um novato no Soho Theatre, um cara que os críticos estão chamando de "O novo Russell Brand". Ele falou basicamente sobre suas conquistas sexuais, coceira no saco e suas fantasias com orgias inter-raciais. O pai dela tem razão: foi escroto, brega e chato.

— Mas os *millennials* adoram, pai. Essa galera está crescendo num mundo sem edição. Eles podem ver qualquer coisa a qualquer hora do dia, e o pessoal do entretenimento acha que precisa seguir a mesma linha, então o tom da comédia está cada vez mais pesado. A mesma coisa no jornalismo. Muita gente escrevendo só para chamar atenção em vez de contar o que realmente sente. A maior parte do que lemos por aí é o resultado de um escritor com medo de não arranjar mais trabalho. Eu mesma faço isso às vezes.

— Faz?

— Mais ou menos. Quer dizer, eu não invento nada nem finjo ser outra pessoa, mas sei que tenho que usar alguns elementos. Tenho que atrair e provocar. Ninguém quer ler coisas normais, meigas ou fofinhas. As pessoas querem coragem, pureza e drama. Mas tem que parecer espontâneo, como se fosse a minha vida real.

— Ah, você consegue criar um drama mesmo — diz o pai de Cam, tomando um gole de cerveja e erguendo as sobrancelhas.

Cam sabe exatamente sobre o que ele está falando.

— Ela leu?

— Aham.

Cam sabia que o texto sobre não querer ter filhos funcionaria como um tapa na cara da mãe. Ela nunca queria ouvir quando a filha falava sobre o assunto, não importava quantas vezes tenha Cam tentado explicar.

— Ela acha que tem algo errado com você.

— Você quer dizer que ela acha que sou lésbica?

— Na cabeça dela, isso é algo errado, sim, infelizmente.

Cam olha para o pai, esse cara engraçado, cheio de energia, liberal e gentil, e se pergunta como ele acabou ao lado de alguém tão diferente. Ela ama muito a mãe, a admira muito por sua força, determinação e dedicação à família, mas não tem como evitar a verdade: sua mãe é muito chata.

— Como você conseguiu, pai? Por 43 anos?

— Aah, ela não é tão ruim quando você a conhece bem — responde, sorrindo. — É só uma carcaça, por dentro ela é uma manteiga derretida. Você sabe, né?

Cam confirma com a cabeça. É claro que já tinha visto o lado meigo da mãe. Está lá, em algum lugar.

— Sua mãe é uma pessoa boa, Camilla. Ela te ama muito, só isso. Tinha esse sonho para todas as filhas e você não vai realizá-lo. Ela ainda está se acostumando com a ideia.

— Quero que ela se orgulhe de mim por outras coisas.

— Ela vai chegar lá. Vai, sim — diz o pai, reconfortando-a. Parece que ele tem mais alguma coisa para dizer.

— Desembucha! O que aconteceu? — pergunta Cam, já imaginando o que pode ser.

— Olha, não fique brava. Só me explique por que você não quer... ter uma família.

— Pai, pelo amor de Deus! Você também?

— Ah, calma aí, você sabe que não ligo se tiver ou não. Mas fico curioso... Foi algo que a gente fez?

Cam não quer responder. Mas se realmente acha que é culpa dele, ela não pode deixar pra lá.

— Não foi nada que vocês fizeram, pai. Olha, tenho certeza de que se for vasculhar bem fundo, tem alguma coisa a ver com nossa família. A vida que eu acho que você poderia ter levado com as turnês, ou o fato de que passei a infância inteira recebendo ordens de três irmãs mandonas e só me sentia no controle quando estava sozinha. Ou talvez porque eu tenha medo de não amar o bastante uma criança, como a minha mãe. Ou porque me escondi no armário muitas vezes quando eu era mais nova, blá-blá-blá. Mas talvez não seja nada disso. Talvez eu só seja assim. Tudo tem que ter um motivo? Algumas coisas não acontecem só por acontecer?

Os dois ficam em silêncio por um minuto, bebendo as cervejas, pensando no que ela disse. Então o pai dá um grande sorriso.

— Ela ficou tão bonita quando estava grávida da Tanya que eu não queria perder um segundo daquela experiência. É meio idiota, né? Mas é verdade. Eu amava ter uma esposa e uma família. Meu pai não quis saber de mim durante a maior parte da minha vida, e aí sua mãe apareceu e não tirava os olhos de mim. Meu Deus, que mulher ciumenta! Mas acho que eu estava esperando isso acontecer. E aí vieram Angela e Mel, depois você, e de repente minha vida se resumia à minha família. Era muito trabalho, mas eu tinha tanto orgulho de vocês que não me importava de trabalhar na escola. Tudo era melhor do que aquele filho da...

Ele tenta se acalmar. Cam coloca o braço ao redor do pai. Ela odeia quando ele fala do avô, aquele brutamontes. Mas ele tem razão, sua mãe é mesmo carinhosa por trás da carapaça durona. Cam fica muito feliz em ouvir o pai falar com tanto carinho dela. Agora que chegou à vida adulta, Cam não precisa lidar todos os dias com a mãe, mas ele sim. Portanto gosta de lembrar que os dois são felizes no casamento; significa que ela sempre vai amar a mãe, não importa o que aconteça.

— Sinto muito que seu pai tenha sido tão ruim — diz ela, encostando a testa na dele.

— Ah, o que você pode fazer? Acho que ele me fez ser um bom pai. Sei como os pais podem foder com a cabeça de um filho e eu nunca quis fazer isso com vocês.

— Oi? — pergunta Cam, dando um grande gole para terminar a cerveja. — Meu terapeuta disse que eu sou louca assim por sua causa. — Ela cutuca as costelas do pai, que ri. — Mas eu e minhas irmãs fizemos um bom trabalho fodendo com a cabeça uma da outra. Malditas brigas!

— As brigas! Tive que separar vocês tantas vezes — diz o pai, balançando a cabeça. — Meninos são difíceis, mas meninas... vocês são más.

— Eu sei! Angela tirou sangue do meu braço uma vez. Ela me agarrou com tanta força que ainda tenho a cicatriz. Mas eu sou grata por isso, sabe? Acho que ter que me defender de três irmãs mais velhas me tornou uma pessoa mais durona para enfrentar o mundo de hoje. Elas não eram nada comparado a algumas das jornalistas com quem tenho que lidar às vezes.

— Verdade. Lembra quando aquela mulher horrível do *Mail* escreveu dizendo que você era uma desgraça para o feminismo por que... — ele pigarreia — você escreve desse jeito sobre os homens. Não sei o que tem de errado com vocês mulheres, o jeito com que ficam umas contra as outras. Vocês e suas irmãs brigavam, mas eram uma gangue. Lembra aquela vez que Tanya deu um soco na menina que te chamou de lésbica na escola?

— Lembro, mas, sinceramente, parte daquele soco foi pura frustração porque ela não sabia se era verdade. Te amo, pai — diz, abraçando ele de novo. — Você é meu ícone feminista.

— Que se danem as brigas, certo? Vocês são um time e sempre vão ter uma a outra. É isso que uma família deve ser, ter alguém do seu lado independentemente do que você faça.

— Verdade! Saideira?

— Claro.

Enquanto o barman enche os copos, o pai coloca a mão em cima da dela.

— Você não tem ido ao terapeuta, né?

— Não, pai. Estou bem da cabeça. As outras pessoas que são loucas, não eu.

— Pode muito bem ser verdade, filha. Disso eu não posso discordar!

Stella

Me sinto do mesmo jeito que me senti na noite em que Alice morreu. Naquela noite, eu também estava completamente sozinha, e sabia que ninguém viria para casa. Fiquei lá sentada no chão do apartamento, olhando para a porta. Eu queria correr o mais rápido possível, queria ser nocauteada. Não queria exatamente morrer, mas precisava de uma dor que me fizesse entender aquilo. Alguma coisa física que pudesse ser tratada em vez daquela agonia emocional que eu não fazia ideia de como consertar. Acabei fazendo um corte no braço com uma faca, na linha da cicatriz daquela noite na Espanha. Foi como tentar extirpar as lembranças na tentativa de transformá-las em outra coisa. O efeito não foi o que eu esperava, é claro, mas eu não queria parar na emergência e levar pontos. Nunca mais me cortei depois disso. O que não significa que tenha encontrado um jeito melhor de lidar com a dor.

Não nasci para ficar sozinha. Cheguei neste mundo três minutos depois de Alice e nunca ficamos separadas por mais do que alguns metros até começarmos a engatinhar. Passei a vida inteira, até os 26 anos, ao lado da minha irmã. Mesmo quando cada uma ganhou um quarto, preferimos dormir juntas e só nos separamos quando começamos a namorar. Então de repente ela morreu e eu estava lá, na nossa casa, olhando para o abismo da minha vida, sem saber se eu teria alguém tão próximo de mim de novo.

Até que, um ano depois, no casamento de Jessica, meu primeiro grande evento social depois da morte de Alice, conheci Phil. Como muita gente que estava lá também tinha ido ao enterro, vários bêbados queriam falar sobre o assunto. Quando percebi que Phil estava interessado em mim, passei a noite do lado dele. Ele parecia gostar de mim, apesar do meu lado sombrio. Nos encontramos no dia seguinte e Phil me fez todas aquelas promessas, então grudei nele. Não era o cara com quem imaginei ficar — ele não era Alice —, mas sua presença me distanciava da solidão, portanto mergulhei de cabeça no relacionamento.

E olhe só para mim agora. Sozinha, à mesa da cozinha, com uma garrafa de vinho tinto pela metade à minha frente, a outra metade já no meu estômago, e nada além do Facebook para lembrar que mais gente deveria fazer parte da minha vida.

Sirvo outra taça e bebo depressa. Não tenho uma personalidade predisposta ao vício, mas raramente recuso a liberdade emocional que o álcool oferece. Entro na conta de Alice no Facebook.

Quando estou triste e preciso muito chorar, é o primeiro lugar para onde venho (depois de pegar o vinho). As mensagens dela, suas brincadeiras bobas com os amigos, tudo ainda parece vivo. Alice marcando de sair para curtir a noite, as risadas no dia seguinte. Mas uma das mensagens é especialmente difícil de ler. A que ela mandou para todos os amigos para dizer que estava morrendo. Só li depois que ela já havia de fato partido, porque Alice não me incluiu na lista de destinatários.

Olá, amigos maravilhosos. Tenho uma novidade.

Como vocês sabem, não estou bem. Alguns sabem o motivo, outros não. Chegou a hora de todos vocês saberem que estou com câncer, e que não vou me curar.

Sei que vão achar isso triste, e de fato é, muito triste. Não tive tempo de me conformar, tudo aconteceu muito rápido. Estou em choque, me sinto traída, com raiva, triste, todas essas coisas. Mas também me sinto grata. Grata por não ter morrido num acidente sem ter a chance de dizer para as pessoas como me sinto em relação a elas, e de me despedir.

Desculpem pela mensagem em grupo, mas não quero passar o resto da minha curta vida digitando isso. Quero que saibam algumas coisas:

1) Estou morrendo muito feliz. Foi uma vida curta, mas boa. A vida que eu queria.

2) Mesmo com a tristeza de ter perdido minha mãe, meus amigos e minha irmã me deram muita alegria. Se você está recebendo esta mensagem é porque me fez feliz, então obrigada.

3) Trabalhei num abrigo de animais durante cinco anos e por mais simples que pareça, isso era tudo o que sempre quis fazer. Por favor, cuidem dos seus bichinhos e façam doações para abrigos de animais em minha homenagem.

4) Não estou com medo. Aconteceu muito rápido, dói, mas não estou assustada. Quer dizer, exceto em relação a uma coisa: minha irmã. Quero pedir algo para todos vocês, porque preciso saber que ela não vai ficar sozinha. Stella não está lidando bem com a situação e entendo por quê. Se fosse ela quem estivesse morrendo, eu também não lidaria nada bem. Mas vou morrer e não temos como evitar. Ela vai se fechar quando eu me for, vai cortar relação com todos vocês e fazer o possível para sofrer sozinha. Por favor, não deixem que faça isso. Procurem por ela, falem com ela, façam com que saia de casa. Ela vai superar se tiver pessoas para ajudá-la, então peço a vocês, meus amigos, para ajudá-la. Façam isso por mim. Obrigada.

É isso. Essa é minha mensagem de adeus. Moderníssima, no Facebook! Sei que vou ver todos vocês antes de partir. Vamos lidar com isso do jeito que der na hora. Minha esperança é que a gente ria do nosso passado em vez de chorar pelo meu futuro.

Além disso, não fiquem chocados. Estou mesmo com cara de quem que está morrendo.

Bjs,

Alice

Enxugo as lágrimas e sirvo outra taça. Eu era tão amada... tão protegida por ela... Até o último minuto a vida de Alice estava ligada a mim, o que tornava a minha própria vida suportável. Mas isso acabou assim que ela morreu. Não levou mais de um ano para toda essa gente parar de se importar comigo. Eu recusava todos os convites e raramente atendia o telefone, é claro, mas eles deveriam ter insistido mais, não? Deveriam ter entendido que eu demoraria a me curar, que me guiar para fora desse "buraco" levaria tempo. Esse pessoal achou mesmo que mandar parabéns pelo Facebook no dia do meu aniversário era o pedido de Alice. Patético. Eles se diziam amigos, mas nunca se comprometeram com seu último desejo. Odeio todos, uns falsos e desalmados que usam a morte dela para chamar atenção nessa maldita internet.

Sirvo o restante da garrafa e bebo. Clico no perfil de Melissa Tucker e rolo a página. Ela recebeu muitos comentários compassivos pelo post que escreveu no meu aniversário, sobre como sentia saudades de Alice.

"Meus sentimentos", escreve uma pessoa.

"Você é forte por seguir com a vida depois disso", escreve outra.

Olho as fotos de Melissa, inúmeras imagens dela com Alice postadas recentemente com mensagens como "Ainda sinto saudades dessa moça", e "As melhores noites da minha vida foram com Alice".

Nossa, que garota muito irritante. Saio do álbum, mas, antes fechar o perfil, clico sem querer em ADICIONAR AOS AMIGOS.

E estou no perfil de Alice. *Merda*. Abro rapidamente uma nova janela e digito "Como cancelar uma solicitação de amizade no Facebook". Mas minha conexão está uma porcaria. Anda logo! Ok, aqui... *Entre no perfil da pessoa, coloque o cursor sobre* ADICIONAR AOS AMIGOS *e clique em* CANCELAR *no menu*.

Certo, volto para o Facebook. Vejo o botão de ADICIONAR AOS AMIGOS, mas quando vou clicar, PING, aparece uma notificação dizendo "Melissa Tucker aceitou sua solicitação de amizade".

Meu Deus.

Uma mensagem aparece imediatamente.

Oi? Isso é alguma brincadeira de mau gosto? Quem fez isso?

Entro em pânico. Se ela olhar a página, vai descobrir que deixei uma mensagem desejando feliz aniversário para Alice alguns dias atrás. Ou vai parecer que sou louca ou Melissa vai saber que sou eu. O que eu faço?

Desativo a conta.

Acabou.

Adeus, bolinha verde.

Quarta-feira

Tara

Hoje de manhã acordei quatro minutos antes de conseguir abrir o olho esquerdo. Sou obrigada a separar as pálpebras com os dedos. O rímel de quatro dias atrás colou tanto que, por um minuto, quase aceitei que nunca mais usaria esse olho. E nem me importei.

De ontem para hoje eu dormi na minha cama uma vez e passei o resto do tempo no sofá vendo TV e digitando meu nome no Google. Comi as duas pizzas congeladas, quase todo o queijo e as Pringles. Minha língua está com um tom estranho de amarelo, e sinto como se tivesse bebido um copo de sal. Toda hora vou na cozinha pegar água, mas quando chego lá, esqueço o que ia fazer e volto a me sentar no sofá, desejando não sentir tanta sede. O ar está quente e pesado, como se eu estivesse morando numa tigela de sopa de tristeza.

Menti várias vezes para minha mãe sobre estar doente para não ter que encarar a realidade. Me agarro à esperança de que ninguém no portão da escola de Annie tenha coragem de dizer a ela o que está acontecendo. Espero estar protegida pela vergonha alheia dos outros pais. Mas sinto muita saudade da minha filha. E preciso de vegetais. Vou ter que sair de casa em breve.

Tenho a impressão de que a internet inteira está obcecada comigo. Estou no Trending Topics do Twitter há dias e quase todo programa de TV e site voltado para o público feminino discutiu a minha situação. As pessoas acham que tenho problemas mentais, que fiz isso porque sou louca. Mulheres que não me conhecem estão argumentando que provavelmente fui abusada e que "não deveriam julgar" (mesmo julgando), "porque nunca se sabe o que uma mulher passou para chegar a esse ponto". Acham que estou com problemas, que o gesto foi um pedido de ajuda, ou vão no caminho contrário e pensam que sou tarada ou pervertida. Li justificativas para as minhas ações que eu mesma não teria pensado nem nos meus sonhos mais loucos. Escreveram de tudo, menos a verdade: que achei que estivesse sozinha e que me masturbei porque estava com tesão. Por que ninguém consegue aceitar o fato pelo que ele é?

Na internet inteira só encontrei uma pessoa do meu lado: Camilla Stacey. Quase morri quando li o texto dela. É muito bizarro ler sobre mim mesma num blog que acompanho há anos e do qual sou muito fã. Mas, se Cam está me apoiando, até ela deve ter lido merda no Twitter. As pessoas realmente me odeiam.

O vídeo já tem três milhões de visualizações. Meu meme já foi compartilhado quinhentas mil vezes. É uma foto minha com a cabeça inclinada para trás e a mão na virilha com as palavras "QUANDO ACABA A BATERIA DO CELULAR". Li uma matéria explicando por que esse meme é tão "poderoso", dizendo que a raça humana está se tornando tão viciada em celulares que "se masturba de pânico" se fica sem bateria. Ao se tornar tema de um escândalo enorme como esse, você percebe que as pessoas são loucas pra cacete. Qualquer idiota pode ganhar cliques escrevendo algo assim. É só questão de tempo até saberem meu nome, o que eu faço da vida. Ou o que eu *fazia*, devo dizer. Nunca mais volto naquele escritório.

O mais estranho é que nas últimas 24 horas não tive contato com um único ser humano, mas me sinto completamente cercada de gente. Acho que não existe um canto do planeta que não esteja falando sobre mim. Tento raciocinar de maneira lógica. Lembro quando a Mulher do Carrinho de Bebê era o assunto do momento. Aquela que aparece empurrando um carrinho de bebê para o meio de uma estrada e saindo correndo em um vídeo que viralizou. A brincadeira causou um engavetamento de três carros, porque é claro que os motoristas acharam que tinha um bebê lá dentro. Só que o carrinho estava vazio e tudo não passou de uma brincadeira. A mulher não conseguiu explicar por que tinha feito aquilo. A única coisa que ela conseguiu balbuciar para os jornalistas que cercaram a casa dela foi: "Eu só queria ver o que ia acontecer."

Felizmente ninguém morreu, então acho que ela se safou sem nenhuma acusação formal, mas sabe-se lá o que ela está fazendo agora. Quem contrataria uma pessoa dessas? Quem namoraria uma pessoa dessas? Quem a deixaria sozinha com uma criança? Ela foi o maior assunto das redes sociais por uma semana e depois sumiu. Nunca mais se ouviu falar da Mulher do Carrinho de Bebê, mas isso não quer dizer que ela esteja bem.

Vivo dizendo a mim mesma que isso vai passar, que as pessoas vão esquecer, porque nada é tão interessante por muito tempo. Não tentei matar ou fingi tentar matar alguém. Mas o problema é que sexo é um assunto mais poderoso do que todos os outros. Aprendi com isso tudo que, independentemente do que façam, os homens são sempre tratados como indivíduos; se uma mulher faz algo parecido com o que eu fiz, no entanto, é colocada de lado, como se o feminismo tivesse recuado um ou dois passos. A questão é *por quê. Por que ela fez isso? O que a motivou? O que isso diz sobre as mulheres?* As pessoas fazem essas perguntas em vez de simplesmente aceitar em que foi um momento de alegria e êxtase transformado em loucura. Meu vídeo é o maior estudo de sexualidade feminina do ano.

Talvez eu tenha mesmo um problema. Fico imaginando o que acharia do vídeo se fosse outra pessoa. Que suposições eu faria? Com certeza eu acharia graça, mandaria para alguns amigos, ficaria horrorizada e faria julgamentos. E depois? Provavelmente continuaria com meu dia normalmente, sem dar a mínima. Acho que ficaria feliz se alguém voltasse a tocar no assunto só para rir e julgar mais um pouco.

Mas eu me importaria? Acho que não. Então por que outras pessoas têm que se importar comigo?

E elas se importam. Sei que sim. Todo mundo que não me conhece acha que sou uma doida varrida. Vai saber o que as pessoas lá fora pensam. Só que eu preciso sair. Preciso ver minha filha. Não posso me trancar aqui e negar a situação.

Mando uma mensagem para minha mãe.

Mãe, estou me sentindo melhor. Você pode trazer Annie aqui mais tarde?

Tento soar o menos culpada possível, porque não quero que ela suspeite que tem algo errado. Tenho analisado as respostas em busca de algum sinal de que saiba o que está acontecendo, mas tenho quase certeza de que ela não faz ideia. Embora ache que seja questão de tempo até ficar sabendo.

Ela vai adorar, querida. Está com muitas saudades.

Acho que se eu não tivesse responsabilidade com minha filha, eu nunca mais sairia de casa. Preciso ganhar dinheiro, mas com certeza nunca mais vou voltar para o trabalho. Provavelmente vou capitalizar em cima dessa marca que criei e gravar mais vídeos me masturbando para o público caminhoneiro. Pelo menos estarei usando todas as minhas habilidades.

Adam não parou de me mandar e-mails e tenho cerca de quarenta mensagens perdidas dele. Não consigo nem conferir o número exato.

Chega outra mensagem da minha mãe.

Aliás, acabei de terminar os preparativos para a festa de aniversário do seu pai na sexta. Você tem mais alguma sugestão?

Cacete, eu tinha esquecido totalmente! *Meu pai. Caramba, meu pai.*

Não tenho a menor ideia do que fazer. Como esperar que isso passe se o mundo inteiro está contra mim? Como posso dar a volta por cima? Volto para *HowItIs.com* e releio o texto de Cam Stacey.

"Não tem um único meio de comunicação no país que não esteja rindo dessa mulher, a chamando de louca, ou se referindo a ela como uma pervertida. Mas não é isso que eu vejo." Será que Cam é minha única esperança? Vejo o e-mail dela na seção Contato junto com a mensagem "Me escreva, adoraria saber sua opinião".

E, como não tenho mais nada para fazer além de pesquisar meu nome no Google e chorar em cima de uma caixa de pizza vazia, é isso que eu faço.

Cam

A coluna de Cam sobre não querer ter filhos parece ter causado um burburinho e tanto. *Sky News*, *BBC Breakfast* e *This Morning* a convidaram para participar, mas ela só concordou em ir ao *Female First* da BBC Radio London, porque não quer lidar com a reação do Twitter à sua aparição na TV. Muita gente lê o blog, mas com exceção de algumas fotos cuidadosamente escolhidas, sua imagem não é tão conhecida. Isso é intencional. Toda vez que ela aparece na TV, não importa o que esteja discutindo, o Twitter só comenta sobre a aparência dela. É um saco. As pessoas falam mal do seu cabelo, do seu rosto, das suas mãos grandes. Mesmo quando a elogiam, tudo o que ela quer responder é "Parem de falar sobre a minha aparência e escutem o que estou dizendo". Cam quer ser conhecida por suas opiniões, então textos e programas de rádio são as melhores opções. Além disso, consegue disfarçar nervosismo se não tiver uma câmera bem no meio da cara.

Ao chegar na BBC, Cam é recebida por uma mulher com uma prancheta. Ela está usando uma saia midi de estampa naval, blusa branca e um cardigã azul. O cabelo penteado vai até a altura dos ombros, ela não usa maquiagem e colocou os óculos de leitura na cabeça como um arco. Deve ter uns 35 anos e parece ser rata de biblioteca. Comparativamente, Cam se sente uma mulher gigantesca que entra nas rodinhas em show de rock. Está de calça jeans skinny, uma camiseta cinza, jaqueta de couro e botas pesadas. Está calor e Cam queria tirar a jaqueta, mas as pizzas de suor estão muito grandes, então ela mantém a jaqueta, grata pelo ar-condicionado. Não lavou o cabelo hoje de manhã porque não queria ter que secá-lo. Outra vantagem do rádio.

— Oi, Camilla, sou Philippa. Obrigado por vir, estamos muito felizes por receber você. Já pegou seu passe?

— Já — diz Cam, segurando orgulhosamente o crachá.

— Ótimo. Vou levar você até lá.

No elevador, Philippa finge ler alguma coisa na prancheta para preencher o silêncio. Cam está surpresa com a falta de assunto. Ela começaria a falar sobre qualquer coisa, mas está com o estômago embrulhado por causa da transmissão ao vivo. Também está um pouco paranoica, achando que pode vir a decepcionar as pessoas que acabou de conhecer. Cam é tão determinada, descolada e engraçada no blog, está sempre recebendo tantos e-mails de fãs dizendo que ela é a heroína deles, que queriam ser como ela. E apesar de realmente sentir-se assim por dentro, ela precisa da ajuda do teclado para colocar para fora.

Quando saem do elevador, dão de cara para uma porta trancada. Philippa finge ter problemas com a fechadura, obviamente para ganhar tempo. Até que acaba cedendo à voz na sua cabeça.

— Ok, eu não devia dizer isso — diz ela, passando de bibliotecária tímida para alguém com brilho no olhar.

Cam fica até um pouco assustada.

— Seu texto sobre não querer ter filhos é incrível. Eu também nunca quis, mas é difícil dizer isso porque as pessoas sempre nos julgam. Então, obrigada.

— Ah, que bom, eu que agradeço.

Cam fica imaginando o que virá em seguida. O aviso "Eu não devia dizer isso" não foi só para esse comentário.

— Olha, é bom você saber que Janis não entende mulheres como nós. Ela convidou você porque sabe que isso vai gerar bastante engajamento por parte dos ouvintes, mas não vai ficar do seu lado se forem grosseiros ao telefone. Achei melhor avisar porque acho que você precisa defender as mulheres como nós. Eu sei que você já faz isso, mas, como estamos aqui cara a cara, me deu vontade de dizer que realmente admiro essa postura, o fato de você dizer o que tantas de nós têm medo. Eu não posso ser totalmente sincera sobre quem sou de verdade. Eu perderia o emprego se Janis descobrisse que prefiro ser solteira para sempre a ter um marido. Mas você não precisa mentir, não precisa dar satisfações a uma chefe como a Janis.

A imagem da mãe surge na cabeça de Cam, e ela se pergunta se isso é verdade mesmo. Philippa olha rapidamente para os lados.

— Tenho a paranoia de que este prédio tem escutas.

— Ok. Bem, obrigada pelo aviso — diz Cam.

Não esperava isso de Philippa, que lembra levemente Clark Kent. Além disso, falando em pressão, as mãos de Cam de repente começaram a suar.

— Ok, espere aqui. Eu aviso quando for a hora de entrar — diz Philippa, mostrando a sala verde para Cam, que na verdade é uma sala branca sem janelas, com três cadeiras e um pote de nozes.

Cam se senta e confere o Twitter no celular. Seu texto apoiando a "Mulher Siririca de Walthamstow" não emplacou.

@CamStacey Ah, qual é... Você quer que a gente não assista o vídeo de uma mulher batendo siririca no metrô? Ela adorou, cara. Quer que todo mundo assista.

@CamStacey geralmente adoro seus textos, mas dessa vez discordo, desculpe. Agora tenho que simpatizar com uma pervertida? #decepcionada

@CamStacey Então pode mandar me prender porque não consigo parar de assistir! Tô apx por aquela BOCETA.

Cam checa as métricas do site. Esse post recebeu metade da média de visualizações e quase nenhum retuíte. Muito incomum. Cam se sente decepcionada: odeia quando seus posts não são compartilhados. Mas, agora, falando sério? As pessoas estão insensíveis a ponto de não conseguirem entender o que aconteceu com a pobre mulher?

Cam acessa o e-mail para ver se tem algo especial. Há uma mensagem de Tara Thomas. O assunto é "Obrigada, da Mulher Siririca". Cam abre imediatamente.

Querida Camilla, estou meio sem palavras, mas queria agradecer pelo seu post. Você nem imagina como me senti bem quando li um texto que não me chamava de louca ou pervertida. Não sei se você vai ler isto, mas espero que sim. Mais uma vez, obrigada, Tara (aka Mulher Siririca de Walthamstow). Bjs

Tara leu o texto de Cam e se sentiu melhor. Era o maior elogio para seu trabalho e a lembra que o que ela diz faz diferença. Cam assegura a si mesma que não precisa ficar nervosa.

— Estamos prontas — diz Philippa, voltando. — Pode desligar o celular e vir comigo?

Cam faz o que ela pede e volta a sentir um frio na barriga. Enquanto seguem por um longo corredor até uma porta pesada sobre a qual paira uma luz vermelha, Cam pensa no que Philippa disse sobre ser julgada pela decisão de não ter filhos.

— O que você acha da Mulher Siririca? — pergunta Cam, testando.

— Meu Deus, não consigo parar de assistir— diz Philippa. — A cara que ela faz é sensacional.

Philippa abre a porta e entra no estúdio. Cam balança a cabeça lentamente enquanto a segue. Que hipocrisia. Por que mais ninguém percebe isso?

O estúdio é pequeno e escuro. As paredes cobertas com tecido grosso deixam o lugar parecendo um bunker antiaéreo. *Você estaria segura aqui dentro mesmo se o lugar desmoronasse*, pensa Cam.

Janis está sentada a uma mesa redonda. Parece ter 50 e poucos anos, usa um penteado meio antiquado na altura dos ombros. Diante dela há um microfone com uma proteção ao redor e dois outros em volta da mesa. Janis aponta para a cadeira à sua frente e, sorrindo, faz sinal para Cam se sentar. Cam obedece. O microfone lhe dá a sensação de que há mil olhos a encarando e o frio na barriga aumenta. Ela tira a jaqueta de couro e baixa os braços.

— Já falo com você — sussurra Janis, cobrindo o microfone e fazendo um movimento circular com o punho, como se tentasse interromper a ligação atual. Parece que a pessoa está dando uma resposta muito longa para a pergunta que Janis fez sobre a polêmica cena de sexo no episódio da noite anterior de *Emmerdale*. Passados mais dez segundos, Janis não aguenta e encerra a ligação. — Ok, bem, temos que continuar o programa ou vai dar a hora do episódio de hoje de *Emmerdale* e não vou ter tempo de conversar com minha convidada. Obrigada, Sandra.

Janis revira os olhos de um jeito jovial e sorri de novo para Cam.

Ela parece legal, divertida até. Sobre o que Philippa estava falando?

— Aqui na minha frente — continua ela — está sentada uma jovem que não quer ter filhos. Ela diz que não é triste nem egoísta. Que não tem problemas com intimidade ou homens. Essa mulher, muito atraente, devo acrescentar, diz que já se decidiu, que tem o direito de não ter filhos e que a sociedade não deveria considerar isso um problema. Por favor, recebam mente por trás do blog *HowItIs.com*, Camilla Stacey.

Cam pigarreia e respira fundo. Sua boca está seca, então ela toma um gole do copo d'água à sua frente.

— Olá, Camilla, tudo bem, querida? — pergunta Janis, sendo gentil, talvez um pouco condescendente, mas sem nenhuma maldade.

— Tudo bem, Janis, obrigada — diz Cam, ainda com um pouco de água na boca.

Uma gotinha escorre pelo seu queixo e cai na mesa de feltro, formando manchas escuras. Ela não se arrisca a tomar outro gole. Engole direto e pela janela da outra sala vê Philippa, que a observa feito uma mãe assistindo ao filho no futebol. Está orgulhosa, mas ao mesmo tempo dizendo "Vê se não perde!".

— Então, me conte o que aconteceu para você não querer ter filhos. Consegue apontar um momento da sua infância que pode ter desencadeado isso? — questiona Janis.

— Na verdade, não — responde Cam, sabendo que deveria elaborar melhor, mas precisando de alguma dica da próxima pergunta para superar o nervosismo.

— Porque logicamente uma garota bonita como você pode ter o homem que quiser, não? — sugere Janis.

— Ah, bem, não sei se aparência tem algo a ver com isso. Cresci num ambiente em que era normal ter filhos, inclusive minhas três irmãs são mães — diz Cam, feliz com sua resposta metódica, começando a ganhar confiança.

— Sim, mas em que momento você decidiu que não queria ser mãe? — pressiona Janis.

— Bem, não teve um momento específico. Eu sempre soube. Acho que é um pouco como ser gay: você não decide de quem gosta, apenas gosta.

— E você é gay, querida?

Uau, ela é uma dessas, pensa Camilla. Igual a mãe. Mas essa não é sua mãe. É alguém que ela não se importa em magoar. Seu nervosismo havia passado, dando lugar à Cam que ama suas leitoras. Ela se ajeita na cadeia, fazendo um sinal sutil com a cabeça para Philippa.

— Não, *querida*, eu não sou lésbica — afirma ela, com confiança.

— Ok, como esperado, estamos cheios de ouvintes querendo saber mais a respeito disso, então que tal falarmos diretamente com eles? — pergunta Janis. — Mary de Balham, você está aí?

— Sim, oi, Janis. Oi Camilla. Então, você não tem medo de se arrepender de ter priorizado a carreira em vez de filhos quando se aposentar?

Janis apoia os cotovelos na mesa e dá um sorriso vago para Cam, como se estivesse esperando uma resposta.

— Não querer ter filhos não tem nada a ver com o quanto eu trabalho. Algumas das mulheres mais bem-sucedidas que eu conheço são mães. As mulheres podem ter tudo... Mas eu não quero tudo.

Janis inclina de leve a cabeça para o lado e ergue as sobrancelhas.

— Ok, obrigada, Mary. Agora vamos falar com Laura, de Hertfordshire. Alô, Laura?

— Oi, Janis, adoro seu programa. Camilla, sei que você é solteira, apesar de estar saindo com um cara, como você mesma escreveu, mas dizer que não quer filhos não é só uma autodefesa contra quem acha que você decidiu isso só porque não encontrou "a pessoa certa"?

Cam deixa escapar um suspiro audível.

— Não, não estou dizendo que não quero ter filhos só para me defender. Se eu quisesse ter filhos e não encontrasse um homem, eu tentaria fertilização in vitro ou adoção. Poderia pedir o esperma de um amigo gay. Existem muitas maneiras de ordenhar essa vaca. Eu simplesmente não quero ter filhos.

Ela está orgulhosa de si mesma, falando do jeito que escreve. Suas leitoras vão ficar felizes.

— Bem, acho que comparar ter um filho com ordenhar uma vaca diz muito sobre o que você acha da maternidade. Talvez quando seu relógio biológico começar a desacelerar, você mude de ideia. Nem sei o que dizer depois disso — comenta Janis, olhando para o relógio e depois para Philippa, que observa Cam como se implorasse.

Não, pensa Camilla, *não pode terminar assim*. Ela não acordou cedo, enfrentou o trânsito pesado num Uber por 45 minutos, para passar três minutos no ar e alguém dizer que ela não sabe o que quer da vida. *Foda-se*.

— Sabe — diz para Janis. — Não entendo. Uma mulher diz que não sente "necessidade" de ter filhos e você e suas ouvintes não aceitam isso. Por quê? Por que desde que admiti algo aparentemente inaceitável, me pediram para discutir a questão em quase todo programa de entrevista? É mesmo uma notícia tão surpreendente?

— Bem — diz Janis, nervosa. Os convidados não costumam responder a ela. — Só acho que não é muito comum. O fato de uma mulher decidir não ter filhos em vez de ser forçada a ter essa opinião. Você não pode achar isso normal, não é, querida?

Cam semicerra os olhos ao ouvir a palavra "normal", e responde:

— Sim, é triste que as pessoas estejam condicionadas a considerar uma alternativa à maternidade como algo anormal. Mas você já reparou que algumas das mulheres mais brilhantes do mundo não têm filhos? Oprah, Gloria Steinem, Helen Mirren, Dolly Parton... Você acha que a vida delas é ruim porque elas não são mães? Eu acho que não. Sei que cada uma deve ter um motivo para não ter engravidado, algumas talvez não possam, outras não querem, mas a vida dessas mulheres não é vazia por causa disso. Acho que é importante seguir o exemplo dos nossos heróis e de todo mundo que parou de valorizar as mulheres por ter ou não filhos. A ironia da opinião que você compartilha com suas ouvintes, Janis, é que são *mulheres* rotulando outras mulheres, não os homens. É uma atitude bem pouco feminista.

Ela olha para Philippa, que está tentando disfarçar o sorriso.

Alguns segundos de silêncio são muito tempo no rádio.

— Ok, obrigada, Camilla Stacey, editora do *HowItIs.com* e uma ferrenha defensora da... não-maternidade — diz Janis, encerrando, sem nem olhar para Cam enquanto ela é levada para fora do estúdio por Philippa, que está trêmula.

— Você é incrível! — diz Philippa, irradiando alegria quando a porta do estúdio se fecha atrás delas. — Merda, vamos lá para baixo, essas paredes têm ouvidos.

Elas seguem o resto do caminho com Philippa fazendo um chiado enquanto tenta disfarçar sua alegria. Cam quer rosnar de frustração. Quando elas passam pela recepção e chegam no portão do prédio, Cam se vira para Philippa e diz:

— Sabe, você poderia dizer para Janis que ela é uma escrota.

— O quê? Não posso, ela me mandaria embora.

— E daí? Você sabe o que quer da vida, sabe quem você é. Pare de se esconder atrás de tudo isso — diz Cam, segurando o cardigã dela —, desse disfarce estranho, e seja honesta consigo mesma. Não se conforme só porque as pessoas gostam dela. Qual o sentido disso?

— Esse visual funciona aqui. E eu amo meu trabalho.

— Ama mesmo? Ama ter um emprego onde você precisa mentir todo dia sobre quem você é de verdade? Com uma chefe que faz com que se sinta irrelevante só porque você tem coragem de ir contra o que a sociedade espera? Vai deixar essa mulher te silenciar? Cadê a sua voz?! De que vale ter opiniões tão fortes se você não pode seguir o que acredita?

— Eu, mas...

— Não tem "mas", Philippa. As mulheres não podem continuar reclamando sobre como são tratadas pela sociedade se não reagem quando dizem que elas estão erradas. Você pode me dizer que Janis é uma escrota, mas não sou eu que a vejo todo dia e deixo ela se safar com isso. Faça alguma coisa, diga como se sente. Nada vai mudar se você não se mexer.

Philippa olha para o chão feito uma adolescente que levou uma bronca, mas então ergue a cabeça.

— Pra você é mais fácil. Todo mundo ouve suas opiniões. Eu também tenho muita coisa a dizer, mas não ganhei o direito de fazer isso.

— Eu digo essas coisas para encorajar mulheres como você, não para falar por vocês. — Enquanto vai embora, Cam diz: — E pare de ver o vídeo da Mulher Siririca. Você não tem o direito de se dizer feminista se assiste a essas coisas.

Philippa faz que sim.

No Uber, Cam pega o celular, louca para mandar o e-mail abaixo:

```
Tara, fico muito feliz que você tenha entrado em con-
tato. E que bom que você viu o texto que escrevi.
Como estão as coisas?
  Bjs,
  Cam
```

Antes mesmo de chegar em casa, ela recebe uma resposta.

```
Ei, Cam!
Como vão as coisas? Ok, deixa eu ver. Não consigo
dormir por mais que tome anti-histamínicos ou Nytol.
Quando finalmente desmaio, acordo com o pesadelo de
```

que tem alguém me filmando na cama e nem lembro mais
como é sentir o ar puro da rua. Então, no geral,
estou na merda.
  Como foi seu dia?
  Bjs,
  T

Tara

A campainha toca e acordo assustada. Eu estava no sofá, dormindo com a TV ligada, o controle remoto na mão e um pedaço de queijo na coxa. Sinto um cheiro ruim. Pode ser eu, ou então o queijo. Mais uma vez tenho dificuldade em abrir o olho esquerdo. Estou um nojo. Preciso muito de um banho, mas só de pensar em entrar no chuveiro fico estressada. A campainha toca de novo.

Olho meu celular. Nenhuma mensagem da minha mãe e ela avisaria se estivesse vindo. Quem apareceria assim do nada? Antes de largar o celular, olho de novo as mensagens trocadas com Jason, o balão de conversa ainda ali, como uma piada cruel. Por que me importo, se foi só uma noite? Sei que preciso deixar pra lá, embora pareça que nunca vou conseguir superar nada disso. A campainha toca de novo, dessa vez seguida por uma batida forte na porta. Penso em não atender, porque seja lá quem for, não preciso ver ninguém. Mas um quarto *ding dong* e batidas mais agressivas não me permitem ignorar.

Chego ao corredor e vejo a porta. Feixes de luz do dia se infiltram pelas frestas laterais. Pego meus óculos escuros na mesinha da entrada. Já entendi que meu olho esquerdo não vai lidar bem com a luz do dia. Ao me aproximar da porta, escuto a voz de um homem.

— Tara Thomas — diz ele. — Estamos ouvindo que você está aí dentro. Pode abrir a porta, por favor?

Depois escuto o chiado inconfundível de um walkie-talkie. Quando abro a porta, vejo dois policiais. Um cara gordo e uma mulher baixinha e magra.

— Tara Thomas? — diz o homem.

Confirmo com a cabeça. Apesar dos óculos escuros, não consigo manter os olhos abertos. Agora também confirmo que o cheiro está vindo de mim, não do queijo.

— Estamos aqui para levar a senhora até a delegacia — continua ele. — Só precisamos fazer algumas perguntas sobre seu pequeno incidente no metrô na noite de sexta-feira.

— Vocês vieram me prender? — pergunto, percebendo que pareço ridícula de óculos escuros, mas também agradecida por estar com ele.

— Só precisamos fazer algumas perguntas, Sra. Thomas — diz a policial magra.

— Posso pegar minhas coisas? — questiono, sem saber qual é o protocolo quando a pessoa está sendo presa.

Será que vão me algemar? Vão baixar minha cabeça enquanto me colocam no carro, como fazem nos filmes?

Eles ficam me esperando na porta enquanto pego minhas chaves, meu celular e um casaco. Sequer coloco as coisas numa bolsa. Esqueci como é essa coisa de sair de casa.

No banco de trás da viatura (eles não baixaram minha cabeça quando entrei no carro), fico observando as nucas à minha frente. Acham que não estou notando, mas os dois ficam se entreolhando e rindo. Tenho certeza de que a mulher está cutucando a perna do cara gordo e só pode ser porque ele fica me sacaneando.

Sinto como se estivesse num táxi. A parte de trás do banco da frente é bloqueada por um plástico escuro, com uma janela de acrílico separando nossas cabeças. Enquanto escuto o chiado do rádio da polícia, me recosto no banco e olho pela janela. As pessoas na rua estão olhando para mim. Uma das minhas vizinhas vê tudo pela janela, tentando enxergar o marginal no banco de trás da viatura. O que vão pensar quando descobrirem que sou eu? Será que eles assistiram ao vídeo? Percebo como essa história é séria e me dou conta da situação em que me meti. Vou ser presa por ter me masturbado em público? Por baixo dos óculos escuros, lágrimas enormes escorrem pelas minhas bochechas. Estou enjoada, com medo e arrependida. Vieram até a minha casa. Como sabiam que era eu? Não vou poder mais me esconder. Mesmo se sair do radar da imprensa, meu nome vai ser arrastado na lama. Vou ficar com a ficha suja? Vou pra cadeia? Até aquele nojento do Shane Bower vai rir de mim... E pensar que eu tinha poder sobre ele. Olho para minhas mãos: estão tremendo. Nunca senti tanto medo assim na vida. Contar para o meu pai que eu estava grávida foi assustador, mas não tanto. Eu queria ter Annie e isso me dava forças para deixar claro que estava fazendo a coisa certa. Mas não quero nada disso que está acontecendo agora. Nada de bom pode sair dessa situação. Fui humilhada pública e globalmente, e estou com muito, muito medo.

Fico sentada sozinha na sala de interrogatório, esperando seja lá o que está prestes a acontecer.

A porta se abre. O cara gordo e a policial entram. Ela se senta e ele fica de pé logo atrás. A mulher começa a falar:

— Ok, Sra. Thomas, sou a oficial Flower e esse é o oficial Potts. Você tem o direito de permanecer em silêncio. Tudo o que disser pode ser usado contra você. Você tem direito a recorrer a um advogado. Se não puder pagar por um, será incumbido um defensor público. Entendeu seus direitos que acabo de citar?

— Sim — digo, feito uma garotinha na sala da diretora.

— Com esses direitos em mente, a senhora deseja falar comigo?

Sinto como se estivesse em um filme. *Como isso foi acontecer comigo?* Quero sair daqui, quero que isso termine o mais rápido possível. Se vão me prender, nenhum advogado pode me ajudar. O que fiz está gravado.

— Sim — respondo, tentando agir como adulta.

— Ótimo. Então, quer nos contar o que aconteceu na sexta-feira? — pergunta a oficial Flower, colocando os cotovelos na mesa e entrelaçando os dedos das mãos.

— Fui filmada no metrô em um momento em que achei que estivesse sozinha — digo. E é verdade.

— E, para ficar registrado, o que a senhora estava fazendo no metrô? — questiona a oficial Flowers, sondando.

O policial faz um grunhido esquisito e coloca as mãos na boca. Conteve um espirro ou uma risada, não tenho certeza.

— Eu estava me masturbando — digo, chegando a um pico de humilhação libertador enquanto minha vergonha inunda a sala e leva todo meu respeito próprio para o ralo.

O policial gordo repete o som e dessa vez deixa escapar um pouco mais do que pretendia, deixando claro que está segurando o riso.

— Certo — diz a oficial Flower. — E por que a senhora fez isso?

Por que eu fiz isso? A mesma pergunta que repito para mim mesma desde que toda essa merda começou.

— Não sei. Senti que...

Olho para o oficial Potts. Penso em não dizer nada, mas considero onde estou e percebo que não há motivos.

— Eu estava... com tesão. É isso.

É a gota d'água pra ele, que cai na gargalhada. A oficial Flower arrasta a cadeira para trás e se vira para ele, séria.

—Potts! — exclama, como se fosse a mãe dele e ele não passasse de um moleque rindo dos peitos da irmã. — Martin, você precisa sair da sala?

Ele se recompõe fungando, ajustando a postura e forçando uma tosse.

— Não, não. Tudo bem.

A oficial Flower se vira para mim.

— Sra. Thomas, a senhora estava no metrô, um local público. Percebe, portanto, que isso pode se encaixar na categoria de exposição indecente, certo?

— Sim. A questão é que achei que estivesse sozinha. Quando vi o garoto me filmando, me senti totalmente violada. Eu não queria que me vissem. Não consigo acreditar que, de nós dois, sou eu quem está sendo interrogada.

— Ah tá, a culpa é do cara — diz o oficial Potts, feito um ventríloquo, enquanto revira os olhos e depois encara a parede à direita.

Eu e a oficial Flower olhamos para ele e um momento tácito de solidariedade feminina.

— Olha, só estou dizendo que se ela fosse homem, esse caso estaria encerrado. Exposição indecente, indecência pública, obscenidade, não tem como escapar dessa — diz o gordo babaca.

Acho que ele tem razão. As regras não deveriam ser diferentes para homens e mulheres. Mas realmente espero que sejam.

— Sra. Thomas — continua Flower. — A senhora fez aquilo com a intenção de ser vista?

— Não, de jeito nenhum.

— Você sabia que o jovem que a filmou estava no mesmo vagão?

— Não, eu não fazia ideia. Ainda não entendo de onde ele surgiu. Juro que ele não estava ali quando entrei.

— A senhora já tinha feito algo assim?

— Não, nunca.

Mentira. Já transei com um cara no trem uma vez. Também paguei um boquete para esse mesmo cara no fundo de um ônibus. Mas foi muito diferente: aconteceu anos atrás e, além do mais, citar essas histórias não me ajudaria em nada. Digo não de novo, só para reiterar.

— Certo, estou feliz por definir que tenha sido um momento de má conduta pessoal. Todo mundo passa por isso. O fato é que em geral não há mais de duas pessoas presentes. A senhora claramente não estava tentando chamar atenção e seu arrependimento é perceptível. Sra. Thomas, a senhora pode me garantir que não vou receber mais nenhuma filmagem sua fazendo nada parecido num transporte público?

— Posso, sim. Não vai mais acontecer, juro. Eu tenho uma filha — digo com calma. — Só quero protegê-la.

— Claro. Ok, então acho que acabamos por aqui.

A oficial Flower se levanta.

— Espera aí. É só isso? — dispara o oficial Potts.

— Sim, só isso. Você está liberado, Martin. Venha por aqui, Sra. Thomas. — Enquanto seguimos pelo corredor, ela fala tranquilamente comigo. — Ele é novo aqui e não tem muito tato.

— Imagino que a mídia pode me identificar por estar aqui? — digo, sabendo qual é a relação entre a polícia e a imprensa por causa do meu trabalho.

— Acho que sim, infelizmente.

— Por que isso está acontecendo comigo? — pergunto, patética, me sentindo estranhamente segura nesse corredor frio e iluminado.

A oficial Flower para na minha frente e coloca as mãos nos meus ombros.

— Olha — diz ela, me olhando nos olhos. — Isso vai passar. Você fez uma coisa muito questionável. As pessoas vão continuar comentando, mas vai passar porque tudo sempre passa. Por aqui passa muita gente que fez coisa bem pior e todo mundo cumpre pena e depois segue com a vida.

— Cumpre pena? Vou ser presa?

Sinto uma ânsia de vômito subir pela garganta, mas engulo em seco.

— Não, mas talvez essa seja a sensação que você vai ter por um tempo. Sua pena vai ser lidar com a publicidade, mas vou te dar um conselho: faça o que for certo para você, responda do jeito que se sentir confortável. Você pode tomar o controle da situação e sair por cima. Faça o que for certo para você e para sua filha. E, Sra. Thomas, posso dizer uma coisa, de mulher para mulher?

Faço que sim. Gosto da oficial Flower. Quero o conselho dela. Qualquer migalha de conforto é bem-vinda.

— Tome um banho, ok? Você está cheirando a queijo.

— Ah, sim. Desculpe.

— Tudo bem, já senti cheiros piores. Agora, posso arranjar uma carona. Tem algum lugar aonde ir, para não ficar sozinha?

Dou o endereço da minha mãe.

No banco de trás da viatura, pergunto se posso olhar meu celular e o policial dirigindo deixa. Ele parece jovem e ainda é educado porque está nervoso. Uma coisa ridícula para um policial.

Fico radiante ao ver que recebi outro e-mail de Cam Stacey. Tenho pensado muito nela.

```
Tara, você não pode controlar o que as outras pessoas
fazem, mas pode controlar como lida com a situação.
As coisas vão melhorar, prometo. Bjs, Cam
```

— Mãe! — grita Annie, correndo para me receber assim que entro pela porta.

Ela pula nos meus braços e isso é muito, muito bom. O cheiro da cabeça dela, o calor do seu corpo, o abraço que significa nada além de amor. Eu seguro minha filha como se estivéssemos prestes a nos despedir. Nunca passamos tanto tempo separadas. Percebo imediatamente que isso não pode se repetir.

— Mãe, você melhorou? — pergunta ela, seus grandes olhos castanhos me encarando com preocupação. — Você está com um cheiro estranho.

— Estou bem melhor — digo. Como posso contar uma verdade dessas para uma criança? Um dia terei que fazer isso. Seguro a mão dela enquanto me levanto. — Vem, vamos encontrar a vovó.

— Que surpresa — diz minha mãe, saindo da cozinha e se aproximando de mim.

Ela estende os braços na minha direção, mas sua expressão muda quando percebe meu estado. Olho nos olhos dela e as lágrimas grossas começam a cair de novo.

— Mãe — balbucio, mas minha voz não sai. Tento me segurar para a Annie não perceber.

— Vou levar Annie lá pra cima — diz ela, tomando uma atitude, como mães costumam fazer.

Eu me sento na cozinha enquanto ela leva Annie para o quarto. Depois de alguns minutos, tomo um susto quando minha mãe surge na porta e pergunta:

— Então, qual deles? Mama? Intestino?

— O quê? — pergunto, sem entender por que ela está listando partes do corpo.

— Que tipo de câncer? É câncer, não é? O que houve?

— Meu Deus, mãe! Não!

Percebo que ela está chorando. Deixei minha mãe aterrorizada. Por que sinto que estou prestes a contar algo pior do que câncer, sendo que obviamente não é?

— Ah, graças a Deus! — diz ela. — Ninguém sobrevive a um câncer, por mais que as pessoas digam que é possível. Mas o que é, então, filha? O que você tem... — Ela para de falar como se tivesse entendido. Ela deixa a preocupação de lado e fica irritada. — Você fez de novo, né?

— O quê?

— Engravidou outra vez, não é?

— Não, mãe. Não estou grávida. Pare de tentar adivinhar, por favor. Mãe, eu fui flagrada fazendo algo terrível.

— Meu Deus, roubando uma loja? O que você pegou? Roupas? Cosméticos? Uma televisão?

— Não, mãe, eu não roubei nada, por favor, pare de tentar adivinhar.

Ela se senta ao meu lado. Consegue ficar quieta, mas sei que está repassando todas as possibilidades na cabeça como se fosse um gerador de resultados aleatórios.

— Mãe, me filmaram fazendo uma coisa, e isso significa que vou aparecer nos jornais. — conto a primeira parte... estou quase lá. *Eu consigo.*

— Filmada fazendo o quê? Você machucou alguém?

— Não, mãe, não machuquei ninguém. Fui filmada fazendo uma coisa sexual e o vídeo viralizou.

— Viralizou? Que isso? Tipo AIDS?

— Pelo amor de Deus, mãe, eu não tenho AIDS. Viralizou significa que o vídeo se espalhou pela internet. Milhares de pessoas já assistiram.

— Ah — diz ela, sem fazer a menor ideia de como a internet funciona e o que isso significa.

— Mãe, na sexta à noite eu conheci um cara. Um cara realmente incrível e a gente se deu superbem. No final do encontro ele me convidou para ir à casa dele, mas eu disse não. Eu queria esperar, fazer tudo certo. Mas...

— Que bom. Eu disse que você não precisava transar com todos.

— Sim, mãe, eu lembro que você disse isso. Mas só que eu gostei muito desse cara. Muito mesmo. Fisicamente. Sabe? E então eu entrei no metrô e... mãe, eu tinha bebido um pouco e achei que não tinha ninguém no vagão, então...

— Tudo bem, querida, você pode me contar qualquer coisa, você sabe — diz ela, se inclinando na minha direção como se quisesse sentir meu cheiro.

— Eu me masturbei no trem e um desconhecido me filmou fazendo isso.

Se existisse um dicionário com imagens do rosto da minha mãe, a daquele momento seria usada para descrever HORROR. A pele dela vai do cor-de-rosa para um tom de amarelo pálido, o sangue se esvai de suas mãos a toda velocidade, deixando-as marcadas de veias. Ela leva as mãos ao rosto e abre a boca. Espero um instante para que se acostume, só que esse momento não chega e minha mãe continua mortalmente congelada, parecida com o emoji do grito de medo.

— Mãe, diz alguma coisa.

Ela solta um gemido longo e agudo. Não entendo bem de onde.

— Seu pai... — diz ela, finalmente.

— Eu sei, ele não vai gostar. Mas, mãe, tenho mais com o que me preocupar. A polícia...

— A polícia?

— É, a polícia. Eles apareceram lá em casa e me levaram para a delegacia hoje de manhã. Não vou ser formalmente acusada de nada, então está tudo bem. Mas a mídia não vai ser tão piedosa. Estou no Trending Topics do Twitter desde segunda...

— O que o Twitter tem a ver com masturbação?

— Não, mãe, estar no Trending Topics do Twitter significa que... sabe do que mais? Não importa. Só que todo mundo está comentando e agora provavelmente a notícia vai parar nos jornais. Como meu nome já foi identificado, isso também pode acabar virando notícia. E seus amigos talvez vejam. E os amigos do papai. E todo mundo que a gente conhece, e vamos ter que lidar com isso de algum jeito.

Ela tira as mãos do rosto.

— Onde está esse vídeo?

— Na internet.

— Posso ver?

— Mãe, acho que não é uma boa...

— Se o mundo inteiro vai ver esse vídeo, Tara, acho que eu também preciso ver, certo?

— Mãe, você ouviu o que eu disse? O vídeo sou eu me masturbando no metrô. Não é um vídeo falso, sou eu mesma. Tem certeza de que você quer assistir?

Ela insiste. Por mais torturante que seja, uma parte de mim quer acabar logo com isso. Se ela não assistir agora, vou sofrer até o momento em que isso acontecer. Foda-se. Pego o notebook dela e procuro o vídeo. Mulher siririca de walthamstow. É o primeiro resultado.

— Tem certeza? — pergunto mais uma vez, enquanto meus dedos pairam sobre o touch pad.

— Tara, dá play nesse maldito vídeo, ok?

Então é o que eu faço.

5

Cam

— Vamos, Cammie, vai ser divertido — diz Tanya pelo telefone. — Há anos não fazemos nada só nós quatro.

— Detesto spas — diz Cam, rejeitando esse exercício de amizade com as irmãs, e odiando o clichê das mulheres que fazem as unhas juntas. — Não podemos passar um dia na casa da mamãe e do papai? Peço comida para todo mundo ou algo assim?

— Não, Cammie, a ideia é fugir um pouco das crianças. Vamos... Se a Mel não receber uma massagem no corpo inteiro, as varizes dela vão explodir e acabar com a raça humana. Ela está péssima, faça isso por ela. Faça isso pelas varizes da Mel.

— Ok, ok. Para de falar dessas malditas varizes. Eu vou. Passar uma tarde num spa chique com minhas irmãs malvadas... Uau, mal posso esperar.

— Te amo, viu... A pequena Cammie, toda mal-humorada e mandona, ama quando a irmã telefona...

— Nossa, que rima péssima — diz Cam, sorrindo. — Eu só vou porque, se não for, vocês não vão parar de falar de mim e inventar coisas.

— Sim, provavelmente. Ok, vou agendar. E, olha, você se importa em pagar? Sei que está bem de vida.

— Claro. Pago para todo mundo se vocês prometerem ser legais.

Cam adora quando pedem para ela pagar. Suas finanças são um triunfo indiscutível.

— Ah, Cammie, você é uma provedora para essas mães cansadas. Ok, te mando mensagem mais tarde quando marcar. Te amo.

— Também te amo, tchau.

Cam desliga e vai direto checar o feed no Twitter. Recebeu incontáveis mensagens de apoio pela sua participação na BBC Radio London.

@CamStacey HEROÍNA.

@CamStacey Finalmente alguém mostrou que aquela velha brega da Janis é uma escrota. #VelhaEscrota

@CamStacey MINHA VAGINA É UMA VIA DE MÃO ÚNICA. As coisas só ENTRAM #valeumana #bebêsnão

@CamStacey Te vi na TV uma vez. Belos peitos. Se você não tiver filhos eles vão continuar assim. Minha esposa é toda caída. Bj, Dave

Cam deveria estar feliz, mas fica irritada. Philippa é uma garota ótima cheia de opiniões fortes, mas muito tímida para agir de acordo com seus ideais. E isso deixa Cam puta. Se as mulheres estão lendo seu trabalho e ainda não têm confiança para assumir o controle das próprias vidas, então ela não está sendo direta o suficiente. Precisa escrever um blog que faça mulheres como Philippa ficarem loucas de vontade de chegar no trabalho e mandar o chefe, e a sociedade, se foder. Ela começa a escrever.

HowItIs.com – Convocação para Agir

Acho que as mulheres precisam parar de dizer como é difícil ser mulher e viver de acordo com o exemplo que querem dar. Toda vez que olho no Instagram ou no Twitter, encontro mais um post sobre como é difícil ser mãe e ter um emprego, como é difícil ser mulher e trabalhar em escritório, como é difícil ser mulher e ter a obrigação de ser bonita. E a lista continua... E esses posts são escritos por mulheres de sucesso ou famosas, no auge da vida. A beleza delas as enriqueceu, mas elas não querem ser objetificadas por isso. Elas ganham mais que a maioria dos homens, mas, por mais que tenham todo o apoio de que precisam, elas continuam dizendo que o mercado é difícil porque não conseguem equilibrar família e trabalho.

Pode ser que você esteja com medo, e eu entendo isso. As consequências de falar o que pensa são grandes. Entendo que não possa colocar seu emprego em risco, o apoio da família, e que exista um aluguel ou uma hipoteca para pagar. Mas e se você falasse? E se você falasse e conseguisse o que quer, assumisse um compromisso ou mudasse algo? Correr riscos é o que nos leva adiante. Quando se tem uma rotina, só restam duas escolhas: continuar nela ou lutar para sair. Não estou dizendo para arriscar sua segurança, mas estou te encorajando a pelo menos investigar uma possibilidade, se é que há uma, para fazer com que as coisas melhorem. Se vir algo errado, fale; se colocarem você para baixo, fale; assuma o controle do seu próprio destino.

Acho que trouxemos o feminismo a um ponto em que há muita discussão e pouca ação. Se eu fosse homem, diria "Ok, se você quer que eu pare de te tratar diferente porque você é mulher, pare de falar sobre ser mulher, porra".

Todas nós sabemos quais são os problemas, onde estão os desafios, o que precisa ser modificado, então que tal viver pelo que pregamos em vez de apenas postar nas redes sociais? Sejamos ativas se queremos mudanças. Se de fato transformarmos as coisas à nossa volta, estaremos transformando o mundo. Se você não defende seus ideais, como defender o das outras? Seja quem você quer ser, conquiste o que você deseja, porque só assim a posição das mulheres no mundo vai mudar. Ao ajudar a si mesma, ajudamos umas às outras. É a mais pura verdade. Se todas vocês forem trabalhar amanhã e disserem ao chefe o que realmente querem, a desigualdade salarial pode começar a diminuir. E assim por diante. Todo tem poder de transformar o mundo. Então por que esperar que outra pessoa faça isso por você?

Fico preocupada ao me dar conta de que há muitas mulheres por aí que sabem a diferença entre certo e errado, mas que não têm coragem de dizer isso para as pessoas à sua volta que estão lhe causando problemas. O que impede você? Do que você tem medo? Dos homens? Por quê? De outras mulheres? Bem, isso é idiotice. Os homens só progrediram mais que nós na sociedade porque nos dominam com ações e atitudes. Simples assim. Para alcançar o equilíbrio, precisamos agir. Se sente que está sendo dominado e que isso está te impedindo de avançar, IMPEÇA isso. Se alguém está tratando você como objeto por causa da sua sexualidade, RECUSE os rótulos. Se tem alguém te impedindo de conquistar o que você quer, FALE. Se a pessoa continuar no seu caminho, SIGA EM FRENTE... Pare de se fazer de vítima, dizendo: "Por eu ser mulher" e "ser mulher é difícil porque" no começo de toda frase para descrever seu sucesso ou seu fracasso. Tire o fato de ser mulher da equação, siga em frente e conquiste. Você tem o poder de moldar seu próprio destino, você tem o poder de ditar como as pessoas te tratam. Você tem o poder de não ser diminuída, rebaixada ou intimidada. Como Ghandi dizia: "Seja a mudança que você quer ver no mundo." Tudo o que acontece com você está sob seu controle, porque você controla sua reação.

Não se desculpe por ser quem você é e não aceite a merda dos outros. Não seja vítima. O feminismo precisa que você se posicione. Conquiste o que você quer. Siga em frente e conquiste o que você quer.

Bjs,
Cam

Geralmente leva apenas alguns minutos para os comentários começarem a surgir no blog, mas hoje Cam está impaciente demais para ficar sentada esperando. Precisando de uma distração, ela lê o último e-mail de Tara. Está animada com essa troca de mensagens. O tom dos e-mails é muito casual, íntimo e sincero. Ela não entende bem porque parece tão diferente da troca de mensagens com outras fãs, mas é. Por quê? Pode ser só a emoção de saber que algo que ela escreveu causou o efeito desejado, ou talvez a ideia de estar conversando secretamente com a pessoa mais comentada do Twitter. Ou talvez seja simplesmente porque Cam sentiu uma boa energia vindo de sua nova amiga virtual. E por mais que ela esteja contente com a solidão, há espaço em sua vida para amigas como Tara Thomas.

```
Ei, Cam,

Então, estou sentada no banco de trás de uma viatu-
ra porque a polícia me levou até a delegacia para
discutirmos minha "exposição indecente na Victoria
Line, sentido leste". Decidiram não me acusar for-
malmente e agora um policial uns dez anos mais novo
que eu está me levando para a casa da minha mãe.
   Isso está me dando o impulso de confiança que pre-
ciso.
   É tudo muito surreal. Nesse mesmo horário, na
semana passada, eu estava produzindo documentários
sobre outras pessoas e agora sinto como se o mundo
todo estivesse fazendo um documentário sobre mim.
"The Thomas Show." Até que soa bem. Merda, não dá
pra acreditar.
   Bjs,
   Tara
```

Produtora de documentários?, diz Cam para si mesma, baixinho. Ela não sabia por que, mas tinha certeza de que Tara devia ter um trabalho legal. Ela percebe que o mundo só conhece a "Mulher Siririca", mas agora Cam é uma das poucas pessoas que sabe o verdadeiro nome dela. Então Cam digita "Tara Thomas, produtora" no Google. Um retrato de Tara aparece no IMDB. Ela parece um pouco mais arrumada que no vídeo, mas sem dúvida é a mesma pessoa. Cabelo castanho cacheado, sardas, nariz achatado e olhos castanhos e fundos. Ela tem um visual único, difícil de disfarçar. A página diz:

Tara Thomas: Produtora, Produtora de Campo, Produtora de Desenvolvimento

Créditos:
Meu chefe me tocou – em Produção – Produtora/Diretora
Casei com uma fraude – Produtora/Diretora
A vida das mulheres importa – Produtora/Diretora

Cam está impressionada: os créditos são incríveis. Ela passa uma hora ou duas assistindo a trechos do trabalho de Tara. São produções inteligentes, provocantes e cheias de confiança. Então ela se dá conta de que o trabalho de Tara enfrentará dificuldades diante no novo crédito "Mulher Siririca" no currículo. Cam sempre adorou a ideia de ser produtora de TV, mas suas habilidades sociais não ajudariam na hora de lidar com colaboradores. Ela sente ainda mais compaixão por Tara.

```
Ei, Tara,

Procurei você na internet. Você é foda, seus progra-
mas são muito bons. Olha, isso vai passar. Sei que
não parece, mas é claro que vai. Escândalos acon-
tecem o tempo inteiro, mas acabam perdendo a graça.
Outra pessoa vai fazer alguma coisa e o público vai
se interessar pela novidade. Vai que alguém me filma
sarrando um dos leões da Trafalgar Square para tirar
a atenção de você? Mas, sério, o mundo gira muito
rápido. Num minuto estamos focados numa coisa, logo
depois essa coisa some. Força aí.
  Bjs,
  Cam
```

Oi, Cam,

Você tem razão, vai passar. Mas algo me diz que isso é só o começo. A presença da polícia deixou claro que as pessoas sabem quem eu sou. Acho que é só uma questão de tempo até a imprensa revelar meu nome e o verdadeiro peso da humilhação global cair nos meus ombros. Como reagir a uma coisa dessas?

Ah, e minha mãe acabou de ver o vídeo. Consegue imaginar?

Bj,

T

P.S. Deixa os leões em paz, sua louca.

Tara!

Ai, meu Deus! Bem-vinda ao meu mundo. Todo texto que escrevo parece deixar minha mãe ainda mais mortificada. Ela já leu sobre eu me masturbando tantas vezes que deve achar que só faço isso da vida. O que é meio que verdade, acho. Passo muito tempo sozinha ;)

A gente deveria fundar a "Sociedade das Filhas Constrangedoras".

Mas, sério, muito horrível essa coisa toda da polícia. Que bom que não te prenderam.

Bj,

C

Sei como é. Vai ser muito difícil explicar isso para minha filha quando ela crescer. Não sei como fazer isso sem que Annie pense que se tocar é crime.

Sua filha tem quantos anos? Imagino que você seja solteira, certo? Espero que minha pergunta não te ofenda... só... sei lá...

```
Não ofende, imagina. Tenho uma menininha de seis
anos chamada Annie. E, não, não tenho parceiro. Sou
uma mãe solteira com muita coisa para explicar.
```

Uma filha? Mãe solteira? Uau, pensa Cam. A imprensa vai à loucura com isso! Ela imagina como seu blog seria diferente se tivesse filhos. Será que teria que parar de escrever sobre sexo? Seria inapropriado? Ela lê o texto que acabou de postar e se questiona. Pode realmente falar sobre como é ser uma mãe que trabalha fora? Como será que é ter outra pessoa criando seu filho? Não, ela não faz a menor ideia. Sua mãe nunca trabalhou, suas irmãs não trabalham em período integral. É muito fácil achar que as mulheres deveriam parar de chorar e enfrentar tudo, mas o que é que Cam sabe? Se Tara tivesse sido flagrada batendo siririca no metrô, mas não tivesse filha, a coisa toda ia passar muito rápido. Mas, como ela é mãe, isso nunca vai ser superado. É assim que o mundo funciona: mães têm que se comportar. Mais um motivo que deixa Cam ainda mais determinada a não se reproduzir.

```
Tara, você não tem que se explicar para ninguém e
vai encontrar um jeito de ajudar sua filha a enten-
der o que aconteceu. Estou aqui se as coisas ficarem
difíceis. Pode me escrever a qualquer hora. Estou
do seu lado.
  Bjs,
  Cam
```

Tara

Tive que deixar minha mãe sozinha em casa por um minuto. Ela ficou em choque e já me sinto péssima o bastante sem ter que ver o rosto dela ir do branco ao vermelho, toda vez que ela tenta pensar em algo para dizer. Não há nada a dizer. *A filha dela se masturbou no metrô,* fim de papo.

Saio da casa dela e instintivamente me curvo, feito alguém prestes a aprontar alguma. Cresci nesta rua. É tranquila, eu e meus amigos costumávamos brincar por aqui, algo que não consigo nem sugerir que Annie faça. Ela não tem permissão de sair sozinha. É deprimente pensar em como as coisas mudaram. A internet petrificou todo mundo. A mim, inclusive, ainda mais agora.

Chegando à calçada, vejo a Sra. Bradley com seu filho, David, vindo na minha direção. Eles moram duas casas para baixo, o que me torturou durante a adolescência porque a Sra. Bradley era diretora da minha escola. Morar na mesma rua que a diretora é péssimo: não dá para ser rebelde, não importa quem sejam seus amigos. A Sra. Bradley e minha mãe sempre se deram muito bem, ela aparecia lá em casa nas manhãs de sábado para tomar chá e eu odiava isso mais do que qualquer coisa. Minha mãe me obrigava a sair do quarto para dizer oi, mas depois eu me escondia embaixo da escada até ela ir embora. E sempre trazia David junto, o que só piorava as coisas.

David era da minha turma. A gente chamava ele de "necessidades especiais" na época. Ou "espástico", o que me faz sentir péssima agora. A gente só percebeu que havia algo errado com ele quando tínhamos uns dez anos e ele vivia tirando a calça na escola. Todo mundo chamava ele de "pervertido", "louco" e "aberração". A Sra. Bradley foi muito pressionada porque todas as professoras queriam que ele fosse expulso, mas ela era a diretora e não podia fazer isso. Acabou sendo obrigada, no entanto, e David foi para uma escola especial. Só nos anos seguintes é que as pessoas começaram a entendê-lo um pouco melhor. Todo mundo ficou péssimo ao descobrir que ele realmente tinha um problema, mas, né... A gente era criança, não fazia ideia.

Sophie, é claro, adorava assustar o menino com sua sexualidade e, certo sábado, depois de passar a noite lá em casa, enquanto a Sra. Bradley estava na cozinha, ela me fez descer e perguntar se David queria subir e ouvir música com a gente. Nunca vou esquecer a cara que a Sra. Bradley fez: ela ficou comovida.

— Ah, Tara, que gentileza. Tenho certeza de que David ia adorar... O que você acha, filho?

David não disse nada, ficou só olhando para o chão. Quando saí da cozinha, ele me seguiu. Me virei para a Sra. Bradley e os olhos dela estavam marejados. Quando David e eu chegamos ao topo da escada, encontramos Sophie parada lá, sem camisa, pulando para os peitos ba-

VACAS 151

lançarem. Achei que ele fosse vomitar, porque começou a fazer um barulho estranho, tipo um leão marinho. Os braços dele ficaram esticados ao lado do corpo, como se estivessem colados, enquanto se balançava com muita força para a frente e para trás. Achei até que ele ia cair da escada. Gritei para Sophie colocar uma roupa e a Sra. Bradley veio depressa ver o que tinha acontecido. Sophie saiu correndo para o meu quarto, então fiquei sozinha ali, tentando explicar por que o filho dela estava daquele jeito.

— Ele tem essas crises — comentou ela, colocando os braços em volta do filho para ajudá-lo a descer a escada. — Ele tem essas crises...

Ela o conduziu até a porta da frente e foi direito para casa.

Depois disso, a Sra. Bradley parou de trazer David com ela. Não sei se ele contou o que aconteceu, ou se guardou segredo. Mas David tem me evitado desde então, e acho muito justo.

— Oi, Sra. Bradley, oi, David — digo, enquanto eles passam por mim.

Se eu tivesse mais tempo, teria corrido até o outro lado da rua e me escondido no banco de trás do meu carro até que tivessem ido embora. Pelo visto, David nunca conseguiu um emprego e ainda mora com a mãe. Ele passa a maior parte do dia vendo vídeos no YouTube. Será que me viu? Talvez.

— Tara, querida, tudo bem?

A pergunta mais simples de repente se tornou a mais complicada de responder. Então minto:

— Bem, obrigada. E vocês?

David está olhando para o chão. Tento perceber se ele sabe de alguma coisa. Será que viu meu vídeo? O que diria se tivesse visto?

— Ah, sim, estamos bem. Ansiosos pela festa de aniversário do seu pai na sexta.

— Ah, vocês vêm? — pergunto, mesmo sabendo que sim. Minha mãe convidou as mesmas pessoas de sempre e vai servir empadão e um bufê de saladas. Alguns parentes, amigos do clube do meu pai e vizinhos. Nada grande, mas toda vez que penso nisso fico enjoada. — Ótimo. Vejo vocês lá, então. Agora estou com um pouco de pressa.

*

David está me deixando muito nervosa. Ele costuma ao menos me olhar nos olhos, mas está se escondendo atrás da Sra. Bradley. Até ela parece desconfortável com tamanho constrangimento da parte dele.

Corro para o carro. Ligo para minha mãe e prometo que volto para buscar Annie mais tarde. Quero chegar em casa o mais rápido possível. Agora que a imprensa sabe meu nome e onde moro, é só questão de tempo até publicarem meus dados. Quero ver o momento em que isso acontecer. Só que... eu não deveria estar me escondendo debaixo do carro, fingindo que a internet não existe? Por que esse desejo de ler tudo sobre essa experiência torturante? Ver tudo? Porque se o mundo vai falar sobre mim, preciso saber o que está dizendo. Um sentimento implacável de "Preciso saber... Preciso saber". Será que é assim que Kim Kardashian se sente? Ela é, sem dúvida, o maior exemplo de alguém que deu a volta por cima depois do vazamento de uma *sex tape*.

Chego em casa e procuro meu nome no Google. Só aparecem meus créditos de TV, minha conta no Twitter e meu perfil no LinkedIn. Tara Thomas ainda é só uma mulher que faz programas de TV, mas não por muito tempo... Passo três horas ininterruptas clicando em ATUALIZAR, ATUALIZAR, ATUALIZAR no site do *MailOn-line*. E aí, não mais que de repente, lá está. Meu nome em letras grandes. Meu rosto completamente horrível. O tom cor-de-rosa da minha porta dos fundos. Meu Deus, nem percebi que alguém tinha tirado uma foto. Minha vida, exposta.

```
       QUEM É A MULHER SIRI***A DE WALTHAMSTOW
              Alex Mixter para MailOn-line

  A Mulher Siri***a de Walthamstow teve sua iden-
  tidade REVELADA. Tara Thomas tem 42 anos, é sol-
  teira, mãe de uma filha de 6 anos de pai bioló-
  gico desconhecido.
     Depois de dias de especulação, a identida-
  de da mulher que foi filmada se masturbando no
  metrô de Londres na noite de sexta-feira final-
```

mente foi revelada. Depois de pegar o metrô em Totteham Court Road e descer em Walthamstow, ela foi identificada como Tara Thomas, uma mãe solteira de 42 anos que nunca revelou ao pai da criança que estava grávida. Uma fonte próxima a Thomas disse ao MailOn-line: "Tara nunca considerou não ter o bebê. Era o que ela queria, então ela não pensou duas vezes. Na opinião dela, o pai não precisava saber."

Thomas é conhecida por fazer documentários de TV que expõem indivíduos que não querem se expor, mas uma guinada bizarra do destino parece ter virado a mesa e colocado ela mesma sob os holofotes. Muitas pessoas têm especulado que o ato foi um pedido de socorro de uma mulher solitária, pressionada pela maternidade. O psicólogo Raj Singh acredita que o vídeo exibe o comportamento de uma mulher desesperada para ser notada, e poderia indicar que Thomas está à beira de uma crise nervosa, uma declaração que parece ser corroborada por seu comportamento instável no portão da escola da filha e no trabalho. O MailOn-line entrou em contato com seu empregador, a Great Big Productions, e seu chefe demonstrou estar ansioso para se desvincular das ações da funcionária. "Somos uma produtora respeitada que faz vídeos de qualidade sobre a sociedade moderna. Temos tolerância zero para atividades sexuais explícitas. Estamos confusos sobre o que levou uma funcionária nossa a se comportar dessa maneira em público. Com o histórico dos nossos programas de responsabilizar cada um por seu crime, achamos que era nosso dever revelar a identidade dela para a polícia. Não trabalhamos mais com Tara Thomas e removemos todos os créditos dela de nossas produções

*atuais", disse Adam Pattison, diretor de marke-
ting da Great Big Productions.*

*Thomas é a filha única de Peter e Stephanie
Thomas. Nasceu e foi criada em Walthamstow,
onde mora atualmente com a filha de 6 anos. Sem
registros anteriores por exposição indecente, a
polícia decidiu não ir adiante com a acusação.
A oficial Flower, da Polícia Metropolitana, diz:
"Estamos confiantes de que liberar Thomas sem
prestar queixa é a decisão correta. Ela agiu
sem pensar e se arrepende profundamente. Essa
não é mais uma questão de polícia."*

*Você tem alguma informação sobre Tara Thomas?
Entre em contato com o MailOn-line por...*

Quem contou para eles sobre Annie? Aquelas vacas do portão da escola? Sábado é uma lembrança nebulosa na minha cabeça. Lembro que contei sobre Annie ter sido concebida durante um encontro de uma noite só, mas eu cheguei a mencionar que nunca contei ao Nick? Não lembro. Mas obviamente contei. Aquelas vacas... Aposto que foi Amanda. E que diabos Adam quis dizer com "Não trabalhamos mais com Tara Thomas e retiramos todos os créditos dela das nossas produções atuais"? O cara estava de sacanagem, né? É bom ele não tirar meu nome do documentário sobre assédio sexual, porque trabalhei nisso por mais de um ano. E que cuzão... Me entregar para a polícia só para ficar bem para a empresa. Já imagino a reunião de RH na qual eles discutiram isso e morreram de rir. Quer saber? Foda-se! Eu odiava aquele emprego mesmo e eles vão se foder sem mim. E, pra falar a verdade, não estou mais com cabeça para brigar. Como pode todo mundo ter se voltado contra mim em tão pouco tempo? Sempre achei que o mundo não me afetava por causa da minha mãe, do meu pai e da Annie; por causa desse meu time. Mas, de repente, me sinto a milhões de quilômetros de distância dos três. Estou aqui sozinha... Minha existência reduzida a um vídeo de 13 segundos em *loop* eterno.

Mas agora isso não tem mais a ver com o que fiz no trem, tem a ver com Annie. Não é justo, ela tem só seis anos e nossa história é passado. O importante é que ela é feliz hoje. E, sim, ela é muito, muito feliz. E se as outras crianças ficarem sabendo? A vida de Annie vai virar um inferno a culpa será toda minha. Não consigo nem imaginar. Como essa situação conseguiu ficar ainda pior?

Prometi buscar Annie hoje, afinal ela me ligou para dizer que está com saudade. Estou me sentindo muito culpada, mas talvez ela devesse ficar na casa da minha mãe por mais algumas noites. Talvez a imprensa esteja na porta, com certeza à espera de outra foto escrota minha. Não posso expor Annie a isso.

Meu telefone fixo toca e quase tenho um ataque cardíaco.

— Alô?

— Tara, sou eu, mamãe.

— Por que você ligou para o fixo?

— Fiquei com medo de terem colocado uma escuta nos nossos celulares.

Ai, fala sério.

— Mãe, não se preocupe com isso. Ninguém vai colocar uma escuta nos nossos celulares.

— É que nossos nomes apareceram no jornal... e todo mundo hackeia as coisas hoje em dia, querida. Não lembra do Hugh Grant no *BBC Breakfast*? Ele estava morrendo de raiva. Acho que estão nos vigiando.

Mais culpa me consome enquanto percebo que não foi só a minha vida que desmoronou por causa disso.

— Mãe, por favor, não se preocupe, não vai chegar a esse ponto. A história atingiu o auge do *hype*, então agora as coisas vão acalmar — minto. Acho que estamos só começando.

Ouço alguma coisa quebrando ao fundo, depois um homem gritando e mais coisas quebrando.

— Mãe? Mãe, o que foi isso? Você está bem?

— Estou bem. É o seu pai. Ele está quebrando várias coisas na cozinha. Ele leu a matéria, Tara. E viu o vídeo.

— Ele viu o vídeo? Como?

— Mostrei pra ele.

— Você fez *o quê?*

Meu Deus! Meu pai me assistiu me masturbando? Sério, quando acho que as coisas não podem piorar elas chegam a outro nível.

— Achei que ele precisava ver. Desculpe se você discorda, mas achei que se ele visse logo de uma vez, poderíamos seguir em frente.

— Meu pai nunca deveria ter visto o vídeo.

— É, me dei conta disso agora.

Mais barulhos de coisas quebrando na cozinha.

— Tara, preciso desligar. Ele pegou minha louças de estimação. Tenho esses pratos há quarenta anos... Peter, esses, não, por favor...

O telefone fica mudo.

Esse é o pior dia da minha vida. Sem dúvida. Não sei o que fazer. O que se deve fazer quando algo assim acontece? Em cinco dias, minha vida virou de cabeça para baixo. Semana passada eu tinha um ótimo emprego, minha filha e eu estávamos nos dando bem, cuidando da nossa vida, eu era segura, feliz. Agora quase três milhões de pessoas, incluindo minha mãe e meu pai, me viram batendo siririca, perdi o emprego, fui taxada de criminosa por criar minha filha desse jeito. Até mesmo meu trabalho está sendo criticado como sensacionalista, e a opinião da maioria das pessoas parece ser que mereço passar por tudo isso pelas escolhas que fiz. Tudo isso porque cedi à tentação por um momento. Como é possível?

Até o momento, nunca tinha me sentido como uma péssima mãe. Mesmo quando comparada a outras mães, nunca achei que Annie estaria melhor com outra pessoa cuidando dela. Mas agora estou escondida em casa e ela está morando a ruas de distância, provavelmente pensando o que diabos estou fazendo, e não tenho a menor ideia de como explicar isso para ela. Deve estar dizendo para as coleguinhas que estou doente, enquanto os professores comentam sobre mim e a desgraça que sou. E, sem que ela saiba, será observada à espera de que faça algo estranho, assim poderão me culpar por ter bagunçado a cabeça da minha filha.

Não posso deixar isso acontecer. Não importa o que as pessoas estejam dizendo nem minha vontade de me enfiar no armário debaixo da pia e beber todos os produtos de limpeza: preciso me manter de pé. Pela Annie.

Vou comprar comida. Vou abastecer a geladeira e os armários com tudo o que a gente gosta. Vou buscá-la na escola com a cabeça erguida e vamos continuar levando nossas vidas. Cam tem razão:

VACAS 157

não tenho que me explicar para ninguém. Posso tomar as rédeas da situação. Posso criar a vida que quero viver. Vou achar outro trabalho, talvez alguma coisa on-line. Posso fazer pesquisas ou ser revisora. Um desses trabalhos em que mandam um monte de coisas para a pessoa conferir. Posso vender coisas pelo eBay, joias antigas. Talvez até desenhe algumas, eu sempre quis fazer isso. Não sei, vou pensar em alguma coisa. Porque qual é a alternativa? Não existe alternativa. Preciso colocar minha vida em ordem. Pela minha filha.

Corro até a porta e saio de casa antes de ter tempo de mudar de ideia. Dou de cara com as câmeras.

— Tara Thomas? — grita alguém, enquanto um flash dispara na minha frente.

Quando minhas retinas voltam ao foco, vejo uma câmera apontada diretamente para mim. Há um homem atrás dela, com o rosto franzido enquanto olha pela lente.

— Por que você fez aquilo, Tara? — pergunta ele, enquanto outro homem vem correndo por trás, também com uma câmera.

Fico com um zumbido no ouvido, como se estivesse em um avião, e minha visão fica embaçada com as luzes.

— Eu, eu...

Paro de falar. A Mulher do Carrinho de Bebê me vem à cabeça, sua fala idiota de "Eu só queria ver o que ia acontecer" brilhando como uma legenda de telejornal. Não devo dizer nada.

Sigo em frente como se estivesse andando enquanto ondas quebram em cima de mim. Avanço com o ombro esquerdo à frente, mantendo a cabeça baixa para proteger os olhos. O supermercado fica a alguns minutos de distância. Eles não podem me seguir lá dentro, os flashes vão parar e vou andar pelos corredores escolhendo tudo o que Annie mais gosta: Kit Kat, salgadinhos, queijo holandês. Vou estar pronta quando ela sair da escola e vamos seguir com nossas vidas até isso acabar.

Mas os caras estão muito perto de mim. Sinto como se fossem me jogar no chão. Continuo. O mercado está perto. Posso chegar até lá. Essas pessoas vão desaparecer porque vou fazer com que desapareçam.

Quando entro no supermercado e as portas se fecham, o silêncio ao meu redor dá a impressão de que estou sonhando. Sigo em frente como se estivesse numa linha de montagem e sinto o olhar de vários clientes sobre mim. Tenho medo de erguer o olhar e ver que estão me encarando. Não consigo lidar com isso agora.

Será que todo mundo sabe?

Pego uma cesta.

Uvas.

Ando encurvada.

Manteiga. Leite. Queijo.

Viro num corredor, alguém passa por mim e derruba minha cesta. A pessoa pede desculpas e continua andando. Não me viro para conferir, mas presumo que esteja olhando para mim. Eu me curvo ainda mais, devo estar parecendo muito suspeita.

Cereal. Nutella. Manteiga. Mel. Geleia. Amendoim torrado.

A cesta está ficando pesada.

Alguém esbarra em mim de novo, ou será que fui eu que esbarrei? Dessa vez a pessoa fica irritada.

— Presta atenção — diz.

Mas não me viro para olhar, sigo em frente. Estou andando ou o chão está se movendo? Viro em outro corredor. O bip, bip, bip da caixa registradora fica mais alto. Mais pessoas, agora paradas num dos corredores. Algo na imobilidade delas me preocupa... Estão muito perto de mim e não se mexem. O ar frio fica terrivelmente quente e sinto o suor brotando. Tenho certeza de que ouvi uma risada.

— É ela! Olha lá, é ela!

Mais risadas. Todo mundo no supermercado está rindo de mim? Está muito quente aqui e meu peito está se curvando, as luzes estão tão fortes que fecho os olhos até só enxergar a cesta no meu braço. De repente os batimentos do meu coração ficam tão altos que consigo ouvi-los apesar do bip, bip, bip. Uma dor percorre meu corpo e joga minha cabeça para trás. Sinto uma pancada tão forte que as luzes se apagam, as pessoas desaparecem e o barulho vai sumindo... até tudo passar.

Bip. Bip. Bip.

Ouço o som antes de ver a luz.

Biiiiip. Biiiiip.

Pisco depressa enquanto meus olhos se acostumam com a luz muito forte acima da minha cabeça. Assim que entram em foco, reconheço a silhueta da minha mãe.

— Mãe, o que você está fazendo aqui no supermercado? — pergunto, identificando a coincidência, apesar do meu estado grogue.

— Você não está no supermercado, querida — diz minha mãe, acariciando meu cabelo. — Você está no hospital.

Me sento mais rápido que meu corpo aguenta, mas minha cabeça começa a latejar e me deito de novo.

— O que aconteceu?

— O médico acha que você teve um ataque de pânico e aí bateu a cabeça quando caiu. Você estava dormindo há algumas horas. Ele acha que você teve um pico de exaustão.

Me lembro que praticamente não durmo desde segunda, e assinto. Tento tocar meu rosto e percebo que há um tubo saindo do meu braço. Não sei se é real, mas minha cabeça parece muito pequena.

— É soro — diz minha mãe. — Ele disse que você estava muito desidratada. O nível de açúcar no seu sangue estava muito baixo, como se você não comesse nada há dias.

Isso também parecia verdade.

— Cadê Annie? — pergunto, olhando ao redor para saber se ela está aqui.

— Ela está em casa com seu pai. Está bem.

Sinto um alívio, depois fico horrorizada.

— Meu Deus. Meu pai. Como ele está?

Minha mãe coloca outro travesseiro atrás da minha cabeça para eu conseguir me sentar um pouco mais.

— Não muito bem, mas é tudo por amor. Ele está bastante preocupado com você, é claro.

Solto um gemido exasperado.

— Ele vai superar — diz ela. — Ele sempre supera.

— Depois de ver um vídeo da filha se masturbando? Quando foi a última vez que ele superou uma coisa dessas?

— É um novo desafio, não vou negar.

Ela serve um pouco de água em dois copos plásticos e toma um gole de um enquanto observa os quadros na parede, claramente reunindo forças para dizer alguma coisa em vez de apenas apreciar a arte.

— A escola me ligou hoje — conta ela, se virando para mim. Sinto que não foi um contato para dizer coisas boas. — Eles assistiram ao vídeo, é claro.

— O que eles disseram? — pergunto, com medo da resposta.

— Perguntaram se você estava bem... — Fico surpresa, não esperava que se preocupassem comigo. — ... da cabeça — esclarece minha mãe.

— Ah, e o que você disse?

— Eu disse que você estava bem. Mas sob muita pressão.

— Por que você falou isso, mãe? Não estou sob pressão. Ou pelo menos não estava.

— Eles precisavam de um motivo, Tara. Eu tinha que dizer que havia algo acontecendo para você fazer o que fez ou eles iam achar que você é assim normalmente. Então falei que você estava sob muita pressão no trabalho e que tinha bebido demais naquela noite, o que raramente faz por causa da Annie, e disse que você se arrepende muito.

Apesar de querer que tudo isso acabe, que as pessoas aceitem e superem, ainda fico puta por ter que dizer que sou louca, ou me desculpar por simplesmente ter atendido a um desejo sexual quando achei que estivesse sozinha. Viro a cabeça e fecho os olhos. Minha cabeça ainda dói muito.

— Eles estão preocupados com Annie — continua ela. — Então eu disse que ela ficaria morando comigo e com seu pai por enquanto, e concordaram que é uma boa ideia. Annie é uma boa menina, não querem causar problemas para você ou ela.

Antes mesmo de abrir os olhos, lágrimas começam a escorrer pelo meu rosto.

— Eu sou uma boa mãe — digo, com o rosto ensopado e os lábios trêmulos.

— Por que você não fica com a gente também? — sugere minha mãe, com cautela.

Ela sabe que está me oferecendo ajuda demais e deixar claro que preciso disso pode causar tensão. Mas não dessa vez. Preciso ser mãe, e preciso que minha mãe também seja.

— Acho que vou aceitar, sim, por favor — digo, com a voz fraca.

Não quero ficar sozinha.

6

Stella

Estou na cama. Sozinha. Embaixo das cobertas, comendo torta de atum. Esfriou de novo, o ar está gelado. Parece besteira ligar o aquecedor em maio e estou sozinha. Então janto na cama. Trágico.

Faz três horas que estou aqui deitada, olhando para as paredes. Me levanto de vez em quando para pegar mais torta. Fazer xixi. Sentar na cama e gritar para a porta.

Este era o quarto da minha mãe, depois foi o quarto da Alice. Então se tornou meu e do Phil, e agora é só meu. Minha mãe comprou o apartamento quando eu e Alice estávamos na faculdade. Reclamamos pra caramba quando ela disse que queria vender a casa e comprar um imóvel menor. Mas depois de uma semana aqui, nós já adorávamos. Minha mãe estava em remissão depois do primeiro tumor no seio. Naquele momento não tínhamos ideia de que o câncer voltaria no outro e a mataria em um ano.

O apartamento é um andar de uma casa vitoriana em Stoke Newington, com entrada própria. As janelas são grandes, há uma lareira em cada quarto e os cômodos são lindos e bem iluminados. Nunca conquistei nada na vida para merecer uma casa assim, mas acho que esse é o significado de herança. Meu salário paga facilmente a hipoteca que minha mãe deixou, e dividir as contas com Phil fazia com que as principais despesas fossem com comida. Agora vou ter que pagar tudo sozinha e embora isso seja assustador, não é como se eu tivesse uma vida social agitada para financiar, ou alguém com quem fazer uma viagem louca nas férias nem nada divertido ou interessante que exija um grande orçamento. Acho que agora que não tenho mais chance de ter um bebê, também não vou precisar economizar para isso.

Não vou ter filhos. Repito o tempo todo para mim mesma, mas não fica mais fácil de lidar. Quer dizer, sei que há outras maneiras de conseguir isso, eu poderia congelar os óvulos ou adotar, mas não quero que seja assim. Quero que aconteça naturalmente. Não quero ter um filho como se fosse um produto que eu quisesse comprar. Mas a ameaça do câncer, o fato de que a doença levou minha mãe e minha irmã tão rápido e a realidade de como devo viver são três grandes razões para que esse meu sonho nunca se realize. Então talvez seja isso, vou morrer sozinha sem deixar nada para trás, nem mesmo um filho. E o que as pessoas que me conheceram vão postar no Facebook quando eu morrer? Nada como o que disseram sobre Alice, disso tenho certeza.

Já imagino o que Phil escreveria:

Descanse em paz, Stella. Você era emocionalmente distante, mal-humorada, controladora e não gostava de discutir. Era tão obcecada por sua irmã gêmea morta que deixou a vida parar no tempo. Você perdeu todos os seus amigos e depois mw perdeu porque se tornou uma baita escrota. Se tivesse me ouvido e parado de usar as roupas da sua irmã, provavelmente ainda estaríamos juntos.

E o que as garotas da escola diriam?

Stella Davies morreu à sombra da irmã. Sempre preferimos Alice porque ela era muito mais sociável e simpática, mas como as duas vieram ao mundo juntas, tínhamos que aceitar a presença de Stella. Quando Alice morreu, paramos de nos importar com Stella, porque ela era muito chata sem Alice. Descanse em paz, Alice. Ah, e Stella.

A única pessoa com quem realmente me dou bem é Jessica, e ela nem tem Facebook, então não posso contar com um depoimento simpático dela. Acho que Jason faria um comentário legal, mas ele me conhece tão pouco que seria algo bem básico.

Descanse em paz, Stella. Você foi uma ótima assistente. Muito mandona e organizada. Obrigado por todo o café que fez. Mas você não tem outra saia? Parece que está sempre usando essa com a de estampa de passarinho. Bjs, J

Acho que posso dizer que a internet não vai quebrar no dia em que eu morrer. Sento à mesa da cozinha com meu laptop, abro o Facebook e fecho logo depois. Odeio não ser recebida pela bolinha verde de Alice e ainda estou um pouco magoada por ter sido repreendida por Melissa. Ela mandou uma mensagem no outro dia para dizer o que aconteceu.

Oi, Stella, só para você saber, acho que alguém criou um perfil no Facebook com o nome da Alice. A pessoa me adicionou, mas depois a página sumiu. Que doente faria uma coisa dessas? Será que não imaginam como isso é doloroso para mim? Bem, achei que você deveria saber caso tentem o mesmo com você. Espero que esteja tudo bem. Beijo, Melly.

Melly? Afe.

Não respondi. Se algum dia encontrar com ela de novo vou dizer que quase nunca vejo o Facebook. Então entro no *HowItIs.com* para ver o que Camilla Stacey tem a dizer esta noite. Leio religiosamente o blog dela desde sempre, mas recentemente a presunção nos posts anda enchendo o saco. Leio o mais recente: "Convocação para Agir." *Consiga o que você quer. siga em frente e conquiste o que deseja.*

Ah, tá, porque a vida é fácil assim, né? Cam Stacey não vive no mundo real. Ela escreve essas bobagens idealistas sobre como a gente deve se amar, ser quem quiser, conquistar o quiser. Mas o que ela sabe? A vida parece muito fácil para ela, com dinheiro, sucesso, feliz por estar sozinha. Quem quer ler sobre uma pessoa se dando bem em tudo na vida? Não sei se quero mais.

Acabei descobrindo que muitas vezes a melhor terapia é ver outras pessoas sofrendo. Por isso a sociedade é tão obcecada com fofocas de celebridades, e pelo mesmo motivo as novelas são tão deprimentes. Ficar sabendo que as outras pessoas estão na merda faz a gente se sentir melhor, menos solitário... E esse é o problema com Cam Stacey, ela é irritantemente alegre. Ama o próprio corpo, a vida, o trabalho, o fato de não ter filhos. Ela tenta disfarçar essa presunção com otimismo, mas é presunção mesmo. Como nunca me dei conta disso?

Saio do site dela e entro no *MailOn-line*. Preciso ler sobre celebridades levando uma vida de merda, isso sempre me faz sentir melhor.

Espera aí... O quê?

QUEM É A MULHER SIRI***A DE WALTHAMSTOW

A Mulher Siri***a de Walthamstow teve sua identidade REVELADA. Tara Thomas tem 42 anos, é solteira, mãe de uma filha de 6 de pai biológico desconhecido..

Depois de dias de especulação, a identidade da mulher que foi filmada se masturbando no metrô de Londres, na noite de sexta-feira, finalmente é revelada. Depois de pegar o metrô em Totteham Court Road e descer em Walthamstow, ela foi identificada como Tara Thomas, mãe solteira de 42 anos que nunca revelou ao pai da criança que estava grávida. Uma fonte próxima a Thomas disse ao MailOn-line: "Tara nunca considerou não ter o bebê. Era o que ela queria, então ela não pensou duas vezes. Na opinião dela, o pai não precisava saber."

Espera aí. Tara? Sexta passada? Trabalha na TV? Filha de seis anos? Meu Deus, Jason saiu com a "Mulher Siririca"? Vi essa história no começo da semana, estava bombando no Facebook. Vi o vídeo quando Jason estava no escritório atrás de mim, mas fiquei muito desconfortável. Claramente a mulher tinha sido filmada sem saber. Concordei com Camilla Stacey sobre isso: era bizarro, era explorar a imagem dessa mulher, mas depois parei de acompanhar a história. O que foi difícil, porque estavam falando dela em todo canto. Mas era *aquela* Tara? A que Jason estava tão desesperado para encontrar? Parece que sim, porque tenho certeza de que ele disse que a moça tinha cabelo cacheado e comprido, sardas e sem dúvida que morava em Walthamstow. A descrição bate perfeitamente com a da Mulher Siririca. Como Jason não percebeu?

Ao que tudo indica, ele finalmente começou a cumprir as demandas do livro e ficou longe da internet, porque ninguém que esteve on-line nos últimos dias poderia não ter visto a sensação global que foi a "Mulher Siririca de Walthamstow". Cacete, sinto que estou com uma bomba nas mãos.

Cam

Deitada em seu novo tapete felpudo, nua, Cam está bastante feliz. Sua convocação para agir está bombando. Preguiçosamente, ela procura novos blogs feministas no Google, parece que todos os dias eles surgem aos montes. Sente-se lisonjeada, mas também um pouco irritada, porque a maioria deles a cita como inspiração. Tem um chamado "Só por uma noite", no qual uma blogueira de 23 anos chamada Julia Rylan faz entrevistas on-line com mulheres sobre sexo casual. Uma mulher chamada Becky Martin é dona do site "As Meninas da Fertilização In Vitro", sobre mulheres com mais de trinta anos tendo filhos sozinhas. E outro, de Jemma Osbourne, chamado "Muito Trabalho, Pouca Diversão", sobre sua vida como mãe que trabalha fora. Todos têm mais de cinquenta mil seguidores no Twitter e há centenas de comentários em cada post, provando que a base de leitores é enorme. Quando Cam começou, não havia competição, mas agora existe muito mais gente escrevendo sobre o mesmo assunto. Cam precisa focar no que escreve se quer se manter na posição como a "Voz Número 1 das Mulheres Pensantes". Como seria esse livro? Qual o diferencial do *HowItIs.com*?

O telefone toca.

— Mãe! — diz Camilla, atendendo com confiança.

Ela consegue visualizar a mãe no corredor de casa, no telefone fixo, vestindo uma calça da Marks & Spencer com um cardigã bege comprido. Nos pés os "sapatos de casa". Também da M&S.

— Ouvi você no rádio. — Há uma pausa tensa. Cam conhece muito bem a mãe para saber que mesmo quando ela faz uma pausa, não é aceitável Cam ficar quieta. — Todo mundo em Brockley está falando sobre isso.

— Mãe, todo mundo em Brockley está sempre falando sobre tudo.

— Mas nem sempre falando de *você*. E por que você teve que escrever sobre aquele rapaz de 28 anos? Se é pra ter um relacionamento sexual desses, não precisa anunciar para o mundo inteiro, não é mesmo?

— Escrevi isso para as pessoas saberem que não sou triste e solitária.

— Mas você *é* triste e solitária, Camilla. Sempre foi.

— Mãe, um dia você vai perceber que eu sou feliz. A única diferença é que eu gosto demais da minha própria companhia — diz ela, segurando o telefone entre a orelha e o ombro para poder pintar as unhas do pé de nude-pêssego.

— Eu sei. Por isso você ficou dois dias escondida no armário embaixo da escada. Achei que tinha sido sequestrada.

— Eu tinha sete anos. Não posso continuar pedindo desculpas a vida toda. Eu já tenho 36 anos, mãe.

— Escreveram coisas horríveis embaixo do seu texto. Um homem até te chamou de vagabunda. — Outra pausa, curta, mas definitivamente tensa. — Você *é* uma vagabunda, filha?

— Não, mãe, eu só não quero ter filhos. Você já tem quarenta mil netos, por favor, pare de agir como se eu estivesse te decepcionando. — Cam acalma um pouco o tom de voz, realmente cansada de repetir sempre a mesma coisa. — Quero que você sinta orgulho de mim por outras coisas, mãe. Eu faço outras coisas, sabe?

— Tenho orgulho de você, mas você não pode arranjar uma coluna na *Red* e falar sobre moda? Você adora essas coisas.

Esse é um ótimo exemplo de como a mãe de Cam a rotula com todos os estereótipos femininos em sua cabeça. Ela não poderia cagar mais para moda.

— Mãe, quero escrever sobre coisas que importam. É essencial que mulheres que fazem escolhas pouco convencionais falem sobre isso ou o mundo nunca vai mudar.

— Você é tipo a Gloria Steinem nos anos 1960.

Cam sorri. Ser comparada a Gloria Steinem significa que a mãe enxerga sua capacidade política e isso *é* um progresso.

— Ela ficava falando sobre feminismo e também acabou sozinha.

Ou não.

Enquanto Cam tenta pensar num jeito de encerrar a ligação, Mark sai do banheiro. Ela segura o dedão, o vidro de esmalte e o pincel com uma das mãos, e leva o indicador aos lábios para pedir que ele não faça barulho. Mark não diz uma palavra, mas coloca as mãos no quadril e se balança, batendo o pênis nas coxas. Ela se pergunta se ele pratica todos esses truques penianos em casa quando está sozinho, porque são muito bem executados.

— Mãe, preciso ir. Tem um passarinho preso no meu quarto.

— Ok, Camilla. Mas, por favor, chega de escrever sobre esse rapaz de 28 anos, pode ser?

Mas Cam já desligou.

— Aparei os pelos para você poder ver meu pau melhor — diz Mark.

Ele tem mais orgulho do corpo e do pênis que Cam tem de qualquer coisa que já disse, teve ou fez. Ele é jovem, bonito, quase perfeito, e não faz a menor ideia do que seja falta de confiança porque nunca sentiu isso. E é fenomenal na cama.

— Que tal se eu raspar sua boceta hoje à noite? — sugere ele, se deitando ao lado dela e acariciando seus pelos pubianos.

Ele é tão jovem e sexy que quer tentar de tudo; está sempre vendo filmes pornôs. Nada de mais. O tipo de softcore que passa na TV de madrugada, não aqueles vídeos horríveis e abusivos a que muita gente assiste na internet. A ereção dele é quase constante, mas é uma boa ereção. "Um pau com consciência", como Cam gosta de classificar. Mark não a pressiona e ela se pergunta se ele sempre espera ouvir "sim" antes de transar com qualquer pessoa. É um cara legal, mas jovem e bonito demais para Cam levá-lo a sério para algo além de sexo.

E ela também não tem vontade de se comportar como uma atriz pornô só para agradá-lo.

— Não, não quero que você me depile. Mas você pode me chupar por uns vinte minutos antes de eu começar a trabalhar, pode ser?

— Pode, ou, se você só quiser trabalhar, posso cozinhar alguma coisa. Ou sair para buscar comida ou pedir pizza. Você pode trabalhar um pouco, eu fico aqui vendo TV, depois a gente come e fica um pouco juntos, que tal?

— Mas tenho que trabalhar — diz Cam, de um jeito charmoso, tentando estimulá-lo a fazer o que ela quer.

— Eu sei, gata. Eu sei que você tem que trabalhar. Por isso estou sugerindo que você trabalhe agora e, quando terminar, podemos ficar juntos.

Cam insiste, porque não é isso que ela quer, não gosta que ele ocupe o tempo que passa sozinha, porque não é isso que um amigo colorido faz.

— Desculpe, Mark, mas não gosto de limitar o tempo que tenho para trabalhar, ok? Acho melhor você ir embora, então. Podemos ficar juntos, ou transar, ou sei lá o quê, amanhã. Tudo bem?

Mark sabe que não adianta tentar fazer Cam mudar de ideia. Ela deixou claro logo no começo que o trabalho sempre vem em primeiro lugar. Ele se veste.

— Você vai sair hoje? — pergunta ela, enquanto ele se arruma para ir embora.

— Não, não estou no clima. Vou dormir cedo — responde, derrotado.

— Desculpa, ok? É que tenho que trabalhar.

— Ahã, eu sei, você já disse. Mas você pode me deixar de fora desse texto, tudo bem? Minha mãe lê seu blog e o último post foi meio constrangedor.

Cam se senta direito e deixa o notebook de lado.

— Você leu?

— Claro que li.

— Caramba, me desculpa, Mark. Eu nunca imaginei que você fosse ler — comenta ela, realmente horrorizada.

— Tudo bem, só não escreva meu nome, pode ser? É que eu não sou uma pessoa pública. E talvez também seja bom deixar meu pau fora disso. Minha mãe é desconfiada. Te vejo amanhã, então?

— Ahã. E, Mark, me desculpe por ter escrito sobre você sem avisar. Não foi legal. Mark? — chama, mas ele já foi.

Porra!, diz Cam para si mesma. *Ele falou de mim para a mãe dele?*

Stella

Desativei meu Facebook e agora estou sentindo falta. Às vezes eu ficava puta, mas nos últimos anos passei horas e horas clicando em um perfil atrás do outro, stalkeando várias pessoas. Eu praticamente só fazia isso desde que Jason começou a escrever o livro, e agora não tenho mais nada para fazer. Patético, né?

Acho que eu gostava da inveja cheia de ódio que eu que sentia quando alguém postava uma foto de bebê ou escrevia sobre as alegrias da vida em família. Aquela bola de fogo de raiva me fazia suportar o dia, me dava algo em que pensar, algo com que me preocupar. Algo que eu podia fazer apaixonadamente. Porque eu quero me sentir apaixonada. Não sexualmente, mas sentir certa paixão sobre alguma coisa, *qualquer* coisa. Não tenho mais nada que me motive a não ser as logísticas do trabalho. Mas agora está tudo tão calmo por aqui que, depois de fazer chá para mim e café para Jason, meio que acabei minhas tarefas. Já organizei tudo no escritório até enlouquecer, criei umas trinta tabelas completamente inúteis e até comecei a listar para quem Jason tem que mandar cartões de Natal. Agora que terminei tudo, não consigo pensar em qualquer outra coisa para me manter ocupada além de chafurdar no passado e no presente. Não consigo calar a bomba-relógio biológica dentro da minha cabeça e dos meus genes.

Pego uma barra de cereal na primeira gaveta. Atualmente a comida não tem gosto de nada... Estou comendo só para passar o tempo.

Sinto saudades de Alice. Eu nunca ficava entediada quando ela estava aqui. Eu ligava para dizer que estava almoçando, ou ela me ligava para dizer que estava fazendo uma pausa para ir ao banheiro. A gente conversava e trocava mensagens sobre os menores detalhes do cotidiano. Tínhamos conversas demoradas e inúteis durante o percurso para o trabalho, só para não nos sentirmos sozinhas. Meu braço ficava doendo de segurar o celular por tanto tempo. A gente conversava também no percurso de volta para casa e só desligávamos quando nos encontrávamos na porta de casa já aberta. E mesmo na hora de dormir, coisa que fazíamos em quartos separados, trocávamos mensagens até pegar no sono. Olho para o celular. Mandei três nos últimos três dias. Uma para Phil, avisando que ele tinha esquecido algumas meias em casa e que eu ia jogar fora. Uma para Jason, perguntando se queria que eu comprasse um croissant para ele no caminho para o trabalho; e uma para o meu vizinho, pedindo para parar de encher a lata de lixo com caixas da Amazon Prime. Que trágico histórico de interação social. Mas essa é a minha vida. Trágica.

Encontro de novo a matéria sobre a Tara. Preciso ler sobre a vida de merda de alguém.

— Stella, meu celular já chegou? — pergunta Jason, aparecendo na porta da sala dele.

Fecho rapidamente o notebook.

— Ainda não. Vou ver isso agora. Como vai o livro? — pergunto a ele.

— Chegando lá.

Sei que deveria contar a ele sobre Tara, mas não faço ideia de por onde começar. "Ah, Jason, sabia que a garota que você gosta é a sensação mundial da masturbação"?

Não, não posso. Não só porque não consigo encontrar as palavras certas, mas porque eu teria que mostrar o vídeo a ele, e assistir ao que é basicamente softporn com meu chefe seria passar dos limites. Sem falar em como isso atrapalharia a concentração dele. Jason precisa terminar o livro. Ele não sabe, mas perder o celular foi uma benção, no fim das contas. Impedir que ele veja isso também me dá um propósito, e estou precisando disso. Então não vou recuar. Olho para ele. Parece tão triste...

— Estou naquela vibe "vou morrer sozinho", sabe? — comenta ele, olhando para o chão.

Eu me levanto e me aproximo dele, tocando seu ombro com a mão, como um pai faria em um filme antigo. Não sei se eu já tinha tocado intencionalmente em Jason, fora apertar a mão dele quando nos conhecemos. Estamos só nós dois aqui, então parece uma coisa muito íntima.

— Aaah, com certeza não, Jason. Caras como você não morrem sozinhos.

— Você tem tanta sorte de estar num relacionamento, Stella. Sei que você deve me achar um caso triste, mas me sinto tão sozinho... É como se tivesse um grande vazio dentro de mim que não consigo preencher. Eu já devia estar casado e com filhos, mas ainda estou conhecendo pessoas estranhas em bares e me apegando a mensagens de texto como um adolescente idiota.

Ele está tão emotivo que me desarma. Acho que nunca conheci um cara que demonstrasse tanto seus sentimentos como Jason. Phil era carinhoso e compreensivo, mas não assim. Jason me dá espaço para conversar com ele, contar pelo que estou passando. É como um amigo. Mas não. Sou a assistente pessoal dele, portanto não vou, e nem deveria, revelar que eu também, sem dúvida, vou morrer sozinha.

— Sei que só a vi uma vez, mas tem alguma coisa na Tara... a sintonia entre nós dois foi real, sei que foi. Ela é tão excitante... — diz ele, me olhando de um jeito culpado, mas meigo.

Acho que excitante é uma bela descrição da moça.

— Calma aí, você está sentindo essa solidão toda há apenas algumas semanas. Talvez esteja entediado, talvez solitário? Por isso está tão para baixo. Aguenta firme, Jason, Logo isso passa. Quando você terminar o livro vai poder sair pelo mundo de novo — digo, voltando para minha mesa e me sentando.

Sempre fico impressionada por ser muito lógica organizando a vida do Jason. Tenho certeza de que ele me acha a pessoa mais sensata do mundo. Por isso não faz ideia de quem realmente sou. Escondo isso muito bem quando estou com ele.

— Você tem razão, claro. Ok. — Ele começa a voltar para a sala dele. — Talvez eu devesse entrar no Tinder e ampliar meus horizontes — diz, olhando para mim e sorrindo com sarcasmo, mas suspeito que está considerando seriamente a possibilidade.

Quando ele volta para o escritório, abro o computador e leio a matéria sobre Tara. "Na opinião dela, o pai não precisava saber." Por que essa frase não sai da minha cabeça? Então ela saiu com esse cara por uma noite só, engravidou e decidiu ficar com o bebê, simples assim? Será que ela planejou? Porque dá para planejar esse tipo de coisa, eu acho. Se a mulher realmente quiser um filho...

Procuro o Tinder na App Store e baixo o aplicativo. Faço uma conta e começo a dar uma olhada nos perfis.

Só de brincadeira, é claro.

Cam

— "O Rosto das Mulheres Sem Filhos", você está de brincadeira comigo? — grita Mel, entrando depressa na recepção do Dream Spa, onde Cam e as irmãs, Tanya e Angela, estão esperando.

— Como assim? — pergunta Cam, com educação, sem entender o que levou Mel a jogar agressivamente uma cópia do *The Times* nela.

— Olha, à esquerda, em cima. É sobre a sua "jornada". Olha!

— O que é isso? Me dá aqui — diz Tanya, a mais velha das quatro, arrancando o jornal do colo de Cam. Ela lê o texto em voz alta.

Camilla Stacey, o Rosto das Mulheres Sem Filhos
Por Susan Miller

Depois de uma carreira de posts e tuítes provocadores, a jornalista, blogueira, especialista em direitos das mulheres e fundadora do *HowItIs.com*, Camilla Stacey, parece ter encontrado uma nova posição como a Abelha Rainha do movimento *childfree*.

— "Childfree"? Faz parecer que os pais estão numa espécie de prisão — interrompe Angela, a mais intransigente das quatro.

— Meio que estamos mesmo — diz Mel —, mas, espera aí, ela ainda não leu a melhor parte.

Tanya continua:

Depois de vários posts emocionalmente explícitos sobre sua decisão de não ser mãe, todos publicados em seu site feminista, Stacey continuou sua luta para educar a sociedade sobre o valor de não ter filhos ao defender o movimento para os ouvintes (e para a apresentadora) bastante conservadores do *Female First*, na BBC Radio London.

Referindo-se a algumas de suas heroínas sem filhos, como Dolly Parton, Oprah Winfrey, Gloria Steinem e Helen Mirren, Stacey disse: "Acho que é importante seguir os exemplos de nossos heróis e pararmos de valorizar as mulheres por elas se tornarem, ou não, mães."

A entrevista foi recebida com uma onda de elogios na internet, com o Twitter agradecendo Camilla por apoiar quem não é mãe. E uma seguidora até lhe deu o título de "O Rosto das Mulheres Sem Filhos".

Já era tempo de termos um ícone representando o crescimento acelerado dessa demografia na nossa sociedade atual. A mulher que NÃO é mãe.

Claro que nem todo mundo concorda. Os mais tradicionalistas acham que lugar de mulher é em casa e que é obrigação da mulher se reproduzir para contribuir com a evolução e o crescimento da raça humana. Mas como Stacey disse: "Há muitos seres humanos e vários bebês nascendo. Se uma de nós decide não engravidar, vamos ficar bem!"

Saudemos a nova rainha, Camilla Stacey, O Rosto das Mulheres Sem Filhos. Pode vir buscar sua coroa, garota!

— Caramba! — diz Cam, pegando o jornal de Tanya. — Isso é grande.

— Um grande constrangimento, isso, sim. Você parece uma bruxa velha e mal-humorada— opina Angela. — Qual vai ser a próxima? O Rosto das Velhas Loucas dos Gatos? O Rosto do "Caramba, De Repente Tenho 80 Anos e Não Saio de Casa Há quarenta"?

Tanya, Mel e Angela riem, depois cercam Cam feito bruxas em volta de um caldeirão. Não importa o quanto Cam se sinta bem com sua persona on-line, sempre se sente uma menininha quando está com as irmãs. Tanya se senta do lado esquerdo dela; Angela, à direita. Tanya coloca a mão no joelho de Cam.

— Você tem certeza de que é isso que quer, Cammie? Sei que estamos sempre reclamando do cansaço e da trabalheira, mas não trocaríamos nossos filhos por nada no mundo. Você ia adorar se abrisse a mente para isso. Não é *tão* ruim assim...

Angela se inclina na direção dela.

— A gente fica na dúvida se você não está usando essa história de não querer ter filhos para esconder algo, sabe, alguma coisa...

— Fala logo de uma vez! — diz Mel, na cadeira à frente, gentilmente enrolando para baixo a meia de compressão na perna esquerda. — Ela acha que você é lésbica. É verdade?

— Eu estou repetindo que não sou lésbica desde a infância, gente, o que mais eu posso fazer? Escrevo sobre transar com homens, coisa que eu realmente faço, então sei lá. De que outra prova vocês precisam?

— É verdade, então? Você está realmente saindo com um cara de 28 anos? Você não inventou isso para o blog?

— Claro que não. Ele é muito real. Está até ficando real demais, na verdade — diz Cam, pensando em como Mark foi embora magoado.

— Como assim? Vocês estão namorando? — pergunta Angela.

— Não, não estamos namorando. De jeito nenhum. Meu deus, ele é só um garoto. Só quero dizer, sabe, que quanto mais tempo você passa com alguém, mais conhece a pessoa, acho.

— Aaaah, tá namorando! Tá namorando! — As três irmãs começam a cantar, rindo e a provocando como se ela ainda tivesse doze anos e sido convidada para o baile da escola.

Uma cena familiar demais. Cam não precisa de Freud nenhum para saber a raiz de suas travas sociais.

— Ok, moças. Todo mundo já chegou? — pergunta uma loira bonita num uniforme branco. — Por aqui, então.

Todas pegam suas bolsas e seguem a funcionária até o vestiário.

— Ok, vocês marcaram massagens particulares e em seguida uma pedicure em grupo, certo?

— Isso mesmo — confirma Tanya.

— Na verdade, posso trocar a pedicure por uma massagem nos pés, por favor? — pergunta Cam. — Uma massagem particular?

— Ah, Cam, fala sério — diz Mel. — O objetivo era passarmos um tempo juntas. Fica com a gente para fazer os pés.

— Não, odeio isso. Ficar o olhando para os pés de vocês vai me deixar enjoada. Isso me lembra de quando vocês colocavam os dedos dos pés na minha boca para me acordar. Vou pagar pra todo mundo se me deixarem fazer o que eu quero, sozinha. Depois podemos tomar um drinque e vocês continuam me zoando, ok?

— Os drinques também serão por sua conta? — pergunta Angela, direta.

— Aham, serão. Só me poupem dos seus pés, por favor.

— Ok, mas peça para a moça não cobrar tempo extra para massagear esses seus pés gigantes — diz Tanya, brincando.

— Nossa, como você é engraçada! — retruca Cam, tirando uma meia e jogando na irmã.

Todas começam a tirar a roupa. Cam, sem pensar muito, tira a jaqueta de couro e puxa a camiseta preta pela cabeça.

— Meu Deus, Camilla, nossos olhos! — diz Mel, tirando a calcinha por baixo de uma toalha. — Você nunca usa sutiã?

— Eu não queria ter que colocar sutiã depois da massagem. Gosto de me sentir livre.

VACAS   175

— Livre de sutiã, livre de filhos, livre de namorado, você já se comprometeu com alguma coisa além do seu computador?

— Na verdade, sim. Com a casa que comprei, com o negócio que comando e com as coisas que escrevo. Não sou igual a vocês aí amarradas a maridos e filhos. Sou totalmente livre para fazer o que quero e sou feliz assim. Será que podemos passar uma tarde juntas sem vocês fingindo que de vez em quando não invejam minha vida?

Há um breve silêncio constrangedor enquanto elas continuam tirando as roupas.

— Não posso ser tão livre quanto você, é verdade — diz Mel, guardando a calcinha. — Principalmente por causa disso.

Ela deixa a toalha cair, revelando um corpo castigado pela gravidez e pelos partos. Veias que parecem riscadas com caneta esferográfica cobrem suas pernas, seus seios estão caídos como sacos vazios, as estrias formam um alvo de jogo de dardos na barriga. As irmãs não sabem se devem rir ou não.

— Ah, e também solto um pouquinho de xixi quando espirro — acrescenta Mel, fazendo todo mundo rir enquanto ela pega a toalha e se limpa entre as pernas. — Merda. Quando dou risada também.

— Mel, venha fazer ioga comigo, pelo amor de Deus — diz Tanya. — Seu assoalho pélvico está acabado.

— Ok, qual de vocês é Camilla? — pergunta outra moça de cabelo castanho e usando o mesmo uniforme branco.

Ela acabou de entrar e não sabe o que está acontecendo, mas faz o possível para não olhar para a mulher que ela acha que está mijando na toalha.

— Eu — diz Cam, amarrando o robe e enfiando o celular no bolso.

— Cam, espera aí, não vai levar o celular para a massagem, né? Você não consegue ficar sem internet por uma horinha? — pergunta Angela, que nem tem Facebook.

— Consigo, sim. E quando a hora acabar vou para a massagem nos pés onde escreverei sobre isso. Porque é assim que eu sou, ok?

Cam mostra a língua para as outras e acompanha a massagista.

— Então, Camilla. Meu nome é Sandra e eu sou a dona do spa. Topa divulgar que esteve aqui? Te dou 50% de desconto. Adoro seu blog.

— Claro, obrigada! — diz Cam.

Eis outra vantagem do seu trabalho.

Depois de uma massagem corporal incrível de uma hora, o cérebro de Cam está pronto para voltar ao trabalho.

— Posso ficar sentada durante a massagem no pé? Para poder ficar no celular? — pergunta ela.

— Claro. Não vou te atrapalhar. Sei que você não gosta muito de papo.

Cam se sente mal com a intimidade. Ela está numa salinha com uma mulher desconhecida que sabe o que ela prefere porque lê o que Cam publica. É a segunda vez na semana que isso a deixa um pouco constrangida.

— Ok, olha pra cá e sorria. Hora do tuíte — diz Cam, tirando uma foto e postando na rede social.

Melhor massagem nos pés que já fiz no @dreamspa. Peçam para fazer com a Sandra, ela tem mãos mágicas #dreamspa #massagem #peçapelaSandra

— Obrigada — diz Sandra. — Esse é um ramo difícil. Muito competitivo, sabe? Montei esse lugar depois que tive minha filha. O pai dela não quis ajudar e fiquei sem nada. Comecei como manicure e agora tenho um spa. Deu tudo certo no final. Bem, desculpe, continue. Me avise se a pressão estiver muito forte.

— Aviso, obrigada. Mas está ótimo.

Cam se recosta na cadeira e confere o e-mail. Outra mensagem de Tara.

Oi, Cam,

Pois é, meu nome foi divulgado. Acho que não posso mais me esconder. Além disso, desmaiei no supermercado e fui parar no hospital. E, sim, voltei a morar oficialmente com meus pais, aos 42 anos. Estou me sentindo realmente ótima.

E você, tudo bem? Embora ache que não seja assim tão fácil, gostei muito do seu post convocando as mulheres agirem. Em alguns momentos fico achando que posso juntar os cacos da minha vida e voltar aos trilhos, depois percebo que o universo não está conspirando a meu favor e que não tenho poder para resolver porra nenhuma. Parece que conseguiram apagar até o meu trabalho, a única coisa em que eu era realmente boa. Essa é minha vida agora? Socorro.
Bjs,
T

Cam se inclina para a frente e olha para Sandra.

— Deve ter sido difícil — diz ela — encontrar energia para montar este lugar e fazê-lo funcionar enquanto cria uma filha sozinha, não?

Sandra ergue a cabeça enquanto rola o punho pelo tornozelo esquerdo de Cam.

— Foi sim. Mas a gente é mãe aprende a se virar. Não estou dizendo que isso dificulta a vida, mas é que as coisas não se resumem mais só a você. No final das contas, qualquer pessoa pode dar um jeito na vida, basta focar. Realmente acredito nisso.

Cam fecha os olhos por um segundo, a cabeça inundada por pensamentos. Uma epifania a faz abrir os olhos. Ela acessa o *HowItIs.com* pelo celular e começa a trabalhar enquanto Sandra massageia seu pé com a pressão ideal.

Você sempre pode recuperar sua vida, não importa o que aconteça! Todo mundo acaba entrando na rotina em algum momento e, quando isso acontece, pode parecer que a vida que conhecia, ou a que esperava ter, está perdida. Mas essa sensação não significa que é preciso continuar assim, ou que você precisa aceitar um mau negócio. Todo mundo tem o poder de dar a volta por cima, basta tomar as decisões certas.

Quando a tristeza está dominando sua vida, quando você está tão consumida pela negatividade que não consegue enxergar com clareza, nessas horas é obrigação de alguém perto de você lembrar que vai ficar tudo bem. Mas se você não tem essa pessoa, então eu estou aqui pra te dizer que tudo vai dar certo se você decidir que é isso que quer.

Veja as penitenciárias, por exemplo. O objetivo dessas instituições é reabilitar. Os criminosos são repreendidos pelo que fizeram, como punição perdem sua liberdade e com isso aprendem uma lição em relação aos crimes. O sistema correcional tem como objetivo fazer com que aprendam com seus erros, voltem para sociedade depois de cumprirem sentença e levem uma vida relativamente normal. Se as piores pessoas entre nós conseguem se reconstruir depois de serem encarceradas, então nós também podemos.

Às vezes a vida apresenta desafios que achamos ser incapazes de superar. Decepções, humilhações, perder o emprego, alguém que amamos ou a saúde são coisas que acontecem com todo mundo. São coisas sombrias, mas "normais", que podem nos derrubar e fazer a vida parecer impossível. Mas a verdade é que você pode dar a volta por cima se tiver a mentalidade certa. Sua atitude em relação a tudo, da vida à morte, é que o define como essa experiência será para você e para aqueles ao seu redor. Tendo uma atitude positiva é possível superar qualquer coisa.

Vá em frente, retome sua vida, você consegue!

Bjs,

Cam

Ela posta o texto, depois responde o último e-mail de Tara.

Tara, leia o último texto que postei no blog. Tudo é questão de tomar boas decisões... Então, o que você vai fazer agora?

7

Tara

— Não acredito — diz meu pai, enquanto minha mãe o ajuda a enfiar o braço na manga da jaqueta. — Como posso me divertir se todo mundo viu?

— Organizamos a festa muito antes de tudo isso acontecer, Peter. Pegaria mal cancelar — argumenta minha mãe com a boca meio fechada, mas no tom de voz normal, como se desse jeito eu não conseguisse escutar do outro quarto.

— "Pegaria mal cancelar"? Como podemos ficar pior do que já estamos? E por que temos que ir ao pub? Achei que a gente fosse jantar em casa... — diz meu pai, olhando para o espelho do corredor para ajeitar o colarinho.

Ele é um homem orgulhoso e sei que está sofrendo com essa história.

— Sim, meu amor. Mas você quebrou três dos meus pratos de jantar, dois de sobremesa, uma travessa grande de salada e minha bandeja de porcelana para bolo. Como vou oferecer um jantar de aniversário sem louça?

A verdade é que eu gostaria muito que ele cancelasse. Uma "reuniãozinha no pub com nossos amigos mais chegados", como minha mãe definiu, é tão tentador para mim quanto um tiro de espingarda na cara. Mas eu vou porque minha mãe está sendo maravilhosa comigo e quero que ela fique feliz.

— Katya já chegou? — pergunto, descendo a escada.

— Sim, está vendo *Coronation Street* — diz minha mãe.

Entro na sala e Katya está sentada no sofá, bebendo chá e assistindo à TV. Ela trabalha como diarista para minha mãe e para mim há seis anos e fica de babá da Annie quando preciso sair. Pedi para ela não aparecer lá em casa esta semana, porque o lugar está um nojo e preciso fazer uma faxina antes que ela veja. Ela tem uns quarenta anos, é russa, alta, loira e um pouco brega no jeito de se vestir. Ela também é durona, não tem filhos e nunca fala sobre amor. Confio totalmente nela.

— Oi, Katya, tudo bem?

Ela me lança um olhar raivoso soslaio, depois volta a focar na TV. Está usando uma blusa de oncinha, calça jeans skinny e botas de cano curto de bico fino. Ela sempre usa batom rosa cintilante, o que acho hilário porque ela basicamente passa a noite inteira sozinha vendo televisão.

— Annie está dormindo. Ela estava acabada. Só que ela não jantou muito então, caso acorde, você pode fazer uma torrada? Embora eu duvido que acorde. Katya?

— Não consigo olhar pra sua cara — diz ela, séria. Seu sotaque é muito carregado.

— Por quê? — pergunto, mesmo sabendo.

— Faz anos que limpo seu vibrador! — diz ela, se levantando e ficando agitada.

Chego mais perto dela.

— Meu vibrador?

— Eu me preocupava com você, que você não fazia sexo. Então toda semana eu vinha, limpava seu vibrador para deixá-lo direitinho na gaveta, assim você podia fazer sexo e se dar ao respeito. E agora você se mete nessa e faz coisas para todo mundo ver? Por quê?

— Espera aí, você limpa meu vibrador? — pergunto lentamente.

— Toda semana. Limpo com lustra-móveis.

— Lustra-móveis?

— É.

— Meu Deus.

Sophie me deu aquele vibrador de presente de aniversário três anos atrás. Só que eu nunca usei. Não importa quanto tempo eu esteja na seca, nunca consegui me excitar com um pedaço de borracha. E ainda bem, porque eu podia ter morrido intoxicada com um litro de lustra-móveis enfiado na vagina.

— Katya, não precisa limpar meu vibrador, ok? E você não tem que se preocupar com a frequência com que eu faço sexo.

— A frequência com que você não faz, né.

— Ok, que eu não faço. Não precisa se preocupar com isso.

— Não vou mais limpar para você — diz, magoada, enquanto volta a se sentar.

— Tudo bem. Mas você pode olhar pra mim enquanto fala comigo, por favor?

Ela vira lentamente a cabeça para a esquerda e olha para cima. Fazemos contato visual.

— Pronto — digo. — Ótimo. Ok, não vamos demorar. Na verdade, espero estar em casa em uma hora. Até mais.

— Tchau — diz ela, olhando de volta para a TV. — Nunca mais limpo seu vibrador.

— Por mim tudo bem — murmuro, saindo.

— Vamos? — pergunta minha mãe quando entro no hall.

Meu cérebro adulto me diz para encarar o mundo de cabeça erguida enquanto a criança dentro de mim quer se esconder no armário embaixo da escada e nunca mais sair. Paranoia social é uma emoção nova para mim. Eu preferia literalmente enfrentar uma chuva de baratas do que me sentar num pub com meus pais e os amigos.

— Vamos — digo, demonstrando coragem e vestindo uma jaqueta jeans. — Vamos acabar logo com isso.

Eu sabia que era uma péssima ideia. Sentada à grande mesa redonda no fundo do pub estamos eu, minha mãe, meu pai, a melhor amiga da minha mãe, Gloria (a "amiga sexy" dela), seu marido, Simon, e dois colegas com quem meu pai costuma sair pra beber, Ron e Malcolm. A Sra. Bradley e David também vieram. Tem uma mesa de bufê cheia de comida em um canto. Ninguém tocou nela ainda.

— Feliz aniversário, cara! — diz Ron. — Noventa e quantos mesmo?

— Rá rá rá — responde meu pai, bebendo um gole de sua caneca de cerveja *stout*.

É dolorosamente óbvio que ele não quer estar aqui.

— Bom, tenho uma novidade — anuncia Gloria. — Tina está grávida.

— Ah, que maravilha — diz minha mãe.

Todo mundo ergue um copo em brinde à Tina, filha de Gloria. Depois ficamos em silêncio de novo.

Ron não para de olhar para mim. Sempre que olho de volta o cara dá uma piscadinha. Ele tem 76 anos. Quero vomitar.

— Pois é, faz tempo que eles estavam tentando. Então estamos muito empolgados.

— Não que eu goste de imaginar eles "tentando" — diz Simon, se referindo a sexo, e com isso todo mundo olha para mim e depois fica vermelho. — Desculpe, eu... — diz ele.

Parece que eu sou alemã e alguém tocou no tópico guerra. Todo mundo fica quieto de novo.

— Ok, vamos lá, podemos muito bem encarar isso de cabeça erguida — diz minha mãe de repente, colocando a bebida na mesa com determinação. — Como todos vocês sabem, Tara foi filmada fazendo algo muito pessoal no metrô na semana passada.

— Mãe, não! O que você está fazendo?

— Quieta, Tara, por favor. É aniversário do seu pai e não podemos ficar aqui sentados em silêncio fingindo que nada aconteceu.

Ai, meu Deus.

— Tivemos uma semana muito difícil. Os jornais estão escrevendo sobre nós e estamos muito envergonhados. Mas, como família, achamos que era importante não cancelar esta noite, porque queremos deixar esse episódio para trás. Então quero que todo mundo faça um brinde agora para meu marido maravilhoso, Peter, por seu aniversário de 72 anos.

Todo mundo obedece e fico me perguntando se alguém perceberia se eu saísse correndo para vomitar.

— Obrigada — diz ela, voltando a se sentar.

Meu pai está tão confortável quanto se estivesse sentado em um milhão de tachinhas. Todo mundo fica quieto de novo.

— Eu também já me toquei em público uma vez.

— Gloria! — balbucia minha mãe. — Como assim?

— Olha, eu achei incrível. Muito excitante. Claro que ninguém me viu nem muito menos me filmou, porque não tinha celular com câmera naquela época.

Meu Deus do céu, isso não está acontecendo.

— Ela já fez loucuras — diz Simon, sorrindo para Gloria, que parece muito orgulhosa de si mesma.

Meu pai se levanta da mesa e começa a encher a boca com pequenos sanduíches de presunto do bufê.

— Também já aprontei a céu aberto — confessa Ron, fazendo Gloria rir e minha mãe ficar boquiaberta. — Não há nada de errado nisso. Manda ver, garota — acrescenta ele, olhando para mim e dando uma piscadinha como se eu tivesse tirado dez na prova de matemática.

— Ok — digo. — Não precisamos falar sobre isso.

— Já até fizemos aquilo em público, né, Simon?

Pelo amor de Deus.

— Desculpe, gente, mas não acho que essa conversa seja apropriada — diz a Sra. Bradley com seu tom severo de diretora, gesticulando para David, que claramente está prestes a ter uma crise por causa da menção ao sexo.

Essa é a segunda vez que estou envolvida em expor David a algum conteúdo sexual. O cara vai ter uma crise tremenda toda vez que me encontrar.

— O que foi, David? — pergunta Ron. — Você ainda não perdeu o cabaço?

Ele e Malcolm caem na gargalhada. Do canto do salão, meu pai se vira e faz os dois calarem a boca só com o olhar. Ele fica confortável entre homens e já passou incontáveis horas neste pub falando sobre esportes e trabalho, mas nunca aceitou comportamento grosseiro e machista.

— Por favor, vamos tentar mudar de assunto e não falar mais sobre S-E-X-O — pede a Sra. Bradley, olhando para David com nervosismo, esperando para saber se ele vai piorar ou se acalmar. Percebo que, por mais que ele esteja olhando para baixo, seus olhos sempre se voltam para mim.

— Certo, bem, agora que já falamos sobre isso, vamos comer? — digo, realmente precisando sair dali.

Me levanto e me aproximo do meu pai no bufê. Todo mundo continua sentado em um silêncio constrangedor. Acho que tenho que parar de tentar porque a noite já está obviamente arruinada,. Minha mãe começa a falar de novo:

— Ok, bem, se querem saber, uma vez Peter e eu já fizemos numa praia em Portugal, então acho que todo mundo já se divertiu um pouco em público, certo? — comenta ela, como se não quisesse ficar de fora.

— Pelo amor de Deus! — diz meu pai, derrubando um prato cheio de comida do bufê e se agachando em seguida para pegar.

— Peter, por favor, tome mais cuidado com a maldita louça! — grita minha mãe, e eu não consigo conter o riso. Isso é totalmente ridículo.

Me ajoelho para ajudar meu pai a catar os pedaços de presunto espalhados pelo carpete do pub.

— Feliz aniversário, pai — sussurro.

Ele consegue olhar para mim por um segundo, mas não dura mais do que isso.

— Estávamos numa praia particular e foi embaixo de uma toalha — justifica ele, abruptamente.

— Pai, sério, não precisamos contar mais nada, OK?

— É, desculpe, querida — diz ele, se levantando e enchendo novamente o prato.

Espero que esse seja o fim da reunião de Confissões Acima dos Setenta.

Depois de um tempo, todo mundo conseguiu comer um pouco, tomar alguns drinques e manter a conversa longe do assunto sexo, mas a tensão continua. Faz vinte minutos que Ron está tentando se aproximar de mim e, quanto mais ele bebe, mais seus olhos brilham feito um coiote vigiando um gato. Só Deus sabe quais pérolas de sabedoria sexual inapropriada ele planeja me contar. Então, quando ele tenta se sentar na cadeira vazia ao meu lado, saio em um movimento estratégico para ir ao banheiro, onde passo um bom tempo sentada, com a cabeça apoiada nas mãos e sem me importar com o que as pessoas acham que estou fazendo. Quando saio, me deparo com David bem na minha frente, bloqueando meu caminho. Seu cabelo preto e encaracolado está cobrindo suas feições, e seu corpo magro e alto parece surpreendentemente intimidador. Respiro fundo e bato a mão no peito.

— Caramba, David, que susto. Esse é o banheiro feminino. O masculino fica ali — digo, apontando para o outro lado do corredor.

— Vi seus peitos — diz ele, o que mais parece uma fala saída do *The Walking Dead*.

— O quê? Não, David, era a Sophie. Você viu os peitos da Sophie.

— Seus peitos. No chuveiro. Dezessete de janeiro, 1998, às 8h16.

Ok, isso é bizarro. Ele obviamente sonhou e acha que foi real.

— Não, David. Você viu os peitos da Sophie. Você subiu a escada comigo e ela te mostrou os peitos, ok?

Tento passar, mas ele me bloqueia.

— Seus peitos. A porta estava aberta, você estava lá. No chuveiro. Tinha sabonete.

— David, você me bisbilhotou no chuveiro?

Ele não diz nada e olha para o chão, depois ergue a cabeça com um olhar mal-intencionado e coloca os braços em volta de mim, me dando o abraço mais tenso que já recebi.

— Te amo — diz ele.

Depois ele se vira e volta para o salão a passos decididos. Continuo imóvel na porta do banheiro. Depois de alguns segundos, solto todo o ar que estava preso nos pulmões e sorrio. Normalmente eu acharia isso bizarro, mas, para ser sincera, estava precisando.

Noite de Sábado

Stella

O Tinder é viciante e com certeza tirou minha cabeça do Facebook por uma noite. Estou deitada na cama olhando os perfis há umas três horas. Homem atrás de homem, potencial atrás de potencial, mas tenho que parar de ser tão exigente e lembrar que só preciso encontrar com um cara uma única vez.

Com isso em mente, dou like em James. Trinta e quatro anos e sua bio diz que ele gerencia um estúdio de artes. O cara gosta de arte e de artistas e está procurado alguém para "dar um passeio cultural" em Londres. Não parece tão ruim... A genética é boa. Na verdade, ele parece um pouco com Jason. Deu *match*. Ele me manda uma mensagem.

Oi, Stella, adorei sua foto, mas cadê sua bio? Não posso sair com uma garota sem bio. Vai saber quem você é... ;)

Ele tem razão, preciso de uma bio. Começo a escrever.

Meu nome é Stella. Sou gêmea idêntica, mas minha irmã morreu e eu...

Não, não posso começar assim, é muito deprê. Tento de novo.

Me chamo Stella e sou assistente pessoal. Basicamente é isso. Ah, e tenho um apartamento próprio, o que é um bônus. Meus peitos são bonitos, mas isso não vai durar muito porque tenho o gene BRCA, o que significa que se eu não retirar todo o meu sistema reprodutor, provavelmente vou morrer de câncer em breve.

Pelo amor de Deus, Stella! Escreva algo *positivo*!

Ei, sou a Stella, tenho um apartamento bem legal e um emprego maneiro. Quer dizer, não é grande coisa, meu trabalho é mais dar apoio a um ótimo chefe que está conseguindo várias coisas. Eu organizo o dia dele, mando ele fazer coisas e preparo o café. É um trabalho legal num lugar legal, mas dificilmente vai mudar o mundo. Quer dizer, meu chefe até que pode porque o cara é brilhante, mas isso não tem nada a ver comigo. Também estou desesperada para ter um filho antes de ficar infértil, e minha irmã gêmea morreu.

Que inferno. Minha vida parece uma merda quando colocada no papel. Com exceção do apartamento, que eu adoro, mas do qual não posso efetivamente me orgulhar porque não comprei com meu dinheiro, não consigo pensar em nada bom para dizer sobre mim. Todas as coisas boas estão sob ameaça. Tudo que é feliz está mergulhado em tristeza. Preciso escrever uma bio mentirosa para parecer um bom partido.

Ou...

Saio do aplicativo e crio outra conta. Desta vez uso o nome Alice e uma foto dela onde não dá pra ver muito bem o rosto. É um close dos olhos dela encarando a câmera. Adoro essa foto. Passo horas olhando para ela às vezes, o que é muito útil quando preciso chorar. Ok, vamos ver se assim fica melhor.

Ei, meu nome é Alice. Trabalho num abrigo de animais, mas estou estudando para ser adestradora. Sou formada em psicologia, mas percebi que acho cachorros mais interessantes que seres humanos, então mudei a espécie que será objeto de estudo. Amo meu trabalho e quero ter minha própria escola de adestramento um dia. Adoro festivais de música, domingos preguiçosos, meus amigos e minha irmã. Somos gêmeas idênticas... Mas sou a mais divertida!

Deleto a última linha. Não preciso me depreciar se sequer estou sendo eu mesma. Vou manter as coisas simples. Posto a bio. Foi muito mais fácil de escrever do que a minha. Alice provavelmente já teria uma escola de adestramento a essa altura. Ela queria muito isso.

Começo a dar *like* em todos os caras que acho que Alice gostaria e espero dar *match*. Em minutos, os avisos começam a aparecer. Os olhos dela continuam atraentes como sempre. Todo mundo dizia isso, mas nunca falaram o mesmo sobre mim. Sempre achei estranho, considerando que nossos olhos eram exatamente iguais. Mas acho que as pessoas são atraídas pelo que está atrás deles.

Oi, Alice. Também trabalho com animais. Em qual abrigo você trabalha?

Meu Deus, meu coração veio parar na garganta. O que eu digo? E se a pessoa conhecia Alice? Ignoro a mensagem e sei que não posso continuar com isso. Num instante Londres pareceu pequena demais. Sei que é melhor parar, mas não consigo. Outra mensagem.

Oi, Alice. Concordo com você, animais são melhores que pessoas. Topa sair para beber?

Esqueci que o objetivo disso é encontrar alguém. Meu coração está disparado e sinto calor de repente. O sangue está correndo pelas minhas veias como se eu tivesse corrido uma maratona. Me levanto e tiro o cardigã, estico e balanço os braços. Depois me sento de novo e respiro fundo. Ok, vamos lá, Stella, você consegue. *Seja* Alice. Clico em responder.

Ei, eu disse mais interessante, não melhores ;) Seria legal tomar um drinque...

Dou uma lida rápida no perfil do cara: ele não trabalha com animais. Parece mais seguro. Seu nome é Scott, tem 34 anos. Tem cabelo escuro, o nariz reto e um sorriso legal. Ele é bonito e trabalha num escritório no centro. Beleza *e* alguma coisa na cabeça. Meu bebê pode vir de um bom *background*. Talvez dê certo.

Parece que estamos bem perto... Vamos ser espontâneos? Estou livre agora. E você?

Uau, lá vai meu coração de novo. Será que consigo? Será? Um encontro?

Claro. 21h? Jaguar Shoes em Kingsland Road?

Meu Deus, o que estou fazendo? Respiro lentamente e digo a mim mesma que não importa. Não preciso fazer nada. Posso simplesmente voltar para casa. Se eu gostar dele e parecer um cara legal, talvez eu tente. Respondo antes de mudar de ideia.

Combinado!

Abro de novo a matéria sobre Tara. "Caso de uma noite só." "Ela nunca contou ao cara que estava grávida."
Talvez possa ser simples assim. Será que é crueldade se ele nunca souber sobre a criança?

Vou até o banheiro, lavo o rosto e passo um pouco de base, blush e faço duas linhas compridas e um repuxado nas pontas com delineador preto, igual a Alice na foto. Volto para o quarto e pego a saia com estampa de pássaros dela no guarda-roupa. Combino com uma blusa preta de seda e um par de sapatos vermelhos de salto baixo que Alice usava sempre. Eu tinha dito ao Phil que tinha dado os sapatos, mas só os escondi numa caixa. Ficam bem em mim. Pareço Alice. Eu queria que fosse fácil assim vestir a personalidade dela.

Enquanto saio do apartamento, penso naquele post da Camilla Stacey. *As mulheres precisam assumir o controle de suas vidas, ir atrás do que querem.* Ok, Camilla Stacey, vou fazer exatamente isso. Vou atrás do que quero!

Eu o vejo assim que entro no pub e ele é igualzinho à foto. Scott é alto, bonito, está vestido casualmente, mas ficaria melhor de terno. Sendo crítica, eu diria que ele parece bem chato, mas não dá para ser crítica agora porque não é a personalidade dele que me interessa.

— Oi — digo. — Sou Ste... — Merda, consigo corrigir a tempo: — Estou começando a achar que foi uma ótima ideia — digo, pensando como minha frase soou brega. Mas ele não parece se importar.

— Alice, oi. Foi uma ótima ideia. O que você quer beber?

— Vodca, por favor — digo em voz alta, tentando não demostrar que ser chamada de Alice me dá vontade de bater a cabeça na parede.

— Ok, com o quê?

— Pura com gelo.

Me sinto tão idiota por pedir vodca pura que finjo que não me enganei. Quando a bebida chega, tenho que me esforçar para não fazer careta a cada gole.

Depois de uns vinte minutos discutindo o clima, as notícias locais, como o Tinder é legal, e de responder que já saí com vários caras, mas não tive sucesso porque não faço ideia de qual seja a resposta certa para "Você já teve muitos encontros pelo Tinder?" (imagino que a maioria das pessoas prefira não comentar sobre isso), Scott pergunta:

— Então, onde você cresceu?

— Londres, nascida e criada. Minha irmã e eu frequentamos a escola e a universidade aqui.

— Ah, olha, vocês poderiam estar em *Dowton Abbey*! — comenta ele, rindo da própria piada. Pelo menos acho que foi uma piada. Não tenho tanto sotaque assim. Jason até me chama de metida por causa disso. Scott percebe que não achei graça e pergunta, para mudar de assunto: — Sua irmã é mais nova ou mais velha?

— Somos gêmeas — digo, terminando minha primeira vodca e pedindo outra, dessa vez com um pouco de soda. — Gêmeas idênticas.

Eu não pretendia mencionar isso, mas não consegui evitar. É a única coisa que me torna interessante.

— Nossa! Sempre achei gêmeos idênticos fascinantes. Vocês aprontavam muito quando eram mais novas, tipo sair com o namorado da outra? Eu já saí com uma garota que tinha umas mudanças de humor tão drásticas que eu brincava que ela devia ter uma irmã gêmea. A versão legal dela era minha namorada e a mal-humorada era a irmã malvada que a sequestrava porque odiava a própria vida.

Ele morre de rir, achando hilário, e não sei para onde olhar.

— Que loucura — digo, sorrindo. — Não, nunca fizemos nada assim.

— Qual o nome dela?

— Stella.

— E ela trabalha com animais também?

— Não, ela é assistente pessoal. Ela não sabe direito o que quer fazer da vida.

— Engraçado, né? Como vocês são idênticas e tão diferentes.

— Sim, é muito engraçado.

— Vocês são iguaizinhas mesmo?

Por que as pessoas sempre perguntam isso? Tem alguma ambiguidade na palavra "idêntica"? Preciso mudar de assunto.

— Tenho que acordar cedo amanhã — digo, semicerrando os olhos.

Achei que seria um sugestivo, mas Scott parece achar que quero dispensá-lo.

— Ah, claro. Desculpe. Justo. Acho que é sempre tentativa e erro essa coisa de internet, né?

— Não, quero dizer que seria uma boa ir logo para sua casa — digo, surpresa por ser tão direta.

Mas ele preenche todos os requisitos para ser pai do meu filho, então acho que é melhor ir logo com isso.

— Ah. Uau, achei que você estava tentando me dar o fora. Você quer ir lá pra casa?

— Quero. Vamos? — Desço do banquinho do bar e começo a andar até a porta. — Anda — digo, pedindo para ele me seguir.

Feito um cachorrinho adestrado, ele obedece.

Na casa dele, Scott serve duas taças de vinho e nos sentamos no sofá.

— Você mora sozinho? — pergunto, numa tentativa de descobrir se posso fazer sexo com ele aqui na sala mesmo.

— Ahã, não moro com mais ninguém desde a faculdade.

Olho ao redor. O apartamento dele é moderno e organizado. A decoração não é muito interessante, mas é óbvio que ele tem dinheiro. Sempre fico impressionada com o fato de que as pessoas confundem objetos caros com estilo. Mas tento não julgar porque isso não importa, não vou voltar aqui depois da noite de hoje. Coloco minha taça na mesa de centro e me inclino na direção dele. Coloco a mão na sua coxa e começo a beijá-lo.

— Você é direta — afirma ele, minha língua dentro da sua boca.

— É que gostei muito de você, só isso — digo, tentando manter o foco.

Quando sinto que ele está duro, subo no colo dele e me esfrego. Minha cabeça me diz para ir mais rápido, mas meu corpo tem vontade própria. Meu quadril desacelera à medida que o prazer toma conta. Passo as mãos na nuca dele e me sento em seu pau. Ele solta minha camisa da saia e a tira por cima da minha cabeça. Abro meu sutiã e deixo meus seios caírem no rosto dele. Sinto Scott abrir a calça enquanto me observa.

— Porra, seus peitos são lindos — diz ele, antes de encher a boca com meu mamilo direito.

Ele chupa com força, só que eu quero com mais força ainda. Phil não conseguia tratar meus peitos com intensidade desde que fui diagnosticada. Mas as coisas eram assim antes da morte ameaçar minha sexualidade.

Me inclino para trás, colocando as mãos nos ombros dele para dar a melhor visão possível dos meus seios. Quero que ele os veja, os sinta, que os aperte com as mãos e a boca.

— Chupa — peço.

Ele aperta os dois seios juntos e roça os lábios em cada um até meus mamilos ficarem duros. Sinto uma lágrima escorrer pelo meu rosto quando imagino que não os terei mais. Eu a enxugo depressa.

— Preciso te comer — diz ele, puxando meu rosto para perto.

— Ahã — digo, me levantando e deixando a saia e a calcinha caírem no chão.

Ele abaixa a calça até o tornozelo e pega a carteira no bolso de trás, de onde tira uma camisinha.

Merda.

— Tudo bem — eu digo, montando nele e o guiando para dentro. — Eu tomo pílula.

Mas ele se afasta e abre a embalagem com a boca.

— Eu nunca transo sem camisinha — diz.

Parece que consegui mesmo pescar um bom menino. Ele desenrola o preservativo. Eu me afasto. Qual é o sentido disso?

— O que foi, Alice? — pergunta.

E tudo acontece em câmera lenta. Olho para o rosto dele: é só um cara, um cara normal. E eu sou o quê? Uma falsa, mentirosa, problemática. Posso desistir do plano. Dar uma desculpa e ir embora. Mas o que Cam Stacey disse não sai da minha cabeça. *Consiga o que você quer. Consiga.* Então penso num plano B e me sento na camisinha. Sussurro no ouvido dele, coloco meus seios em seu rosto, me esforço até que ele encha o preservativo com o meu futuro. Quando percebo terminou, me levanto do colo dele e tiro delicadamente a camisinha com os dedos.

— Eu cuido disso — digo.

Pego minhas roupas e vou para o banheiro, onde dou descarga na privada vazia só para disfarçar. Dou um nó na camisinha e a guardo no bolso da saia. Saindo do banheiro, lembro a ele que preciso acordar cedo. Dou um número de telefone falso e vou embora.

No Uber, voltando para casa, deleto o Tinder. Chegando ao meu apartamento, me tranco no banheiro, apesar de estar sozinha em casa. Tiro a camisinha do bolso como se fosse um passarinho que achei no jardim e observo o fluído viscoso dentro da borracha. Corto a camisinha logo acima do nó com um alicate de unha e a seguro com cuidado enquanto tiro a calcinha com a mão esquerda. Me deito no chão e levanto o quadril. Aproximo os joelhos do meu rosto, com a vagina para cima, os grandes lábios separados, e derramo o esperma lá dentro. Quando a camisinha esvazia, espero mais um pouco.

Quando tempo será que leva?

Eu devia ter lido mais sobre isso, porque não faço ideia. Há um jeito errado de fazer isso? Depois de alguns minutos, volto lentamente para a posição sentada, contraindo o assoalho pélvico para manter tudo lá dentro. Mas, quando me levanto, o esperma escorre para o chão do banheiro. Piso na poça e escorrego, caindo no chão e batendo a cabeça na quina da banheira. Volto rapidamente para a posição de antes, com esperma no cabelo e no rosto. Será que sobrou alguma coisa dentro de mim? Me levanto. Será que se eu colocar a calcinha ela vai segurar o esperma?

Então me sobressalto. Juro ter visto Alice atrás de mim. Mas, não, era só meu reflexo. Olho para o espelho, para o meu estado deplorável. O esperma de um estranho escorrendo pela minha perna, pingando na saia da minha irmã que está amassada no chão. O que ela acharia disso?

Entro na banheira, ligo o chuveirinho e o enfio dentro de mim, deixando lá o máximo de tempo que consigo, até a água sair limpa. Até ter certeza de que todo o esperma saiu. Aí fecho o chuveirinho e observo a água quente do chuveiro escorrer pelos meus seios. Não consigo imaginar como vai ser quando eles não existirem mais, substituídos por cicatrizes fundas que vão amedrontar os homens em vez de excitá-los. Não importa o que aconteça comigo no próximo ano, vou perder os seios e os ovários antes dos quarenta. Não é um caso de *se*, mas de *quando*. Desligo o chuveiro e apoio a cabeça na parede, depois cerro o punho e aperto a barriga até doer, depois me dou um soco. Agarrando a pele com os dedos, me belisco com força esperando que a dor física supere a mental, mesmo que por um segundo. Mas isso não acontece.

Fico de pé, passo pelo esperma no chão do banheiro, e me deito molhada na cama. Foda-se. Posso dormir do outro lado agora que estou sozinha.

Choro até pegar no sono.

8

Camilla Stacey — HowItIs.com — Por que não ser mãe pode salvar o feminismo

A única coisa que realmente separa homens e mulheres é o fato de as mulheres ficarem com o fardo do útero, certo? O fato de bebês crescerem na barriga das mulheres, depois saírem pela vagina e se alimentarem pelos seios delas dá aos homens o direito de delegar às mulheres o dever de cuidar dos filhos. Tenho certeza de que isso fazia todo sentido em outra época, quando as mulheres abandonavam todas as suas ambições e se comprometiam com uma vida que se resumia a maternidade. Mas e se as mulheres não tivessem filhos? Então, em vez do que nos ensinaram a acreditar — que a função da mulher é ter filhos e que, se ela não tiver, é incompleta de certa maneira —, o que realmente separa homens e mulheres em relação ao que eles podem conquistar? A quanto devem ganhar? A poderem ocupar cargos de chefia?

Nada.

A verdade é que uma mulher sem filhos é tão disponível e capaz quanto qualquer homem. Até mais, porque muitos homens têm famílias em casa. Mas nós, mulheres sem filhos, somos livres para aceitar qualquer trabalho. Não estamos presas a um lar, não sofremos pressão para estar em qualquer outro lugar. Poderíamos literalmente dominar o mundo com todo o tempo que temos. Talvez por isso tantos homens gostem de diminuir as mulheres sem filhos, de as chamarem de sem coração, egoístas, de presumir que somos lésbicas. Eles precisam racionalizar que há algo de errado conosco, porque talvez a realidade da ameaça que impomos seja um pouco assustadora demais para lidar...

Não estou tentando encorajar mais mulheres a escolherem não ter filhos, mas estou encorajando as que escolheram não ter a vestir a camisa com orgulho. Nós, mulheres sem filhos, podemos preencher o vácuo entre homens e mulheres e conquistar a verdadeira igualdade, porque não há nada que nos torne realmente diferentes. Podemos encher a boca para dizer que os homens não são melhores, mais fortes ou mais dignos de status, dinheiro ou poder. Mulheres sem filhos são astros do rock, mulheres sem filhos são super-heroínas. Juntas podemos dominar o mundo.

Basicamente resolvi o feminismo, diz Cam para si mesma enquanto relê o texto. Ela está por cima, seu novo título vem ganhando força. É uma heroína entre as fãs sem filhos.

Mas, em meio ao seu sucesso, sempre surge alguém tentando acabar com a diversão. Ela recebe um e-mail de Samantha Byron, gerente de marketing da L'Oréal, o principal patrocinador do blog. Cam odeia as mensagens de Samantha, porque ela sempre quer que Cam escreva de um jeito mais chato ou seguro, ou que fale sobre algo que ela não quer. Samantha não tem imaginação e é entediante, mas, mesmo que Cam tenha a palavra final sobre todo o conteúdo do *HowItIs.com,* a L'Oréal ainda é seu principal patrocinador, então ela finge levar suas observações em conta.

Samantha substituiu Susan Jeffries uns seis meses atrás e não está sendo fácil lidar com ela. Susan era legal, tinha trinta e poucos anos, teve um filho com vinte e poucos e não queria mais nenhum. Era solteira, determinada, nada tradicional e muito engraçada. Tinha orgulho da L'Oréal patrocinar o blog de Cam, mas pediu demissão quando arranjou um emprego em Nova York, deixando Camilla devastada. Elas saíam para almoçar e beber, e as observações de Susan eram "Queremos mais você, mais e mais... Seja lá quem você for hoje". Cam não costuma se sentir tão confortável assim com outra pessoa, ainda mais com alguém que praticamente era sua chefe, mas ela gostava de Susan. Eram próximas. Ela sente falta daquela amizade.

Já Samantha é uma mãe chata que faz de tudo para manter o emprego e que provavelmente só transou três vezes na vida para ter os três filhos. Zero senso de humor, odeia outras mulheres e não consegue se considerar feminista porque acha que essa palavra "assusta". A relação de trabalho das duas é tensa e basicamente resumida a e-mails. Ela também sempre diz "nós" quando quer dizer "eu", e termina todas as frases com ponto de interrogação.

`Querida, Camilla,`

`Nós vimos e gostamos muito do que você escreveu esta semana, e é claro que a matéria no The Times foi uma ótima exposição para o blog, certo? Mas talvez nós achemos necessário mencionar que estamos preocupados em alienar muitas mulheres que não se encaixam na sua nova definição?`

`Sendo uma mãe de três filhos que trabalha, acho que eu não acessaria um site que promove um estilo de vida do qual não posso participar? Isso faz sentido? Talvez seja uma boa ideia deixar o HowItIs.com equilibrado para atrair um espectro ainda mais amplo de mulheres? E achamos que você faz o seu melhor ao manter os textos leves e divertidos, nada muito pesado ou político. Nós, mulheres, já temos muito com o que nos preocupar, não acha?`

`Tenho certeza de que você entende?`

`Obrigada,`

`Samantha.`

— Ah, blá-blá-blá — diz Camilla.

A cobertura da mídia vai ser gigante para o site, a matéria que saiu no *The Times* mudou o jogo e eles não foram os únicos. *Grazia Daily*, *The Independent*, *Emerald Street* e a *Glamour* publicaram matérias sobre Cam, todos com a frase "O Rosto das Mulheres Sem Filhos". Vai ser algo enorme e esse é o ponto de venda que ela precisava para ficar à frente no jogo. A cada dia a competição fica mais acirrada. Caso não se reinvente, Cam pode acabar sendo derrubada por alguma millennial que escreve sobre Tinder e tomar doce na balada. Cam pode ser a voz de uma demografia em crescimento, mas Samantha, aquela besta, quer que ela escreva sobre água? Muito frustrante. No entanto, Cam precisa manter os patrocinadores felizes e por mais irritante que seja, talvez Samantha tenha razão. Talvez Cam se torne uma heroína para algumas mulheres, mas também possa despertar desinteresse em outras. Ela precisa escrever algo que atraia a atenção das mães. Talvez até algo que coloque a própria mãe a bordo. Não custa tentar.

Cam escreve.

Camilla Stacey — HowItIs.com — Mães e Não Mães, Vamos Esquecer o "Nós e Elas"

Vamos esclarecer uma coisa? Sim, sou uma mulher que não tem e não quer ter filhos, mas isso não significa que odeio mães ou a maternidade. Há muitos comentários venenosos circulando na internet direcionados às mães que ousam postar fotos da família e dos filhos no Facebook. Isso nunca me incomodou, sempre achei uma coisa legal. Mas já vi pessoas reclamando, dizendo que é uma representação injusta da maternidade real. O tipo de coisa que deixa outras mães culpadas por enfrentar dificuldades, ou que deixa as não mães se sentindo irrelevantes por não poderem conceber, ou reforça a ideia da sociedade de que as mulheres estão competindo umas com as outras. Mas é realmente isso que você pensa? Sério?

Se sim, acho que o problema é você, não as mães felizes postando fotos dos filhos fofos.

Tudo mundo sabe que a maternidade não é realmente representada pelas fotos que as pessoas postam nas redes sociais. As mães não vão postar fotos do momento em que a doula recolheu o cocô delas da piscina de parto com uma peneira, não é? Ou postar como seus pontos vaginais estão cicatrizando, ou como precisam fazer evacuação manual (joga no Google) no bebê de um ano com intestino preso. Por que falariam sobre como o ânus praticamente vira do avesso durante o parto, ou que desde então o cocô simplesmente sai, sem aviso? Ou sobre como elas não conseguem subir ou descer uma ladeira sem molhar a calcinha, ou que suas veias varicosas queimam quando está calor? Dificilmente elas vão chorar sobre as noites em claro, sobre nunca poderem fazer xixi sem plateia ou que o filho de sete anos ainda precisa usar fralda.

Quem quer ler sobre esse tipo de coisa no Facebook? Todo mundo sabe que ser mãe não é nada glamoroso, então vamos deixar as pessoas comemorarem na internet os momentos de alegria e lidar com suas montanhas de cocô em âmbito particular. Como não mãe, acho que o mínimo que posso fazer é curtir a foto de uma família feliz.

Mas algumas pessoas ficam muito irritadas com fotos felizes, o que eu acho muito estranho. Já li uma mulher dizer no Twitter que as mães com tempo de postar fotos dos filhos no Facebook são "idiotas desocupadas". Isso mesmo. Uma mulher de verdade, uma jornalista (segura essa), escreveu sobre outra mulher que dedicou vinte segundos do seu dia para postar fotos bonitas na internet. Sim, muitas mães não trabalham e, sim, tomaram conscientemente essa decisão. Por mais que eu não me identifique com isso, ou imagine isso para a minha vida, não apoio que o feminismo se volte contra as mães. Isso é uma coisa horrível e feia. Tenho três irmãs mais velhas que têm vários filhos e vejo o sangue, o suor e as lágrimas que derramam para fazer o melhor para aquelas pessoinhas que exigem tanto, que precisam de tanto, que gritam tanto. Qualquer um que chame uma mãe de "idiota desocupada" é uma vaca sem coração. E ponto final.

Minha mãe era dona de casa e não a acho patética. Na verdade a acho incrível. Ela criou quatro crianças com o salário que meu pai ganhava como inspetor de escola, o que às vezes era quase impossível. Só que as fotos nas estantes de casa não mostram isso: elas representam os momentos felizes. Ninguém precisa saber que horas depois da nossa foto se divertindo no lago em 1983, minha irmã mais velha sumiu na água e meu pai teve que arrastá-la para fora e ressuscitá-la. Achamos que tinha morrido e até hoje minha mãe se sente culpada por ter deixado isso acontecer. É claro que minha irmã sobreviveu, por mais que a gente ache que ela tenha ficado um pouco lenta (desculpa, mana), mas essa era a realidade de ter quatro filhos. Houve momentos horríveis em que minha mãe e meu pai perderam o controle de nós. Aquela foto está na estante porque faz minha mãe se lembrar da sorte que foi minha irmã não ter morrido naquele dia. Sim, é bem sombrio, apesar de estarmos bastante felizes na foto. Se naquela época já existisse o Facebook, minha mãe teria postado essa foto, não a que minha outra irmã tirou da nossa irmã quase sem vida vomitando várias algas.

Acima de tudo, acho que essas fotos incomodam as mulheres que queriam ter filhos, mas não podem. E eu entendo que isso seja como jogar sal na ferida. Mas e aí? A solução seria banir da internet as alegrias da maternidade para que não magoem ninguém? Mas e depois? Banimos a alegria em si? Pessoas que estão morrendo de câncer acham ofensivas as imagens de pessoas saudáveis? Elas vão ficar putas e serem abusivas com quem não está morrendo? Não, não podemos chegar a esse ponto.

Sinto muito pelas pessoas que querem ter filhos e não podem, seja lá por qual razão. Deve ser desesperador e entendo a tristeza. Só acho que não dá para culpar as mulheres que puderam ter filhos porque não seria justo. No final das contas, elas estão simplesmente dando continuidade à raça humana.

Muitas mulheres não escolhem não ter filhos, e para elas também quero dar um ponto de vista positivo quanto a essa questão. Elas vão sofrer, é claro. Impossível não ficar triste por algo que sempre quiseram e não podem ter. Mas quero que essas pessoas saibam que se não tiverem filhos, suas vidas não precisam ser vazias. Há milhões de maneiras de ser feliz, então não encha o saco das mães que querem compartilhar a alegria que sentem. Encontre um jeito de ser feliz sem isso.

Bom fim de semana,
Bjs,
Cam

Stella

— Bom diaaa! — diz Jessica, toda alegre e irritante.

Estou no caminho para o trabalho. O ônibus está cheio, mas consegui um lugar para sentar. Estou um pouco molhada porque está chovendo lá fora e a grandalhona ao meu lado não para de encostar a capa de chuva ensopada na minha calça jeans. Atender a ligação de Jessica me dá uma desculpa para me apoiar na janela e abrir espaço para a bunda enorme dela.

— Ei — respondo, bem menos animada.

— Tudo bem, garota?

— Tudo bem. Desculpa, estou no ônibus.

Fico um pouco constrangida com as pessoas olhando para mim, então coloco os óculos escuros para esconder meus olhos inchados. Não consegui parar de chorar durante todo o fim de semana. Chorei, chorei e depois chorei mais um pouco.

— Meu Deus, não posso nem pensar em andar de ônibus, meu enjoo matinal é terrível. É péssimo, Stella. Quando você engravidar, vai ver o quanto é inacreditável. É como estar com uma intoxicação alimentar permanentemente. O cansaço é *tanto* que eu poderia dormir em pé, tipo uma vaca. — Ela ri sozinha e escuto a risada de Mike ao fundo. — Bom, estou ligando porque quero te pedir um favor.

— Ah, o quê? — pergunto, me animando um pouco porque alguém precisa de mim para alguma coisa.

— Tenho que ir até a John Lewis mais tarde comprar coisas de bebê, um berço, roupinhas, mamadeiras... Meu Deus, a lista é infinita. Eu não queria ir no fim de semana porque a loja vira um inferno, mas Mike tem que trabalhar durante a semana, então pensei se você podia ir comigo algum dia desses. Você tinha dito que as coisas estão meio paradas no trabalho. A gente pode comer um bolo depois, que tal?

— Ah — digo, sem muito entusiasmo.

Fico me imaginando tendo um colapso emocional na seção de bebês da John Lewis, mas também sei que preciso sair um pouco, espairecer e fazer outra coisa além de chorar em casa sozinha. Então aceito e falo para ela me avisar quando puder ir.

— Ok, maravilha, obrigada! Te mando mensagem. Te amo, tchau — diz ela, muito contente.

— Ok, tchau — digo, forçando um tom alegre.

Tento dizer "te amo" também, mas parece estranho.

O ônibus para no ponto e várias pessoas descem, inclusive a grandalhona. Sinto minha bunda se espalhar no banco agora tenho espaço para isso. Uma mulher com carrinho de bebê sobe, a mãe o coloca na minha frente e se senta ao meu lado. Ela é magra e parece cansada. O bebê está gritando.

— Ela está assim o dia inteiro — diz a moça para mim, desanimada. Balanço a cabeça e olho pela janela. Ela pega a bolsa e tira uma barrinha doce de arroz. — Toma — oferece, irritada, para a filha. A garotinha, que se cala imediatamente como se tivesse sido drogada, olha para o doce a cada mordida, parecendo chocada conforme a barrinha diminuía de tamanho. — Você tem? — pergunta para mim.

— Tenho o quê? — respondo, pensando que é bizarro ela me pedir comida.

— Filhos?

Ah. Dou uma olhada na janela, lembrando como Alice e eu costumávamos discutir a vida na cidade, onde é possível ter breves interações com centenas de pessoas por semana e nunca as ver de novo. Seja no transporte público, num elevador, esperando numa fila ou andando na rua. As vidas de estranhos se conectam durante rápidos encontros que podem ou não afetar seu dia. A gente brincava de inventar personagens, sendo alguém diferente para cada pessoa que encontrávamos. Como seria divertido se ninguém soubesse quem a gente era de verdade. Em uma cidade grande, dá para ser quem você quiser.

Então me viro para a moça, a encaro nos olhos e digo:

— Sim, dois. Uma de um ano e um de cinco. Você só tem ela?

— Nossa, sim, só ela. Você foi mãe jovem. Já deve saber tudo agora. Essa pentelha é capaz de se deitar no meio da rua, gritar como se tivesse sido atropelada e se recusar a se levantar só porque tentei colocar um sapato nela. *Um sapato.* Quem vê acha que tentei arrancar o pé dela.

— Ah, tadinha — digo, como se entendesse completamente.

Me imagino com uma criança chorando. Talvez meu filho não fizesse isso. Talvez essa mulher não seja firme o suficiente e a criança saiba que pode conseguir o que quiser com pirraça. Vou ser uma mãe firme, mas justa, afinal não pode ser tão difícil assim falar com uma criança.

— Ah, sim, já passei por isso — digo, sorrindo. — Meu mais velho não usava sapatos até os três anos. Se recusava, aquele cabecinha dura.

Ela parece reconfortada com o que eu disse. Fico um pouco desapontada comigo mesma por ser tão chata com meus bebês imaginários.

— Mas ele é ótimo em matemática — acrescento, me sentindo um pouco melhor com isso.

— Aos cinco anos? Uau, talvez seja superdotado. Como eles se chamam? — pergunta ela, me fazendo tossir para ganhar tempo.

— Ah, hum, Jason e Alice.

— Aah, que nomes lindos — diz ela, e percebo que devo fazer a mesma pergunta. — E a sua?

— Ah, Shania. Igual a Twain. Sou muito fã.

Shania? Meu Deus, por isso a criança está tão irritada.

— E o seu companheiro ajuda? O meu é um inútil — confessa, se inclinando para a frente para devolver a Shania o pedaço de doce que ela deixou cair no chão.

— Ah, faz tempo que ele não se envolve. Na verdade, terminamos quando Jason tinha cerca de um ano. Voltamos um tempo depois quando ele tinha três, mas não deu certo, ele não queria ser pai. Engravidei da Alice durante esse período, mas ele nunca soube sobre ela. Prefiro assim.

— Caramba — diz ela, impressionada. — Que bom. A coisa mais difícil na minha vida é meu marido. Ter filhos é difícil e tal, mas ele... caramba, ele é outro nível. Inveja de você que faz isso tudo sozinha. Às vezes acho que seria mais fácil. — Ela sorri para Shania, que está terminando de comer. — A verdade é que ela poderia gritar até a casa cair e mesmo assim eu a amaria. Entende o que eu digo?

Assinto e ela se levanta.

— Ok, esse é nosso ponto. Diga tchau para a moça simpática, Shania.

Shania acena para mim como a mãe mandou. Retribuo o gesto.

— Você é uma mulher forte — diz minha nova amiga, com quem nunca mais vou me encontrar. — Admiro você. De verdade.

Sentada no ônibus, observando-a baixar as rodas do carrinho até o asfalto, penso no que ela disse. "Inveja de você que faz isso tudo sozinha. Às vezes acho que seria mais fácil."

Era exatamente isso que eu precisava ouvir.

Tara

Estou me sentindo com 15 anos de novo. Estou sentada no meu antigo quarto na casa dos meus pais, me escondendo embaixo do edredom, esperando um garoto ligar. Só que naquela época não existia a porcaria do celular, então nada disso teria acontecido. Eu nunca mandaria uma mensagem sem vergonha para Jason, simplesmente daria meu número e ele me ligaria no dia seguinte. Eu nunca teria sido filmada me masturbando, nunca seria assombrada por um balão de conversa nem receberia ameaças de estupro pelo Twitter. Mas os celulares tornaram a vida um horror.

Continuo entrando no meu Twitter. Na semana passada, eu tinha 79 seguidores, agora tenho 614 mil. Toda essa gente está só esperando que eu diga alguma coisa, provavelmente torcendo para que eu encha a cara e dê mais material para que riam de mim. A coisa mais irritante é reler o último tuíte que escrevi antes de saber que tudo isso ia acontecer...

Passei o dia com um pervertido e foi mágico #embreve #teaser #adoromeutrabalho

De todas as coisas que eu podia dizer antes de ser filmada me masturbando no metrô, justo essa... Meus seguidores eram só amigos da escola ou ex-colegas de trabalho, então nem pensei duas vezes antes de escrever. Eu só usava o Twitter para acompanhar as notícias e stalkear colaboradores, mas agora eu sou a notícia.

Os tuítes têm sido um show de horrores. É pesado quando você está deitada na cama, lendo uma história para sua filha e aparece na sua tela: @BigGunnerz Vadias como você adoram isso, né? Eu te estupraria pelos dois buracos naquele metrô e você ainda ia querer mais. Annie começou a ler a mensagem em voz alta antes que eu reparasse o que ela estava dizendo. Tive que arrancar o celular da mão dela. Mas quando estava indo dormir, ela me perguntou: "O que é estupraria, mãe?" Fiquei arrepiada de medo. Um cara prestou tanta atenção em mim que está disposto a escrever, publicamente no Twitter, que quer me estuprar pelos dois orifícios? Aos menos acho que foi isso que ele quis dizer, não? O cara ficou tão puto assim? O suficiente para me esperar na frente de casa? Eu disse a ela que era o nome de exercício físico, a coloquei na cama, e desativei as notificações no celular.

Mas não consigo deletar minha conta. Sinto necessidade de saber o que as pessoas estão dizendo sobre mim. Sei que me pouparia muito sofrimento não entrar na internet, mas seria realista? Por mais trágico que seja, acho que é melhor estar ciente mesmo que isso signifique ler comentários agressivos sobre a minha aparência — "brega", "pálida", "doente mental" —, sobre como me comportei — "como uma puta", "retardada", "tarada" — e como escolhi ter minha filha — "vadia", "criminosa", "MÁ". Mas os piores comentários são das mulheres que destilam seu veneno passivo-agressivo, por mais que tentem disfarçar como companheirismo. São os comentários delas que magoam mais.

@TaraThomas123 De uma mãe para outra, faça o que é certo para sua filha e conte quem é o pai. Ela tem o direito de saber. Você não tem o direito de separá-los.

@TaraThomas123 Tenho certeza de que você ama sua filha, então por que roubar a verdade dela?

@TaraThomas123 Você deveria ter vergonha de si mesma. Tem coragem de se chamar de mãe?

A verdade é que aguento qualquer coisa que as pessoas digam sobre as coisas que eu faço e sobre a minha aparência. Posso aguentar ser chamada de vagabunda, e meio que consigo lidar com as ameaças on-line. Mas toda vez que mencionam minha filha, a culpa dentro de mim me deixa fisicamente doente.

Talvez tenham razão... Será que eu deveria contar a ela? Sempre achei esse dia chegaria, quando ela precisasse de alguma explicação. Mas eu diria que não sabia como entrar em contato com o pai dela, mais por causa dele do que por ela, para ser sincera. E talvez seja uma coisa terrível para uma mãe fazer, porque lembro exatamente onde ele mora. Meio que sempre achei que conheceria alguém e Annie ganharia uma figura paterna. Acho que posso perder as esperanças agora, porque quem vai querer ter um relacionamento com a Mulher Siririca? Com exceção do @BigGunnerz?

Digito o nome de Jason no Google, como fiz muitas vezes na última semana. Eu o encontrei no mesmo instante em que o procurei ainda naquele fim de semana. Foi só procurar o artigo na *Times* e lá estava ele, Jason Scott. O trabalho dele buscar incrível. Os detalhes que registra, as histórias que suas fotos contam. O jeito como ele lê uma pessoa através da lente é muito forte, como um livro que não precisa de palavras porque bastam as fotos para o leitor viajar na história.

Fiquei observando nossa troca de mensagens como se fosse uma porta atrás da qual ele está escondido. É como estar de dieta e trancada numa sala cheia de caixas de donuts. A tentação de mandar mensagem para ele está me matando.

Embora parecesse muito liberal, duvido que ele não tenha se sentido do mesmo jeito que eu. Não que ser liberal signifique achar ok sair com uma pessoa que o mundo inteiro viu se masturbando no metrô, mas pelo pouco que conheci, eu diria que Jason é mais o tipo de pessoa que faria piadinha em vez de ficar quieto. Será que assustei o cara? Seria justo, acho. "Algum pedido especial" pode ter muitas interpretações. Será que ele achou que curto sondas elétricas, masmorras de sadomasoquismo ou plugues anais? Talvez se eu me explicasse, dissesse que não estava me referindo a nada muito bizarro... deixasse claro que até topo alguma coisa diferente se ele curtir, mas não sou fetichista nem nada assim. Mas como tocar nesse assunto por mensagem? E tem o vídeo, que ele provavelmente viu. Deve ter passado o fim de semana me achando uma tarada e, tendo visto aquilo, basicamente teve a sua impressão a meu respeito confirmada.

Tenho que esquecer isso e seguir em frente, mas não consigo. Não consigo parar de pensar nele. Preciso mandar uma mensagem. Mas e se ele não responder? Não sei se minha autoestima aguenta. Mas dá para me sentir pior? As coisas não podem ficar piores. Então pego o celular. Entro na nossa conversa. E mando uma mensagem para ele. Foda-se.

— Querida? — grita minha mãe da escada, me fazendo pular de susto e voltar ao mundo real.

— O quê? — grito de volta.

— Vou ao centro da cidade. Quer alguma coisa da Marks & Spencer?

— Não, obrigada — respondo, mas escuto ela subir a escada mesmo assim.

— Tem certeza, meu bem? Posso comprar homus ou aquelas mini salsichas.

Balanço a cabeça. Faz dias que não sinto fome e minha mãe continua tentando me alimentar.

— Você precisa comer, querida.

— Mãe, eu sei que preciso comer. Faz 42 anos que sou humana, então tenho experiência com a ideia de que "comida é combustível". Mas não estou com fome, ok?

— Ok, meu amor, mas não precisa ser grossa. Provavelmente você está assim porque está com fome. Vou comprar o homus.

— Cacete, mãe. Não estou brava porque estou com fome, estou brava por que sou a Mulher Siri...

— Não, Tara, não! Não consigo mais ouvir falar nisso, ok? Tomo uma dose de uísque toda noite por causa dessa história. Não aguento mais. E aí, você vai querer as benditas salsichinhas ou não?

Ficamos nos encarando sem saber o que dizer. Ao contrário de quando era adolescente e ficava sentada neste mesmo quarto sendo escrota o tempo inteiro, eu não quero magoar minha mãe. Por isso respiro fundo para me acalmar.

— Sim, por favor, mãe. Obrigada — digo, com toda a educação do mundo.

— Tá bem, então.

Ela desce a escada. Escuto a porta da frente se abrir, depois se fechar com um pouco mais de força que o normal.

Dou uma olhada no celular. Nada. Argh, por que mandei mensagem pra ele de novo? Estou me sentindo ainda mais idiota. Recebo um e-mail da Cam Stacey.

Oi, só checando, ainda tá viva?

Ei, Cam, minha mãe está mostrando sinais de alcoolismo e me alimentando à força com salsichas. Só pra você ter uma ideia. Adorei seu texto sobre dar a volta por cima tomando boas decisões. Estou tentando ser proativa, mas não é como se houvesse um monte de oportunidades surgindo no momento.

```
Vou começar pelas salsichas.
Obrigada por se preocupar, significa muito para
mim.
Bjs,
T
```

Fico um instante sentada com o celular no colo, pensando que se não olhar para o aparelho por dois minutos inteiros, talvez eu receba uma mensagem. Depois de 85 segundos olho de novo. Nada.

Porra, Jason, dá pra você me responder, por favor?

Stella

Reativei minha conta no Facebook. Não aguentei. Preciso olhar mais uma vez, passar por mais uma sessão de tortura com a alegria das outras pessoas.

Eu me sento à mesa, dou uma olhada no meu feed e vou sentindo mais raiva a cada status. Grupos de amigos, famílias felizes, grandes conquistas. É como se esfregassem vespas na minha cara. Por que estou fazendo isso comigo mesma?

Fico imaginando a cara que essas pessoas fariam se eu publicasse o que fiz no fim de semana. Queria ver elas se acomodarem em suas alegrias maritais e maternais.

Será que as pessoas conseguem aguentar a verdade? Digito a história, só para ver como fica.

Saí com um cara do Tinder no final de semana. Coletei o esperma dele numa camisinha e tentei engravidar. Mas, como mudei de ideia no meio do caminho, usei a ducha íntima. Mas e se algum girino chegou lá? Bem, se isso acontecer podem ter certeza de que vou postar uma foto atrás da outra da criança aqui. Boa semana!

Meu cursor paira sobre o botão de PUBLICAR. Imagine só a polêmica, o drama que esse post causaria? Que vozinha é essa dentro de mim dizendo "posta, só pela emoção"? Mas é claro que não faço. Não é atenção que eu quero, é alívio. Desativo minha conta de novo. Esse pessoal precisa oferecer uma solução mais definitiva para quem realmente é viciado em Facebook. Posso reativar e desativar a conta sempre que quiser; é impossível a gente se livrar dela permanentemente. O que me faz achar que eu nunca vou parar.

Vou tentar ficar longe dessa vez. Vou sim. Vou. Com certeza eu vou.

Meu rosto inchado está coçando e meus olhos ardem. Phil costumava me dizer que fazia bem chorar. Sinto vontade de ligar para ele e dizer que estava errado. Deixar as coisas me consumirem desse jeito não permite que não saia, só me lembra de como tudo é uma merda. Não me sinto aliviada: me sinto de luto. Não há luz no fim do túnel e chorar não muda isso. Talvez eu devesse marcar logo a cirurgia e aceitar a realidade... Só de pensar nisso choro mais ainda.

— Stella, meu celular já chegou? — pergunta Jason, saindo da sua sala rápido demais para que eu tenha tempo de me recompor. — Meu Deus, o que aconteceu? — Coloco depressa as mãos nos olhos, engolindo o choro.

— Estou bem — digo —, só cansada.

— Está bem nada. O que aconteceu? — insiste ele.

Percebo que ele não sabe exatamente o que fazer. Jason nunca me viu com as emoções à flor da pele assim. Sou sempre eu quem aguento ele chorando as pitangas e fazendo drama por qualquer coisa, sou sempre eu que o apoia do jeito que posso.

Ao perceber que não tenho como fingir que as lágrimas são normais e sabendo que deteste gente que demonstra emoções em público e depois diz "não foi nada", conto ao Jason a parte da história que estou disposta a compartilhar.

— Terminei com meu namorado — digo, sentindo uma sensação pouco familiar de alívio por estar sendo emocionalmente honesta, mas também irritada porque ele vai pensar que estou triste pela parte mais trivial da história.

— Ah, Stella, sinto muito.

Ele se aproxima de mim. Será que está pensando em me abraçar? Não sei quais são os limites em situações como essa, ele sendo meu chefe, nós dois sozinhos aqui. Ele avança e recua, depois coloca a mão no meu ombro. Nós dois ficamos aliviados por ele ter encontrado uma solução.

— Desculpe — diz, porque é isso que se deve dizer e ele é uma pessoa boa. — Sempre achei que estivesse tudo bem no front.

— É, você vive dizendo isso, mas não está — digo, explodindo.

Quanto mais ele me diz que acha minha vida perfeita, mais sinto que fracassei. Ele percebe minha entonação.

— Não quis ser insensível quando disse isso, só... Tenho que parar de falar. É que você é sempre tão consistente que é difícil acreditar que as coisas não estivessem bem em casa. Desculpe se foi inapropriado.

— Não me sinto nada consistente.

— Você parece estar sempre no controle.

— Você me paga para estar no controle. Se eu não te controlasse, você não faria nada.

Sorrio para ele, que concorda com a cabeça.

— Ei, bom, se você precisar de conselhos sobre ser um solteiro fracassado, é só pedir. Sou profissional no assunto, levo pé na bunda o tempo inteiro.

— Ok. Obrigada — digo, as lágrimas começando a secar.

Essa provavelmente é a conversa mais íntima que já tive com qualquer pessoa que não fosse um médico nos últimos seis meses. E me sinto bem. Foi bom me abrir com ele. Passamos oito horas por dia e cinco dias por semana juntos e, apesar de nos darmos bem, nossa relação é trabalho, não amizade. Conversamos, mas principalmente sobre ele, enquanto os detalhes sobre a minha vida se resumem ao básico. As últimas semanas têm sido muito tranquilas. Como Jason precisa terminar o livro, o estúdio, que geralmente fica cheio de modelos, editores, estilistas, jornalistas e maquiadores, está às moscas. Como não tenho quase nada para fazer, passo a maior parte do dia lendo qualquer coisa na internet, matando tempo no Facebook e ficando em um estado deplorável ao notar como todo mundo parece feliz, menos eu.

Jason me pediu para não considerar esse tempo como férias, para mantê-lo motivado. E isso só envolveu deixar ele sem internet, fazer várias xícaras de café e dizer algumas palavras de encorajamento. Mas estou com muito tempo livre para pensar, justamente em uma época da vida em que eu provavelmente deveria me distrair.

— Ok, bom, se eu puder ajudar, é só dizer. Somos pessoas boas, e pessoas boas não morrem sozinhas. Vamos encontrar o amor, formar famílias e ser incrivelmente felizes e realizados. Pelo menos é isso que eu repito para mim mesmo — confessa ele, seus olhos me passando certa segurança e um lampejo de algo mais que não consigo identificar.

— Obrigada — digo, esfregando os olhos enquanto tenho uma ideia.

Ele coloca a mão no meu ombro de novo. A princípio, parece errado, impróprio e constrangedor. Mas aí minha mão toca a dele. Meu corpo relaxa enquanto aceito o conforto desse pequeno gesto dele.

— Esse cara é um babaca, Stella. Se eu tivesse uma namorada como você, nunca te deixaria.

Ele volta para dentro da sala e fico imóvel na cadeira.

Uau.

Balanço a cabeça, como se isso pudesse impedir meu cérebro de seguir com pensamentos que sei que são errados. Mas é tarde demais, minha imaginação já está a toda.

Será que posso ter um filho com Jason?

O som da campainha corta o ar e me faz voltar para a realidade. Atendo o interfone, é um entregador trazendo um pacotinho escrito Vodafone. Assino a nota e ando lentamente até minha mesa.

— É o meu celular? — pergunta Jason do escritório.

Ele está desesperado atrás do número da Tara. Sem pensar muito, respondo:

— Ainda não. Só o correio.

Ouço ele bufar, desapontado.

— Vou fechar sua porta, ok? Assim você pode se concentrar — digo, me levantando e fechando a porta dele.

— Valeu, chefia!

Eu me sento à mesa e desembrulho rapidamente o celular. Coloco o aparelho no mudo, ligo e vou nas configurações. Restrinjo a internet.

Ele vai precisar de uma senha para entrar, e não vou dizer qual é. O celular acende; há várias mensagens chegando. A mãe desejando boa sorte, alguns amigos perguntando se ele quer sair para beber. Jason não perdeu nada muito importante. Entro no Facebook dele e vejo que alguns amigos mandaram o vídeo da Tara e perguntaram se ele viu. Deleto todas redes sociais. Até que chega uma mensagem de "TARA".

Oi, olha, desculpa se pareci uma dominatrix louca naquele dia. Tive uma noite ótima e não sei se consigo aceitar que uma conexão assim possa ser ignorada só porque virei a sensação da internet ao ter me exposto. Sou bem normal, juro. E adoraria te ver de novo. Beijos, Tara

Tenho que me levantar e me afastar da mesa. Penso em Jason no escritório, no prazo estourando para terminar o livro, em seus olhos, sua mão no meu ombro. "Se eu tivesse uma namorada como você, nunca te deixaria." Aquelas palavras... de um homem que eu já conheço, que é desesperado para ter filhos assim como eu. Pego o celular. Abro a mensagem de Tara, escrevo uma resposta e clico em enviar. Sinto um frio na barriga. Essa é a emoção que eu estava procurando. Estou agindo por conta própria, controlando minha vida com as próprias mãos. Me sinto fantástica. Bloqueio o número dela e deleto tudo antes de bater na porta da sala dele.

— Olha, chegou — digo, alegre.

Ele fica radiante! Entrego o celular e vou embora como se nada precisasse da minha atenção.

— Não está aqui — grita ele, saindo do escritório um minuto depois, realmente perturbando.

Entro no jogo.

— O quê?

— O número da Tara. O celular não salvou. Você não disse que estaria na nuvem?

— Calma, Jason. Deve estar aí. Me deixa ver. Tara, certo? — digo, agindo inocentemente.

— É.

— Hummm, é assim que se escreve mesmo? — pergunto, rolando a agenda dele.

— Tem outro jeito de escrever? É T-A-R-A.

— Verdade, não está aqui — confirmo. — Será que você não salvou? Tem certeza de que salvou?

Jason arranca o telefone da minha mão.

— Não sei... Eu estava bêbado. Mas mandei uma mensagem pra ela, isso não quer dizer que estava salvo?

— Não necessariamente.

— Não sei como não salvei... Acho que não. Ah, que merda. — Ele joga o celular no sofá e anda até a janela, nervoso, braços cruzados. Parece realmente arrasado. — Libera meu acesso à internet, vou encontrar Tara.

— Não, não posso. Você não vai terminar o livro se estiver magoado.

— Não vou me magoar, vou estar apaixonado. Me dá meu notebook.

— Jason, olha, desculpe por dizer o óbvio, mas talvez ela não tenha sentido o mesmo por você. Ela podia ter te encontrado você internet, não? Estou sempre checando seus e-mails e não chegou nada dela, e seu endereço de e-mail está no site. Ela não te mandou mensagem. Se tivesse, já teria chegado a essa altura.

O sorriso de Jason some quando ele percebe que tenho razão.

— Mas estávamos trocando mensagens! Aí o cara na bicicleta apareceu... a gente estava muito a fim um do outro.

— Então por que ela não foi pra casa com você? — pergunto, pressionando.

— Ela... não quis.

Ergo as sobrancelhas como se dissesse "taí o motivo", e me sento. Jason se arrasta de volta para a sala como um urso exausto depois de perder uma briga. Foi um favor que fiz pra Jason, porque ele ia encontrar Tara, descobrir o que aconteceu com ela e nunca escreveria o livro. Minha ideia é menos complicada. Ele nem vai saber o que está acontecendo.

Tara

Eu já tinha perdido as esperanças de receber uma resposta, mas aí está, na tela. *Jason*.

Estou com medo de ler, porque talvez ele não queira me ver de novo. Se ele quisesse, por que só respondeu agora? E se estiver me pedindo para deixá-lo em paz? Sinto como se estivesse prestes a abrir meu boletim da escola.

Corro para o banheiro e olho meu rosto. Escovo o cabelo. Passo um pouco de rímel e brilho labial. Parecer melhor vai me fazer sentir menos pior se estou prestes a levar um fora por mensagem de um cara que conheci por apenas quatro horas. Digo a mim mesma que não importa o que ele disser, esse cara não faz parte da minha vida, ele não precisa me magoar. Sou bonita, sou forte e posso lidar com isso.

Mas quem estou enganando? Não paro de pensar nele desde sexta. Sei que só nos encontramos uma vez, mas foi bom. Foi muito, muito bom. Volto para meu quarto, pego o celular e abro a mensagem. É melhor arrancar de uma vez o esparadrapo.

Tara, desculpe ter que dizer isso, mas acho que você interpretou errado os sinais. Foi legal te conhecer, mas não sei se isso daria em alguma coisa. Desculpe pela confusão e boa sorte com tudo, J.

"Interpretou mal os sinais?" Oi? Nada disso. Não dá para interpretar errado ao sentir algo duro tocando sua perna e alguém dizendo que quer te comer. Como ele pode ser assim? Eu sabia que devia ter algo errado com ele. Caras assim não ficam solteiros por nada.

Sabe do que mais? Foda-se ele. Não preciso de um homem assim. Preciso de um homem que seja forte o suficiente para lidar comigo, com a forma com que tive Annie e com o fato de que sou uma sensação na internet e uma piada global.

Meu Deus.

Vou ficar solteira para sempre.

Homens são egoístas demais para lidar com as duas coisas. Eu podia simplesmente costurar a periquita e me casar com Jesus. Não vejo outra saída. Faz dez dias e não está passando. Toda vez que ouso entrar no Twitter, tenho mais milhares de seguidores e #MulherSiririca ainda está nos Trending Topics. Uma conta de paródia — @CoisasdaMulherSiririca — tem mais de quatrocentos seguidores e tuíta a cada duas horas, coisas do tipo:

Eu tinha cinco minutos livres antes da reunião de hoje, então coloquei a ppk pra fora e dei uma bela descabelada na boneca #MULHERSIRIRICA #COISASDAMULHERSIRIRICA

A HarperCollins mandou um tuíte para eles pedindo um contato para um possível livro. Isso não vai passar. É só questão de tempo até fazerem merchandising. Vou ser o novo Grumpy Cat, bombando nas lojas de presentes. Quem vai ficar com o lucro? Provavelmente algum idiota com uma conta imbecil no Twitter e que se masturba enquanto joga vídeo game. Por que todo mundo está agindo como se eu fosse a única mulher da história a tocar o próprio clitóris?

Recebo outro e-mail de Cam. Fora minha filha, ela é a única que consegue me fazer sorrir. Ela é muito legal. Não que eu achasse que não fosse, mas sabe o que dizem por aí, né, "não conheça seus heróis". Não que eu realmente tenha conhecido Cam, mas sinto como se tivesse. Tenho a impressão de que posso contar qualquer coisa para ela.

```
Ei, Tara,
Andei pensando em você. Muito, na verdade. Estou
sentindo que relacionamentos sempre serão compli-
cados, por mais que a gente tente simplificá-los.
Entende o que eu quero dizer?
    Bom, eu só queria saber como você está.
    Bjs,
    Cam
```

Respondo imediatamente.

```
Ei, Cam. Estou do mesmo jeito. Achei que consegui-
ria manter as coisas simples, pelo menos na minha
casa. Agora meus relacionamentos mais próximos são
os mais complicados e ainda não entendo isso. Adorei
seu texto sobre mães vs. não mães, estamos todas do
mesmo lado. Se está tudo bem? Não muito. Sinto medo,
não consigo dormir, estou muito assustada para sair
```

de casa, o cara de quem eu gosto me acha louca, acho
que vou ficar sozinha pra sempre, minha melhor amiga é uma escrota, minha mãe está mostrando ligeiros
sinais de alcoolismo, meu pai me viu me masturbando. Ah, e tenho certeza de que estou desempregada.
E você?
    Bjs,
    T

Releio o que escrevi. Que situação deprimente tentar escrever um
e-mail sendo engraçada, e perceber que todas as merdas que você ci-
tou são verdadeiras. De quem é essa vida que estou vivendo? Porque
não parece a minha. Recebi um e-mail de Adam. Abro, por mais que
eu queira ignorar qualquer correspondência com ele ou com qualquer
um que tenha alguma relação com minha antiga vida.

Assunto: Entrevista Sky News
Tara, um colega da Sky News me pediu seu contato.
Eles querem fazer uma entrevista exclusiva. Prova-
velmente a grana é boa. Dei seu e-mail e telefone.
Ah, e encontrei outra pessoa para fazer seu traba-
lho e como ela prometeu não se masturbar no metrô
e deixar a empresa mal na fita, foi contratada. Além
disso, como é ela que vai supervisionar a edição
do programa sobre assédio sexual, os créditos de
produtora-executiva serão dela. Não podia ser você
por motivos óbvios, então não arreganhe sua calci-
nha por causa disso.
    Adam

DESGRAÇADO.
    Que ódio dele. Uma pequena parte de mim achava que ele po-
dia valorizar meu trabalho a ponto de me proteger de certa forma.
A empresa só foi indicada ao BAFTA por minha causa e me es-
forcei para fazer meus programas. Eu tinha esperança de que ele
me desse ao menos os créditos que mereço ou me protegesse o

VACAS   217

mínimo possível para não dar meu e-mail para a Sky News. O cara não percebe que o mundo inteiro se voltou contra mim? Aguentei a misoginia de Adam por anos, pura pena por ele não conseguir assumir a própria sexualidade. Aguentei muita, mas muita merda mesmo, só porque no final do dia não importava. Seus comentários depreciativos não me impediam de fazer nada. Eu era boa no meu trabalho, tinha liberdade para fazer os programas que queria, então eu deixava pra lá. Deixei ele encher meus dias de negação para quê? Agora ele bem que podia se foder.

Adam,
O que você fez foi muito escroto. Esse é meu e-mail pessoal, então pare de dar para os jornalistas. Além disso, esse programa só vai ser um sucesso por minha causa e você sabe disso. Então coloque meu nome de volta nos créditos ou vou contar pra todo mundo que você é GAY.
     Tara.

Pronto. Foda-se.
Eu me sento e espero uma resposta. Nada.
Cinco minutos depois. Nada.
Uma hora depois. Nada.
Agora me sinto culpada. Recebo uma resposta de Cam.

Ei. Eu? Ah, acho que estou percebendo que não dá para controlar as emoções das outras pessoas, não importa o que você queira para si mesma. Uma coisa que aprendi nesses bilhões de anos em que tenho colocado trabalho em domínio público é que as notícias de hoje são o papel de embrulhar peixe de amanhã. Percebi que mais ninguém lê jornal e que a internet só é eterna porque não dá para embrulhar bacalhau com ela. MAS... as pessoas seguem em frente, as coisas seguem em frente e você também vai seguir em frente. Somos muito jovens (li que você tem 42?

```
Tenho 36, quase a mesma idade). Olho para meu pai e
minha mãe e sinto que minha vida nem começou ainda;
quero fazer muita coisa antes de ter a idade deles.
Você deveria sentir o mesmo. Seja lá o que tiver
acontecido nas últimas semanas, por mais que pareça
catastrófico, foi o começo de algo novo. Você vai dar
a volta por cima.
   Todo mundo vai seguir em frente quando passar a
graça. Certa vez meu pai me disse para procurar opor-
tunidades em tudo e eu sempre tenho isso em mente.
Não se esconda, mantenha a cabeça erguida e abra bem
os olhos para enxergar uma maneira de fazer isso fun-
cionar para você. Você consegue!
   Bjs,
   Cam
```

Recebo mais um e-mail. É de Damien Weymouth.

A porta da frente bate tão alto que dou um pulo. Depois ouço o barulho de Annie subindo a escada correndo. Já acabou a aula? Meu Deus, ainda estou de pijama.

— Mãe, mãe — diz ela, pulando na cama.

Me sinto uma doente, mas finjo estar feliz.

— Como foi a escola? — pergunto, tirando o casaco dela.

— A gente fez uma pintura — diz ela. — Olha.

Ela me entrega uma folha A4. Há quatro pessoas, uma pequena, que presumo ser ela. Annie confirma.

— Quem é esse? — questiono.

— O vovô — responde ela, apontando para um boneco de palitos sem nada. — Essa é a vovó. — Ela aponta para um boneco de palitos com um triângulo colorido como saia. — E essa é você — diz, apontando para um boneco de palitos com um grande triângulo preto saindo dos ombros.

— Eu? E o que é isso aqui? — pergunto, apontando para o triângulo.

— Sua capa.

— Minha capa? Por que tenho uma capa?

— Porque você é a Mulher Siririca — diz Annie, sem titubear.

Nunca achei que seria possível ter um momento de silêncio constrangedor com uma criança de seis anos.

Minha filha acabou de me chamar de Mulher Siririca. Tem como piorar?

Enquanto Annie está jantando na cozinha, corro para o meu quarto para mandar um e-mail pra Cam, como se ela fosse um garoto e eu tivesse quinze anos. Por alguns minutos, esqueço Jason. A verdade é minha vida é um vazio tanto no quesito boa amiga quanto no quesito parceiro. Sophie não deu sinal de vida desde que foi para Bora Bora, e o mais estranho é que não sinto falta dela. Ela estaria me estressando demais nesse momento, querendo falar apenas sobre a própria vida. Na verdade, está sendo bem legal dar uma pausa na nossa relação. Preciso de um amigo que possa focar em mim por cinco minutos sem começar a falar sobre a vontade de pintar o cabelo de outra cor.

Por mais que o vídeo tenha me deixado muito mal, e por mais que eu esteja confusa e triste por causa do Jason, tem uma pequena coisa brilhando. Fora Annie, claro. Algo que está mantendo meu humor vivo, me dando algo em que focar que não seja o estado da minha vida. São os meus e-mails com Cam. Ela realmente parece me entender. Posso rir de tudo isso de um jeito que não ousaria fazer com mais ninguém, e o que ela responde é verdade. Conselhos reais, gentis e úteis. Como uma amiga de verdade faria. Não sei exatamente como Cam Stacey do *HowItIs.com* se tornou minha nova amiga, mas fico feliz que isso tenha acontecido. Procuro o e-mail dela para responder, mas me distraio com o de Damien Weymouth. Quero deletá-lo em sinal de protesto, mas o assunto é muito tentador.

Assunto: **Oportunidade de Entrevista Exclusiva com a Sky News por 30 mil libras.**

Querida Tara,

Estou acompanhando sua história com muito interesse. Eu gostaria de oferecer uma oportunidade para acertar as coisas, porque tenho certeza de que você está sendo equivocadamente interpretada pelo público da Inglaterra (e do mundo?).

Proponho uma entrevista exclusiva com a Sky News para que você possa contar seu lado da história. Muitas vezes, em casos de difamação pública como seu, o público só precisa de um pedido de desculpas para seguir em frente. Mostrar emoção e arrependimento pode despertar a compaixão que as pessoas precisam para aceitar que você agiu fora de si e que sente remorso pelo jeito como se comportou. Já conduzi entrevistas com muitas celebridades que foram envergonhadas publicamente e que precisavam dar sua versão dos fatos. Considerando a magnitude do interesse do público em você, a Sky News te convida para uma entrevista em horário nobre como um quadro especial dentro dos nossos noticiários.

Tenho certeza de que você sente que a vida nunca mais vai voltar a ser a mesma, mas espero que veja isso como uma oportunidade de retomar seu rumo. Devo mencionar a proposta notável para a entrevista, de 30 mil libras por uma manhã. Pense nisso.

Espero notícias suas em breve.

Damien.

Leio o e-mail de novo, depois volto para a mensagem de Cam.

Não se esconda, mantenha a cabeça erguida e abra bem os olhos abertos para enxergar um jeito de fazer isso funcionar para você.

Mas eu em frente às câmeras? Não sei se consigo. Não de propósito, pelo menos. Mas talvez Cam tenha razão. Preciso virar o jogo e contar minha versão talvez seja a melhor maneira... Me arrepio só de pensar. A TV pode ser muito escrota, sei disso, mas que opção eu tenho?

Volto para a cozinha para dar uma olhada em Annie. Vou pensar na proposta, porque trinta mil libras é uma quantia difícil de ignorar quando você acabou de perder o emprego.

Stella

Não sei por que estou na seção "Arquivo" do site de Cam Stacey, porque ela anda me irritando muito, mas me lembro de um texto que ela escreveu muito tempo atrás sobre mulheres assumindo o controle no âmbito sexual e quero muito ler de novo. Depois de uma hora me torturando ao ler mais sobre como a vida dela é PERFEITA, encontro o que estava procurando.

Junho de 2009: As Mulheres Precisam Tomar o Controle de Suas Vidas Sexuais

Tenho que fazer uma confissão... Desculpa, mãe!

Eu estava no aeroporto semana passada. Meu voo atrasou por uma hora e eu estava de ressaca e com um tesão monumental, ainda por cima. O tipo de tesão que te faz sentir um animal selvagem. Eu estava sendo comandada pelas minhas entranhas e só conseguia pensar em uma coisa. Comecei a andar pelo aeroporto tentando farejar uma presa, pronta para montar no primeiro pênis que visse. Até que encontrei. Um cara muito bonito, sozinho perto de uma janela, observando os aviões decolarem. Cheguei por trás dele, consciente do som da minha respiração. Pensei em convidá-lo de cara para ir até o banheiro comigo. Comecei a me preparar para a abordagem e quando fiquei a um metro dele, lambendo os lábios, suando com o pensamento de liberar o que tinha dentro de mim, uma mulher igualmente linda se juntou a ele com dois copos da Starbucks e tive que recuar. Minha missão tinha fracassado, mas adorei a sensação de ser dominada pela minha sexualidade. Desde então esse cenário tem sido uma fantasia minha. Em parte porque lembrar aquele nível de tesão é excitante, e em parte porque me sinto feliz ao pensar metendo a cara no mundo e conquistando a sensação que quero.

É isso que devíamos fazer: agir por impulso, ceder às tentações, ser imprudentes e um pouco egoístas às vezes. Como os homens, sabe?

Ok, talvez isso não tenha muito a ver com minha situação atual. Não vou dar em cima do Jason só porque estou com tesão, mas dá na mesma, no fim das contas: conseguir o que quero. Mas se vou tentar, preciso saber um pouco mais sobre ele.

Levo um café até a sala dele e pergunto se precisa de mais alguma coisa. Ele diz que não, que está começando um novo capítulo. Tenho a impressão de que ele não vai sair da mesa tão cedo, então volto para a minha, acesso o e-mail dele e vasculho sua vida pessoal.

Pelo que ele escreveu, existe uma espécie de padrão: ele gosta de mulheres altas, morenas, de cabelo castanho comprido, mulheres de sucesso e emocionalmente honestas. Não sou muito diferente disso. Não sou baixa, tenho 1,70 de altura, meu cabelo é castanho cacheado e poderia fingir que sou honesta emocionalmente, se for preciso. Jason é bem consistente no seu comportamento em relação às mulheres, ao menos de acordo com o que li em suas mensagens. Ele é meigo e definitivamente gosta de conversar sobre tudo. Um e-mail diz:

Ei, adorei a noite passada. Eu poderia passar a noite toda conversando.
   Jason

Ei, eu também. Desculpe se falei demais sobre a minha vida. Me senti bem à vontade conversando.
   Bjs,
   Sal

Imagina, sou um cara que gosta de conversar sobre sentimentos. Meu trabalho é capturar emoções, e eu não queria que você parasse. Bjs, J

Faço uma anotação: seja aberta.

A próxima conversa por e-mail que encontro é com outra garota e dessa vez é picante. Por um instante, acho que não consigo ler, mas então percebo que preciso superar isso se quero transar com ele. Meu plano é conseguir no dia em que estiver ovulando. Não posso estragar essa chance e saber o que ele gosta na cama pode ser minha garantia de sucesso, então vou em frente e leio.

De Michelle:

Estou usando uma saia lápis preta, salto alto, blusa justa, sem calcinha. Estou cercada por colegas, mas só consigo pensar no que você fez com minha boceta hoje de manhã. Eu me diverti. Bjs, Michelle

De Jason:

Você é tão sexy. Estou sentado à minha mesa. Consigo ver minha assistente na outra sala, então tenho que disfarçar que estou segurando meu pau e imaginando você ajoelhada com ele na boca.

Coloco a mão na boca. JASON! Eca, eu estava aqui! Mas ok, ok. Ele é mais sexual do que pensei. Isso pode ser mais fácil do que eu achava. Se eu me abrir um pouco e jogar meu sex appeal pra cima dele, pode funcionar. Ele é sensível, e pelo visto também cheio de tesão.

Um e-mail aparece no topo direito da tela. É um aviso de que Camilla Stacey postou outro texto no blog. Não sei como ela consegue! Deve escrever o dia inteiro...

Camilla Stacey, HowItIs.com: Não desperdicei meu útero só porque não o uso...

Ah, lá vamos nós! Que merda ela vai dizer agora sobre não querer ter filhos?

Adoro os e-mails de vocês e leio todos. Considero isso parte do meu trabalho e quero saber como o que escrevo afeta as pessoas. E posso afirmar que nunca recebi tantas mensagens desde que abri a caixa de pandora do útero e admiti que não quero ter filhos. Felizmente, muita gente parece encorajada pelas minhas palavras, mas claro que outras pessoas não se sentem assim. Para quem está enlouquecendo com a minha vagina vaga, desculpe se minhas escolhas te ofendem. Mas, ao mesmo tempo, pare de empurrar suas opiniões tradicionais para mim, entre no mundo moderno e aceite.

Agora... um comentário que fizeram várias vezes no meu inbox desde que comecei a escrever esses textos é que estou "desperdiçando meu útero". Certo. Como tenho um útero, algo que nunca pedi, diga-se de passagem, estou "desrespeitando o poder feminino". Ter esse saco vazio e não usá-lo aparentemente é algo impensável.

Mas, mais uma vez, eu não encomendei esse equipamento na Amazon. Ele foi incorporado ao meu corpo no nascimento e, como um forno (o eletrodoméstico mais comparado ao sistema reprodutivo feminino), não posso simplesmente usá-lo, tirar o conteúdo, comer, e depois seguir com minha vida. Acho que todo mundo sabe que ser mãe dura muito mais tempo que uma batata recheada.

Então, não, não vou usar toda a capacidade do meu útero, mas isso não quer dizer que nunca o usei. Meu útero é o que me torna mulher. Como isso pode ser um desperdício?

— Ah, vai se foder, Cam Stacey — digo alto, me levantando e chutando minha mesa.

Minha mão automaticamente toca minha barriga. Daqui um ano meu útero não estará mais aqui. Meus seios também não. Tudo o que me torna mulher vai ser jogado numa fornalha e destruído, enquanto Camilla Stacey vive em seu apartamento chique com o corpo intacto. Como isso pode ser justo?

— Tudo bem aí? — grita Jason da sua sala.

— Sim, me desculpe, só quebrei uma unha.

Mas, sério, o que ela está fazendo? Alguém com uma vida tão perfeita quanto a dela não pode escrever coisas assim. Ela acha que está sendo empoderada, mas a maioria das mulheres com filhos *não* escolheu isso. Ela não está abrindo caminho para uma demografia crescente, está esfregando na nossa cara o que não podemos ter e me deixando seriamente puta.

Olho para trás para conferir se Jason está vindo, mas ele parece ocupado digitando. Clico no "contato" no site de Cam e abre automaticamente um e-mail em branco.

Para: Camilla Stacey
De: Stella Davis

Talvez seu útero não seja um desperdício, mas o ar que você respira é. Por que você não cala a boca, para com essa pregação de "Mulher Toda Poderosa" e arranja um emprego de verdade? Você não tem direito de ficar sentada na sua torre de marfim escrevendo como se soubesse de alguma coisa. Você não sabe de nada. Por que você simplesmente não para?

Enviar.

Fico parada por um minuto, visualizando o alerta de novo e-mail pipocando na tela dela. Será que vai ler agora? Sinto a ansiedade jorrando dos meus dedos enquanto a imagino lendo minhas palavras e se sentindo tão mal quanto eu.

E isso é muito, muito bom.

9

Cam

Cam está se sentindo mal, com muita cólica e enjoo. Como remédio, toma dois Nurofen e chá de gengibre. Ela não precisa ir a lugar nenhum hoje. Essa é uma das alegrias de trabalhar em casa e ter uma vida on-line. As luzes de Londres trazem um lindo brilho laranja para a sala. Enrolada em um cobertor, ela lê os e-mails das leitoras, sabendo que apesar da dor que sente, esse é o único lugar em que deseja estar.

Querida Camilla,

Eu só queria te agradecer pelo texto sobre agir de acordo com as próprias opiniões. Meu chefe me menosprezava há muito tempo. Eu ia para casa toda noite e ficava reclamando pra minha colega de apartamento. A gente bebia vinho, ficava xingando ele e eu deixava claro como ele me fazia sentir. Mas aí voltava pro trabalho no dia seguinte e deixava ele ser escroto comigo mais uma vez. Tudo por medo de ser mandada embora, mas você me faz perceber que eu odiava meu emprego.

Então, na manhã de sexta-feira, me registrei numa agência de recrutamento e no mesmo dia, à tarde, eu disse ao meu chefe que estava saindo. Quando ele me perguntou por que, respondi que era por ele ser muito grosso. E, em vez de me fazer de vítima, como você sugeriu, eu disse que me sentia mais qualificada do que ele e que isso não era muito inspirador. Ele ficou perplexo e foi mágico. A agência já marcou três entrevistas para mim na semana que vem, então dei o fora da antiga empresa. E já estou me sentindo melhor. Obrigada!

Bjs,
Martha

E outro...

Oi, Cam,

Toda manhã tenho que passar pelo canteiro de obras no final da minha rua e todo dia os pedreiros me constrangiam gritando coisas como "Belos peitos" e "Sorria, linda!". Eu sempre me encolhia, ficava vermelha como um camarão e me arrependia de não ter falado alguma coisa. Bom, ontem estava um dia ensolarado e, depois de ler seu texto, liguei o foda-se. Parei na frente deles, levantei a blusa e gritei "VALEU AÍ". A cara que eles fizeram foi impagável. Ficaram tão envergonhados que quase caíram do andaime. Esta manhã, não disseram uma palavra. OBRIGADA. Bjs

Cam ri sozinha. No fundo, ela sempre quis mostrar os peitos para os pedreiros, mas nunca teve coragem. Dando uma olhada nos e-mails na sua caixa de entrada, um nome se repete. É normal que as fãs mandem mensagens regularmente, mas a tal "Stella Davies" mandou várias. Ela clica na última.

Eu sei quem você é de verdade. Seus posts egocêntricos sobre feminismo não significam porra nenhuma. Você não faz ideia das dificuldades que nós temos. Sua vida perfeita, seu dinheiro, o sexo que você faz

com frequência. Você não me representa. Você causa
sofrimento, ao contrário do que acha que faz. Cala a
porra da boca, ou sabe-se lá o que pode acontecer.

Uau! "Sabe-se lá o que pode acontecer?" Isso foi uma ameaça? Ela
lê as outras mensagens. Essa Stella a chama de "vaca", "mentirosa",
uma "desgraça para as mulheres". Quem é essa garota, e por que ela
está tão puta a ponto de perder tempo mandando e-mails de ódio?
Ameaças e agressões são comuns na internet, mas em que momento Cam deveria dar queixa de alguém? Não dá pra esperar a pessoa
aparecer na porta da casa dela com um balde de ácido. Essa Stella
claramente a odeia mais do que as pessoas que não costumam gostar
do que ela escreve.

Os hormônios a deixam com medo. Provavelmente não é nada
sério, só uma louca solitária e triste que vai esquecer tudo isso
quando não receber resposta. Cam fecha a caixa de e-mail público e
abre a de trabalho. Tem uma mensagem de Samantha Byron. O que
será que ela quer dessa vez?

Querida, Camilla,

Estamos muito contentes com os últimos números do
site, mas estávamos pensando que talvez esteja na
hora de você recrutar algumas colunistas convidadas
para escrever no blog? Gostaríamos de sugerir um
"Blog da Mamãe", para balancear essa coisa de não
ter filhos e mulheres normais?
    Aguardo sua opinião sobre o assunto? Para começar,
gostaria de recomendar Maria do BubbsyWubbsy.com? Ele
é uma das minhas favoritas. É hilária e tem ótimas di-
cas para os pequenos. Ela também dá ótimos conselhos
sobre os melhores programas de TV para o desenvolvimento cognitivo e quais brinquedos encorajam os estu-
dos. Enfim, dê uma olhada. Achamos que ela seria ideal?
    Bjs,
    Samantha

Se sua vida inteira não fosse centrada no blog, e se não estivesse se sentindo tão mal, Cam jogaria o computador pela janela num acesso de fúria. Como Samantha se atreve a dizer que Cam não é "normal"? Ela entra no *BubbsyWubbsy.com*, e o negócio é tão grotesco quanto imaginava. A homepage é rosa-bebê com letras em azul-claro. À esquerda tem a foto de um bebê muito feio, em uma caixa à direita ela lê "Momentos Engraçados da Mamãe": "Cheguei até a metade do parque hoje de manhã quando percebi que estava sem chinelos. Ops, cabeça de mãe! Ainda bem que o cachorro não percebeu."

Cam odeia essa melação. Não consegue pensar em nada pior do que ter alguém como BubbsyWubbsy escrevendo para o *HowItIs.com*. Cam respira fundo algumas vezes, o que ela precisava mesmo fazer, e isso melhora o enjoo. Ela ia responder para Samantha, quando a ânsia de vômito fica insuportável. Ela corre para o banheiro e vomita.

Stella

Derramo água fervendo no meu Cup Noodle e me sento no sofá. Este era o lugar do Phil, eu ficava na poltrona. A almofada até afundou no meio por causa de todas as horas que ele ficou sentado aqui vendo futebol depois que eu ia dormir. Eu sequer liguei a TV desde que ele foi embora. Meus pensamentos ocupam a maior parte do tempo e a internet preenche o resto.

Não consigo terminar o Cup Noodle. Vi o pote no mercado e achei que me lembrava do gosto, porque Alice e eu comíamos isso o tempo todo sem minha mãe saber. A gente adorava, mas não tem o mesmo gosto que guardei na memória. Jogo o resto no lixo e me sento à mesa da cozinha diante do notebook. Entro no *HowItIs.com* e leio posts antigos de Camilla. Um se chama "Por que adoro meus seios pequenos". Eu me lembro de ter lido esse e pensado que era legal ela ser positiva sobre ter peitos pequenos, mas agora isso me dá vontade de chutar a geladeira. O texto é de 2006.

A verdade é que os homens acham que adoram peitos grandes, sendo que gostam mais de mulheres confiantes. Acredito que as mulheres mais sexys são as dos filmes franceses, com seios orgulhosamente estáticos e centralizados. Eles não balançam, não precisam de sutiã e são naturais. Isso não quer dizer que os homens não gostem dos grandes, claro que gostam. Mas se você tem dois ovos fritos, como é o meu caso, saiba que ainda assim você é gostosa. Os caras só querem conseguir sentir os seios da mulher. É você quem define como eles parecem.

"Os caras só querem conseguir sentir os seios da mulher"? Como Camilla Stacey consegue me magoar tanto?

Mandou outro e-mail para ela.

Você é uma vaca presunçosa. "Minha vida perfeita." "Meu parceiro bom de cama." "Tudo acontece do jeito que quero." Isso não é real. Sabe o que é real? A morte.

Entro no Facebook pela primeira vez hoje. Passando pela felicidade das outras pessoas, sinto menos vontade de ler cada status. Não preciso me autoflagelar emocionalmente desse jeito, pelo menos não hoje. Faz anos que escrevo comentários agressivos que nunca tenho coragem de postar. Mas agora achei uma válvula de escape: posso direcionar meu ódio para Camilla Stacey porque provavelmente ela não lê nada mesmo.

E também tenho um plano.

Saio do Facebook e escrevo "Como engravidar" no Google.

Para engravidar você precisa fazer sexo no dia da ovulação ou nos dias seguintes a isso.

Continuo lendo e descubro que no mês inteiro, só há alguma chance de engravidar por cinco dias, e mesmo assim elas são maiores em apenas três. Por que ninguém ensina isso na escola? Teria me poupado vários sustos. Procuro "Como saber que estou ovulando?".

A maioria das mulheres ovula no 14º dia do ciclo. Para calcular o ciclo, comece a contar a partir do primeiro dia da última menstruação. No entanto, todo ciclo é diferente, então é bom calcular o próprio ciclo. Em caso de dúvida, testes de ovulação de farmácia são bem precisos.

Testes de ovulação? Preciso de equipamento para isso? Eu não fazia ideia que engravidar exigia tanta ciência. Tento esquecer o dia em que tentei derramar esperma na vagina. Foi inútil. Mas continuo com vergonha.

Vou comprar um desses testes amanhã antes do trabalho. *Posso fazer isso. Posso fazer acontecer.* Fecho o notebook com força, apagando a única fonte de luz na cozinha, além das luzinhas vermelhas e verdes dos eletrodomésticos. Eu não tinha percebido que estava sentada no escuro.

Tara

A hora do jantar tem sido terrível. Depois de colocar Annie na cama, minha mãe insiste que todo mundo se sente à mesa de jantar com alguma refeição ridiculamente extravagante, tudo pensado para nos distrair da realidade. Sendo que a realidade é que não saio de casa há sete dias. Que minha higiene pessoal está pior que nunca. Que meu pai tem tentado, mas ainda não consegue me olhar nos olhos. E que agora 5,6 milhões de pessoas já me viram tocando minha vagina.

Esta noite, depois que exaurimos a quantidade de vezes que alguém pode elogiar uma lasanha, o silêncio reina até eu quebrá-lo abordando o assunto da minha vida.

— Recebi um e-mail da Sky News hoje. Eles me ofereceram trinta mil libras por uma entrevista exclusiva que vai passar durante o noticiário.

Meu pai bate na mesa e uma colher sai voando e para no meu colo. Ele coloca os cotovelos na mesa e apoia a testa nas mãos, enquanto suspira alto. Eu me viro pra minha mãe e continuo:

— Estou preocupada com dinheiro.

Meu pai se endireita na cadeira. Por mais puto que esteja, ele sabe que não pode sustentar todo mundo para sempre. Dinheiro é uma boa razão para não sair da mesa no meio da refeição, como ele fez quase toda vez que abri a boca para algo que não fosse comer nas últimas duas semanas.

Chega disso. Sei que ele está chateado, mas é a minha vida que está arruinada, não a dele.

— Eles disseram que se eu me desculpar, as coisas vão melhorar.

— Mas você tem do que se desculpar? — questiona minha mãe.

— Não — digo, fazendo a raiva do meu pai voltar e se transformar num rosnado. — E não quero me desculpar, mas talvez devesse. — Ele bate o punho na mesa de novo. Dessa vez, algumas ervilhas voam do prato dele. — Tenho que pensar em Annie. E preciso voltar a trabalhar algum dia. Se eu não disser nada as pessoas até podem parar de falar sobre o assunto, mas como será minha vida depois disso? Quem vai me contratar? Quem vai deixar os filhos brincarem com Annie? Quem vai namorar comigo? Não quero que esse vídeo seja meu legado, então tenho que reivindicar minha vida de algum jeito. Talvez se as pessoas virem a história do meu ponto de vista, entendam que não sou uma lunática tarada.

Essa foi a gota d'água. Meu pai se levanta e passa pela porta em segundos. Não posso lidar com a raiva dele agora, preciso de apoio.

— Acho que eu deveria dar a entrevista — digo para minha mãe, que nunca me abandonaria, não importa quanta vergonha sentisse de mim. — Conheço como a TV funciona e vou falar frases que não possam ser editadas. Vou fazer comentários que mostrem que não sou louca. Sei que isso não vai fazer essa história sumir mais rápido, mas pelo menos vou ter oferecido a minha versão. O que mais posso fazer, mãe? Ficar aqui sentada e deixar o mundo criar uma versão minha que não existe?

— O tiro pode sair pela culatra — diz ela.

E ela tem razão. Pode mesmo, mas não vejo como as coisas podem piorar.

— Procurei desculpas de famosos no Google e elas *funcionam* — respondo. — Hugh Grant se desculpou depois de receber um boquete de uma prostituta. Tiger Woods se desculpou depois de transar com basicamente todo mundo. Bill Clinton se desculpou depois de mentir sobre seu caso com Monica Lewinsky. Todos esses homens seguiram em frente depois dos escândalos. As pessoas seguiram em frente. A vida pode continuar depois de humilhações como essas.

— Acho que sim — diz minha mãe. — Mas esses homens eram conhecidos antes disso, eles tinham carreiras nas quais se apoiar. E, claro, tem o óbvio.

— O que é o óbvio? — pergunto.

— Eles são *homens*. As pessoas não gostam de mulheres que são explicitamente sexuais. Existe uma regra para os homens e outra para as mulheres. O mundo é assim, querida. Acho que isso não vai mudar.

A atitude derrotista da minha mãe sobre o progresso do feminismo é o soco no estômago que eu precisava. Peço desculpas, me levanto e volto para o meu quarto. Respondo o e-mail de Damien Weymouth.

```
Querido Damien,
Vamos tentar.
Tara.
```

O que tenho a perder?

Cam

Cuidadosamente, Cam coloca água fervendo em sua bolsa térmica e fecha a tampa. Usando uma legging jeans azul-claro e uma camiseta branca larga, ela se deita na *chaise longue* e coloca a bolsa na barriga. A cólica está forte. É como se seu útero falasse com ela. "Não ignore minha existência", diria ele. *Se Meu Útero Falasse*. Cam ri sozinha, apesar da dor. Ela precisa postar alguma coisa no blog, mas não está com vontade de escrever. Ela abre seu "Arquivo de Emergência". Foi pensando em momentos como esse que ela passou dias frios de inverno escrevendo um texto atrás do outro.

Ano passado, ela escreveu um sobre a vez em que uma conhecida marca de absorventes entrou em contato e ofereceu uma quantia patética para anunciar no *HowItIs.com*. Eles diziam no e-mail: "Achamos que seu site é perfeito para nós. Você poderia se tornar a porta-voz da menstruação."

Porta-voz da menstruação? Que porra é essa? Quem ia querer ser *O Rosto da Menstruação*? Cam achou a ideia ridícula e nunca respondeu. Além disso, ela odeia menstruar. Fez um implante anticoncepcional alguns anos atrás, torcendo para suas menstruações pararem, mas isso não aconteceu. Alguns meses elas quase passam despercebidas, em outros a derrubam como uma gripe. Sentada aqui, sentindo como se seu útero fosse sair pelo umbigo, esperando o sangue descer a qualquer minuto, esse texto parece perfeito.

Camilla Stacey, HowItIs.com: Não quero ver nem ouvir falar na sua menstruação

Antes de começar, quero esclarecer algumas coisas:

1) Acho que as mulheres não devem ter vergonha de sua menstruação;
2) Acho a vergonha que cerca a menstruação é terrível.
3) Espero que todas as meninas que menstruem possam falar sobre isso, sejam instruídas e não se sintam constrangidas;
4) Acho que as mulheres não deveriam ter que pagar por absorventes;
5 Acho que cólicas menstruais são uma razão legítima para faltar ao trabalho;
6) Acho que homens que humilham mulheres por causa da menstruação são uns babacas;

Acredito em todas essas coisas, mas isso não quer dizer que quero:

1) ver SUA menstruação;
2) anunciar sempre que troco de absorvente;

3) ver propagandas com mulheres menstruando de verdade.

Vou explicar:

Ver sua menstruação

A artista Rupi Kaur postou uma foto no Instagram em que aparece deitada na cama com as roupas manchadas de sangue, obviamente menstrual. Nada de mais, acontece com todo mundo. Já sujei várias roupas assim e sei que é normal, mas não sei se quero ver essa imagem no meio das fotos de brunch do meu feed no Instagram. Vocês sabem que não sou fresca, nenhum assunto é proibido neste blog. Tenho orgulho de não me chocar facilmente e de ter a mente aberta, mas acho que meu limite são imagens visuais que saem do corpo de outras pessoas. Sendo uma questão feminista ou não, é no-jen-to.

Acho que devemos falar mais sobre menstruação. Isso não quer dizer que acho que devemos VER mais menstruações.

Anunciar sua menstruação para a sala inteira

Li uma estatística estranha de que uma em três mulheres acham que precisam esconder os absorventes na manga quando se levantam para ir trocá-lo no banheiro do trabalho. Parece que isso é considerado um problema. Me ajude a entender: o que deveríamos fazer? Gritar "GENTE, VOU ALI ENFIAR ESSE NEGÓCIO NA MINHA BOCETA QUE ESTÁ SANGRANDO" toda vez que vamos ao banheiro? Espero encarecidamente que não. Mas agora que li essas estatísticas, estou preocupada que as pessoas achem que esconder absorventes é algo problemático. Se escolho não anunciar que estou menstruada para a sala inteira, serei considerada alguém que tem vergonha da própria menstruação? Porque não tenho. Ou considerada alguém que está se entregando à visão misógina da sociedade sobre menstruação? Porque também nunca fiz isso. Apenas prefiro guardar para mim o que faço no banheiro sozinha. Desculpe se isso não reforça a sua versão do feminismo.

Mulheres menstruadas na publicidade

Fico chocada com a quantidade de mulheres que odeia propagandas de absorvente! Se procurar por matérias sobre o assunto, vai encontrar centenas de feministas putas da vida porque as mulheres nos comerciais de absorventes estão praticando esportes e se sentindo alegres enquanto demonstram a eficiência do produto que estão vendendo. POR QUE isso é tão ofensivo? Qual seria a alternativa?

Acho bom saber que o absorvente não vai vazar se eu decidir escalar uma montanha, mas parece que algumas feministas querem uma representação mais honesta da menstruação na publicidade. Tipo o quê? Uma garota inchada e cheia de espinhas, comendo um pote de sorvete salpicado com analgésicos, chorando enquanto assiste a Dirty Dancing depois de levar um fora do namorado e beber várias taças de vinho? Pelo amor de Deus, quem quer ver uma cena dessas?

Acho que isso seria pior que mulheres atingindo objetivos impressionantes no esporte. Minha menstruação é um saco, mas prefiro não ser representada como uma doente toda vez que menstruo. Gosto mais da vibe "levante-se, não preciso comentar que estou menstruada, porque isso não me impede de fazer nada" das propagandas de absorvente. Acho que essa é a melhor maneira de impedir homens babacas de pensar que somos incapazes porque menstruamos. O que diz mais "isso não me torna diferente de você" do que pular de paraquedas ao som de uma música legal, com um sorrisão no rosto?

Se eu fosse um cara, essa visão me daria vontade de menstruar.

Espero receber e-mails de vocês (mais ou menos). Não vou abrir nenhum anexo ;)

Até amanhã.
Bjs,
Cam

Stella

Minha mãe adoraria ter netos. Ela sempre dizia que foi difícil ter gêmeas, mas ela amava tanto bebês que não queria que a gente crescesse nunca, mesmo quando não parávamos de chorar e ela passava dias sem dormir. Imagine só, ela dizia que Alice era um bebê muito fácil de cuidar, e que se suas duas filhas fossem como eu, ela provavelmente teria enlouquecido. É estranho ouvir coisas sobre a época em que você era pequena. Isso não quer dizer nada e não reflete quem somos como adultos, mas ainda somos *nós* e nunca gostei de ouvir que eu era um bebê difícil. Acho que nunca entendi por que minha mãe não guardava um ressentimento de mim por conta disso. Parece que eu nunca parava de gritar. Ela nunca demonstrou qualquer raiva, mas, no fundo, eu sempre soube que ela preferia Alice.

Minha mãe passou por muitas coisas ruins na vida. Os pais dela eram péssimos e ela nunca teve sorte no amor. Mas quando estava morrendo, ela disse que se sentia completa por nossa causa. Jamais esqueci as palavras dela: "Nunca precisei de nada além das minhas meninas." Guardei essas palavras. Elas me deram esperança de que um dia eu também pudesse me sentir completa, porque a verdade é que, mesmo antes de minha mãe morrer, e antes de saber sobre o câncer da Alice, eu já tinha dificuldade em aceitar quem eu era.

Talvez fosse porque sempre vivi à sombra de uma irmã incrível. Idêntica a mim em tudo por fora, mas quase meu oposto por dentro. Fui arrastada para os holofotes por causa da personalidade contagiante dela. Se ela fosse mais como eu, as gêmeas Davies não seriam as garotas com quem todo mundo queria andar, mas sim as garotas que todo mundo preferia ignorar. Passei a maior parte da vida fingindo ser como Alice, copiando, imitando sua excelência. Quando ela se foi, eu não conseguia lembrar como ela fazia isso.

Agora me agarro às palavras da minha mãe — "nunca precisei de nada além das minhas meninas" — e ter um filho é minha única chance de ser feliz. Só de pensar nisso meu humor muda.

Acho que eu gostaria de ter um menino. *Meninas são muito complicadas, e se nascer parecida comigo?*, penso, rindo sozinha na minha mesa. Será que dá pra fazer isso? Escolher o sexo do bebê? Procuro no Google.

Para ter um menino, tente o seguinte...

O espermatozoide masculino supostamente é mais forte e resistente que o feminino. Então há algumas maneiras de ajudá-lo.

* Xarope para tosse: aparentemente os ingredientes que afinam o muco nasal também afinam o muco vaginal, dando mais chance ao espermatozoide masculino de atravessar.

* Condições ácidas supostamente matam os espermatozoides masculinos, então a mãe precisa ter uma dieta muito alcalina.

* Perda de peso parece encorajar a concepção de meninas. Então não perca peso. Malhe, se for preciso.

* A posição de quatro é a melhor para conceber um filho. Penetrações profundas facilitam o acesso dos espermatozoides masculinos.

* Dizem que tomar uma xícara de café antes do sexo torna os cromossomos masculinos mais ativos.

* Ter um orgasmo durante o coito também daria vantagem aos espermatozoides masculinos.

Uau, ok, é isso. Então além de conseguir transar com ele, para ter um menino com Jason só preciso tomar muito xarope para tosse, comer vegetais, ganhar um pouco de peso e fazer ele transar comigo por trás, mas só depois de ele ter tomado café, enquanto tenho um orgasmo.

Quer dizer, fácil, né?

— Foda-se — grita Jason, saindo da sua sala e me dando um tremendo susto. Fecho rapidamente o computador. — Estou tentando me concentrar em escrever, mas não consigo parar de pensar nela.

— Em quem?

— Tara!

Merda.

— Sei que parece loucura, mas ela era muito incrível. Cheia de confiança, aquele ar de quem está no controle, uma mulher bem-sucedida, sexy pra caralho. Sei que sou um clichê ambulante, mas a gente se conectou. Eu quero essa mulher, Stella! Vou chafurdar a internet de cabo a rabo até encontrá-la. Não pode ser tão difícil... Tara, TV, Walthamstow. Ela tem que estar em algum lugar.

— Não, Jason. Nada de internet. Você prometeu — digo, tentando deixar ele culpado por causa do livro.

Tem sido relativamente fácil manter o vídeo de Tara longe do conhecimento dele, mas se ele procurar por ela na internet, vai encontrá-la imediatamente e isso vai acabar com meu plano. Preciso mantê-lo off-line até que a polêmica passe.

— Stella, com licença. Vou usar seu computador — diz ele, com firmeza.

Ele me dá um empurrão delicado, mas estou determinada a não deixar ele entrar na internet. Ele agarra meu notebook enquanto tento puxá-lo de volta, mas acaba ganhando e me obriga a sair para dar lugar a ele. Está digitando as palavras fatais no Google. TARA. TV. WALTHAMSTOW.

Isso não pode acontecer. Ele não pode encontrar Tara. Jason precisa fazer um filho comigo.

Pego um copo de vidro de um armário atrás da minha mesa e o jogo no chão. Jason só suspira. A página está carregando. Está tudo perdido. Será que derrubo ele da cadeira? Jogo um copo na tela do computador? Tiro a blusa? Não, porra, merda, aaaaaahhh...

— Jason — grito, caindo no chão, sem saber se o que estou pensando vai realmente sair pelos meus lábios. Mas no fim acabo dizendo: — Câncer! Jason, estou com câncer!

A cena congela.

Jason se vira para me olhar enquanto uma foto da Tara aparece no computador atrás dele. Ele não volta a olhar para a tela porque é uma pessoa decente demais para fazer isso. Ele se levanta e se aproxima de mim. Se ajoelhando ao meu lado no chão, apesar dos cacos de vidro, ele me abraça, ignorando os limites da nossa relação profissional. O conforto do seu abraço me acalma, depois da bagunça que acabei de fazer. O poder do afeto supera a taquicardia da culpa. Mereço alguns momentos disso.

— Stella, não — diz ele, gentilmente. — Câncer?

— Câncer — respondo.

Ofegante, dolorida, comprometida. Ele enxuga minhas lágrimas, presumindo que estou chorando por causa da doença fatal que acabei de contar pra ele. Na verdade, é porque cortei o joelho com o caco de vidro.

Ele me levanta e me leva até o sofá. Passando pela minha mesa, fecho depressa o notebook antes que ele veja a expressão abatida de Tara.

Por pouco.

— Aqui, toma — diz ele, voltando da cozinha e me entregando uma xícara de chá.

Assumo novamente a expressão de "estou com câncer".

— Você não tem que trabalhar? — pergunto, como se quisesse mudar de assunto.

— O livro pode esperar — responde ele, generoso. — Chá é suficiente ou você precisa de algo mais forte? Vinho? Uísque? Caralho, no que estou pensando, você não pode beber vinho.

— Não, vinho seria ótimo — digo, soando um pouco desesperada demais. Me corrijo: — Quer dizer, não tem como piorar, né? Um pouco de vinho não vai fazer mal.

E estou mesmo precisando beber alguma coisa.

Ele vai até o minibar no canto do estúdio onde guarda as bebidas que serve aos clientes, e abre uma garrafa de vinho tinto.

— Se eu descobrisse que tenho câncer, provavelmente usaria um monte de drogas e fumaria um maço inteiro de cigarro. Eu ligaria o foda-se.

— E você tem razão. Confie em mim — digo, tomando um grande gole de vinho.

— Então, quero saber tudo do começo, ok? Há quanto tempo isso está acontecendo, quer dizer, quando você descobriu? — pergunta Jason, se sentando ao meu lado no sofá.

Sei que tenho que contar algumas coisas porque ele acha isso atraente. Honestidade emocional... Preciso me abrir um pouco.

— Minha mãe teve câncer de mama quando tinha quarenta e poucos anos. Morreu com 52 — digo, enquanto Jason serve mais vinho na minha taça meio vazia. — Minha irmã gêmea e eu...

— Ah, eu não sabia que você tinha uma irmã gêmea — comenta Jason, me interrompendo, provavelmente se dando conta de que trabalho para ele há quase um ano e nunca se esforçou para me conhecer de verdade.

— Sim, Alice e eu cuidamos da nossa mãe enquanto ela passava por vários tratamentos. Mastectomia dupla, quimioterapia, radiação. Foi brutal. Ela passou anos definhando por causa disso, até que nos disseram que nada ia funcionar e que o câncer tinha vencido.

— Caramba, Stella, sinto muito.

— Pois é, foi a sensação mais bizarra. Os últimos cinco anos tinham sido tão horríveis que preferíamos nunca ter começado o tratamento. Alice e eu organizamos o enterro porque minha mãe queria que as lembranças delas antes do câncer dessem o tom. Nós duas usamos os vestidos dela dos anos 1970 e pedimos aos convidados para usarem as roupas mais coloridas que tivessem.

— Que legal — diz Jason, tomando um gole do vinho, feliz por um momento de alegria no meio de uma história tão sombria. — O preto tradicional é muito deprimente.

— É mesmo.

— E cadê sua irmã?

Fico quieta. *Ele precisa saber de tudo?*

— Ela morreu — digo, bebendo mais vinho e decidindo expor tudo de uma vez.

Jason coloca a taça de vinho na mesa de centro e se curva para a frente, apoiando a cabeça nas mãos.

— Stella, não sei o que dizer.

Vejo uma lágrima escorrer pelo seu rosto. É compreensível, acho, afinal estou contando uma história bem pesada.

— Pois é. Um ano e pouco depois que minha mãe morreu, Alice começou a se sentir muito mal. Sentia uma dor constante no estômago e estava o tempo todo cansada. Então fomos ao médico e eles fizeram vários exames, mas não conseguiram descobrir qual era o problema. Por fim, descobriram que Alice tinha câncer nos ovários em estágio quatro. Já tinha se espalhado para o fígado e era incurável. Ela morreu seis meses depois — digo, terminando o vinho e colocando a taça no chão.

— E seu pai?

Engraçado, penso tão pouco no meu pai que fico surpresa quando Jason pergunta sobre ele. Mas, claro, é normal as pessoas perguntarem sobre o pai de alguém. Um dia posso contar sobre Jason para nosso filho, e o que vou dizer? Quais são minhas intenções se isso realmente funcionar? Vou contar ao Jason que estou grávida? Não sei. Não quero magoá-lo, mas também não quero complicar as coisas. Eu podia simplesmente pedir demissão, dizer que trabalhar com ele depois que fizemos sexo é muito difícil. Nunca mais preciso vê-lo; e ele nunca vai ter que saber. Posso fazer outra hipoteca do apartamento, viver disso por alguns anos e depois arranjar outro trabalho como assistente pessoal. Posso dar um jeito.

— Nunca o conheci — digo. — Ele sumiu logo depois que eu e Alice nascemos. Gêmeas dão muito trabalho e pelo visto ele não aguentou. Minha mãe sempre foi sincera sobre não ter se esforçado para que ele ficasse. Ela dizia que era melhor estar sozinha do que cercada de pessoas que não te amam. E foi isso, ela nos criou sozinha. Não faço ideia de onde ele esteja.

— Mas gostaria de saber?

— Não. Para sincera, nunca pensei nisso — digo. E percebo pela primeira vez que muito de quem sou foi moldado pelo fato de que não tive um pai presente. Esse é o perigo de falar sobre sentimentos; a gente percebe que nossa vida é mais fodida do que pensava.

— Nunca perguntei essas coisas a seu respeito — diz ele, visivelmente desapontado consigo mesmo.

— Tudo bem — digo, reconfortando ele. — Sou sua assistente, você me contratou para que eu cuidasse de você, não para ser meu psicólogo. E eu realmente não queria falar sobre isso. O trabalho tem sido muito importante. Quando conheci Phil, eu estava num momento muito ruim, mas ele me convenceu a trabalhar. Eu não sabia o que queria fazer, só queria uma distração, então ele sugeriu que eu trabalhasse como assistente, assim eu me focaria em outra pessoa, não em mim. É quando volto para casa que as coisas complicam.

— Quando você conheceu esse namorado? Desculpa, ex-namorado.

— Conheci Phil dois anos atrás. Ele foi a primeira pessoa que realmente falou comigo sobre Alice e me dava muito apoio.

— E ele simplesmente te largou? Que babaca.

— É, bem, acho que era muito pressão.

— Ele sabia que você está com... ele sabia que você está com câncer?

Fico quieta. Eu podia recuar, dizer que me expressei mal. Pedir desculpas e dizer que me esqueci de acrescentar a parte sobre o gene. Mas não dá para voltar atrás depois de dizer que se está com câncer.

— Sim — digo.

— Que escroto.

— Tudo bem, vai ser um período difícil, então acho que é melhor passar por isso sozinha do que estar com alguém que na verdade não se importa.

— Bem, eu me importo, ok? Vou te ajudar.

— Você tem um livro para escrever, senhor — digo, tentando não parecer desesperada para que ele me engravide.

— Tenho. Mas estou do seu lado. Na verdade, eu... — Ele para de falar, claramente inseguro se vai dizer algo aceitável.

— O quê? — pressiono.

— Você pode ficar na minha casa hoje à noite se não quiser ficar sozinha. Tenho um quarto extra e juro que é limpinho. Acredite ou não, mas eu tenho uma diarista.

Preciso tomar cuidado se quiser que isso funcione. Não posso ir rápido demais.

— É melhor eu ir para casa, mas obrigada. O primeiro tratamento começa amanhã de manhã, então tudo bem se eu me atrasar um pouco? Parece que vai ser uma dose leve, então acho que posso vir trabalhar — digo, impressionada com minha habilidade de improvisação.

— Caramba, Stella, pode tirar o dia de folga! — insiste Jason, mas sei que se ele ficar sem supervisão vai dar um jeito de entrar na internet.

— Não, é sério. O médico disse que vou ficar bem e prefiro trabalhar do que ficar em casa sozinha. Preciso que a vida continue o mais normal possível pelo máximo de tempo que der. Acho que só vou me atrasar uma horinha, no máximo. Minha consulta é às oito horas — digo, esperando dormir um pouco mais, porque quase não preguei o olho no final de semana.

— Quer que eu vá com você? — pergunta ele, porque ele é um cara legal e é isso que caras legais fazem.

— Não, sério. Estou bem. E, olha, aviso quando precisar de você, ok? Não precisamos mais falar sobre esse assunto e o foco tem que ser no seu livro, porque você precisa terminar de escrever, combinado?

— Você sempre coloca os outros em primeiro lugar, né? — comenta ele, me abraçando de novo, obviamente sentindo que nossa relação se abriu e que é aceitável ter contato físico amigável. — Obrigado por compartilhar isso comigo, e, falando sério, se precisar de alguma coisa é só ligar. Vou deixar o celular ligado a noite toda, caso precise de alguma coisa.

— Obrigada, Jason. Mas vamos aos negócios, como sempre, ok? Não quero que você me trate diferente.

Essa talvez seja a maior mentira de todas. Quero que ele me trate tão diferente que me deite na escrivaninha dele e me engravide.

Mas guardo isso para mim, é claro.

10

Deu um beijo de despedida em Annie e minha mãe e meu pai a levam para a escola. Estou nervosa e eles percebem. Volto para meu quarto e me deito na cama, fecho os olhos e tento clarear os pensamentos, mas é impossível. Estou apavorada, minhas mãos estão tremendo e sinto que todo o sangue está concentrado no meio do meu corpo, como se estivesse sendo sugado para longe da minha pele. Mando um e-mail para Camilla.

Ei,
Acho que estraguei tudo. Aceitei dar uma entrevista para a Sky News e eles devem chegar daqui a pouco. Me vendi. O que foi que eu fiz?

Ela me responde quase imediatamente.

Tara, não entre em pânico. Está tudo bem. Dê sua versão, mas não peça desculpas. Você não precisa se desculpar. Nenhuma mulher precisa se desculpar por ser sexual. Boa sorte, você vai conseguir. A TV é seu mundo, seja você mesma e vai ficar tudo bem. Beijos.

Não peça desculpas? Mas foi por isso que concordei em dar a entrevista. Se eu não me desculpar, o que mais posso dizer? A campainha toca. *Merda.* Chegaram.

Estou usando uma camiseta polo preta e calça jeans, o traje mais neutro e respeitável que arranjei. Quando abro a porta, encontro nove pessoas com maletas, malas e luzes, e mesmo tendo trabalhado na TV por dez anos e sabendo o que esperar, fico chocada e intimidada enquanto eles entram na minha casa e transformam a pequena sala de estar num miniestúdio de televisão.

Faço chá para todos e tento ser uma boa anfitriã. Paguei para meus pais irem a um museu, almoçarem em um restaurante a assistirem a uma matinê em West End. Eu não conseguiria lidar com meu pai hiperventilando e minha mãe limpando a seção de aperitivos da Marks & Spencer para alimentar a equipe. A equipe, aliás, é muito boa em fingir que não tem nada de mais acontecendo. O truque de um bom programa é ninguém mencionar nada sobre o assunto até que as câmeras estejam gravando. Assim, o colaborador, que pode não estar acostumado com as câmeras, não vai dizer coisas do tipo "como eu disse antes" ou pular pedaços da história com medo de ser repetitivo. Outro truque é que o entrevistador não tenha contato com o colaborador antes que as câmeras estejam rodando, então não fico surpresa por Damien não ter chegado ainda.

É muito bizarro ser tema de um programa. Conheço todos os truques. Sei que toda vez que saio da sala eles falam sobre mim. Sei que depois disso aqui a equipe inteira vai dizer que sabe como eu sou "de verdade". Então tomo cuidado para não parecer insegura ou nervosa. A proximidade com estranhos é excruciante, no entanto.

Eu me sento numa cadeira na cozinha enquanto uma garota com hálito de Tic Tac pinta minha cara com uma variedade de produtos.

— Adoro a base da MAC — digo, quebrando o gelo, porque obviamente falaram para ela não comentar nada pessoal comigo e ela está quase morrendo com isso.

— Eu também — diz ela, feliz por poder falar de maquiagem. — É ótima. E a nova sombra néon deles, você viu?

— Não, não sou muito de sombra néon — digo. — Não uso muita maquiagem, na verdade, prefiro uma coisa mais natural.

— Ahã, procurei você no Google e vi que... — Ela para, percebendo que admitir que procurou meu nome no Google é o mesmo que admitir que viu meu vídeo.

Então as mãos dela começam a tremer e estou com medo de que fure meu olho com o pincel do rímel. Não falamos mais nada até a maquiagem ficar pronta.

Às 11h, Damien chega.

— Tara — diz ele, simpático. Tem cerca de 1,80 de altura, é musculoso e parece cortar o cabelo com muita frequência. — Obrigado por fazer isso. Acho que estamos prontos para começar. Como você está?

— Um pouco como se tivesse acabado de me masturbar no metrô e agora tivesse que aparecer na TV para comentar isso — digo, conseguindo me fazer rir pela primeira vez em muito tempo.

Damien não ri de verdade. Fecho a boca. Nunca reajo ao humor de nenhum colaborador se tenho a intenção de fazer a pessoa confessar. Não quero que digam que eu era duas caras, que fui simpática antes das câmeras começarem a gravar e que depois disparei um monte de perguntas desconfortáveis nos bastidores. De repente, fico desconfiada. Damien tenta continuar, vai para a sala e se senta na poltrona do meu pai, que foi puxada para perto da poltrona da minha mãe, para ficarem frente a frente.

— Posso colocar o microfone? — pergunta o cara do som, segurando um microfone de lapela na minha frente.

Jogo o cabo dentro da blusa e o pego embaixo, ele liga o plugue na bateria e a coloca atrás da minha calça jeans. E, do nada, o pânico e o arrependimento são tão intensos que quero gritar FORA para todos e voltar para o quarto, onde posso me esconder, procurar sobre mim mesma no Google e não ter que suportar nenhuma interação humana.

Pense no dinheiro, digo a mim mesma, e sei preciso fazer isso. É pela Annie.

— Ok, acho que estamos prontos — diz Damien, sugerindo que devo me sentar na sala.

Ele está na poltrona do meu pai, então me sento na poltrona da minha mãe. Parece simbólico, mas a equipe não tinha como saber qual poltrona era de quem quando organizou. Enquanto o operador de câmera faz alguns ajustes e a maquiadora passa o pincel com pó no meu nariz, Damien mexe em suas anotações. Ele tem cerca de dez páginas no colo. Sinto que meu futuro depende do que está escrito ali.

A sala fica em silêncio. O operador diz:

— Ação!

Damien fala para a câmera:

— Olá. Eu sou Darien Weymouth. Sejam bem-vindos à entrevista especial. A menos que more embaixo de uma pedra, você certamente já ouviu falar sobre a minha convidada de hoje. Doze dias atrás, Tara Thomas levava uma vida normal, trabalhando na televisão e cuidando da filha Annie.

Estremeço quando ele o nome da minha filha. Há algo sombrio em ouvir o nome dela na TV.

— Mas, agora, a vida dessa mãe solteira é tudo menos normal. Rotulada como "a mulher escarlate" pelo *Mirror*, uma "traidora do feminismo" pelo *Guardian* e um "exemplo vergonhoso de mãe" pelo *Daily Mail*, Tara Thomas não é só uma figura odiada em todo o país, mas uma piada nacional. Sendo um dos assuntos mais comentados no Twitter pelo recorde de dez dias, em uma semana ela perdeu o emprego, voltou para a casa dos pais e acabou hospitalizada depois de um grave ataque de pânico em um supermercado local. Hoje, se sentindo humilhada, vilificada e com a impressão de que a vida nunca mais será a mesma, ela está aqui comigo, Damien Weymouth, para dar seu lado da história. Tara, como você está se sentindo?

O olhar dele é como um raio laser. A introdução foi horrenda. Me fez soar patética, e mesmo me sentindo patética, não me sinto *tão* patética assim. Abro a boca, mas o que sai é um grasnado estranho que Damien interrompe rapidamente.

— Sei que é difícil achar palavras. Então vou te fazer algumas perguntas, e tenho que dizer — ele levanta a mão para a câmera — em off, se em algum momento você se sentir muito desconfortável, é só dizer que paramos. Se eu fizer uma pergunta que você não gostar, me avise e seguimos em frente, ok?

Concordo. Mas sei que ele está mentindo. Já vi isso milhares de vezes no trabalho. É assim que o entrevistador ou o produtor faz o colaborador pensar que estão do lado dele. Mas não estão nada. Se eu disser que não gostei de determinada pergunta, ele vai perceber que estou ficando emotiva e vai explorar o assunto o máximo que puder, torcendo para que eu chore. É uma tática clássica. Não sou idiota e não vou cair nessa. Ele abaixa a mão e continua:

— Tara, me fale sobre aquela noite. A noite no metrô. Onde você estava antes disso?

— Tinha saído com um cara e estava voltando para casa — digo, percebendo que pelo menos essa parte parece normal.

— O encontro foi ruim? Quer dizer, sem querer fazer nenhuma suposição, mas você voltou para casa sozinha. Estava chateada?

— Não. Na verdade, me diverti muito.

— Ok, então você estava no metrô depois de uma noite ótima. E o que aconteceu?

— Todo mundo sabe o que aconteceu. É por isso que estou aqui, não?

— Conte com suas próprias palavras. Para todo mundo que está assistindo e não viu o vídeo.

— Ok, eu... eu me masturbei no metrô.

A equipe inteira respira fundo. É difícil saber se estão chocados ou segurando o riso.

— Isso mesmo — continua Damien. — E por que você fez isso?

— Simplesmente fiz, não sei exatamente por quê.

— E você diria que é assim que você vive, sucumbindo aos desejos, fazendo tudo do seu jeito, quando e como quer? Essa é uma característica sua?

— Não, eu não diria isso. Acho que geralmente levo as outras pessoas em consideração antes de agir. Isso faz parte de ser mãe, não? — digo, achando que parece justo. .

— Hum. Temos o trecho de uma entrevista rápida que fizemos na noite passada com seu antigo chefe, Adam Pattinson, da Great Big Produtions. Eu diria que ele não concorda completamente com você.

— Espera aí. O quê?

Damien diz para um cara baixinho de boné passar o vídeo e eles me dizem para olhar para uma telinha à direita. A cara do Adam aparece.

— Tara era muito boa no trabalho, disso não há dúvidas. Mas parte da habilidade para o tipo de programa que ela fazia é manter certa distância da dor dos outros. Ela fazia isso muito bem. Mas também atacava às vezes, fazia comentários incrivelmente cruéis e injustos, acusava as pessoas de ser coisas que não eram. E fazia isso do nada, geralmente por e-mail, o que eu achava covardia. Ela é como uma cobra, desliza silenciosamente até que PÁ, dispara a língua e pica. Ela era muito maldosa às vezes.

Fico boquiaberta.

— Que fi... — Paro, pensando duas vezes sobre entrar nesse papinho de merda sobre mim.

— Então, seria justo dizer que você levava uma vida baseada no que era certo para você e mais ninguém? — continua Damien. — Como ter um filho com alguém e nunca contar para ele, por exemplo?

— Não estamos aqui para falar sobre isso, certo? Estou aqui para falar sobre o que aconteceu no metrô e sobre como minha vida virou de cabeça para baixo depois disso — digo, inclinando a cabeça para longe da câmera, como se isso fosse impedi-los de filmar essa parte. Por mais que eu saiba que não.

— Claro, vamos chegar a isso. Mas primeiro acho importante definir sua personalidade e o que te levou a esse momento de indecência pública. E quero começar pela maneira como você teve sua filha, porque os espectadores querem saber como você acha que isso é aceitável.

— Quero falar só da parte da masturbação, por favor. Esse era o combinado.

— Claro, mas, primeiro, você transou deliberadamente com aquele homem com a intenção de engravidar?

— Não, não foi isso. Agora, por favor, podemos falar sobre o metrô?

— E quando você descobriu que estava grávida, considerou, ao menos por algum momento, os sentimentos dele?

— Por favor — insisto. — Não estou aqui para falar sobre a minha filha, ou como a tive. Isso é problema meu.

— Bom, não sei se isso é totalmente verdade, é? O pai dela está em algum lugar e o coitado não faz ideia.

— O "coitado"? Ele não é nenhum coitado. Ele tinha uma bela casa e se deu bem naquela noite. Agora, por favor, podemos voltar para o que combinamos de falar?

Ele ergue a mão de novo, como se estivesse falando em off.

— Só estou perguntando o que o público quer saber, Tara. Se não colocarmos todos os pingos no is, isso não vai acabar.

VACAS 251

Por mais irritante que seja, sei que ele tem razão.

— Mas, ok, vamos seguir em frente por um minuto enquanto você se recompõe. — Ele se endireita na poltrona, e volta ao modo babaca. — Como é ser julgada pelo público dessa maneira? — pergunta.

— É horrível, de verdade. Nunca chorei tanto na vida e fiquei doente porque mal consigo comer. Todo mundo parece ter uma percepção de mim que simplesmente não é verdade. Sou uma pessoa boa e também uma boa mãe. Ser odiada por todos é muito perturbador e confuso.

Fico feliz por ter dito isso. Não pareço desesperada. Sou articulada, precisa e sincera.

— Você deve se arrepender profundamente do que fez, não? — pergunta Damien.

Fico paralisada. As palavras de Cam voltam à minha cabeça. *Não se desculpe. As mulheres não precisam se desculpar por serem sexuais.* Percebo que ela tem razão. Tem muitas coisas que provavelmente eu deveria dizer, mas pedir desculpas não é uma delas. Posso dar a volta por cima.

— Eu queria ter esperado até chegar em casa — digo, dando um sorrisinho, que Damien não retribui.

— E você deve se sentir muito, muito mal por isso, não?

— Na verdade, não. Quero que as pessoas saibam que não sou louca, mas não vou me desculpar por me tocar quando achei que estava sozinha.

Damien parece nervoso e se remexe na cadeira, tentando pensar num jeito de me manipular para implorar por perdão. Mas não, não vou fazer isso. Por mais que eu me sinta perseguida, meu futuro depende das decisões que eu tomar daqui para a frente. Não posso mudar o fato de que meu pai viu o vídeo, não posso acabar com a internet, mas posso controlar como lido publicamente com isso, e, até onde eu sei, tenho duas escolhas. Imploro por perdão e deixo o público vencer, basicamente me oferecendo como fonte de piadas pelo resto da vida, ou assumo o controle da minha própria vida e não me diminuo ao pedir desculpas. Por que, qual o sentido disso? Com quem eu deveria me desculpar? Estou sentada na frente de Damien, um babaca famosinho na TV que se julga superior a mim por acreditar que a aceitação de estranhos é mais importante do que aceitar a mim mesma. Mas ele não é superior e por isso não vou fazer o que ele quer.

— Tara — insiste ele —, tem algo que você gostaria de dizer?

Fico parada e olho para meus joelhos, como se estivesse me preparando para desmoronar como ele espera que eu faça, depois ergo a cabeça e digo:

— Sim. Que é uma vergonha que eu tenha que passar por tudo isso, porque foi um orgasmo maravilhoso. Acabamos?

11

Cam acorda lentamente. Sente-se péssima. O clima está pesado no quarto enquanto ela sai da cama e abre a cortina e as janelas. Uma brisa de verão entra, a luz do sol vai se infiltrando pelo horizonte de Londres, enchendo o cômodo com seus raios luminosos, mas a felicidade que ela geralmente sente com isso não acontece hoje. O brilho da manhã a deixa pior. Ela volta para a cama e se encolhe em posição fetal.

— Errrr — diz ela, com a voz grogue.

— Ainda está se sentido mal, gata? — pergunta Mark, acordando ao lado dela.

Ele tinha aparecido noite passada com batatas chips e Coca-Cola diet, porque Cam achou que essas duas coisas poderiam com os enjoos. Mas não ajudaram. Ele estende o braço para acariciar gentilmente os peitos dela e a reação de Cam é dar um tapa na mão dele.

— Ei, o que foi isso? — pergunta, compreensivelmente assustado com a violência.

— Desculpa — murmura ela, colocando a mão nos seios para conferir o inchaço e a dor repentina. — TPM.

Ela se levanta, soltando o ar pelos lábios fechados. Está enjoada de novo. Ela vomita no instante em que chega ao banheiro.

— Tudo bem, gata? — pergunta Mark do quarto.

— Tudo bem agora — responde ela, casualmente, enquanto vai escovar os dentes.

Mas um pensamento não sai da cabeça dela. O implante anticoncepcional dura cerca de três anos. Há quanto tempo ela fez a cirurgia? Dois? Três...? *Quatro?*

Ela deixa a escova de dente cair no chão e bate a cabeça na pia ao tentar pegá-la.

— Porra — grita Cam, usando a situação como desculpa para ser sentimental.

— O que foi, gata? — pergunta Mark, aparecendo de repente na porta do banheiro.

Ela se vira para olhar para ele, sem saber qual é a coisa certa a fazer. Quando abre a boca, não sabe o que vai sair.

— Acho que estou grávida — diz ela.

— O quê? — responde Mark.

Cam o encara, como se ele fosse dizer que é impossível.

— O que a gente faz agora? — pergunta ele logo de cara.

— Não sei. Nunca passei por isso. Compramos um teste? — sugere.

— Ok, vamos agora?

— Ok.

Eles se vestem sem dizer uma palavra, ambos com olhos vidrados de zumbi, ambos sentindo que o outro é um desconhecido, apesar de meses de intimidade física.

Quando termina de se vestir, Cam se senta na beirada da cama e apoia a cabeça nas mãos.

— Não se preocupe, gata, se tiver acontecido, vamos fazer a coisa certa — diz Mark, se comportando como um cara legal.

Cam se levanta e se afasta dele. Ela tem a impressão de que sua ideia sobre o que é "a coisa certa" é bem diferente da dele.

— Você não precisa ir junto, Mark. Eu vou ficar bem. Vou fazer o teste e se der positivo te mando mensagem, ok? — diz ela, sentindo que precisa ficar sozinha e se arrependendo de dizer isso a ele.

— De jeito nenhum. Eu vou junto. Estamos juntos nessa.

— Não, Mark, por favor. Quero ficar sozinha, ok? Te mando mensagem depois.

— Gata, é preciso duas pessoas pra dançar o t...

— Mark, por favor, não diga "tango". Você ia dizer "tango"?

— Ia.

Cam solta o ar demoradamente pela boca. Ela está enjoada de novo, ou talvez só precise de ar.

— Mark, preciso mesmo ficar sozinha, ok? Estou muito enjoada e com certeza é um alarme falso. Vou fazer o teste, tomar Pepto-Bismol, minha menstruação vai vir e vai ficar tudo bem. Certo? Por favor, vai pra academia. Falo com você mais tarde.

Mark pensa em discutir, mas conhece Cam bem o suficiente para saber que quando ela diz que precisa ficar sozinha, não tem negociação.

— Ok, mas me liga, tá? Não manda mensagem. — Ele coloca a jaqueta jeans e abre a porta. — Isso não me assusta, sabe.

— Eu sei — diz Cam enquanto ele vai embora.

É disso que tenho medo.

Na farmácia, Cam pega um de cada teste de gravidez disponível e joga na cestinha. São cinco no total. Ela também pega um pacote grande de absorventes para jogar em qualquer pessoa que possa estar espionando. No caixa, ela olha para baixo e tenta mostrar que está com pressa. A moça do caixa olha em volta para conferir se seu superior não está por perto.

— Você deve estar empolgada para querer saber cinco vezes, hein? — comenta ela, sorrindo com simpatia.

— Ah, é, muito empolgada. Também estou com pressa, você pode...

— Entendo. Fiquei assim também, desesperada pra saber. E pensar que tem esse movimento de mulheres decidindo não ter filhos. É tão triste...

— Que movimento?

— Ah, li uma matéria horrível sobre uma mulher que diz que nunca quer ter filhos. Tentando fazer outras seguirem os passos dela. Não é certo. Tenho dois filhos e não mudaria isso por nada.

— Sim, bem, cada um pensa de um jeito.

— Bem, estou cruzando os dedos por você. — Enquanto ela passa o código de barras, seu rabo de cavalo balança de um lado para outro, deixando Cam enjoada.

— Na verdade, não quero estar grávida — confessa ela. — Se estiver, não vou continuar.

— Mas...

— Desculpe se você acha isso triste, mas tenho o direito de tomar essa decisão.

— Eu só...

— Pare de me julgar!

— Não estou, só que...

Cam arranca o cartão da máquina, agarra sua sacola com testes de gravidez e absorventes e sai correndo da farmácia. Parada na rua com a sacola na mão, ela não consegue conter o choro e não faz ideia por quê.

— Malditos hormônios — diz ela a si mesma, enxugando as lágrimas.

De volta ao seu apartamento vazio, Cam pega uma xícara de café na cozinha e faz xixi dentro. Sentada na privada, com a xícara no chão entre os pés, ela desembrulha cada teste e coloca todos de uma vez no xixi. Depois de longos três minutos olhando para o teto, ela tira o primeiro teste. Depois o próximo e todos os outros.

— Merdaaaa — grita, apertando a cabeça com as mãos.

O Rosto da Mulheres Sem Filhos está grávida.

12

Stella

O círculo branco que indica SEM HORMÔNIOS aparece no teste de ovulação e descubro que não estou ovulando hoje de novo. Tudo bem, posso esperar. Vai acontecer e vai ser perfeito. Embrulho o teste no papel higiênico e o enfio na bolsa. Voltando ao estúdio, me sento à mesa e tomo um grande gole de xarope para tosse direto da garrafinha. Enquanto o líquido desce pela garganta, eu o imagino afinando meu muco vaginal. Também comprei uma tortinha de vegetais altamente alcalina para o almoço. Estou fazendo o possível para ter certeza de que vou conceber um menino. Sei que é meio obsessivo, mas vou fazer meu melhor.

Jason está ocupado escrevendo. Penso nele no escritório, digitando, seu pênis descansando casualmente entre as coxas, sem saber dos meus planos para atacá-lo. Estou sendo cruel? Acho que não. Os homens desperdiçam esperma o tempo inteiro, jogam porra fora como se fosse resto de café frio na pia. Eles não têm sentimentos pelo esperma, então por que deveriam se importar que um pouco seja usado para o devido propósito?

Estou lidando com tudo isso com uma atitude completamente livre de culpa. Sim, Jason quer ter um filho, mas não comigo, e só preciso da participação dele na parte óbvia. Minha mãe nunca pintou um retrato glamoroso sobre o fato de ser mãe solteira, mas certamente dava a entender que a alternativa era pior. Posso fazer isso sozinha. *Quero* fazer isso sozinha. Obrigar Jason a ter um filho com alguém que não ama é que não está certo. Mas é justo decidir ter um filho depois de uma noite casual com ele.

Se tem alguma coisa que aprendi com meu relacionamento com Phil é que dois adultos que não se amam provavelmente não deveriam ter um filho juntos. Ou, pelo menos, não deveriam ficar juntos só para ter um filho.

Mas vou sentir fala dele. Do Jason, quer dizer. Gosto de vê-lo todo dia. Seu rosto bonito, seu charme, sem falar que é muito legal estar com ele. Existiria um jeito de ter tudo? Posso dizer que o filho é de outro? Mas aí vai pensar que sou uma vadia, transando com ele e outro cara em tão pouco tempo. E como provar que não é dele? E se ele pedisse um teste de paternidade? Não, preciso pedir demissão. Ele não pode saber sobre o bebê. Talvez a gente possa manter contato por e-mail. Será que posso escrever para ele depois de um ano e dizer que engravidei, mas mentir sobre quando? Ou talvez eu precise aceitar que nunca mais vamos nos falar. As alegrias da maternidade vão superar a tristeza de perder meu emprego e nunca mais vê-lo. É um preço baixo a pagar para colocar minha vida em ordem.

Estou gostando disso. Dessa sensação de estar preocupada. Pulei da cama hoje de manhã, em vez de me arrastar sonolenta como sempre faço. Tenho uma missão, um propósito. Me sinto interessante. O único problema é que não posso contar a ninguém o que estou fazendo. Pela primeira vez estou com muita vontade de postar alguma coisa no Facebook, afinal tenho tanto a dizer... Mas, não, as pessoas iam entender. Iam achar que enlouqueci, que estou me iludindo, sequer vão tentar compreender. Mas estou me coçando para contar minha história para alguém.

Acho que tem um jeito de compartilhar isso... Abro meu e-mail.

```
Oi, Camilla,

Você deve achar que sou uma louca cheia de ódio
por ter te mandado aquelas mensagens. Mas não sou,
sério. Quer dizer, passei por uma fase ruim, mas
agora voltei aos trilhos. E o que é ser louca, né?
É loucura deixar a vida passar sem conseguir o que
a gente quer? Ou é loucura fazer o que for preciso
```

para conquistar isso? Loucura só é loucura quando a gente prejudica alguém? Tipo, quando uma árvore cai, ela só faz barulho se estiver alguém lá para ouvir, não? Uma pessoa só pode ser louca se outra achar que ela é, certo? Porque, para mim, o que estou prestes a te contar é totalmente são.

Camilla, vou transar com meu chefe. Não por que estou apaixonada por ele, ou porque quero ficar com ele, mas porque quero um filho. Vou fazer o que você disse na sua coluna e conseguir o que quero. Não tenho a intenção de magoá-lo. Ele é um cara legal e nunca vai precisar saber. Mulheres ficam grávidas por acidente o tempo todo. Você não acha, no fundo, que em geral não é acidente? As mulheres fingem que é, mas sabem exatamente o que estão fazendo. Então não me julgue como você faz com todo mundo, ok? Você não entenderia como me sinto, afinal já disse mil vezes que não quer ter filhos. Você sequer imagina como é para alguém feito eu. Alguém que quer desesperada-mente ter um filho, mas que pode nunca ter a chance simplesmente por não conseguir encontrar uma pessoa que me ame para compartilhar essa experiência.

Vou fazer isso sozinha. Conseguir o que quero. Levar a vida que quero, por mim. Não é isso que você sempre diz para suas leitoras? Desta vez você pode estar certa.

Clico em enviar.

Passei anos sentada aqui nessa mesa, só com o luto e a agenda de Ja-son para ocupar minha mente. Agora tenho pensamentos próprios, meu futuro. As coisas ficam claras para mim e meu propósito vai tomando forma. Meu legado está em movimento. Recebo uma mensagem.

Oi, linda, que tal a gente passar na John Lewis amanhã depois do almoço? Você acha que Jason deixa você tirar uma hora e meia para me ajudar? Você disse que as coisas estavam tranquilas, né? Jess

Sem problema. Te vejo às 13h.

Ai, mal posso esperar para ver todos aqueles produtos de bebê!

Alice e minha mãe surgem na minha cabeça. ambas parecem desapontadas, dizem para eu não seguir em frente. *Mas também estou fazendo isso por vocês*, quero gritar. *Estou fazendo pelo nosso legado.*

Tara

Quando a equipe vai embora e a casa fica em silêncio, sinto orgulho de mim mesma por não ter me desculpado pelo que fiz no metrô. O clima ficou horrível depois que as câmeras pararam de gravar. Ninguém olhava para mim, como se eu tivesse feito a coisa mais imperdoável do mundo. O que acontece com as pessoas nessas situações? Por que uma coisa que seria motivo de riso dentro de um pub se torna terrivelmente séria quando as pessoas ficam frente a frente com quem fez? Ninguém dessa equipe já se masturbou? Por que essa superioridade? Eu teria rido com eles se tentassem.

Já entrevistei inúmeros pervertidos e mesmo quando sabia que eram péssimas pessoas, eu ainda assim conseguia ver o ser humano por trás. Mesmo assim os olhava nos olhos. Ainda conseguia ser eu mesma perto deles. Nunca tratei ninguém do jeito como estão me tratando por causa dessa história.

Mas está claro que o que fiz no metrô não é mais história. Sou *eu*, a mãe, a ladra de esperma. É com isso que todo mundo se importa agora. Me masturbar é só um jeito de falar sobre como tive Annie. Por esse motivo todo mundo me odeia. E não posso mudar isso.

Tenho tanto medo pela minha filha... E se as crianças na escola começarem a perguntar sobre ela não ter pai? Os outros alunos vêm de famílias tão normais. Pelo que sei, nenhum dos pais da turma da Annie são sequer divorciados. Ela vai ser tratada de maneira diferente, seus amigos vão se voltar contra ela. Toda criança só quer se encaixar e eu a destaquei por todas as razões erradas. Quero facilitar o máximo as coisas para ela, mas talvez as pessoas estejam certas. Talvez a resposta seja ela conhecer o pai.

Hoje de manhã, enquanto arrumava Annie para a escola, ela contou que um colega lhe disse que a mãe dela não a amava tanto quanto as outras, porque nunca ia buscá-la. Parece que a mãe do garoto falou que *"algumas mães* estão ocupadas demais amando a si mesma para amar os filhos"*. Parece que *algumas mães* são mais escrotas do que achei. E pensar que essas mulheres já queriam me deixar mal na festa das princesas, antes de saberem o que eu tinha feito no metrô. Nem imagino o que pensam de mim agora.

Mas Annie não deveria sofrer, então prometi que vou buscá-la na escola hoje. Por isso agora, aqui dentro do meu carro estacionado na calçada diante do portão da escola, de onde vejo todas as mães esperando seus filhos, estou enjoada de medo. Essa é minha primeira aparição pública em dias. Sinto como se tivesse fugido da cadeia e houvesse pessoas assustadoras aqui fora me caçando. Sei que tenho que sair do carro e me juntar a elas, porque a felicidade da minha filha depende disso. Estou usando uma calça jeans e um moletom de capuz, as peças mais difíceis de criticar do meu guarda-roupa. Dizem que o pátio da escola é um lugar complicado para as crianças, mas o outro lado do portão não é menos pior.

Enquanto me aproximo, tenho a sensação de que estou nadando entre tubarões. As outras mães me veem e, em câmera lenta, vão abrindo espaço para eu passar. São cerca de nove mulheres, mas parecem centenas.

Em dez minutos o portão deve abrir. *Vou conseguir.* Já passei por coisas piores. Não tem nada que essas mulheres podem dizer que já não tenha sido impresso, tuitado ou dito na TV. Já ouvi de tudo. *Vamos lá, Tara, faça isso por Annie.* Não posso voltar para o carro.

Fico parada e encaro o portão, mas pela visão periférica noto as mulheres se mexendo. Estão olhando uma para outra. O julgamento delas parece uma nuvem pesada de tempestade que vai estourar, estou sentindo.

Dito e feito.

— Olha quem está aqui, a Rihanna de Walthamstow — diz Amanda. Eu reconheceria a voz esnobe dela em qualquer lugar. — Inacreditável! — exclama.

Escuto o zumbido de concordância das outras A energia delas vai se acumulando e me sinto cercada por uma vida alienígena conectada pela aura que não consigo ver. Elas se fortalecem como grupo. Não consigo lutar contra.

— Minha filha viu o vídeo — diz outra pessoa em um tom de voz preocupado. Tracey? Não tenho certeza. Uma confusão de suspiros enche o ar. — O irmão mais velho da amiga dela estava assistindo com amigos e mostrou. — Sinto a mulher olhando para mim e minha cabeça se volta pra ela, atraída pela força que exercem. — Minha filha viu uma mãe, que ela reconhece, se masturbando no metrô. Como você sugere que eu explique isso para ela? — continua, mas a pergunta obviamente foi para mim.

Há uma longa pausa enquanto todas elas me perfuram com os olhos. Tenho mesmo que responder? Me sinto como se tivesse voltado à escola e de repente percebo como bullying on-line é insignificante perto de um episódio ao vivo. Aguento ameaças de estupro pelo Twitter, mas essa merda aqui é real. Imploro para que o portão abra e Annie saia logo. Espero que ela fique feliz por eu estar aqui, para que eu possa ficar feliz em correr com ela até o carro e dar o fora.

— Coitadinha da menina, vai ter que passar o resto da vida convivendo com essa vergonha — diz Amanda e alguma coisa dentro de mim estala, como se todas as luzes se acendessem.

Coitadinha da menina? Como é que é?

— E isso faz de você a mãe do ano? — digo, falando na cara de Amanda.

Estou estreitando um pouco os olhos e parece que minha alma está voltando à vida.

— Ah, não tente me intimidar. Mulheres como você...

— "Mulheres como eu"? O que isso quer dizer? Quer dizer mulheres que querem tanto ter um filho que estão dispostas a fazer tudo sozinhas? Mulheres como eu que se matam de trabalhar para que a filha possa estudar na melhor escola, ter uma bela casa e tudo que precisa? É isso que você quer dizer com "mulheres como eu"?

— "Tudo que precisa"? Uma criança precisa de um pai, é isso que ela precisa — dispara uma mãe muito estressada, que aparenta estar passando por um divórcio. Não que eu esteja julgando.

VACAS 263

— Talvez. Talvez a única coisa que Annie não tenha é uma figura paterna, mas ela tem uma mãe ensinando que ela pode viver como quiser. Que ela tem o poder. Posso ter tido minha filha sob circunstâncias que vocês consideram questionáveis, mas estou criando uma pessoa de verdade, não um clone das outras meninas da turma dela. Então vocês... — Amanda me interrompe. Se ela me comparar a Rihanna de novo, vai levar um soco.

— Ela tem o poder? O poder de fazer o quê? De se masturbar em público, é isso que você acha que é poder? E pare de falar com a gente como se fôssemos um bando de donas de casa. Você foi até minha casa, viu que vivemos bem e logo achou que meu marido bancava tudo. Como se atreve?

— O quê? Não, eu não achei — digo, baixando um pouco a bola, sabendo que ela está certa, porque realmente pensei isso.

— Achou, sim. Você nunca se deu conta de que sou *eu* quem ganha dinheiro, né? Busco Trudy na escola todo dia porque, quando engravidei, abri meu próprio negócio para poder controlar meu tempo. Meu marido não ganhava um tostão. Por isso dei um pé na bunda dele na semana passada depois da festa, porque estava de saco cheio. Então pare de se achar uma heroína só porque você tem um emprego. Todo mundo aqui tem o que fazer, ok?

As outras mulheres podiam muito bem ter começado a gritar em comemoração. Amanda acabou de me dar um fora e não consigo pensar em nenhuma resposta. Então fico ali parada, olhando para o chão como se fosse uma garotinha e ela fosse a professora brava. Depois de alguns segundos, volto para o carro. Eu queria continuar aqui pela Annie, mas não aguento, não consigo. Assim que chego no carro, o fogo dentro de mim se reacende e volto para o grupo, fazendo todas elas se sobressaltarem.

— Ei, galera — grito pelas costas delas. Todas se viram para me encarar. — Eu não saí aquela noite para me masturbar no metrô, e com certeza não pedi para ser filmada nem pra minha vida virar de cabeça para baixo. Mas foi o que aconteceu e por causa disso tive as duas piores semanas da minha vida. Recebi ameaças de estupro, a polícia apareceu na minha porta e desenvolvi um grau severo de agorafobia. Sou uma piada mundial e minha família está tentando desesperadamente se manter unida. E agora estou enfrentando a ameaça real de morrer sozinha, só com o amor da minha filha. Tenho tanto medo do futuro que choro todo dia até dormir e a única coisa que me faz levantar de manhã é meu amor pela Annie e o amor que ela sente por mim. Então, quando vocês me julgam como mãe, estão julgando a única coisa que me restou. Agora minha vida está totalmente centrada em deixar minha filha bem, então, por favor, não me digam que ela vai sofrer porque estou muito focada em garantir que ela não sofra. Eu sou uma ótima mãe. Achei que estava sozinha. Foi muito azar ter alguém lá me filmando, ok? Nem eu nem Annie merecemos ter a vida destruída por um erro infeliz *meu*.

Todas me olham com pena, e acho um pouco melhor do que quando olhavam me julgando. Nenhuma delas sente necessidade de falar.

— Amanda, desculpe se presumi coisas sobre você, ok?

Ela continua me encarando. Algumas das outras mães concordam com a cabeça. O silêncio parece durar uma eternidade.

— Você devia fazer um maldito programa de TV sobre isso — diz Vicky Thomson, que não notei que estava atrás de mim.

Fico grata em ouvir a voz dela. Me viro e ela sorri para mim como se eu tivesse me saído muito bem.

O portão se abre de repente e as crianças saem, arrastando a tensão com elas. Annie corre na minha direção e abraça minhas pernas, como se soubesse que precisava mostrar para todo mundo o quanto me ama.

— Mãe, você veio — diz ela, feliz com a minha presença.

Ela sorri o caminho todo até em casa.

Mais tarde naquela noite, me deito na cama com o pijama azul-claro que minha mãe comprou pra mim. Ela e meu pai estão na sala lá embaixo, com a TV ligada tão alto que fico impressionada como Annie consegue dormir. Repasso a cena no portão da escola na minha cabeça. Amanda tinha razão: eu julguei todas elas. Presumi que era melhor do que elas, talvez mais descolada porque trabalhava com mídia. E que minha vida difícil me tornava diferente e de certa forma melhor por ser capaz de lidar com tudo sozinha e fazer dar certo. Como é que só agora percebi que isso foi muito babaca da minha parte? Sempre adorei a ideia de solidariedade feminina, mas nunca vivenciei muito isso por causa das amigas que escolhi e dos lugares em que trabalhei. A única mensagem idiota de Sophie que recebi desde que ela saiu de férias foi:

Oi, amiga. Que lugar incrível aqui, todo mundo é muito bronzeado. Espero que esteja tudo bem... Seu pai já viu o vídeo?

Não respondi. Sei que ela vai ficar sabendo de tudo pela imprensa, porque ela chama o *MailOn-line* de "Bíblia" e sabe todos os detalhes da vida das celebridades. Certamente está conferindo o que estão publicando. Que tipo de amiga é essa? Que bela irmã postiça eu arrumei. Achei que ela estaria do meu lado durante o pior momento da minha vida em vez de se bronzear em Bora Bora.

Mas tenho Camilla. A única que ficou do meu lado publicamente, a única que me escreveu inúmeras mensagens de apoio. A única que parece a amiga de confiança que nunca tive, e que nunca encontrei pessoalmente. Somos como antigas amigas de escola, compartilhando detalhes íntimos da nossa vida por carta, ou e-mails, que é mais moderno. Vivo pensando se essa amizade seria a mesma off-line. Cam sempre escreve sobre o medo que sente de encontros sociais, que evita a todo custo encontros cara a cara. Mas, falando sério, a ansiedade dela não pode ser tão ruim, porque, afinal, a vida dela é pública. No entanto, sendo sincera, prefiro beijar uma colmeia de vespas a encontrar com alguém agora, então provavelmente Cam é um maldita socialite quando comparada comigo. Quero me encontrar com ela.

Oi, Cam. Olha, sei que você não gosta de situações sociais constrangedoras. Entendo isso mais que nunca agora. Mas adoraria se pudéssemos nos encontrar. Se você quiser. Não sei de onde isso veio, mas sinto que preciso de alguém e acho que essa pessoa é você.
Soou estranho, né? Podemos usar máscaras de gás e nos comunicar por dança interpretativa. Será que facilita? Qualquer coisa é só dizer.
T

Camilla responde imediatamente.

Tara, nada estranho, e sim, por favor. Acho que
também preciso de você. Quarta à noite? Eu levo as
máscaras de gás.
  Bjs,
  C

Enquanto estou pensando em sugestões de hora e local, minha porta se abre bem devagar.

— Mamãe, porque as pessoas velhas escutam TV tão alta? — pergunta Annie, esfregando um pequeno elefante macio de pelúcia na bochecha.

— Vem aqui. Fica comigo — digo, levantando as cobertas para ela subir na cama.

Annie sobe e se aconchega comigo.

— Quer dormir aqui comigo hoje? — pergunto.

Mas ela não responde, porque já se ajeitou na cama e está fechando os olhos. Fico deitada ali, acordada, por mais de uma hora, até a chamada do *News at Ten* tocar na sala, lembrando que minha entrevista para a Sky News vai passar logo mais. Acho que vou ficar acordada a noite inteira com medo da edição. Sinto o perfume no cabelo da minha filha e me aninho nela o mais próximo possível. Posso estar triste por ser rejeitada, posso estar puta com Sophie por ela não me ajudar nesse momento, mas a verdade é que enquanto eu tiver Annie, nunca estarei sozinha, por isso sou grata. Eu a abraço com força demais e ela se contorce para se afastar de mim. Eu me deito de costas e dou uma olhada no celular, clico na conversa com Jason e apago antes de ler de novo. Entendi tudo errado e está na hora de aceitar. *Ele simplesmente não estava a fim de você*, como dizem. Vejo de novo o e-mail da Cam. "Acho que preciso de você também."

Acho que, no fim das contas, estou conquistando a tal solidariedade feminina.

Stella

— Com licença, onde ficam os cobertores de pele de carneiro? — pergunta Jessica a um "associado" da John Lewis.

Ela está com a lista mais longa de coisas essenciais de bebê que já vi. Na verdade, é a primeira lista de coisas essenciais de bebê que vejo. Ela precisa de tudo isso mesmo? Banheira, moisés, bicos de mamadeira... creme para mamilos? Não faço a menor ideia de para que tudo isso serve. É um mundo totalmente novo. O "associado" aponta para uma parede e vamos até lá. Eles não têm mais a marca que ela queria, e parece que ela vai mesmo surtar por causa disso.

— Você não consegue comprar na internet? — pergunto, tentando acalmá-la.

— Talvez. É tanta coisa para pensar, meu Deus. Quando você engravidar pode ficar com todas as minhas coisas, Stella. Vai economizar horrores.

Ela se vira para dar uma olhada nas bolsas de fralda e começa a vasculhar os bolsos internos de uma bolsa grande cinza. É estranho ter os meus planos e agir como se nada estivesse acontecendo. Estou morrendo de vontade de dizer alguma coisa. Pela primeira vez na vida, tenho uma novidade pra contar.

— Essa aqui parece boa — diz ela, escolhendo uma mochila feia com várias alças em volta. — Tem um tapetinho para trocar fraldas que dá para limpar com lenço umedecido e um bolso especial para fraldas sujas.

— Aham, mas é tão feia... — digo, imaginando se ela está mesmo disposta a abandonar tão rápido todo senso de estilo no processo de virar mãe.

— Não é tão ruim... Essas alças até são bonitinhas, não?

Prefiro não responder. Ela está com aquele olhar meio louco típico de grávidas e noivas. Melhor deixar que continue. Jess coloca a mochila pavorosa nas costas e segue para a seção de mamadeiras. Vou atrás dela devagar.

— E como vão as coisas? — pergunta ela, conferindo a lista, lendo em seguida as embalagens dos bicos das mamadeiras.

— Que coisas?

— Você e Phil? Deu pra perceber a tensão entre vocês na outra noite. Está tudo bem?

Acho que isso diz muito sobre como não estou pensando nele, porque me esqueci totalmente de contar pra Jess que terminamos.

— Ah, não. As coisas estavam péssimas. Na verdade, terminamos.

— Ah, Stella, querida! Sinto muito — diz ela, empurrando de volta os bicos de mamadeira no gancho e me abraçando.

Tento retribuir o abraço, mas a mochila pavorosa me impede. Mas, tudo bem, não sou muito chegada em abraços.

— Ah, estou bem. Era uma tragédia anunciada faz tempo. As coisas não estavam bem entre a gente. Estou legal. Até mais feliz, na verdade.

— Não acredito nisso. Eu tinha certeza de que vocês iam ficar juntos para sempre — comenta ela, com os olhos marejando. O que é completamente ridículo e não me deixa nada confortável. — Desculpe, fiquei emotiva agora — diz ela, enxugando os olhos.

— Jess, sério, estou bem. Foi melhor assim. As coisas estão melhores agora.

— Mas melhores como? Você está sozinha. E quanto a engravidar? Achei que vocês queriam ter um bebê...

Ela coloca a mão no topo da barriga, talvez para me mostrar o que estou perdendo.

Jessica me olha como se eu fosse um caso trágico, algo tão triste que ela sequer tem palavras para descrever. Sei o que ela está pensando. Acha que vou morrer sozinha, que agora perdi tudo e todos. Ela tem um marido que a ama, um bebê a caminho e uma vida perfeita e não vai saber mais como conversar comigo porque ela acha que a minha vida está horrível. Mas não quero que ela sinta pena. Não quero ninguém pensando que sou uma solitária desesperada, então digo a única coisa que sei que vai afastar seu olhar de compaixão, e fazer com que ela pare de agir como se minha vida tivesse acabado.

— Também estou grávida — digo, sorrindo e colocando a mão na barriga. — Não fique triste, Jess. Eu também vou ter um bebê.

Opa.

— Ai, meu Deus — diz ela, me dando outro abraço que não consigo retribuir por causa da mochila e também por não querer. Ela está claramente chocada e tentando lembrar o que fazer quando recebe uma notícia como essa, mas não demora muito para ficar preocupada e confusa. — Espera aí, então você engravidou e depois terminou com Phil? Ele não quer ter filhos? Sempre achei que quisesse.

— Ele quer ter filhos, mas não comigo. E eu também não quero ter filhos com ele. O bebê não é do Phil — digo, orgulhosa.

— O quê? Você estava tendo um caso? De quem é o bebê?

Eu a encaro e ergo a sobrancelha. Quero que Jessica adivinhe. Ela consegue, sei que consegue.

— Espera aí! Não, não pode ser — diz ela, se dando conta. Assinto com a cabeça, com um olhar safado. — Do Jason?

— É! — digo, com orgulho. — Vou ter um filho do Jason. A gente estava ficando há um tempo e simplesmente aconteceu.

— Não entendo. Eu devia ficar brava por você trair Phil, mas dava para perceber que vocês não estavam felizes, então foi a coisa certa, obviamente. Você vai ter um bebê. Meu Deus, olha aqui, a lista de coisas que você vai precisar. Vamos comprar tudo juntas hoje?

Ela lança aquele olhar de novo: insano, vidrado, o olhar de noivas e futuras mães que não conseguem pensar em nada além de casamento e bebês. É meio assustador. Não vou ser assim.

— Ah, não. Hoje é seu dia. Só estou com algumas semanas. Na verdade, nem devia ter te contado — digo para me dar cobertura. Se eu não engravidar este mês, posso justificar que perdi.

— Ah, claro. Claro. O que Jason disse quando você contou?

Penso no que dizer. Jess não entenderia a ideia de fazer tudo sozinha. Ela precisa de romance para se envolver com as coisas. Sei que ela está aceitando bem a notícia porque acha Jason maravilhoso, e não quero desfazer essa ilusão dela. Depois explico que ele não vai se envolver.

— Ah, ele ficou muito animado, claro. Chocado, nós dois ficamos, mas muito felizes.

— Meu Deus, eu amo esse cara. Que homem! Não vou negar que estou com um pouquinho de inveja, porque ele é muito gato. Stella, uau, você mandou bem nessa.

— Obrigada, também acho.

— Mas coitado do Phil, ele...

— Não, Jess. Nada de "coitado do Phil", ok? A gente não estava bem há muito tempo, ele quis terminar, então terminamos e todo mundo saiu ganhando, está bem?

— Ok — diz ela, balançando a cabeça para mostrar que entendeu e não vai mais falar sobre Phil. — Mas temos que comprar um presentinho hoje, né? Olha, o que você acha desse?

Ela mostra um babador com estampa de macaquinhos.

— Claro, ok — digo, sorrindo. — Pode ser.

— Ótimo, sou oficialmente a primeira pessoa a comprar um presente para o seu bebê. Pronto! — Ela joga o babador na cesta e volta para sua lista. — Ok, absorvente de seio... — Dando o braço para mim, ela ri. — Cadê esses absorventes sensuais?

E, pela primeira vez desde que Alice morreu, não me sinto deslocada.

Cam

Quando está com a mãe, Cam se sente totalmente impotente. Tudo que ela defende para o resto do mundo não tem significado, porque a mãe dela não liga para nada disso. Ou pelo menos é o que ela quer que Cam acredite.

— Esse tapete não é prático — diz ela, apontando para o novo tapete peludo da filha. — Vai estragar muito rápido, com as pessoas passando.

— Mas ninguém fica passando em cima dele, só eu moro aqui. Gosto de me deitar nele.

— Um tapete só pra deitar. Isso é só pra exibir para os outros? Que besteira. Mas acho que deve ser gostoso se deitar nele depois de subir todos esses degraus.

— Sim, mãe, é um tapete só para exibir para os outros. E eu adoro — diz Cam, colocando a chaleira no fogão.

Ela sabia que a primeira visita da mãe ao seu novo apartamento não seria fácil. É preciso deixá-la fazer todas as críticas antes que surja qualquer elogio. Isso geralmente demora duas visitas, mas considerando todo o esplendor do apartamento novo, Cam acha que pode levar umas três.

— Como você está se sentindo, filha? — pergunta o pai de Cam, seguindo-a até a cozinha.

— Não muito bem, na verdade. Enjoada, com cólica.

— O que você tem? — questiona a mãe, tomando o controle do preparo do chá.

Cam observa a mãe servir a água fervendo nas xícaras e depois colocar os saquinhos de chá. A mãe sempre fez o chá assim, mas Cam acha que não fica tão bom. Mas ela nunca disse isso para a mãe porque provavelmente não conseguiria lidar com a reação defensiva da mãe ao revelar que ela não é perfeita.

— Estou grávida — afirma de repente, em um dos maiores momentos de "foda-se" da sua vida.

— Meu Deus — diz o pai, sentando-se e esfregando o rosto com as mãos.

A mãe não se move, apenas continua olhando para as xícaras.

— Ah — diz, por fim.

Cam fica surpresa com a reação pouco entusiasmada dela. Achou que pelo menos essa parte da história deixaria a mãe feliz. Ela não vê motivo para esconder o que vem depois disso.

— Não quero mentir para vocês dois, mas vocês já sabem o que penso sobre ter filhos. Então marquei o aborto para quinta.

Isso não é totalmente verdade. Cam não se importa de mentir para a mãe, mas acha que se ela souber sobre o aborto, vai realmente entender que Cam não quer ter filhos. Além disso, ela planeja escrever sobre a experiência, então acha melhor contar antes para a mãe.

— É daquele rapaz de 28 anos? — pergunta a mãe, ainda olhando para o nada.

— É.

— Você contou pra ele?

— Contei.

— E vocês está fazendo isso porque ele é jovem e irresponsável demais para lidar com os próprios erros?

— Não, mãe, foi decisão minha.

A mãe pega uma das xícaras e a quebra na pia. Seu pai começa a recolher os cacos imediatamente.

— O que aconteceu para você agir assim? — indaga a mãe, se aproximando de Cam.

— Nada, mãe. Nada aconteceu. Eu sou assim.

— Jeremy, vamos. Vamos embora — diz ela, pegando a bolsa. — Vou pedir para uma das suas irmãs passar aqui, porque talvez elas consigam colocar algum juízo na sua cabeça.

— Não, mãe. Já me decidi. Já marquei o procedimento.

— Por quê? Por que você não vai nem ao menos considerar ficar com o bebê? Podemos te ajudar, você pode morar com a gente. Você pode trazer seu tapete. É disso que você precisa?

— Pelo amor de Deus, Patricia! — exclama o pai de Cam. — Deixe ela em paz. A vida é mais do que ser mãe, ela não é esse tipo de mulher.

— "Esse tipo de mulher"? Uma mulher como eu, você quer dizer?

— Sim! — dizem Cam e o pai alto demais.

— Entendi.

— Não, mãe, eu não quis dizer isso, eu...

— Ah, eu sei exatamente o que você quis dizer. Acha que só porque dediquei a vida à minha família eu de algum modo fracassei, não é? Você acha que aquilo não era um trabalho de verdade?

— Não, mãe, eu não...

— Como você acha que me sinto, Camilla? Ao ler sobre um estilo de vida tão diferente do meu diariamente no seu blog? Você desdenha de mulheres como eu, como se carreira fosse tudo, como se escolher a família em vez de dinheiro fosse uma alternativa ruim à felicidade verdadeira. Como se mulheres como eu tivessem sofrido lavagem cerebral. Como se fôssemos tristes, inclusive. O feminismo acha que somos desperdício de espaço, como se nossas escolhas enfraquecessem todas nós, como se *nós* criássemos o problema. Seu blog é um ataque diário a tudo que acredito. Você acha que não percebi isso?

— Não, mãe. Não é isso, o blog não é contra você, ou contra quem você é. É sobre mim, sobre quem *eu* sou.

— Mas você é *minha* filha, Camilla. É um pedaço de mim, não importa o quanto tente negar. Sei que você me odeia, mas essa humilhação pública já foi longe demais. Até o texto no qual você fala sobre a foto, em que você disse que eu fui maravilhosa, ou seja lá como você escreveu, mesmo esse texto tinha esse tom. O tom de "vocês nunca me verão sendo como ela", o mesmo tom que você tem desde criança. O que eu fiz de tão errado pra você?

VACAS   273

Cam tenta dizer alguma coisa, mas não sai nada.

Sua mãe acha que ela a odeia. Isso é pior que levar um soco na cara.

— Parabéns pelo seu sucesso, estou muito orgulhosa de você. Pronto, está dito. Agora você pode parar com essa cruzada. Você tem me magoado muito há anos. Então, pronto, missão cumprida. Jeremy, vamos.

Ela bate a porta ao sair, deixando Camilla e o pai sem saber o que fazer.

— Nossa, isso foi horrível — diz Camilla depois de um instante. — Simplesmente horrível.

— Foi mesmo — confirma o pai.

Cam anda lentamente até a *chaise longue* e se senta.

— Talvez ela tenha razão — diz Cam, olhando para o pai. — Talvez eu seja apenas uma grande reação a ela. Acho que era algo que estava enterrado tão fundo em mim que nunca percebi.

— Você sempre a desafiou ao ser diferente. Desde pequena. Ela achou que já sabia tudo sobre ser mãe e aí você veio e bagunçou tudo. Você não usava as roupas herdadas de suas irmãs, não era grudada nela como as outras filhas. Você tinha esse espírito independente e sua mãe não sabia lidar com pessoas assim.

— Pessoas como você, pai. Não é assim que você é?

— É, talvez. Mas me transformei no que precisava para essa família funcionar. Mudei para ser feliz. Foi um pequeno sacrifício para ter a família que eu queria. Parece patético, eu sei.

— Não, pai. Nada disso é patético. Nada em ser mãe ou pai é patético. Vocês acham mesmo que é nisso que acredito?

Ele dá de ombros ligeiramente e Cam se sente ainda pior.

— Pai, você me dá cinco minutos? — pergunta, calçando os chinelos e saindo de casa.

O pai, claro, fica esperando.

Ao chegar perto do carro dos pais, Cam encontra a mãe chorando no banco do carona. Apesar da tensão que sempre fez parte do relacionamento das duas, um confronto desse nível é novidade.

— Mãe — chama Cam, batendo de leve no vidro. — Mãe, podemos conversar?

Sua mãe abre lentamente a janela. Cam sabe que não vai ser fácil, mas elas precisam ter essa conversa. O sol está brilhando, o clima está quente, perfeito para uma tempestade.

— Olha, eu te considero uma mãe incrível. — A mãe funga e se vira para o outro lado. — Mãe, por favor, saia do carro.

Cam dá um passo para trás e espera, deixando bem claro que não vai embora enquanto a mãe não sair. Ela acaba fazendo o que a filha pediu e ficam em pé uma do lado da outra, imaginando como tudo vai se desenrolar.

— Mãe, por favor, acredite quando digo que meu trabalho não é um ataque direto a você. Mas, talvez, de alguma maneira subliminar, eu estivesse tentando fazer você me entender melhor ao escrever detalhes intricados sobre quem sou, como me sinto, na esperança de que você lesse e aceitasse meu jeito de ser.

Cam fica surpresa com a facilidade com que isso saiu, mas fica ainda mais surpresa com a sinceridade do que falou. Nunca tinha pensado de forma consciente sobre o assunto. A mãe parece perturbada.

— Mãe, você nunca, nunca mesmo me aceitou do jeito que sou. Sempre tentou me tornar igual às outras meninas, me moldar na forma que você achava que uma filha devia ser. Você me fez usar as roupas das minhas irmãs, fazer ginástica e tudo o que elas faziam. Eu dizia que queria ficar sozinha, mas você me obrigava a brincar com elas. Quanto mais velha eu ficava, mais coisas estavam em jogo. As coisas que eu queria fazer, a pessoa que eu queria me tornar, tudo ficava cada vez mais claro para mim, e mesmo assim você nunca me olhou e pensou: "Essa é a minha Cam, ela é diferente, é única." Você me via como uma menina antissocial, difícil e construiu esse abismo entre nós. Ao não aceitar as pequenas coisas sobre mim, você nunca aceitou as coisas maiores, e agora estamos aqui, eu te dizendo que não quero ter filhos, que não vou ter esse bebê porque não é o que quero, e você ainda acha que pode me mudar. Mas você não pode. Você não pode me mudar, mãe, porque eu não preciso mudar.

Cam se mantém firme, se sentindo culpada por fazer a mãe chorar, mas determinada a manter sua opinião.

— Eu só queria que você fosse feliz... — diz a mãe, de um jeito patético.

— Queria mesmo? Não acredito em você. Você nunca tentou me fazer feliz, sempre tentou me moldar para que eu fosse do jeito que você queria. É a *sua* felicidade que você quer, mãe, não a minha.

— Camilla, isso não é legal.

— Bem, mãe, nem sempre você foi legal. Estou muito bem. Estou focada, sou gentil, inteligente e estou feliz com minha vida. Tudo bem se eu for um pouco estranha, ninguém está te julgando por isso. Você tem outras filhas normais.

— Criar vocês era o meu trabalho. E eu queria ser boa. Desculpe se você acha que não fui.

— Mãe, para com isso. Pare de considerar que o fracasso é seu. Sério, pra que isso?

— Acho que você não quer ter filhos porque está com muita raiva de mim por algum motivo. Você foi inspirada a ser o oposto do que eu sou.

— É, você foi uma vaca às vezes e, sim, você deveria ter me aceitado desde o início, mas precisa entender que tem quatro filhas ótimas. Somos todas muito felizes. Mel reclama das varizes, mas ela está bem. Ama os filhos, é uma ótima mãe. Tanya e Angela também são mães incríveis. Eu? Sou uma solitária, mas muito feliz com minha vida. Como você pode achar que não foi uma boa mãe ao olhar para as mulheres que criou? Somos excelentes, mãe, e por causa de você e do papai. Ok?

Elas ficam em silêncio por alguns segundos, enquanto absorvem o que Cam disse.

— Vocês são mesmo, né? São garotas ótimas! — diz a mãe, sorrindo com discrição.

— Sim, mãe, todas nós.

— Obrigada, Camilla. Acho que eu precisava ouvir isso. Você se esforça tanto para ser uma boa mãe e ninguém nunca diz que você está fazendo um bom trabalho. Sempre achei que sua vida era uma reação exagerada aos meus erros.

— Não, a minha vida é uma reação a quem *eu sou*. Ok?

— Ok.

Elas se aproximam e se abraçam. Anos de tensão evaporam assim, pronto. *Se eu tivesse encontrado coragem para dizer tudo isso anos atrás*, pensa Cam. Mas, talvez, se tivesse, ela não teria a mesma carreira de hoje.

— Você tem certeza sobre o bebê? — pergunta a mãe, se afastando.

— Nunca tive mais certeza de uma coisa, mãe. Preciso que você entenda isso.

— Entendo. Ok, entendo. Será que posso ir com você? Você nunca gostou de ir ao médico.

Cam sente vontade de chorar com esse gesto, mas consegue se conter.

— Seria ótimo, mãe.

— Quero estar lá, do seu lado. É meu trabalho.

Ela sorri, orgulhosa.

— Bem, minhas duas mulheres favoritas resolveram as coisas? — pergunta o pai de Cam, se aproximando delas. Ele provavelmente estava ouvindo tudo há algum tempo.

— É, acho que sim — responde Cam.

— Resolvemos, sim — confirma a mãe.

— Ótimo, então te vemos na quinta, Camilla. Que horas é a consulta?

— Às duas.

— Passamos para te buscar às 13h. Tente dormir um pouco. Quando você se der conta, já vai ter acabado.

— Obrigada, pai, te amo.

Cam fica observando os pais irem embora. Não consegue acreditar no que aconteceu hoje. Depois de escrever tanto para suas leitoras, ela mostrou a si mesma que estava certa. Falar o que você sente pode mudar as coisas.

Tara

Tudo que faço agora é jogar meu nome no Google. Antes eu vasculhava a internet atrás de podres sobre os meus colaboradores, hoje em dia só encontro podres sobre mim. Sentada na cozinha da casa dos meus pais, estou na quarta xícara de chá do dia e são só dez da manhã. Acabei de achar um site chamado *PaisQueQueremSeusFilhosDe-Volta.com*, onde encontrei fotos de Annie que estavam no meu Facebook. Eles retiraram as feições que parecem herdadas de mim (nem tantas, por mais constrangedor que seja, porque ela não se parece nada comigo) e, com o que sobrou, criaram vários perfis de rostos que poderiam ser do pai. Tudo na esperança de que ele se reconheça e queira fazer parte da vida dela. Parece que um ex-policial que perdeu a guarda do filho com o divórcio criou o site, e tornou sua missão reunir pais e filhos. Na maioria dos casos, isso é válido, mas no meu, que PORRA é essa?

Esse é o tipo de coisa que a gente veria num filme e pensaria *para, nenhum ser humano seria tão ridículo a esse ponto*. Mas aqui estou, olhando para várias imagens que não têm nada a ver com Nick, e lendo: "Se este é você, saiba que tem o direito de conhecer sua filha."

VAI. SE. FODER.

Quando estou prestes a fechar violentamente o notebook em um acesso de raiva, surge uma ligação no Skype. Sophie. Eu recuso a chamada. Não quero falar com ela. Ela me abandonou no momento que eu mais precisava, e seja lá o que quer tenha a dizer, isso pode esperar até que eu esteja a fim de ouvir. Mas ela liga de novo. E de novo. E a verdade é que estou entediada pra cacete e talvez seja legal conversar com alguém que não seja minha mãe ou minha filha. Então atendo.

— Alô — digo com uma voz mal-humorada enquanto as imagens da webcam carregam.

Vejo uma água azul-turquesa atrás dela e um céu ainda mais azul. Ela está à direita da tela, com grandes óculos escuros parecendo olhos de mosca cobrindo o rosto, o cabelo loiro está molhado e embaraçado por causa da água do mar e da areia da praia. O bronzeado está fantástico, e me sinto nojenta e pálida, sentada à mesa da cozinha, ainda de pijama.

— Oiiiiiiii! — diz ela, e me arrependo de ter atendido. — Tudo bem?

— Ah, então agora você quer saber? — retruco, tentando esconder o máximo possível meu rosto com a xícara de chá. Vejo minha imagem na câmera e estou mesmo horrível.

— Claro que quero — diz ela, se fingindo de ofendida. — O problema é que a conexão aqui é muito ruim, ok?

— Onde você está?

— No Four Seasons Bora Bora. Menina, é inacreditável. A água é tipo uma piscina, estou nadando todo dia, comendo muito bem e transando muito, o que é um bônus.

— Legal. Com o Carl? — pergunto, na cara de pau.

— Claro, com o Carl. Meu Deus, você ainda está brava comigo?

Penso em testar os limites dela, mas não consigo. Além do mais, seria inútil. Não importa o que eu diga, quando eu desligar ainda estarei de pijama na cozinha da casa dos meus pais, e Sophie estará em Bora Bora. Ela já ganhou, não tem jeito.

— Esta semana foi uma merda.

— Eu sei, Tara. Li todas as matérias. Caramba, parece que você é uma celebridade ou alguém assim. Eles não se cansam, né?

Prefiro não perguntar como ela está tão atualizada se tem uma conexão de internet tão ruim em Bora Bora. Sei que ela está mentindo.

— Tem sido horrível, e tudo que eles sabem sobre como tive Annie realmente me magoa. Parece que estão revirando meu lixo, porque sabem tudo sobre mim. Não entendo como.

— Estão te espionando, né? Não acreditei quando recebi uma mensagem do *Mail* no Facebook. E o jeito como eles escreveram: "Queremos contar a verdade sobre Tara", blá-blá-blá. Que filhos da puta!

— Espera aí. Que mensagem no Facebook?

— Você não viu? Achei que tivesse visto, eles mandaram para todo mundo.

— Todo mundo quem? Quem mandou essa mensagem pra todo mundo?

— Para todos os seus amigos do Facebook. Assim que descobriram seu nome, uma jornalista escreveu para todos os seus amigos no Facebook pedindo histórias sobre você, oferecendo dinheiro e tudo o mais. Mas não aceitei nada, juro!

— Meu Deus, não entro no Facebook desde que isso aconteceu. Que merda eles entrarem em contato com todo mundo, que bizarro. Espera aí... como assim você não aceitou nada? Nada pelo quê?

— Foi o jeito como eles escreveram, amiga. No começo eu não sabia com quem estava falando, achei mesmo que eles estavam tentando ajudar. Só quando ela me ligou que percebi que queria usar tudo contra você, porque disse "Então ela nunca contou pro cara?" e eu pensei "opa"...

— Como assim? Você contou pro *Daily Mail* como eu tive Annie? Foi você?

— É, quer dizer, eles teriam descoberto de qualquer maneira, mas não percebi que iam usar isso do jeito que fizeram. Achei que teriam piedade de você, juro, porque, né, sendo mãe solteira e tal.

Quero enfiar a mão na tela, agarrar Sophie pelo pescoço, arrastá-la até aqui e bater a cabeça dela na bancada. Que amiga faz uma coisa dessas? Vejo Carl ao fundo. Ele está usando uma sunga que parece cara, seu bronzeado brilhando sob uma cascata de água do mar escorrendo pelo seu corpo conservado de 51 anos. Ele precisa saber a verdade sobre a mulher com quem se casou.

— Ei, Carl — grito, parecendo uma bêbada maluca tentando chamar a atenção de um ex. — Carl, quer saber algumas coisas sobre sua esposa?

Vejo ele se aproximando do computador, tentando entender o que eu disse.

— Tara, o que é isso? — pergunta Sophie, nervosa.

Mas agora não vou parar. Há certa comoção enquanto ele se aproxima do microfone. Ergo mais um pouco o tom de voz.

— Ei, Carl, escuta essa... Sua esposa pegou gonorreia aos 23 anos depois de transar com um barman.

— Tara, por favor, não! — implora ela, mas me sinto um cachorro com um osso, com tudo surgindo na minha cabeça.

— Quer saber da maior? Uma vez encontrei ela dormindo ao lado de uma montanha de cocaína e de dois caras pelados, e ela não lembrava com quem tinha transado... ou se tinha transado com os dois! Quanta classe, não?

— Ela fez o quê? — Escuto ele dizer, antes de Sophie conseguir derrubar a conexão.

Ela deve ter fechado o notebook porque a imagem sumiu de repente. Espero que ele tenha escutado cada palavra, e que ela tenha que ser honesta e lidar com as consequências de ser quem realmente é. Fiquei do lado de Sophie por tanto tempo e ela retribui contando toda a minha história para a PORRA do *Daily Mail*? Cacete! Chega! Essa amizade acaba aqui. Mal posso esperar para conhecer Camilla Stacey. Estou com uma vaga de amiga decente a ser preenchida com urgência.

Stella

Sozinha à minha mesa, não consigo parar de rir. A cara de Jessica quando eu disse que estava grávida foi sensacional. As pessoas não vão acreditar. Afinal quem esperaria uma notícia tão boa vinda de mim? Ninguém. Mal posso esperar para contar, vou até postar no Facebook quando acontecer. Como eu escreveria?

Estou muito feliz em anunciar que vou ter um filho. Antes que alguém pergunte, decidi fazer isso sozinha. E eu não poderia estar mais feliz. Sei que isso pode surpreender alguns de vocês, porque sempre fui a irmã mais quieta. Mas agora podem ficar felizes por mim e pelo pacotinho de alegria que está pra chegar...

Sei que algumas pessoas vão me julgar, mas vão superar quando o bebê nascer. Vou dizer que foi um caso de uma noite, que falei com o cara, mas que ele não quis ser parte disso, que me sinto forte o bastante para ter esse filho sem ele. Não sou amiga do Jason no Facebook, então ele nunca vai ver, e se alguém fizer muitas perguntas, basta dizer que não quero tocar no assunto. Vou pedir para Jessica guardar segredo e sei que ela vai cumprir, porque é uma amiga leal.

Vou amar ser mãe, eu sei disso. Vou dizer ao meu filho o que minha mãe sempre me dizia, que o pai não queria se envolver e que é melhor estar sozinha do que cercada de gente que não te ama.

Será que estou ovulando? Fico nervosa ao pensar que estou, porque preciso agir rápido. Eu e Jason temos nos dado muito bem. Estou me vestindo de forma um pouco mais sexy, passando mais maquiagem, usando blusas mais coladas e tenho certeza de que ele notou. Está mais tátil do que costumava ser. Hoje de manhã ele me abraçou quando chegou, coisa que nunca tinha feito. Retribuí com um abraço bem forte e dei um beijo de leve na bochecha dele. Se tivéssemos feito isso na semana passada teria sido estranho, mas pelo visto o câncer derruba barreiras físicas e emocionais entre colegas. Quem diria.

Olho por cima do ombro para conferir se ele está ocupado à mesa e escondo meu teste de ovulação na manga. No banheiro, faço xixi no teste, o enrolo em papel higiênico e coloco na manga de novo. Não quero passar horas no banheiro esperando o resultado, porque Jason pode achar que estou fazendo cocô e quero que ele sinta atração por mim. Quando saio, levo um tremendo susto e derrubo o teste no chão. Jessica está parada bem na minha frente.

— Jessica, o que você está fazendo aqui? — pergunto, em pânico. — Como diabo você entrou?

— Caramba, que recepção.

— Desculpa, você me pegou de surpresa. Como você entrou? Não ouvi o interfone.

Vejo Jason se levantando da mesa. Ele deve estar se perguntando quem é essa.

— A porta estava aberta. Acho que o trinco está quebrado. Enfim, só queria te dar isso, porque levei embora o presente da mini Stella — diz Jessica, tirando o babador da bolsa e balançando-o no ar enquanto Jason se aproxima.

Arranco o babador da mão dela e o escondo debaixo da blusa.

— Oi. Ei, o que é isso? — pergunta ele, imaginando o que diabo enfiei no meio dos peitos.

— Ah, é um presente. Uma surpresa, né, Jessica?

Pisco para ela, induzindo-a a seguir a deixa.

— Ah, sim, é, uma surpresa. Que fofo!

Ela ri.

— Jessica, certo? Tudo bom? Faz tempo que não te vejo — diz Jason, com todo o charme de Hugh Grant em *Simplesmente Amor*.

Percebo que ela está se derretendo toda enquanto ele dá um beijo na sua bochecha. Sei que Jessica está repetindo na cabeça *Sou casada e vou ter um filho, sou casada e vou ter um filho*.

— É, pois é — responde, recobrando a compostura e ficamos em silêncio por um instante, todos meio desconfortáveis. Estou torcendo para ela ir embora agora que já me deu o babador. — Então, acho que tenho que dar os parabéns, né? — diz ela, de repente.

Meu Deus!

— Parabéns? — pergunta Jason, confuso.

— É, parabéns pelo...

— Livro — interrompo. — Parabéns pelo livro. Contei tudo para Jessica no almoço. O livro, né, Jess?

Pisco pra ela de novo, apesar de não fazer ideia do que ela acha que estou brincado, mas peço sua cooperação de qualquer jeito. Outra piscadela dessas e ela vai perceber que não quero que fale sobre o bebê.

— Ah, sim, pelo livro — diz. — Parabéns pelo livro?

Passo para trás de Jason e mexo a boca, dizendo "Ele está de mau humor" para Jessica. Ela assente como se dissesse "afe, esses homens". Acho que a despistei.

— Ah, obrigado. É, tem sido difícil. Impossível, na verdade, mas estou quase terminando.

— Bem, espero que o livro seja um sucesso de vendas e você possa viver dos royalties na sua bela casa com sua linda família — diz ela, sem conseguir se conter.

— Minha linda família? Rá, por enquanto isso é um sonho distante — retruca Jason.

Isso vai soar muito escroto para Jessica, porque ela acha que estou grávida do filho dele. Ela me lança um olhar como se dissesse "entendi o que você quis dizer com mau humor" e eu reviro os olhos.

— Ok — diz ela —, é melhor eu ir. Quero passar no mercado e comprar aquelas refeições congeladas de dez libras antes que acabem. Aquela entrevista com a garota que... sabe... fez aquilo no metrô é hoje, e não vou perder por nada.

Fico ainda mais em pânico.

— Que entrevista? — pergunta Jason, curioso.

— Você não ouviu falar? Todo mundo está comentando. É aquela mulher que... — Jess faz uma pausa, mas consegue reunir coragem para dizer a palavra — se masturbou no metrô e filmaram...

— Ok, bizarro — interrompo. — Não posso falar sobre isso no trabalho. Não, não, não, eca, informação demais. Eu, hein?! Ok, Jess, é melhor você ir, estou muito ocupada esta tarde, ok? Obrigada pelo presente e mais tarde te mando mensagem.

Eu literalmente a empurro até a porta. Meu coração está disparado só de pensar que ela pode dizer o nome da Tara. Eu tinha esquecido completamente que a entrevista dela era hoje... Se Jason assistir meus planos já eram.

Levo Jessica até lá embaixo, fazendo um comentário qualquer sobre o mau humor dele e prometendo que logo ele vai melhorar e vamos sair todos juntos. Por fim, fecho a porta, que não tranca. Jess tinha razão, o trinco está quebrado.

De volta ao escritório, Jason está parado no mesmo lugar que o deixei.

— Está tudo bem, Stella? Você está meio estranha.

— Ah, sim. Estou ok. Quer dizer, dentro do possível para alguém passando pela situação em que me encontro. — Faço uma pausa para despertar a compaixão dele. — Só queria que ela fosse embora logo, porque, para ser sincera, ainda estou brava desde que ela revelou a gravidez no meu aniversário.

— Ela sabe? Sobre... o câncer?

— Não. Só você sabe — digo, sabendo que isso vai fazer ele se sentir especial.

Além do mais, Jessica nem sabe que tenho o BRCA. Eu não saberia lidar com o tanto de pena que ela sentiria de mim.

— Fico muito feliz por você ter me contado. Se precisar de algo hoje à noite é só dizer. Vou deixar o celular ligado de novo, ok?

— Legal, obrigada. E como vão as coisas? O livro está saindo?

— Na verdade, sim. Estou bem menos estressado. Acho que te ver lidando tão bem com o que está acontecendo me deu um pouco de perspectiva. Sou um cara de sorte, tenho saúde. Preciso me focar mais nas coisas positivas e fazer um livro ótimo.

— Exatamente. Esse livro é seu legado.

— Acho que sim. E qual vai ser o seu?

— Te ajudar com o livro — digo, sorrindo. — Você vai me dar crédito, né? "Para Stella Davies, a vaca mandona que me obrigou a escrever este livro."

— Vou mesmo, mas vou usar uma linguagem um pouco mais pesada. Você tem sido muito chata com a internet.

— Tem que ser assim. Você está se sentindo melhor em relação ao lance com Tara? — pergunto, para descobrir se ele ainda está desesperado.

— Sim, acho que percebi que é bem fácil me encontrar na internet. Você tem razão. Se Tara tivesse gostado mesmo de mim, já teria me achado. Podia simplesmente ter me mandado uma mensagem, mas não mandou, então acho que preciso superar.

Suspiro aliviada.

— Bem, agora vou pra casa, me deitar no sofá, escrever um pouco, talvez depois assistir a entrevista com essa garota do metrô porque parece hilário e estou mesmo precisando rir um pouco.

Meu alívio vira medo instantaneamente.

— Ah, bem, acho bobagem. Li algumas críticas e parece que não é grande coisa.

— Para ser sincero, é tudo de que preciso. Algo bem fútil e besta que não me obrigue a pensar muito. Uma mulher se masturbando no metrô parece ideal. Vejo você amanhã. Você tranca tudo aqui?

Ele está indo embora. De novo, tenho que pensar rápido. Vejo outro vaso... Devo quebrar esse também? Não, já tentei isso e não funcionou, só me deu dor no joelho. Como supero gritar que tenho câncer? Nada supera isso. Porra, ele está saindo. Vai assistir a Tara e vai estar tudo acabado. Isso não pode acontecer, vou ovular nos próximos dias, preciso mantê-lo afastado dela só mais um pouco. Tenho que impedi-lo. Como? *Pense, Stella, pense. Câncer... Tratamento... CABELO!*

Coloco a mão na cabeça, cerro o punho e puxo o mais forte possível, gritando enquanto faço isso, porque dói muito.

— Meu Deus, que aconteceu? — pergunta Jason, correndo de volta para o estúdio.

— Meu cabelo — digo, demonstrando dor e horror genuínos na voz, depois dessa agonia que acabei de causar em mim mesma.

— Meu cabelo está caindo.

Enquanto me sento no sofá do estúdio segurando a xícara de chá que Jason fez pra mim, tento não pensar na minha dor de cabeça. Arrancar o próprio cabelo exige determinação e força, e eu não sabia que era capaz de causa tamanha dor autoadministrada.

— Você não ia pra casa ver TV? — pergunto, fingindo não estar excitada porque a noite se voltou ao meu favor.

— Ah, eu detesto televisão. Provavelmente ia ficar sentado lá tentando relaxar, na verdade ia acabar me irritando e depois ia dormir e me sentir culpado amanhã por não ter passado a noite escrevendo — diz ele, acendendo as luzes do estúdio e colocando um banco alto na nossa frente.

— O que você está fazendo? — pergunto.

— Montando a sessão de fotos. Quero fotografar você.

— O quê? Não. Jason, não é assim que quero ser fotografada — digo, surtando com a possibilidade da minha mentira ser registrada.

— É exatamente assim que você deve ser fotografada. Depois acho que devemos raspar sua cabeça.

Eu me levanto depressa.

— Não, Jason. Não quero fazer isso. Vou deixar cair naturalmente, vou ficar bem.

Jason vai para trás da câmera, tira uma foto e o flash nos faz piscar.

— Minha amiga fez quimioterapia — diz ele, se concentrando. — Ela falava que a única coisa de que se arrependia era de não ter raspado a cabeça, porque acabou ficando parecida com Danny DeVito. Você pode tomar o controle da situação, Stella. Ou isso pode te controlar. Venha, se sente no banco.

Já vi Jason trabalhar assim várias vezes. Ele fica tão determinado que ignora as inseguranças do modelo. Pode parecer um pouco grosseiro e insensível e o modelo geralmente fica bufando enquanto obedece. Mas aí a pessoa vê a foto, o chama de gênio e quer continuar posando para ele. Jason é famoso por fotografar quem não quer ser fotografado. E mesmo tendo testemunhado a mágica acontecer quando ele está atrás da câmera, não quero me sentar naquele banco e virar tema de um trabalho dele.

— Jason, não posso. Não fico confortável diante da câmera.

— Stella, ninguém que já fotografei fica confortável diante da câmera e é exatamente isso que procuro. Você é intrigante pra mim. Ficou sentada nessa mesa por um ano comandando a minha vida, relaxada, calma, se comportando como se estivesse tudo bem. Sempre foi cheia de confiança, forte. A gente convive cinco dias por semana há um ano e nunca imaginei que você estava passando por tudo isso. Você é incrível, Stella. Realmente incrível.

Ele não fazia ideia de como minha vida realmente era? Nenhuma ideia? Sempre achei que a tristeza vazava pelos meus poros, que as pessoas percebiam minha dor automaticamente e que por isso geralmente não gostavam de mim. Não entendo como uma pessoa pode se sentir do mesmo jeito que eu e não demonstrar. Phil percebia, ele não conseguia ignorar. Eu achava que Jason ignorava minha ansiedade por profissionalismo, mas talvez não. Talvez ele goste de mim de verdade. Talvez ele me ache mesmo incrível.

Faço o que ele manda porque acho que tem razão. Se eu não gostar das fotos, podemos apagar, né? Me sinto um pouco mais inchada que o normal, o xarope que ando tomando é praticamente açúcar puro. Não perder peso era outra dica para conceber um menino. Encolho a barriga e tento me sentir bonita.

— Ok, sobre no banco — ordena ele. — Afofa um pouco o cabelo. Essa é a foto do "antes". Precisamos que seu cabelo fique com o máximo de movimento possível.

Faço o que ele manda e passo os dedos no couro cabeludo para dar mais volume. O lado direito arde muito quando passo o dedo na parte careca.

— Olhe diretamente para a lente, ok?

Endireito a coluna e inflo o peito. Apesar da dor, coço a cabeça com as pontas dos dedos para conseguir o máximo de volume possível. Relaxo a expressão e olho para a câmera. Jason tira uma foto atrás da outra. Nem preciso ver para saber que quero deletá-las.

— Stella — diz ele depois de nos perdermos num borrão indescritível por vinte minutos. — Você é muito linda.

— Você parece surpreso — digo, sorrindo.

Um sorriso de verdade, causado por uma felicidade genuína ao ser chamada de linda por alguém que realmente parece achar isso.

— Eu devia ter fotografado você anos atrás — diz ele, olhando para uma das imagens no visor da câmera.

— Mas não tinha necessidade, né?

— Não tinha necessidade? De tirar uma foto?

— Talvez não tivesse nada para fotografar antes do câncer.

Jason reajusta ligeiramente as luzes. Ficam um pouco mais sutis, mais próximas. Me sinto uma estátua. Um belo enfeite no centro de uma sala. A energia ao meu redor é como flores sendo atraídas para a luz. Será que o mundo me notou pela primeira vez?

— Ok, é isso — diz ele, quando o cartão da câmera fica sem espaço.

Ele olha para baixo, como se estivesse pensando em algo que não deveria.

— O que foi? — pergunto, esperando que seja alguma coisa sobre mim.

— Seu cabelo é muito sexy.

— Jason, para! — digo, fingindo estar horrorizada.

— Mas você vai continuar bonita sem ele, isso não muda seu olhar.

— Na verdade, não quero raspar, vou esperar. Meu cabelo é meu diferencial — digo, num tom mais leve, sabendo que ele adora mulheres de cabelo comprido e querendo que ele me ache sexy.

Jason se aproxima de mim.

— Mas quando te vi pelas lentes, foram seus olhos que me capturaram. Confie em mim, Stella, não é seu cabelo que te torna sexy.

E com isso, respondo:

— Ok, vamos raspar.

Tara

Eu me lembro muito bem daquela noite. E para mim é importante lembrar. Conheci Nick na fila do banheiro de um pub no aniversário de uma amiga. Estávamos esperando há muito tempo porque a pessoa no banheiro estava passando mal, transando ou tinha dormido. Estávamos muito apertados, o que foi uma apresentação bem engraçada.

— Acho que teria sido mais rápido ir até em casa — disse ele. — Moro a cinco minutos daqui. Se estiver desesperada também, pode vir comigo.

Concordei, porque era isso ou fazer xixi no chão. Fui ficando cada vez mais confortável com a situação a cada segundo que passava, mas a ideia de um banheiro residencial parecia bem melhor.

Chegando lá, ele me mostrou o banheiro do primeiro andar e correu para o do segundo. Fiquei muito tempo fazendo xixi, como se eu estivesse despejando duas canecas de cerveja. Acabei bem na hora. Quando ele desceu, eu disse que estava pensando em ir pra casa, e perguntei se ele se importava de esperar enquanto chamava um táxi. Quando me dei conta, a gente estava tomando uísque e em seguida minha calcinha estava no chão da cozinha e estávamos transando no balcão. Vinte minutos depois, eu estava entrando em um táxi e observando enquanto ele voltava para o pub. Não trocamos números de telefone. Falando assim parece que foi horrível, mas não foi. Não foi vulgar, desconfortável nem pervertido, foi só uma transa. Um momento legal entre dois estranhos que sentiram atração um pelo outro. Na verdade, foi um dos meus melhores encontros sexuais. Me senti muito, muito bem. Lembro que, no caminho para casa, fiquei pensando como tinha sido legal, que podia existir sexo assim entre dois adultos responsáveis. Sem pressão, sem laços. Ele ficou de boa, eu fiquei de boa. Mas fiquei pensando que devia ter usado camisinha, então fui fazer um teste de DST uma semana depois. Deu negativo, então considerei a experiência como algo divertido e um pouco louco que fiz, e segui com a vida. A gente não conhecia ninguém em comum. Nunca mais precisaríamos nos ver. Tinha algo muito libertador nisso.

Isso até três semanas depois, quando percebi que minha menstruação não vinha. Fiz o teste, deu positivo e tomei todas as atitudes que achei que deveria. Marquei uma consulta para fazer um aborto uma semana depois, mas, quando chegou o dia, não consegui. Eu tinha 36 anos e nenhuma perspectiva de um relacionamento. Queria ter filhos e era pragmática o suficiente para ser honesta comigo mesma e admitir que isso poderia não acontecer do jeito clássico. Então cancelei a consulta, contei para os meus pais o que ia fazer e fiquei com o bebê. Meu pai ficou dois meses sem falar comigo, mas, quando cheguei em casa com uma imagem do ultrassom e revelei que era uma menina, ele chorou e desde então tem me dado apoio.

Uma vez tomada a decisão, eu nunca me permiti questioná-la. Era minha escolha, meu corpo, meu bebê. Eu não queria entrar na maternidade achando que Annie era um erro. Claro que a concepção não foi intencional, mas minha decisão de continuar com a gravidez foi. Foi uma decisão pensada e calculada.

Eu sabia que seria controverso não contar isso ao Nick, mas não achei que era errado. Pessoas casadas têm casos, pais abandonam os filhos, as pessoas roubam, estupram e magoam as outras o tempo inteiro. O que fiz foi não dar um problemão a um cara inocente. Não teríamos nos apaixonado só por causa do bebê porque a vida real não é um filme da Jennifer Aniston. Se eu tivesse contado, ele teria a obrigação de se envolver e, se não quisesse fazer isso, se sentiria um babaca. Então nunca contei. E agora, pela primeira vez em seis anos, estou questionando se foi muito escroto agir assim. Parece que essa é a parte da minha exposição que mais irritou as pessoas. E me fez repensar uma decisão que há muitos anos me parecia tão simples, tão certa. Era meu corpo, meu bebê. Mas foi certo? Será que eu deveria simplesmente contar a ele?

O pub era o The Sun na Clapham High Street. Para chegar à casa dele viramos à direita, depois à esquerda e a casa era a quarta à esquerda. Estava escuro, mas tenho certeza de que a porta era verde. Vou encontrá-la. Certamente a casa era dele mesmo, porque era chique demais para ser alugada. Se ele ainda morar lá, vou contar. Nick deve ter visto o vídeo. Ele pode ter me reconhecido, me procurado na internet, lido a respeito de Annie e feito as contas. Talvez esteja tentando me encontrar. Ou talvez nunca mais queira me ver. Acho que em breve vou descobrir.

Usando uma touca e um cachecol, pego o metrô até o outro lado da cidade, para Clapham Common. Fico olhando para todo mundo no vagão. Essa gente toda é imaculada? Claro que não. Se uma câmera seguisse cada uma delas, eu aposto que várias cometeriam algum ato sexual polêmico e seriam hostilizadas pela sociedade inteira assim como estou sendo. Tem putaria em todo lugar. Basta ter azar para ser pego.

Pareço suspeita com a touca enfiada fundo na cabeça e o cachecol tapando o rosto em uma tarde quente. As pessoas estão me olhando como se eu estivesse escondendo uma bomba embaixo da roupa, mas prefiro que pensem isso do que vejam meu rosto e me reconheçam. Ainda não me sinto confortável em público. Não sei se algum dia vou voltar a me sentir, ainda mais depois que a entrevista for ao ar hoje. Meu Deus, estremeço toda vez que penso nisso.

Da estação Clapham Common, ando até o pub The Sun. Pego à direita, depois à esquerda. Essa é a rua. Quatro portas à direita. Tenho certeza de que essa é a casa. Número oito. Não parece muito diferente com exceção de algumas floreiras na janela que podiam ou não estar aqui na noite em que transamos. Já me imagino indo embora, entrando no táxi e observando ele voltar para o pub, sem imaginar que dentro de mim Annie estava se formando.

Estar aqui é muito estranho. Sempre achei que não tinha uma ligação com este lugar ou com Nick, mas estou de volta. Como sei que aqui foi onde minha filha foi concebida, tenho uma estranha sensação de nostalgia, como se essa casa tivesse sido nossa. A alma de Annie está presente, não posso fingir que este lugar não é importante.

Mas por que estou aqui? Estou aqui porque talvez toda a internet tenha razão, talvez eu tenha feito algo horrível. Imagino como teria sido voltar três semanas depois e contar a ele que eu estava grávida. Teria sido horrível para nós dois, estranho, constrangedor. E depois? O que eu esperaria dele? Dinheiro, tempo? Nenhum dos dois. Eu só contaria que ia ficar com o bebê e que não queria que ele se envolvesse. Era minha decisão continuar com a gravidez, era a coisa certa para mim. Contar para ele teria sido egoísta, sempre acreditei totalmente nisso. Até então. Até ler várias matérias e tuítes me chamando de megera por não ter contado que ele seria pai. Então aqui estou, seis anos depois. Para dizer que ele tem uma filha.

Bato na porta. Escuto passos e de repente Nick está na minha frente. Não achei que fosse acontecer tão rápido, mas esta é a casa dele, lógico. Eu não tinha certeza se ia reconhecê-lo a partir da lembrança daquela única noite, mas ele está igualzinho.

— Oi — digo, sabendo que ele vai ficar chocado em me ver, mas me convenço de que preciso fazer isso.

Vejo a cozinha no final do corredor. Foi lá que transamos.

— Oi? — responde ele, muito menos constrangido do que imaginei.

Ele não faz ideia de quem eu sou. Talvez eu devesse ter planejado o que dizer, porque estou meio sem palavras.

— Lembra de mim? — pergunto, com um grande sorriso bobo, como se eu fosse sua prima perdida que ele adorava na infância.

— Hum, não, desculpe. Deveria?

Deveria? Não sei.

— Sou Tara, do pub.

Ao falar isso, não consigo lembrar se disse meu nome naquela noite.

— Tara do pub? Ah, eu esqueci meu cartão lá?

— Não, não do pub de agora. Do pub seis de anos atrás. Nos conhecemos no pub seis anos atrás. Vim aqui com você, nós... preciso te contar uma coisa.

— O que está acontecendo?

Ele olha para a rua, como se desconfiasse de que está sendo filmado ou algo assim. É difícil dizer qualquer coisa porque ele se parece muito com Annie e isso está acabando comigo. Os olhos dela, o nariz, minha filha é uma versão em miniatura dele. Isso é muito surreal. Ela tem o sangue dele.

— Acho que você bateu na porta errada — diz Nick, começando a fechar a porta, mas coloco a mão para impedi-lo.

— Não. Você é o Nick, eu sou a Tara, e mesmo não tendo certeza se te disse meu nome, nós transamos na sua cozinha antes de eu pegar um táxi para minha casa, seis anos atrás, lembra?

— Ok, isso é uma pegadinha, certo? Você está aparecendo seis anos depois por causa disso?

— Não. Estou aqui porque tenho uma filha de seis anos e achei que você deveria saber.

Acho que nunca vi ninguém tão assustado. No rosto dele surgem veias e manchas de suor que parecem balas de paintball. Me sinto horrível por ele, porque essa situação toda é muito cruel.

Então vejo uma mulher linda e grávida aparecer na escada atrás dele.

— Rá, brincadeira — grito. — Bati na casa errada.

— Quem é, amor? — pergunta a esposa grávida.

Vejo uma aliança brilhar na mão dela.

— Ninguém — digo. — Casa errada. Me desculpem.

Nick continua olhando pra mim. O horror nos olhos dele vira medo, depois ódio, e volta a ser horror. Ele não merece isso. Eu nunca devia ter vindo.

— Desculpe o incômodo — digo, toda simpática e estranha para proteger esse coitado de ter que lidar com o que pode estragar esse momento mágico da sua vida.

Ele lança um olhar derradeiro de desprezo, deixando claro que não quer saber sobre Annie. E não sinto um pingo de raiva, porque eu não poderia concordar mais com ele. Enquanto vou embora desse momento que poderia ter sido horrível e desmoralizante, sinto um empoderamento estranho. Fiz a coisa certa naquela época, e ninguém tem o direito de me dizer o contrário. Sou uma mãe excelente e minha filha vai crescer sabendo que suas escolhas são as certas independentemente do que todo mundo diga. Essa é a maior lição que posso ensinar a ela.

13

Tara

Eu já me sentei neste sofá um milhão de vezes para assistir à TV com meus pais. Ficamos constrangidos com cena de sexo e falamos mais alto que os personagens xingando, mas o clima nunca esteve tão tenso quanto agora. São 21h55, minha entrevista na Sky começa às 22h. Eu me atrevi a olhar no Twitter para saber se alguém estava realmente prestando atenção. #MulherSiriricaNaTV ficou nos Trending Topics a tarde inteira.

Estou nervosa com a maneira como vou aparecer. Dificilmente vão ser gentis porque não fiz o que eles queriam, mas torço para que o fato de não ter me desculpado tenha mostrado que não sou fraca e que mereço sem bem editada. Talvez as pessoas se sintam inspiradas por mim.

Talvez não.

Meu pai está sentado na poltrona dele com a cabeça apoiada na mão direita. Ele está usando um suéter de tricô que minha mãe comprou em um brechó. Ela cortou a etiqueta e me pediu para dizer que eu tinha feito de presente pra ele. Obedeci a ela e me senti ridícula. Ele não está falando comigo, mas sei que está superando, porque não tira o suéter há dias. Ele varia entre observar as cortinas e olhar para a TV. Minha mãe disse que ele precisa assistir a entrevista. Ele disse que não queria, mas sei que está tão intrigado quanto eu para saber o que vai acontecer. Minha mãe fez pipoca para todo mundo e não para de falar sobre o assunto. É muito surreal, parece que a gente está prestes a ver um filme do 007.

— Você acha que está muito salgada? Nunca sei quanto sal colocar — diz minha mãe.

Meu pai e eu a ignoramos. O programa começa e meu rosto surge na tela. O apresentador fala:

— Esta noite temos uma entrevista exclusiva com a mulher que se tornou uma sensação mundial por ser filmada se dando prazer em público.

Meu pai rosna alto e olha de novo para as cortinas. Estou enjoada. A humilhação vem e vai em ondas, quente e suada, doentia e gelada.

— Acho que está salgada demais — opina minha mãe.

— Pelo amor de Deus, pare de falar sobre essa pipoca — dizemos eu e meu pai, no nosso primeiro momento de solidariedade desde que esse festival de merda começou.

— Agora, em sua primeira entrevista desde que seu vídeo viralizou nas redes sociais, Damien Weymouth conversa com Tara Thomas sobre sua vida depois da humilhação pública.

— Ai, Tara — diz minha mãe, deixando a pipoca de lado. — Isso não parece bom.

A edição corta para Damien, sentado na poltrona do meu pai nesta mesma sala. Ele começa a introdução:

— Olá e bem-vindos à entrevista especial comigo, Damien Weymouth. A menos que more embaixo de uma pedra, você certamente já ouviu falar sobre a minha convidada de hoje. Doze dias atrás, Tara Thomas levava uma vida normal, trabalhando na televisão e cuidando da filha Annie...

— Não consigo. Desculpe, não consigo suportar isso — diz meu pai, se levantando de repente. — Não posso ver minha filha falando sobre esse assunto com um homem, na minha poltrona, na nossa TV. Simplesmente não consigo.

Ele sai da sala e sobe depressa a escada, de forma que eu e minha mãe não conseguimos convencê-lo a ficar. Por um lado, estou puta por ele não ser homem o suficiente para lidar com isso, por outro estou muito feliz por ele ter ido embora.

— Ele acha muito difícil — confirma minha mãe.

Faço "shiu" e voltamos a atenção para a TV.

— Tara, me conte sobre aquela noite. A noite no metrô. Onde você estava antes?

— Tive um encontro e estava voltando para casa — respondo para ele.

— Você está linda na TV, querida, eu sempre disse que você deveria estar na frente das câmeras, não atrás.

— Obrigada, mãe, agora para de falar, por favor — peço.

— Você transou deliberadamente com aquele homem com a intenção de engravidar? — pergunta Damien.

— Meu Deus — diz minha mãe.

— Não, não foi isso. Agora, por favor, podemos falar sobre o metrô?

Caralho, eles deixaram essa parte? Que filhos da puta, achei que iam cortar. Achei que se continuasse dizendo isso, eles teriam que tirar. Mas não.

— Só quero falar sobre a parte da masturbação, por favor — digo ao Damien, de novo.

— Como é ser julgada pelo público dessa maneira? — continua ele.

— Por favor, podemos falar sobre o metrô — insisto, ainda mais irritada.

— Mãe, não, eu não disse só isso. Tem mais sobre Nick e como não contei a ele. Perdi a cabeça e disse que não sentia pena dele. Eles não podem tirar essa parte?

Minha mãe me oferece mais pipoca, mas eu empurro o balde pra longe.

— Você deve se arrepender profundamente do que fez, não? — pergunta Damien.

Talvez essa seja a pior parte: eles não mostram minha resposta, só o sorriso estranho que dei depois de dizer "Eu queria ter esperado até chegar em casa". E tenho certeza de que disse isso, porque achei bem engraçado.

Eles cortam para o trecho do Adam, e sua cara gordinha e idiota me dá vontade de chutar a TV. Ele me faz parecer má, nojenta e cruel. Tudo porque o provoquei por não assumir sua sexualidade. Ele realmente precisa sair do armário.

— Ah, esse é o Adam? — pergunta minha mãe. — Ele não é como eu imaginava. É bem bonito, hein?

— Mãe, para!

— Tara — diz Damien —, tem alguma coisa que você gostaria de dizer?

Lá vem minha parte engraçada sobre o orgasmo. Pelo menos, vou terminar por cima.

— Eu realmente gostaria de falar só sobre a parte da masturbação, por favor — digo.

Nããããão!!!

Me levanto e grito com a TV, jogando um punhado de pipoca no aparelho.

— Puta merda — digo, esquecendo com quem estou.

— Tara, olha a boca, por favor.

— Ah, mãe, isso importa? A gente diz pras crianças não xingarem para que ninguém ache que elas são escrotas, mas todo mundo já me acha escrota, então por que não xingar mesmo?

Ela não sabe o que responder.

Não acredito que isso aconteceu. Por que concordei em aparecer na TV? Não transei com David Beckham nem com o futuro rei da Inglaterra, só bati uma siririca no maldito metrô, e nunca deveria ter alcançado essa repercussão. Por que achei que se vendesse minha alma para a televisão alguém melhoraria a opinião sobre mim? Eu já devia saber! Eu não disse nada de valor, fui arrastada na lama pelo meu ex-chefe, fiquei parecendo uma mulher irritada, ressentida e meio louca, e agora a situação só vai piorar. É só questão de tempo até eles começarem a vender camisetas escrito "Por favor, podemos falar sobre a masturbação". Por que diabo fiz isso? Me jogo no sofá e como agressivamente a pipoca.

— Estou arruinada. É isso. É melhor me mudar para a Espanha e trabalhar num bar. Pelo menos, não vou saber que estão falando de mim porque não sei espanhol. Sinto saudade da minha vida.

— Saudade da *sua* vida, sério? — questiona minha mãe, com raiva, batendo o balde de pipoca na mesa de centro. — A vida da qual você vivia reclamando? Do chefe que você odiava? Da misoginia no escritório? Da maldita Sophie, de quem você insistiu em ser amiga a vida inteira, por mais que ela fosse péssima com você? Sente saudade do pouco tempo que ficava com Annie? Da sua vida social que se resumia ao seu pai e eu? Do que você realmente sente falta, Tara? Me diz!

— Mãe, não grita comigo, eu...

— Posso não ser a mãe mais direta de todas, mas não te criei para deixar o mundo te derrubar. Você encara o julgamento das pessoas desde o dia em que teve Annie e fiquei do seu lado sem nunca deixarmos alguém dizer que estávamos errados. Agora você vai deixar as pessoas fazerem suposições sobre você e sair correndo com o rabo entre as pernas porque não quer lutar? É isso que você quer que Annie aprenda com essa história toda? Jura? Se recomponha e encontre um jeito de colocar sua vida de volta aos trilhos de uma forma que não envolva malditos tabloides televisivos ou os jornalistas escrotos de cabelo feio.

Ela anda com raiva até a cozinha.

Eu não estava esperando isso. Depois de alguns instantes, vou atrás dela.

— Mãe? — chamo, envolvendo-a com os braços. — Sua pipoca estava perfeita.

— Obrigada — diz ela, e eu a abraço.

Depois de alguns minutos, meu pai aparece e se junta a nós. Enquanto nos abraçamos na cozinha, fico me perguntando se posso ter alguma esperança. Minha mãe está certa, minha vida não era perfeita. E, para ser sincera comigo mesma, não sinto falta.

Cam

Cam se sente horrível. Faltam só dois dias até que ela possa fazer o aborto e ela espera que o alívio seja instantâneo. Seu corpo está fisicamente rejeitando a gravidez. Ela ouviu falar em enjoo matinal, mas o que sente dura 24 horas por dia. Seus seios estão enormes e duros como pedra, e ela precisa mijar depois de beber qualquer gota d'água. A situação toda é horrível, mas ela sente mais solidariedade com seu corpo do que nunca. Ele a apoia, confirmando o que ela já sabia: não se sente mental ou fisicamente confortável com a possibilidade de ser mãe. Depois disso, qualquer dúvida que tinha já era.

A única coisa que ela consegue comer é um salgadinho sabor carne, então uma hora atrás teve que se arrastar até um mercado próximo para comprar uns sete pacotes. Está grudada no sofá, com uma camiseta branca larga escrito "perto do coração", prestes a terminar o quarto saco de salgadinho. Acabou de assistir a entrevista da Tara e está triste pela amiga porque não foi nada bom. O celular vibra.

Cam, atenda, por favor.

É Mark. Essa é a vigésima sétima mensagem hoje, ele já ligou várias vezes. Está desesperado para falar com Cam, mas ela não consegue encarar isso agora. Tem certeza de que ele vai querer que ela leve a gravidez adiante e vai tentar deixá-la mal por não querer isso. Ela não devia ter lhe contado. Ele não precisava saber. Ela não entende por que isso importa tanto para ele. Por que um óvulo e um esperma se unindo deixa as pessoas tão emotivas? Elas esquecem que, um minuto antes de saberem sobre a concepção, não tinham qualquer intenção ou vontade de ter um filho com aquela pessoa? Ela entende a parte do bebê, claro, mas ainda não tem bebê nenhum. É só um aglomerado de células que não deveria fazer as pessoas perderem de vista a realidade que surge ao deixar essa melequinha se transformar num humano. Mesmo assim, Mark está disposto a mudar toda sua vida por causa disso? Não faz sentido. Se ele quer ter filhos, não é melhor esperar que seja com alguém que ele ama? Ele é jovem o suficiente para fazer isso. Mas então ele manda outra mensagem.

OK, beleza, vou passar na sua casa.

Cam se levanta rapidamente e apaga todas as luzes e a TV. Ela se encolhe embaixo de um cobertor de caxemira e espera a campainha tocar. Considerando os vinte minutos que ele provavelmente vai levar andando até a casa dela, escreve um e-mail para Tara.

Ei, vi sua entrevista. Você não deve estar nada bem. Mas nem tudo está perdido, acho que posso te ajudar. Meu site pode ser útil em alguma coisa? Vai ficar tudo bem, prometo. Discutimos isso amanhã. Com

sorte, não vou vomitar em você... Te explico amanhã.
Mal posso esperar.

Bjs, C

Passando pelos outros e-mails, ela encontra outros da Stella Davies.

Camilla, o grande dia se aproxima. Tenho tudo planejado. Você sabia que podemos fazer coisas para influenciar no sexo do bebê? Quero um menino. Sabe por quê? Porque ele nunca vai precisar lidar com as mesmas merdas que eu tenho.

Meu plano é bem simples. No final desta semana vou seduzir meu chefe, engravidar dele, e conseguir o que quero. Do jeitinho que você disse. Você usa aquele carinha de 28 anos para sexo, então vou usar meu chefe para arranjar o esperma que preciso. Qual a diferença?

Bem grande, na verdade.

Mas o que você está fazendo é pior, então não me julgue. Não estou desperdiçando o tempo de ninguém, não quero influenciar ninguém. Meu plano é uma transação simples. Você é uma vaca egoísta e sem coração. Se suas outras leitoras também percebessem isso...

Espero que meu filho não se torne nada parecido com você.

Cam geralmente tenta não se importar com e-mails desse tipo, mas algo no tom dessa garota a deixa desconfortável. Não consegue definir se ela é uma ameaça ou não. Parece uma garota inteligente, diferente dos outros haters inúteis que acabam deixando claro que são idiotas pelo jeito como escrevem. Mas a linguagem da Stella é muito malvada, calculada. E o que ela está fazendo com o chefe é totalmente errado.

Ou não?

Será que Cam é louca por ter contado para Mark sobre a gravidez? A tal de Stella está mesmo prejudicando o chefe se transar com ele e desaparecer sem deixar vestígio? Como pode ser cruel se ele nunca vai saber? Se ela não contar, ele não sai prejudicado, certo? Foi o que Tara fez acidentalmente. E, sim, não foi planejado, mas meio que dá na mesma, não?

O que você está fazendo é pior, então não me julgue. Não estou desperdiçando o tempo de ninguém, não quero influenciar ninguém. Por que essa parte fica se repetindo na sua cabeça?

Cam sabe que Mark vai ter dificuldade de entender a decisão dela. Ele vai ter que lidar pelo resto da vida com esse aborto, porque quer ter filhos e quem se sente assim tem dificuldade em aceitar abortos. Se ela nunca tivesse contado e apenas feito o que sabe que é certo, então provavelmente agora ele estaria fazendo hora extra na academia, feliz como sempre com sua vida simples e fácil. Por mais desagradável que Stella pareça nos e-mails, o que ela está fazendo é tão louco assim se é algo que quer tanto? Claro, tem a parte preocupante de alguém claramente instável se tornar mãe, mas talvez ela seja boa nisso. Talvez seja justamente o que ela precisa.

A campainha toca. Um demorado "triiiiiim". Cam coloca o celular no silencioso e se deita, tapando o ouvido com uma almofada. Ela sabe que precisa lidar com Mark em algum momento e agir como uma pessoa decente, mas não quer fazer isso essa noite. Precisa tomar a própria decisão, sem que nada fique no caminho.

Uma hora e meia depois, ele acaba desistindo.

Stella

Vejo meu reflexo no espelho do banheiro e não consigo parar de rir. Um riso alto e genuíno explode como uma rolha de champanhe de uma garrafa que alguém acabou de chacoalhar. Raspei a cabeça. Caralho.

No começo eu não queria raspar, pelo motivo óbvio de que não tenho câncer e não estou fazendo quimioterapia. Mas aí, ao me dar conta de que preciso fazer o possível para sustentar minha mentira, a ideia não parece muito idiota. E a sessão de fotos me fez sentir feito uma obra de arte: o jeito como Jason me olhou, como se eu fosse a coisa mais linda do mundo, e minha necessidade de que alguma coisa mudasse — algo dramático, algo que me distraísse — faz todo sentido. Passo a mão pela cabeça. Parece tão pequena, tão fria, tão estranha... Não acredito que sou eu.

Cortei as mechas com uma tesoura, depois Jason raspou o resto com creme de barbear e um barbeador que ele deixa no escritório. Foi bizarro, mas estranhamente erótico. Em determinado momento fiquei imaginando se isso poderia levar a algum lugar, se eu podia chegar ao ponto que quero. Mas ainda não estava na hora. Tem que ser quando eu estiver ovulando, no caso de só acontecer uma vez.

Alice e eu costumávamos ficar na frente do espelho observando nossos rostos, tentando encontrar diferenças que mais ninguém conseguiria perceber. Eu tinha uma sarda extra na bochecha direita, o maxilar de Alice era um pouco mais quadrado. E só. Nossa personalidade era o que nos diferenciava. Mas agora Alice e eu não somos iguais. Um estranho levaria um minuto para nos identificar como irmãs gêmeas idênticas. Pela primeira vez na vida, olho meu reflexo e me considero como uma pessoa única. Gostei.

Tiro depressa todas as roupas. Meu corpo nu está careca assim como minha cabeça, com exceção do triângulo preto e denso dos meus pelos pubianos. Posso fazer isso, considerando que já fui tão longe... Em uma gaveta embaixo da pia pego uma tesoura e um barbeador. Apoiando um pé na privada e outro no chão, começo a cortar. Cada tufo de pelo parece uma parte da antiga Stella caindo no chão. Estou abrindo espaço, abrindo a área para Jason me penetrar, sentindo que o futuro está bem ali. Quando acabo, observo minha vagina nua. Parece que ainda ontem eu era criança, quando Alice e eu ríamos dos primeiros pelos surgindo. Éramos tão inocentes, sem imaginar o caos emocional que teríamos que enfrentar.

Quero ver essa inocência em outra pessoa. No meu filho. Quero proteger seu coração.

Vou ser uma ótima mãe. Sei disso.

14

Tara

Eu não sabia o que vestir para sair com Camilla. Não é um encontro romântico, claro, mas até que parece um pouco. Estou nervosa de verdade. Abro o guarda-roupa onde ficam as roupas de trabalho e pego meu macacão favorito de seda azul-marinho, sapatos de salto anabela nude e uma jaqueta de couro preta. É um look legal, descontraído, mas sexy. Não sei por que quero me sentir sexy encontrando Cam, mas quero que ela me ache atraente em todos os sentidos. Quero que ela fique impressionada, que me admire. Se eu usar uma roupa legal, talvez isso disfarce meu nervosismo. Passo batom vermelho. Meu cabelo castanho cacheado estava muito diferente no vídeo, então prendo para trás. Ficou bom, acho. E me sinto bem em me esforçar um pouco para me arrumar.

Minha experiência com encontros pela internet é que as pessoas podem apresentar uma versão on-line que não corresponde pessoalmente. Já vi Cam na TV uma vez ou outra, e não vou mentir, ela não é ótima. É um pouco dura e envergonhada, mas ok, ela escreve, não precisa ter uma atitude perfeitamente articulada e espontânea na TV. Mas espero que fique mais relaxada comigo esta noite, ou vou enlouquecer de ansiedade. Ela já escreveu muito sobre suas dificuldades sociais. Espero que ela seja muito legal, claro, só que mais difícil de conversar pessoalmente. Fico repetindo pra mim mesma que qualquer coisa é melhor do que Sophie, que era uma falsa. Então me faço de difícil, talvez eu possa confiar mais nessa atitude.

Minha ansiedade também está tomando parte do controle. Antes de entrar no bar, tenho que lembrar a mim mesma que o mundo tem coisas mais importantes para pensar do que em mim, que nem todo mundo viu o vídeo e que por trás de cada porta não vai surgir uma horda de gente com cartazes dizendo "MULHER SIRIRICA NO RECINTO".

Quando entro, vejo Cam sentada à uma das mesas. Ela é maior do que imaginei. Muito magra, mas seus ombros são largos. Parece uma amazona. Ela me vê e se levanta, anda até mim e me abraça, me apertando com seus braços excepcionalmente compridos. Eu não estava esperando por isso.

— Estou tão feliz em te ver! — diz ela, me segurando com firmeza.

É um gesto muito amigável que parece completamente impulsivo, mas sua hesitação antes de me soltar sugere que ela não sabe bem como se comportar em seguida. Então eu a ajudo.

— Estranho pensar que essa é a primeira vez que nos encontramos.

— Eu sei — diz ela, se afastando. — Desculpe, meu abraço foi um pouco intenso demais. Estou nervosa. Mas por quê?

— Acho que porque realmente queremos gostar uma da outra. E também porque estamos sofrendo com transtorno de ansiedade. Sou só eu ou todo mundo aqui está encarando a gente?

Olho ao redor. Tem umas sete pessoas ali, nenhuma olhando pra nós, mas isso não me acalma.

— Não, ninguém está olhando. Vamos, vamos até a minha mesa, é mais seguro lá.

Ela pega minha mão e me leva. Suas mãos são grandes, geladas e nodosas. As minhas parecem gordas e quentes em comparação. Um garçom aparece para anotar nosso pedido.

— Vou querer uma gengibirra, por favor — diz Cam. — Que petisco salgado vocês têm?

— Nachos? São uma delícia, com queijo derretido, salsa...

— Ótimo. Duas porções, por favor. Tara?

— Um uísque com Coca, por favor. Obrigada. — O garçom vai embora. — Rá, se não te conhecesse eu diria que você está grávida. — Rio. — Eu vivia tomando gengibirra e comendo porções gordurosas quando estava grávida.

Cam arregala os olhos e inclina a cabeça. Ela olha para mim de forma persuasiva. Está bem claro o que quer dizer.

— O quê? Não! Sério?

— É. O Rosto das Mulheres Sem Filhos está grávida. Não daria para inventar uma coisa dessas.

Não sei o que dizer. Não quero presumir que é uma má notícia.

— Ok, hum... Como você está se sentindo?

— Péssima. Nojenta, odeio tudo isso e mal posso esperar que acabe. Marquei o aborto para amanhã e quero resolver logo isso.

— Ufa. Não sei o que passou pela minha cabeça, mas achei que seria bem estranho se você seguisse com a gravidez. Merda, desculpe, isso soou mal. Claro que se você quisesse ter esse filho seria muito...

— Não, tudo bem, seria muito estranho. Sou "O Rosto das Mulheres Sem Filhos", então ter um filho significaria que estive falando merda durante todo esse tempo, o que não seria legal.

Ela tem razão. Seria decepcionante.

— Posso fazer a próxima pergunta óbvia? — digo.

— De quem é?

— Isso.

— Do cara de 28 anos sobre quem escrevi no blog.

— Ok. E você vai contar para ele? Bem-vinda ao assunto em que sou especialista...

— Já contei. Contei a ele logo de cara e me arrependo. Ele quer o filho.

— Merda.

— É, que merda. Ele quer ser pai e parece não se importar muito com a forma como isso vai acontecer. Eu não esperava essa reação dele, nem de longe.

— O que ele disse? Que não queria abortar?

— Não exatamente. Tenho sido uma vaca desde que descobri e não falei com ele ainda... Pelo menos essa é a impressão que tenho. Ele fica me ligando de cinco em cinco minutos, pedindo "Gata, precisamos conversar". Não aguento. Não consigo atender o telefone.

Penso em Nick na porta da própria casa, a esposa grávida atrás, seu olhar horrorizado enquanto eu contava que ele tinha uma filha de seis anos. Eu estava certa desde o início. Queria que Cam tivesse me perguntado o que fazer. Mas toda situação é diferente, acho que não dá para dar conselhos sobre isso.

— Ele vai ficar bem. Vai ser como terminar um relacionamento: ele vai se sentir consumido, mas depois vai parar de se importar. Ainda mais porque você não vai seguir com a gravidez.

— Exatamente. Meu Deus, não faço ideia de qual é a coisa certa a fazer. Acho que você pode ter razão. Por que o cara tem que saber?

— Acho que tem mais a ver com a criança do que com o pai. Vou ter que explicar muita coisa um dia. Penso muito nisso. Além do mais, quem quer filhos tem uma opinião restrita. Cada embrião parece a última chance. As pessoas têm medo de não terem outra oportunidade. Por isso fiquei com Annie. Acho que esse pensamento aterroriza as pessoas... elas ficam um pouco enlouquecidas.

— É, pode ser. Me sinto mal por ele, mas não consigo fazer isso, sabe?

Concordo sem dizer nada e nosso primeiro silêncio constrangedor nos lembra como essa situação é bizarra, porque não nos conhecemos de verdade e queremos gostar uma da outra.

— Aliás, falando em loucura — diz Cam, mudando de assunto. — Tem uma garota que me mandou uns e-mails muito estranhos. Ela é horrível, realmente agressiva e má. Mas também me confidencia algumas coisas, o que é muito bizarro. Vou encaminhar pra você, a leitura é fascinante. Ela planeja seduzir o chefe para engravidar, mas não vai contar para o cara. Pretende largar o emprego e sumir da vida dele. Eu estava considerando isso tudo muito cruel até ver a reação do Mark e agora estou na dúvida se ela é mesmo louca... ou será que tem a cabeça no lugar?

— Sei lá, isso parece muito calculado e psicótico. Acho que engravidar acidentalmente é uma coisa, mas engravidar de propósito do chefe? É meio foda.

— É, acho que sim. Meu Deus, meu radar de loucura deve estar descalibrado. Fiquei em cima do muro nessa história. Bom. E você? — pergunta Cam enquanto o garçom traz as bebidas. Ela toma de uma vez pelo canudinho e pede outra. — Posso vomitar a qualquer momento — acrescenta, arrotando na mão. — E não consigo parar de pensar em donuts. Tipo, quero invadir uma loja e comer tudo. Mas não vou fazer isso, não vou ceder. Enfim, desculpa. Como você está lidando com tudo o que está acontecendo?

— Estou bem. Mais ou menos. Não muito. A entrevista foi um desastre. Estou puta porque lidei muito bem com as perguntas. Não pedi desculpas, me mantive firme, mas a edição me deixou parecendo maluca. Eu queria nunca ter topado falar.

— Bem, TV é assim. Você não tem controle, eles podem fazer o que quiserem.

— Eu devia saber. Esse é meu mundo e sinto que meti os pés pelas mãos.

Cam olha para as próprias mãos por um segundo, obviamente pensando no que vai dizer. O nervosismo dela fica evidente em determinados momentos. É menos óbvio do que achei, mas está presente, com certeza. Na internet ela é muito sincera e aberta, o que lhe permite dizer coisas pesadas sem parecer grosseira. Na vida real é mais difícil. Ainda assim é gentil, mas a aspereza fica mais distinta. Tenho a impressão de que ela precisa pensar mais no que fala do que no que escreve.

— Acho que podemos virar o jogo. Tenho uma ideia — declara, hesitante, obviamente não querendo presumir que vou aceitar qualquer coisa sugestão dela.

— Prossiga.

— Meus patrocinadores querem que eu convide algumas blogueiras para uma participação. Mães, especificamente. Eles estão preocupados que meu desejo de não ter filhos possa afastar as leitoras que desejam atingir e sugeriram diversos tipos de blogueiras e vlogueiras que sejam mães, mas todas são asquerosas, então eu queria saber se você gostaria de escrever.

— Ah, uau. Não tenho certeza. Quer dizer, não sei escrever direito, eu acho...

— Sabe, sim. Claro que sabe. Escrever é só tirar o que está na sua cabeça. Você passou por muita coisa e, como mãe, acho que minhas leitoras vão reagir muito bem a isso.

— Sério? Não sou exatamente um exemplo de maternidade inspiradora.

— Depende de como você enxerga a situação. O *HowItIs.com* sempre foi sobre alternativas. Minhas leitoras querem se libertar das amarras da sociedade e fazer as coisas do jeito delas. Meu trabalho é encorajar exatamente isso. Você pode ser polêmica para algumas, mas para outras é uma inspiração. Criar um filho sozinha porque era o que você queria? Adoro essa história. Caramba, às vezes ser mulher faz a gente se sentir num açougue. A gente precisa se apaixonar, casar, ter filhos. Cada vez mais e mais mulheres estão indo na direção contrária. Escolhendo não ter filhos, ou arranjando um jeito de tê-los por conta própria. E acho importante promover essas alternativas de um jeito positivo. As mulheres podem fazer e ser o que quiserem, e mulheres como eu e você podemos ajudá-las nisso. Não seja uma maria vai com as outras, sabe? Viva do seu jeito.

Sorrio para ela. Esse discurso pareceu a voz que ouço lendo o trabalho dela. Essa é a Cam que venho acompanhando durante todos esses anos.

— Acho que posso tentar. Talvez você possa editar um pouco para mim, garantir que eu não diga nada idiota, ou então escreva meu nome errado ou algo assim...

— Claro, vamos deixar tudo perfeito. O que você acha?

— Acho que sim, ok. Por que não?

— Ótimo! Não seja uma maria vai com as outras — diz Cam, aproximando seu copo meu cheio do meu para um brinde.

— Não seja uma maria vai com as outras — repito, brindando.

— Você vai ficar bem amanhã? Alguém vai te buscar? Posso ir, se você quiser — digo, sabendo que ela quer mesmo fazer esse aborto, mas torcendo para que tenha alguém para cuidar dela.

— Sim, meus pais vão comigo. O que é muito legal da parte deles, mas também muito estranho. Mas obrigada. — Ela termina os nachos pegando muito queijo com guacamole num único chip. — Mas você podia passar lá em casa na noite seguinte, se quiser. Podemos discutir o que você vai escrever, pedir uma pizza. Sei lá, só conversar.

— Eu adoraria. Claro! — digo, colocando a jaqueta de couro e desejando que os próximos dois dias passem rápido para que eu possa ver minha amiga de novo.

Enquanto esperamos os táxis, trocamos números de telefone e ela me manda seu endereço por mensagem. Nos abraçamos ao nos despedir, dessa vez muito mais relaxadas. Enquanto meu carro se afasta, sinto um grande vazio na minha vida ser preenchido.

Cam

No táxi para casa, Cam apoia a cabeça no vidro numa tentativa de melhorar o enjoo. Quando se sente melhor, abre um pouco a janela e pega o celular na bolsa. Dando uma olhada nos e-mails, encontra o último de Stella, em que ela detalha o plano de engravidar do chefe, e manda para Tara com um recado.

```
Adorei esta noite. Me fez perceber como eu precisava
de alguém como você na minha vida. Acho que talvez
eu seja um pouco solitária, por mais que nunca ad-
mita em voz alta. Desculpa se ficou meio brega, mas
é verdade. Durma bem, escreva alguma coisa para mim
amanhã e vamos fazer isso acontecer. Não seja uma
maria vai com as outras... Adorei!
   Bjs,
   Cam
```

```
P.S.: Estou te mandando o e-mail daquela garota que
está me mandando as mensagens de ódio. Acho que você
tem razão, ela é louca!
```

Quando o táxi estaciona, ela corre até a porta da frente. Mal pode esperar para se deitar na cama. Mais uma noite de sono até tudo isso acabar.

Enquanto enfia a chave na porta, escuta passos correndo atrás dela. Antes de conseguir abrir a porta, a pessoa está tão perto que ela ouve sua respiração.

— Sai de perto de mim! — grita ela, se virando e usando a chave para apunhalar a pessoa no rosto, um truque que seu pai lhe ensinou e ela achou que nunca usaria.

O homem se curva, pressionando a mão na bochecha.

— Porra. Caralho. Por que você fez isso? — diz ele, e Cam percebe que é Mark.

— Meu Deus, Mark. É você. Por que veio correndo desse jeito? — retruca ela, se apressando para ajudá-lo, mas ele afasta sua mão.

— Porque você está me ignorando há dias. Não atende a campainha, não responde as minhas mensagens. Eu só queria falar com você, ok? — Ele mexe o maxilar de um lado para outro e pressiona a bochecha com a mão. Claramente se machucou. — Estou esperando aqui faz tempo... Onde você estava? Você nunca sai.

— Eu estava com uma amiga.

— Com uma *amiga*? — questiona Mark, presumindo alguma coisa que irrita Cam.

— É, com uma amiga — confirma ela, sendo grosseira, mas depois se recompondo. Ela desconsidera o ciúme dele, porque o machucou de verdade. — Desculpe, achei que estava sendo assaltada ou algo assim.

Mark olha para a mão: está sangrando um pouco, mas não é nada grave. Poderia ter sido bem pior. Os dois relaxam um pouco.

— Ah, é? Desculpe pelo quê? Por partir meu coração ou quebrar minha cara?

— Sua cara, Mark. Caramba! Não fala assim.

— Falar como? Com emoção?

— Não parti seu coração. Fala sério — diz Cam, na defensiva. — Sei que você quer ter filhos, mas não precisa tornar as coisas ainda mais dramáticas.

— "Mais dramáticas"? O que você acha que é isso aqui, Cam? — pergunta ele, parecendo um adulto, e não o garoto como ela sempre o tratou. — O que você acha que acontece quando duas pessoas têm um relacionamento assim? Onde você acha que isso vai parar?

— Não sei onde isso vai parar. Não sei sobre o futuro. Isso aqui é sobre duas pessoas conseguindo o que querem uma da outra. — Ela percebe que isso soou um pouco pesado. — De um jeito bom, claro.

— Meu Deus, como você pode ser tão fria? Se você não quer o bebê, a escolha é sua, não vou te obrigar a nada. Mas que tipo de cara você acha que eu sou?

— Uau, acho que só... não achei que era sobre nós, achei que era sobre o bebê — diz ela, sendo golpeada pela culpa com mais força do que faria qualquer agressor na porta da casa dela. *Ele não vai tentar me convencer a ter o bebê?*

— Claro que é sobre nós. Por que você acha que apareço aqui num piscar de olhos quando você me chama? Você nunca entrou na minha vida, nem mesmo esse interessou nela, mas lidei com isso porque enxergo quem você é de verdade. Sei que precisa do seu espaço, da sua própria vida e respeito isso. Mas aí você engravida e não me pergunta nada, só me diz o que quer, o que é certo para você e nem me dá a chance de dizer que estou disposto a fazer qualquer coisa que te deixe feliz. Você pode ter ou tirar o filho. Por que te amo.

— Mark, você não me ama. Para. Não podemos falar sobre isso sem sermos bobos?

— Não. Eu te amo. Nunca conheci ninguém como você. Você vive a vida do jeito que quer e por mais que eu queira participar mais dela, acho a coisa mais sexy do mundo. Não quero que você mude ou seja algo que não é. Só quero que você seja minha, seja lá o que isso signifique em relação ao bebê. Só quero que você seja minha.

Cam fica sem fôlego, culpada e bem desconfortável. Ela não costuma lidar com emoções à flor da pele. Não lida bem com pessoas que a colocam nessa posição, porque precisa pensar em respostas para declarações como essa. *Mark a ama?* De onde isso veio?

Em vez de se dar um minuto para pensar, ela diz as coisas que está pré-programada para dizer.

— Mark, olha, me desculpe, mas eu não me sinto assim. Não percebi que você se sentia desse jeito e se tivesse percebido talvez tivesse sido mais sensível. Mas não... não estou procurando um relacionamento. Desculpe.

Mark fica devastado. Ele está perdendo a força para continuar implorando.

— Vou subir agora, estou cansada e tenho um procedimento amanhã que está me deixando nervosa. Vai pra casa, Mark. Durma um pouco. Amanhã te conto como foram as coisas.

— Promete?

— Sim, Mark. Prometo, ok?

Ela se afasta lentamente. Ele não se mexe. Cam enfia a chave na fechadura, abre a porta e entra. Ela para diante da escada, o mais imóvel possível por uns trinta segundos, até ouvir os passos dele se afastarem pela rua.

Ele me ama?, diz a si mesma, subindo lentamente a escada. Ele a chamou de fria, mas tem um calor queimando dentro dela. *O que é isso?*

Enquanto sobe até a porta do seu apartamento, ela não consegue mais ignorar esse calor.

— Espera, Mark! — grita, uma mudança de ideia que a faz girar rápido demais na escada estreita.

Então perde o equilíbrio e tenta alcançar o corrimão, mas sua mão escorrega. Paralisada com o choque de saber que vai cair, seu corpo bate em cada degrau. Seu pescoço estala quando ela aterrissa pesadamente lá embaixo, esmagada na porta da frente.

Cam morre no mesmo instante.

15

Tara

Deitada na cama, mal consigo respirar enquanto releio sem parar o e-mail de Cam.

Mas não é *o que* Stella Davies disse que está me fazendo perder o controle, é a assinatura no final do e-mail.

`Assistente Pessoal de Jason Scott @Jason Scott Photography`

A louca está usando o e-mail do trabalho para·mandar as mensagens para Camilla. O que faço agora? Não estou acreditando nisso. É como se os planetas tivessem se alinhado para me jogar em um buraco negro.

Ao me lembrar do meu encontro com Jason, tenho a sensação de que uma pessoa diferente entrou naquele bar, que isso aconteceu em uma vida passada. Que força cósmica bizarra está me atraindo de volta para o mundo dele?

Quero contar a ele sobre o e-mail, mas como? Ele me disse claramente que não queria mais nada comigo, então não posso mandar uma mensagem dizendo "Ei, sou eu de novo. Olha, pode parecer estranho, mas acho que sua assistente está tentando roubar seu esperma". Eu podia ligar, mas ele provavelmente não atenderia. Só que não posso deixar isso acontecer. Quer dizer, é errado. Sei que Jason quer ter filhos, mas ser pai de uma criança que ele nunca vai saber que existe seria devastador. Não posso contar. Mas como posso ignorar essa história? Será que devo mandar um e-mail? Mas a garota é a assistente pessoal dele... e se ler os e-mails dele também?

Preciso fazer alguma coisa. Mas o quê? Sei que isso não é problema meu, mas sinto que não posso ignorar. Gosto desse cara e não quero que isso aconteça com ele. Mando uma mensagem para Cam.

Você não vai acreditar nisso, mas conheço o chefe da Stella Davies!

Ela não responde, talvez já esteja dormindo. Não mando outra mensagem, não quero acordá-la com meus dramas quando está prestes a passar por um aborto. Talvez eu mande algo pra ela enquanto estiver no procedimento, uma coisa legal para quando chegar em casa. Tenho certeza de que ela disse que a consulta era às duas. Vou comprar uma caixa de donuts, porque ela disse que não conseguia parar de pensar nisso. Sei que Cam estava tentando resistir, mas talvez o gesto a faça rir depois de um dia ruim. Sim, é isso que vou fazer. Algo legal para minha nova amiga.

Com isso em mente, apago a luz e durmo.

Amanhã decido o que fazer sobre Jason.

Stella

Quase engasgo com a salada de vegetais e o arroz integral quando leio o jornal. Pigarreio, tomando um gole do xarope. *Camilla Stacey morta? O quê?*

Pego meu celular, quase todo site de notícia publicou informações. As matérias começam demonstrando compaixão pela morte dela, mas quase todas também a ridicularizam por mentir sobre não querer filhos.

O Rosto das Mulheres Sem Filhos estava grávida. Veja só que coisa...

Camilla Stacey está sendo humilhada publicamente e morta demais para se defender. Não consigo parar de tremer e sinto que se começar a chorar, não vou mais parar. Mas por que estou triste? Eu nem conhecia ela.

Mas talvez ela *me* conhecesse. Será que leu meus e-mails? Nunca vou saber. Isso é muito surreal! Sinto como se uma amiga tivesse morrido, mas uma amiga de quem eu não gostava. Não quero escrever textões tristes no Facebook como os amigos de Alice fizeram, mas sinto que perdi alguma coisa. Eu via Camilla Stacey como uma confidente, por mais que não saiba se ela leu meus e-mails ou não. Será que fui escrota demais? Ela morreu se sentindo triste por minha causa? Estou realmente me estressando com isso. Mas não posso ficar estressada, porque parece que isso atrapalha a fertilidade. Só que é impossível não pensar nessa história.

E ela estava grávida? Com certeza Cam, com sua vida perfeita, ia acabar tendo o bebê. Mas então a vida dela não era tão perfeita assim, não mais. Penso no bebê que também morreu. Que injustiça terrível. E, de algum jeito estranho, sinto outra ligação estranha com Cam, porque hoje no teste de ovulação surgiu uma carinha sorridente e brilhante, o que significa "fertilidade alta". O que provavelmente quer dizer que amanhã terei só uma carinha sorridente, porque estou no pico fértil. Só mais um dia para meu plano se concretizar.

Tara

O cheiro dos donuts enche o vagão do metrô. Sinto o cheiro apesar do lenço que coloquei na cabeça. Obviamente estou ganhando um pouco mais de confiança, porque me atrevi a fazer isso com o cabelo solto, embora tenha precisado cobrir o rosto. Especialmente porque o cheiro dos donuts está irradiando do meu colo, e as pessoas não conseguem evitar olhar para a caixa, obviamente tão tentadas pelo cheiro quanto eu. Penso em comer um, mas seria meio estranho deixar onze donuts na porta de Cam, né? Todo mundo sabe que você compra seis ou doze, e ela pode me achar gulosa. Ou talvez ache engraçado.

Não, Tara, você não pode comer um dos donuts de "Melhoras" da Camilla.

Estou me sentindo muito bem com isso. São três da tarde, ela ainda deve estar na clínica e vou deixar a caixa lá para quando ela voltar. Considerei se seria insensível, porque ela estava tendo desejos de grávida e quando chegar em casa não estará mais esperando um filho, mas acho que Cam é mais durona que isso e espero que ela coma pelo menos um depois dessa história toda.

Sigo o Google Maps até a rua dela, tomando cuidado para não derrubar a caixa e estragar a surpresa. Esse vai ser só o primeiro de muitos gestos carinhosos que faremos uma para a outra, tenho certeza. É isso que amigas de verdade fazem. Elas não somem e vão para Bora Bora quando você mais precisa, elas deixam uma caixa de donuts na sua casa sem roubar nenhum. Enquanto me aproximo do que parece ser o prédio dela, um policial do outro lado de uma fita amarela me pede para recuar. Tem muita gente aqui. Policiais, paramédicos, jornalistas. O número onze, com certeza o prédio dela, está totalmente cercado. Acho que peguei a rua errada. Confiro o endereço com o policial.

— É, aqui mesmo — confirma ele. — Um passo pra trás, por favor.

Tento ver o portão, mas não consigo porque tem muita gente. Tem uma mulher, de uns setenta anos, com as mãos na boca, a alguns metros do portão, observando, em silêncio, chocada. Um homem que deve ter a mesma idade — o marido? — está tentando reconfortar a senhora, mas também não consegue. Ele cai de joelhos e chora tão alto que seu luto toma conta de todo o ambiente.

O que tem do outro lado do portão?

Um paramédico aparece com uma maca. Quando ele surge, vejo um corpo totalmente coberto por um lençol branco. Então surge mais um paramédico empurrando o outro lado. Os dois conduzem a maca para a porta traseira da ambulância.

Quem está na maca?

Olho para a porta. Número 11. É onde...

— Camilla! — grita a senhora de repente, correndo histericamente atrás da ambulância.

O homem se levanta num pulo para impedi-la e os dois caem de joelhos de novo. O sofrimento deles é aterrador.

Derrubo a caixa de donuts no chão.

Sentada no sofá entre meu pai e minha mãe, não consigo desviar os olhos marejados da TV enquanto assisto às notícias sobre a morte da Cam. A apresentadora, com uma blusa cor-de-rosa e o cabelo perfeitamente alisado, fala enquanto imagens da cena onde eu estava naquela tarde passam em uma caixa ao lado da cabeça dela.

"Camilla Stacey, 'O Rosto das Mulheres Sem Filhos', é encontrada morta em casa", aparece na legenda na parte inferior da tela.

Então a imagem toma a tela inteira e um jornalista fala para a câmera. Depois fica escuro, mas a fita amarela ainda balança atrás dele, o portão do número onze continua aberto mesmo quando a ambulância já se foi.

— Por volta de uma da tarde, a blogueira e renomada ativista feminista Camilla Stacey foi encontrada morta em casa. A causa da morte ainda é desconhecida, mas a polícia diz que não há sinais de violência. Stacey foi encontrada morta por seus pais, que tinham ido buscá-la para o almoço, segundo disseram à polícia. Ela estava ao pé da escada que levava para seu apartamento. Os paramédicos que chegaram à cena disseram que ela estava morta há várias horas e que morreu no mesmo instante ao quebrar o pescoço, provavelmente no final da noite passada.

— Isso não é real — digo, mordendo a unha do dedão, meu lábio superior tremendo.

— Sinto muito, querida — diz minha mãe, sentada ao meu lado.

— Ela estava bem, eu estive com ela na noite passada. Como isso foi acontecer?

O jornalista continua:

— Camilla Stacey tinha uma enorme base de fãs e apesar de muitas homenagens estarem surgindo em seu Twitter, também há muita confusão. Stacey construiu uma carreira lucrativa com seu estilo de vida sem filhos e seus fãs ficaram chocados ao descobrir que ela estava grávida de nove semanas. Isso deixou seus seguidores leais devastados pelo que alguns dizem ser um "golpe emocionalmente corrupto". O principal patrocinador de Stacey, a L'Oréal, deu a seguinte declaração.

Um gráfico aparece na tela.

"Estamos devastados com a notícia do falecimento de Camilla Stacey. Sempre apoiamos muito seu trabalho no HowItIs.com. *No entanto, achamos que é importante dizer que como marca, não endossamos, apoiamos ou aprovamos enganar nossos clientes.*

Ficamos chocados ao saber sobre a gravidez dela e queremos garantir que não estamos envolvidos em nenhum tipo de golpe. Estamos retirando nossa marca do site e nosso patrocínio acaba aqui.

Samantha Byron, Gerente de Patrocínio, L'Oréal."

— Claro que acaba aqui, sua retardada. Ela morreu! — grito, com tanta raiva que meus dentes rangem.

— Tara, por favor, olha a boca, essa palavra não é legal — diz minha mãe, correndo para fechar a janela da sala para que a Sra. Bradley não me ouça usar a palavra com "r".

— Desculpe — digo —, mas não consigo acreditar. Isso não pode estar certo. Ela era incrível, mãe. E, sim, estava grávida, mas tinha marcado o aborto para hoje. Eu estava levando donuts para ela.

Apoio a cabeça nas mãos e choro. Isso não faz sentido. Ela era minha amiga.

— Nunca conheci ninguém como ela. Era uma pessoa destemida e muito verdadeira consigo mesma. Ela era tudo o que podia ser e mais. Pessoas como Cam não morrem — digo, tentando tirar algum sentido disso.

— Ela parece um pouco com você — comenta meu pai, colocando o braço em volta de mim. — Não é nenhuma surpresa que vocês tenham se dado bem. Ela teve sorte de ter passado a última noite da vida com você, meu amor — diz, me abraçando apertado.

Ele ainda está usando o suéter que fingi ter tricotado. Sorrio para ele, mas logo começo a chorar de novo. Meu pai se aproxima de mim e percebo quanto uma filha precisa do pai às vezes.

Minha mãe, do outro lado, desliga a TV. Nós três estamos sentados um do lado do outro no sofá, formando uma fileira. Os dois esfregam minhas coxas e dão tapinhas nas minhas costas enquanto choro desesperadamente, devastada pela morte da minha amiga. Quando minha cabeça se esvazia de lágrimas e fica doendo com a pressão do sofrimento, digo a eles que preciso ir para a cama.

Eles me levam para o quarto, me colocam na cama e me beijam na testa, como faziam quando eu era criança.

— Vamos acordar com Annie amanhã e levá-la para a escola — diz minha mãe. — Descanse.

— Obrigada — digo enquanto ela fecha a porta. — Amo vocês.

— Também te amamos. Muito.

Quando a porta se fecha, releio nossas mensagens e nossos e-mails. Cam me deu tanto apoio, e eu queria fazer o mesmo por ela. Agora ela foi roubada de mim. Que reviravolta maligna do destino te aproxima de uma pessoa dessas para tirá-la de você logo depois? Lendo nossos e-mails, chego ao último, onde o nome do Jason aparece no final da mensagem de Stella Davis, e fico na dúvida se o que aconteceu não foi de fato um ato de maldade. Fiquei me perguntando que força cósmica tinha trazido Jason de volta à minha vida, e, me sentindo muito espiritual e como se o universo não entregasse um sinal sem motivo, imagino se Cam não me mandou esse e-mail por uma razão. E Jason sendo essa razão.

Stella

Faço xixi no teste. Uma carinha sorridente aparece. Estou no pico da fertilidade. Hoje é o dia. Tomei um xarope inteiro para tosse, comi só frutas alcalinas no café da manhã e não me exercito há duas semanas para ganhar alguns quilos.

Estou usando uma saia mais curta que o normal e uma blusa vermelha decotada embaixo de um cardigã azul que deixo aberto. Sei que engordei, mas a maioria do peso foi para o meu peito, então estou maximizando isso com um sutiã que levanta. Fiquei relativamente fora do caminho de Jason durante o dia todo, porque sei que ele está quase terminando o livro. Preciso escolher o momento com cuidado. Ele é um cara sensível, então se eu fizer um movimento errado, vou assustá-lo. Paciência é tudo. Não pode dar errado.

Ainda me sinto muito estranha com a morte da Camilla Stacey, afinal ela conhecia meu plano. Mas preciso me focar. Tento não pensar mais nisso.

Respiro fundo algumas vezes, tento passar a mão pelo meu cabelo e sinto um arrepio quando lembro que estou careca. Mas é tão mais fácil manter minha imagem de agora. Eu não tinha percebido quanto tempo eu passava tentando arrumar o cabelo. Passo um pouco de gloss, levanto os peitos no sutiã e bato gentilmente na porta.

— Como estão as coisas? — pergunto, me inclinando um pouco para acentuar a curva do meu corpo, caso ele note.

— Uma hora, Stella. Volte daqui uma hora e acho que vou ter terminado.

— Boa, chefe! — digo, fechando a porta.

Volto a me sentar à mesa. Como posso passar o tempo? Procuro notícias de Cam Stacey de novo. O *Mirror* a chamou de mentirosa. O *Mail* entrevistou algumas fãs.

"É uma traição. Ela me fez sentir bem por não ter filhos e agora sinto que a única pessoa em quem eu me inspirava não conseguia ser como eu. Isso me deixa deprimida."

"Ela mentiu para todas nós por dinheiro. Era uma pessoa horrível e não está mais aqui para se responsabilizar por isso. Não é justo."

"Eu gostava muito dela, mandei vários e-mails, ela até respondeu alguns. Não consigo entender como alguém pode ser tão falsa. Eu realmente acreditava que Cam era quem dizia ser. Me sinto tão idiota."

Cam respondia aos e-mails? Isso significa que ela devia ler. Me sinto mal ao pensar que ela pode ter morrido se sentindo odiada, embora meus e-mails não sejam nada comparados ao que estão dizendo sobre ela no Twitter. Mas será que ela realmente mentiu sobre não querer ter filhos por dinheiro? Estou anestesiada, não sei o que pensar. É melhor me concentrar no que estou prestes a fazer...

Finalmente uma hora se passa. Tiro uma garrafa de champanhe do frigobar — a que os pais de Phil me deram de aniversário — e pego duas taças. Bato na porta do Jason de novo.

— E aí, já podemos comemorar? — pergunto.

— Espera, quase... Lá vai... Ok, FIM... ACABEI! Caralho, acabei, porra — diz Jason, caindo na gargalhada e correndo até mim, me abraçando e me levantando do chão. — Graças a Deus acabei essa merda! — grita, se empolgando demais e esquecendo que está lidando com uma pessoa muito delicada. — Stella, desculpa, te machuquei?

Ele me coloca no chão e confere se fiquei com algum machucado.

— Não, estou bem. Muito bem! Estou orgulhosa de você — digo, me aproximando da mesa dele, colocando a garrafa e as taças em cima e abrindo a champanhe. Viro o rosto quando a rolha estoura e então sirvo.

— Saúde! — dizemos, erguendo as taças.

Jason esvazia a dele imediatamente.

— Foda-se, quero encher a cara — diz ele, me estendendo a taça para um refil.

Sirvo uma dose generosa, tomando pequenos golinhos da minha.

— Então, como vamos comemorar? — pergunto.

— Caramba, não sei. Não planejei nada.

— Bom, ainda bem que eu trouxe a champanhe, né? — digo. — Achei que você ia precisar de uma bebida.

Eu me aproximo de novo da mesa dele e me sento. Ele dá uma olhada na minha coxa, que deixe deliberadamente à mostra. Puxo a um pouco saia para baixo e ele tenta disfarçar que reparou.

— Eu queria te agradecer por ter raspado minha cabeça — digo. — Você tinha razão, é melhor do que deixar o cabelo cair sozinho. E ainda por cima eu gostei do visual.

— Eu também gostei, combina com você. O formato da sua cabeça é muito bonito.

— Obrigada — digo, tomando um golinho de champanhe de um jeito sedutor. — Pois é, me sinto mais confortável do que nunca. — Passo a mão pela coxa, atraindo atenção dele para a minha pele. Jason se mexe um pouco, desconfortável, mas não tira os olhos da minha perna. Dou um grande bocejo falso. — Caramba, essa champanhe está me deixando com sono. Acho que preciso de um café. Você quer? — pergunto, sabendo que Jason nunca recusa um espresso. Tenho que agir rápido depois que ele tomar sua xícara, para que cause máximo impacto no esperma. Ao passar por ele para chegar à máquina de Nespresso, mexo o quadril, só um pouco para ele notar. — Prontinho — digo, voltando com uma dose dupla de café. Fico observando ele beber, como se estivesse tentando envená-lo e quisesse confirmar que ele tomou até o último gole. Sirvo mais champanhe em nossas taças, me sento de novo na mesa dele, levantando um pouco mais a saia. O jogo começa.

— Combina mesmo com você, sabe — comenta Jason, nervoso. — Seu cabelo, quer dizer, sua cabeça.

Ele está nervoso. Tem algo no ar. Não podemos mais ignorar.

Lanço um olhar sugestivo para ele enquanto descruzo as pernas e passo as mãos nas coxas.

— Obrigada — digo, depois de um instante. — Por que você não vem aqui um pouco?

— Stella, o que você está fazendo?

— Como assim "o que estou fazendo"? Só quero te parabenizar. Vem aqui.

Agora não há dúvidas do que está passando pela minha cabeça.

— Stella, não sei se é uma boa ideia. Você trabalha aqui, e... e o seu...

— Vai, pode dizer.

— Você tem câncer — diz ele, indo direto ao ponto.

— E isso quer dizer que não posso transar?

Ele balbucia, como se já soubesse o que estou sugerindo, mas torcesse para estar errado.

— Jason, ainda preciso de sexo.

— Desculpe, Stella. Você é linda, mas não acho isso certo. Vou embora, ok? Não precisamos voltar a esse assunto. Tire uma semana de folga, também vou descansar agora que terminei o livro. Vamos esquecer que isso aconteceu.

E se vira e sai. Mas não pode ir embora, não vou deixar.

— Jason, não. Tudo bem. Podemos fazer isso, não tem que significar nada, não tem que mudar nada. É só uma diversão para duas pessoas que provavelmente precisam de um pouco disso, né? — Estou muito perto do rosto dele, meu peito pressionando o dele. — Só um pouco de diversão? — insisto, encostando os lábios nos dele.

Em segundos isso se transforma num beijo intenso e penetrante no qual enfio a língua dentro da boca dele. Jason resiste no começo, mas não por muito tempo. Dou a mão a ele e o levo de volta para a mesa. Levanto a blusa e abro o sutiã. Como todo cara com quem já transei, Jason cede quando vê meus seios. Ele tá na minha, já sei.

Abaixo a saia até o chão e depois minha calcinha. Minha vagina nua o surpreende.

— Caramba, Stella. Nunca achei que você fosse o tipo de garota que se depilava — diz ele antes de pensar melhor. — Merda. Desculpa, é por causa do tratamento?

Coloco o dedo nos lábios dele, para que ele fique quieto.

— Então você já imaginou minha boceta? — pergunto, sorrindo.

— Não, quer dizer... É que você não parece o tipo que...

— Bom, agora não precisa mais pensar, ela é toda sua.

Me inclino para trás na mesa e abro as pernas. Ele tem uma bela vista da minha vagina, para onde olha fixamente.

— Vem, Jason. Tudo bem. É só sexo, não vai mudar nada entre nós.

Abro ainda mais as pernas, proporcionando uma visão a que poucos homens iriam resistir. Estou tão perto de conseguir o que preciso dele...

— Jason, por favor — digo, desesperada. — Preciso disso. Pode ser minha última vez.

— Meu Deus, pode mesmo? — retruca ele, agarrando meu corpo e me beijando.

Continuo ali por alguns segundos, porque o beijo dele é muito bom. Sua boca é muito macia. Mas preciso me focar. Quero um menino. Me viro rapidamente e dou as costas para ele.

— Me come assim — digo, empurrando minha bunda na virilha dele.

Sinto que ele está duro. Vai acontecer em segundos. Eu me masturbo para gozar também, como li na internet. Meu orgasmo vai sugar os espermatozoides masculinos e levá-los primeiro para o óvulo. Vai ser incrível. Vai dar tudo certo.

Jason abre a calça e aproxima o pênis de mim, enquanto me abro para que ele encontre o caminho. Sinto a cabeça do pau tocar minha pele e quando estou prestes a empurrar meu corpo na direção do dele, nós dois pulamos de susto quando alguém grita:

— Não! Jason, não penetre ela!

"Não penetre ela?" *O quê?* Nos viramos para descobrir quem disse isso.

— Tara? — Jason e eu gritamos em uníssono.

— Jason, ela está tentando roubar seu bebê. Quer dizer, ela está tentando ter um filho seu. Essa mulher quer um bebê só pra ela. Merda... Não acredito que eu disse "não penetre ela". Desculpa, eu não estava esperando entrar bem na hora, eu... — diz Tara, tapando os olhos com a mão para não ver os genitais expostos.

— Ok — diz Jason, puxando a calça para cima. — O que você disse?

— Desculpa, é, eu não expliquei muito bem. Hum. Presumo que essa seja Stella, certo? — pergunta ela, apontando para mim, ainda tapando os olhos com a outra mão.

Faço que sim com a cabeça. Não há muito mais o que fazer. Visto a calcinha.

— Sim, é Stella, como você... Espera, Stella, como você sabia que ela era Tara?

Putz.

— Todo mundo sabe quem eu sou por causa do *vídeo*.

— Que vídeo? — pergunta ele, obviamente não fazendo ideia do que ela está falando.

— É, o vídeo. De mim... Espera, você nunca viu o vídeo?

Enquanto Jason explica que estava sem ver TV ou entrar na internet por causa do livro, me abaixo para pegar minha saia, mas ele grita e eu me levanto como se fosse um soldado, com minha cabeça raspada ridícula.

— Stella, por que você... Não, espera, Tara, como você conhece Stella?

Ele está tão confuso que coça a cabeça como Stan Laurel.

— Conheço ela porque estava usando o e-mail do trabalho para mandar mensagens de ódio para minha amiga Camilla Stacey. Eu mesma li a mensagem.

Jason olha para Tara e depois para mim.

— Vocês estão falando em código?

— Saí com Camilla duas noites atrás, logo antes de ela morrer, Stella — diz Tara, obviamente determinada a não chorar. — Vi seu último e-mail e descobri onde você trabalhava. Eu precisava te contar o que ela está planejando, Jason. Essa informação chegou até mim e eu não podia ignorar. Sei que você disse que não queria me ver de novo, mas...

— Espera, quando foi que eu disse isso? — indaga Jason, parecendo realmente desconcertado.

— Quando te mandei uma mensagem na semana passada e você respondeu que eu tinha interpretado mal os sinais. Quer dizer, se você está dizendo, tudo bem, mas eu...

— Não, eu não respondi nada, estava sem celular. Um cara de bicicleta me atropelou enquanto eu voltava para casa naquela noite. Meu celular caiu no bueiro. Só recebi um novo alguns dias atrás e nunca mandei mensagem porque você nunca me respondeu.

O ar fica realmente parado enquanto as fichas começam a cair. Jason e Tara se viram para me encarar. Tento me cobrir o máximo possível, mas é inútil, porque estou sem qualquer dignidade. Quero fechar os olhos e simplesmente deixar acontecer o que tem que acontecer, depois ir embora e me esconder em casa pelo resto da eternidade. Tudo deu muito, muito errado.

— Stella, você mandou mensagem para Tara dizendo que eu não queria mais vê-la, mesmo sabendo como eu tinha gostado dela?

Como saio dessa? Se eu contar a verdade, isso vai acabar? Acho que não tenho escolha.

— Sim — digo. — Li a mensagem e respondi que você não queria ver ela de novo. Fui eu.

— Por quê? — pergunta Jason, parecendo realmente magoado.

— Porque eu queria te manter afastado dela. Porque eu precisava de você.

— Precisava de mim? Por quê? Porque você tem câncer? Stella, você pode contar comigo. Eu disse que vou ficar do seu lado.

— Merda, você tem câncer? — pergunta Tara, parecendo genuinamente preocupada, depois acrescentando, como se tivesse entendido alguma coisa: — Aah, por isso seu...

Ela toca o próprio cabelo. Fico olhando para ela. *O que devo dizer?* Sinto como se de cara no chão.

— Você *tem* câncer, né, Stella? — pressiona Jason, reconhecendo minha expressão.

Não digo nada.

— Stella, você tem câncer? — pergunta Jason, com firmeza.

— Não, não tenho câncer — confesso. — Menti. Não tenho câncer. Não estou fazendo tratamento e, sim, eu queria que você me engravidasse, ok? É isso, essa é a verdade.

— Que tipo de pessoa é você? — questiona Jason, pegando a taça de champanhe mais próxima e a jogando no chão. Ele parece bravo. Já o vi expressar muitas emoções, mas nunca essa. Estou realmente chocada. Começo a chorar, patética. — Fui tão legal com você, tomei conta de você. Meu Deus, quase transei com você por pena. Por que você inventou tudo isso?

— Eu queria um filho.

— Você está brincando?

— Não. Eu queria muito um filho — digo, chorando com força e percebendo, enquanto digo isso em voz alta, como essa ideia parece louca. Será que perdi de vez a cabeça?

— Você me deixou raspar seu cabelo — diz ele, balançando a cabeça.

Tara olha para mim e depois para ele.

— Uau — diz ela, percebendo a extensão da minha mentira.

— Sai daqui. Por favor. Não consigo olhar pra você agora. Meu Deus, a gente quase... Sai daqui! — grita Jason, apontando para a porta.

Ele parece ter nojo de mim. Certamente me odeia.

Pego minhas roupas do chão e passo depressa por ele e Tara em direção à porta. Não tenho mais nada a perder, então me viro para eles e deixo as palavras saírem da minha boca:

— Não estou com câncer, mas tenho o gene BRCA. Isso quer dizer que tenho 85% de chance de desenvolver a doença. Como minha mãe e minha irmã gêmea morreram cedo, o melhor que posso fazer é uma cirurgia para retirar os seios e os ovários. A médica me disse que se eu quisesse ter um filho naturalmente precisava fazer isso agora, mas eu não tinha com quem tentar.

Os dois ficam olhando para mim, chocados. Enquanto as lágrimas escorrem pelo meu rosto, falo o mais rápido possível, porque preciso tirar tudo isso de dentro de mim.

— E você vive dizendo que quer muito ter filhos, que também não consegue encontrar ninguém, e achei que a gente podia fazer isso juntos. Mas eu não ia te contar porque sabia que você nunca conseguiria me amar. Eu não queria te prender, só pensei... quando li sobre como Tara teve a filha dela, me dei conta de que você nunca precisava saber. Parecia tão simples...

— Espera, o que você quer dizer com "leu sobre a Tara"? Quando foi isso? — pergunta Jason, perdido de novo.

— Tipo, alguns dias depois do encontro de vocês. Ela estava em todos os noticiários, a Mulher Siririca de Walthamstow. Ela se masturbou no metrô depois do encontro de vocês e...

— Você fez o quê? — retruca Jason, olhando para Tara.

— Depois te explico — diz ela, e os dois se voltam para mim.

— Eu sabia que se você visse, iria atrás dela, então mantive você longe da internet. E você precisava mesmo terminar de escrever o livro.

— Foda-se o livro, isso não tem nada a ver com essa história. Você sabia como eu estava doido para encontrar Tara. Meu Deus. Fiquei destruído depois daquele encontro e você me deixou sofrer. Podia ter ficado com o esperma de qualquer um, sua egoísta, sua va...

Ele para.

— Desculpe. Acho que sou mesmo uma fodida — digo, em voz baixa.

Ninguém fala nada.

— Você é louca pra cacete — afirma Jason, mais calmo, enquanto as coisas vão se encaixando. — Stella, saia daqui agora e não volte mais. Nunca mais quero te ver, entendeu?

— Mas, Jason, eu...

— Stella, você é a pior pessoa que já conheci. Saia do meu estúdio agora mesmo.

Faço o que ele manda e vou embora.

Tara

Jason e eu ficamos em silêncio. É difícil saber o que dizer depois de uma coisa dessas. Estou tentando não pensar no que vi. Ele não é meu namorado, não sabia que isso estava acontecendo. Era livre para transar com quem quisesse. Mas não, não era assim que eu queria ver o pênis dele pela primeira vez, prestes a penetrar outra mulher...

— Obrigado — diz ele, por fim.

— Tudo bem. Eu não sabia o que ia acontecer se eu viesse. E com certeza não esperava isso.

— Olha, nada aconteceu, ok? Quer dizer, aconteceu um pouco, mas, para ser sincero, você chegou bem na hora — diz ele, balançando a cabeça e esfregando o rosto, obviamente muito constrangido.

— Ei, não se preocupe. Já tive minha parcela de vergonha também. Não é culpa sua, eu entendo — digo, sabendo que essa é a reação certa e que isso abafa um pouco da minha própria vergonha.

Ele serve um pouco de champanhe numa taça e me entrega, depois pega uma caneca e serve um pouco para si. Então se aproxima da janela e olha para fora.

— Você está bem? — pergunto.

— Na verdade, não — responde ele, ainda olhando pela janela. — Não sei se me sinto idiota, puto da vida, ou fico com pena dela. Talvez seja uma mistura das três coisas. Ela deve ter arrancado o próprio cabelo. Em que nível de agonia uma pessoa precisa estar para fazer uma coisa dessas?

— Muito grande.

Ele pensa por um minuto, depois se vira para mim.

— Sinto muito pela sua amiga que morreu. É bem triste.

— Obrigada, não sei se a ficha já caiu — digo, imaginando como vai ser quando o sofrimento bater.

Vai ser mais fácil porque só a vi uma vez? Ou pior porque nunca vou conhecê-la tanto quanto poderia?

— É muito bom ver você de novo, Tara. Eu estava começando a achar que isso nunca ia acontecer.

— É, eu também. Quando você não respondeu as minhas mensagens, eu não sabia o que pensar. Eu não podia ter entendido tudo tão errado.

— Você não entendeu errado. Juro que assim que você entrou no metrô, aquele babaca bateu em mim e perdi o celular. Eu queria te mandar mensagem, mas quando finalmente recebi outro aparelho, seu número não estava salvo. Acho que agora sabemos por quê. Meu Deus, ela se esforçou mesmo para nos manter separados.

— Achei que você tinha assistido ao vídeo e achado que eu era uma vadia, no final das contas.

— Mas o que aconteceu? Essa parte eu ainda não entendi. Mulher Siririca? A amiga da Stella mencionou algo assim e achei que era um programa de TV ou coisa do tipo. É você? Era isso que você queria dizer quando me falou que trabalhava na televisão?

Não acredito que ele não viu. E pensar que durante todo esse tempo criei uma narrativa na minha cabeça em que ele me achava louca.

— Ok. Bem, minha vida mudou em todos os sentidos depois daquela noite. Você me deixou com tanto tesão que me masturbei no metrô.

Quando abri os olhos, tinha um babaca me filmando. Ao chegar no trabalho na segunda-feira, eu era a sensação mundial da internet. Pra falar a verdade, não sei como você perdeu isso.

— Eu estava sem internet. Agora sei por que Stella insistiu tanto nisso. Caralho.

Ele parece triste de novo, mas aí seus olhos brilham e sinto um frio na barriga.

— Agora vou assistir, com certeza.

— Não, por favor. Assista outra hora.

— Olha, não tem como o dia de hoje ficar mais estranho. Vou ter que ver em algum momento, então vamos acabar logo com isso — diz ele, se aproximando do notebook de Stella, que continua na sua mesa.

Tento impedi-lo, mas penso *Se consegui ver o vídeo com minha mãe, posso ver com Jason*. Pelo menos, depois vai ter acabado de vez.

— Ok, é só procurar "Mulher Siririca de Walthamstow" — digo a ele, sofrendo.

Isso é pior do que quando meu pai assistiu. Quando o vídeo aparece, ele aperta o play.

— Caralho — diz, quando acaba, com os olhos arregalado. — Uau, quase sete milhões de pessoas viram você se masturbando?

— É.

— Me sinto um pouco melhor por você ter me visto... não, não sei nem descrever o que você viu.

— Mirando o pênis na vagina careca da sua assistente que queria roubar seu esperma?

— É, isso. Meu Deus.

— Acho que somos iguais. Ok, não iguais. Metade do mundo não te viu fazendo isso.

— Verdade, mas, ei, pelo menos você estava gata. É muito bom ver você de novo, Tara. Sei que só nos saímos só uma vez, mas senti mesmo sua falta.

Esse cara é de verdade?

— Também senti sua falta — respondo, sendo sincera.

E então, apesar de ter acabado de me ver fazendo o que o resto do mundo parece achar a maior sem-vergonhice, ele me beija.

*

Às oito, acordamos enrolados numa grande cortina preta no chão, no meio do estúdio dele. Nossos corpos se encaixaram perfeitamente e fico me perguntando como cheguei a pensar que ele não ligava pra mim. Bebemos tudo o que tinha no estúdio na noite passada e transamos em cima de todas as superfícies que havia para transar. Sabe-se lá quando caímos no sono. Só sei que conversamos por horas.

— Porra! — grito, percebendo de repente que sou mãe e que moro com meus pais. — Annie!

Pego o celular e mando uma mensagem para minha mãe. Tenho cinco ligações perdidas. Ela deve estar morrendo de preocupação.

Mãe, me desculpa. Estou bem. Annie está bem? Chego em casa daqui a pouco, desculpa, desculpa. Bjs

Ela me responde na hora.

Ok, querida. Estou deixando Annie na escola. Vou dizer pro seu pai que você estava com Sophie, tá?

Não respondo. Tenho 42 anos. Meus pais só precisam saber que estou bem.

Jason se levanta para fazer café e me deito de novo. Olho ao redor do estúdio dele. Impressões grandes de suas fotos decoram as paredes. Eu as conheço muito bem, vi todas no site dele várias vezes nas últimas semanas.

— Então, quem era Camilla? — pergunta ele, me trazendo café, ainda tentando juntar todas as peças.

Me sento e apoio as costas na parede, e ele se deita ao meu lado na cortina.

— Camilla Stacey. A pessoa por trás do blog *HowItIs.com*. Ela era incrível, uma daquelas escritoras que se mostram nos textos. As pessoas adoravam Cam, eu inclusive, e ela morreu dois dias atrás. Caiu da escada depois que nos encontramos. Ainda não consigo...

Deixo a xícara de lado e tapo o rosto com as mãos, enquanto lágrimas começam a escorrer.

— Ela se tornou um ícone para mulheres que não podiam ou não queriam ter filhos, mas estava grávida. Sendo que me disse que já tinha marcado o aborto. Mas agora estão falando que ela era uma golpista, uma mentirosa. E isso não é verdade.

— Então vocês eram grandes amigas?

— Na verdade, aquela foi a primeira vez que nos encontramos. Mas ela escreveu um texto para me apoiar depois que o vídeo viralizou e trocamos vários e-mails. Eu sentia como se a conhecesse desde sempre e foi isso, Cam morreu. Eu só queria ter ajudado Cam tanto quanto ela me ajudou. Mas ela está morta, então não dá.

— Talvez dê. Você não pode escrever uma matéria defendendo Cam? Dizendo que ela não ia ter o bebê?

— Não posso escrever. Não de um jeito que faça justiça a ela. E quem publicaria um texto meu? Se eu mandasse para um jornal, iam rir da minha cara. Eles me editariam para me deixar parecendo louca de novo.

Me aninho em Jason, apoiando a cabeça em seu ombro e enrolando os dedos nos pelos do seu peito. Sinto seu coração batendo. Eu me lembro de algo que Cam disse num e-mail. Como o pai dela dizia que era virar possível virar o jogo a seu favor. "Não se esconda, mantenha a cabeça erguida e abra bem os olhos para enxergar um jeito de fazer isso funcionar."

Abra bem os olhos para enxergar um jeito de fazer isso funcionar.

Então tenho uma ideia. Talvez eu possa ajudá-la.

— Ei, essa câmera também grava vídeo? — pergunto, me sentando depressa e apontando para uma câmera que parece profissional e está num tripé perto de nós.

— Sim, ela faz de tudo. Por quê? Quer fazer uma sex tape comigo?

— Não, acho que já chega de fazer qualquer coisa sensual na frente de uma câmera. Mas tem uma coisa que eu gostaria de gravar. Você me ajuda?

— Claro.

Fico de pé, me visto e coloco um banco entre a câmera e um fundo branco no meio do estúdio. Pego minha bolsa e, no espelho do lado esquerdo da sala, arrumo meu cabelo, passo um pouco de base, blush, rímel e gloss cor-de-rosa.

— Como estou? — pergunto ao Jason, precisando ganhar um pouco de confiança.

— Bom, tirando o cabelo de quem parece que acabou de fazer sexo, está linda. O que vamos filmar? — pergunta, ligando a câmera.

— Minha história — respondo, enquanto ajusto as luzes e monto a cena. — Camilla tinha dito que eu podia escrever um texto e que ela publicaria no seu site, mas isso não vai acontecer agora. Ela me deu tanta certeza de que dizer alguma coisa com minhas próprias palavras era o melhor jeito de acabar com tudo isso e ainda acho que é possível. Mas vou fazer do meu jeito, em vídeo.

Eu me sento no banco e peço para ele tirar uma foto, para ver como estou.

— Ok, quem é o fotógrafo aqui? — diz ele, brincando.

— Você, mas eu sou a produtora de documentários. Não discuta.

Ao ver a foto, pulo do banco, aproximo outra luz para deixar a tomada perfeita.

— Você é sempre tão animada assim pela manhã? — pergunta ele, nervoso.

— Tenho uma filha. De manhã é a parte mais animada do dia. Anda, vamos fazer isso antes que eu desista.

— Ok, chefe. — Ele olha pelas lentes, depois para mim. — Perfeito — diz, apertando o botão para começar a gravar e se afastando da câmera. — Vai nessa, Mulher Siririca.

Dou uma risada. Porque, né, essa foi boa.

Fico séria e olho para as lentes. Lá vou eu.

— Oi, meu nome é Tara Thomas, mas provavelmente você me conhece como a Mulher Siririca. Tudo bem, pode rir. É isso que muita gente vem fazendo nas últimas semanas. Isso ou me chamando de nojenta, pervertida ou doente da cabeça. A verdade é que não sou nada disso.

"Três semanas atrás, numa sexta à noite, eu tive um encontro. Foi tão incrível, que eu não quis estragar tudo com um sexo bêbado de uma noite só, então fui para casa sozinha. Apesar das minhas boas intenções, enquanto estava no metrô, senti muito tesão e decidi fazer alguma coisa. Se está assistindo a isto, você sabe o que aconteceu depois.

"Lá pelas nove horas da segunda-feira, eu já tinha virado a sensação mundial da internet. Na terça, perdi o emprego, fui presa (mas eles não formalizaram queixa) e tive um ataque de pânico tão forte no supermercado perto de casa que fui parar no hospital. Depois dei uma entrevista terrível para a Sky News, e me recusei a pedir desculpas pelo que fiz, então editaram para que eu parecesse ninfomaníaca.

"Agora estou morando de novo com meus pais, minha filha já me chamou de Mulher Siririca várias vezes, e as outras mães na escola dela me acham horrível. Mas não sou uma pessoa horrível. Então estou aqui para contar quem realmente sou, e como foram essas últimas semanas para mim.

"Uma merda. Sério, uma tempestade de merda. Não só fui julgada pelas minhas ações naquela noite no metrô, mas também pelo jeito como tive minha filhinha. Tive um caso de uma noite só, nunca contei ao cara que estava grávida e muita gente por aí está condenando isso.

"Mas acho que seria pior forçar aquele cara a ter um filho que ele nunca quis. Fiz o que era certo para mim, para minha filha e para ele ao mesmo tempo. E até o mundo me julgar por causa disso, nossa situação era ótima. Sou uma ótima mãe e esta é a última vez que vou me explicar sobre como escolhi ter minha filha.

"Então essa é minha história, mas também quero falar sobre outra pessoa, Camilla Stacey. Se você não conhece o trabalho de Camilla Stacey, você provavelmente ouviu falar agora, porque ela morreu e está sendo chamada pela mídia de mentirosa. Isso porque ela sempre escreveu que não queria ter filhos, mas, quando morreu, estava grávida.

"Só para deixar registrado, para todo mundo que está dizendo que Camilla Stacey era uma falsa interesseira, ela estava com o aborto marcado para o dia seguinte. Ela era tudo o que disse que era. E não é justo que o que aconteceu comigo em vida, aconteça com ela depois da morte. Ela não merece ser humilhada. Todas as fãs podem ter certeza de que Camilla não mentiu. Ela descobriu que estava grávida, mas não ia seguir com a gravidez.

"Quanto a mim, também não vou mais aguentar isso. Não vou ser forçada a me submeter a uma sociedade cheia de gente hipócrita. Não vou me desculpar por ser mãe e com certeza não vou me desculpar por ser mulher. Eu teria mais vergonha se minha filha crescesse e me visse destruída por essa história, mais vergonha do que se ela visse um vídeo idiota que registrou apenas um momento da minha vida e que não vai definir quem sou.

"Obrigada por assistir."

Daria para ouvir uma agulha caindo no estúdio enquanto Jason deixa a câmera filmando até sair do transe.

— Uau — diz ele — Isso foi incrível.

— Obrigada — digo, me sentindo bem com o que acabei de fazer.

— Mas que merda, né, só por ter dito que não queria ter filhos, ela tem que ser responsabilizada? Se ela mudasse de ideia e quisesse ter o bebê, isso seria inaceitável? Eu odiaria ser mulher.

Ele tem razão, eu não tinha pensando nisso. Quem disse que uma mulher não pode mudar de ideia sobre ter filhos?

— Não acredito que você é minha namorada — diz Jason, se aproximando do banco e abrindo minhas pernas com o quadril.

— Ei! — digo, tentando parecer fria. — Você não pode decidir que sou sua namorada sem me perguntar.

— Você quer que eu te peça em namoro? O que é isso, os anos 1950? Ok. Tara, quer ser minha namorada?

Começo a rir de repente. Percebo que essa situação toda é ridícula.

— Qual é a graça? — pergunta Jason, um pouco ofendido.

— Só nos encontramos duas vezes. Mas quem se importa?

— Caralho, sério? É, acho que sim. Estranho, né?

— É, bizarro. — Eu o beijo e isso não parece nem um pouco estranho. — Sim, Jason. Quero ser sua namorada. Agora me dá o cartão dessa câmera, porque quero postar o vídeo antes que eu mude de ideia.

Eu me sento diante do computador da Stella e faço login na minha conta do Twitter. Agora tenho 759 mil seguidores. Enquanto coloco o vídeo no YouTube, imagino a alegria dessas pessoas quando virem que a Mulher Siririca finalmente quebrou o silêncio virtual. Acho que essa história pode terminar de dois jeitos, mas o que importa se isso se voltar contra mim? Jason não me julga, meus pais me amam e Annie está feliz e saudável. Penso em Cam, incapaz de dizer se defender, e não importa o que acontecer comigo, tenho a obrigação de fazer isso por ela.

Quando o vídeo sobe, copio e colo o link.

— Ok — digo, olhando para a tela e soltando o ar enquanto digito "Eu sou Tara Thomas e essa é minha história" no Twitter. — Lá vai...

— Manda ver! — diz Jason.

Clico em TUITAR.

16

Dez Dias Depois

Tara

Usando um vestido preto sem mangas, me sento na minha cozinha e enxugo as últimas lágrimas. Hoje foi um dia difícil. Fui ao enterro de Cam e nunca tinha visto tanto adulto chorando no mesmo lugar. As três irmãs dela leram poemas, as sobrinhas e sobrinhos cantaram uma música, os pais dela, que reconheci daquela tarde horrível, se abraçaram e choraram o tempo todo. Fiquei meio escondida atrás, sem querer chamar atenção, mas eu precisava ir lá me despedir de Cam.

Não sou religiosa, mas apesar da tristeza da morte dela, desde que ficamos amigas, minha vida só melhorou. É como se ela tivesse me dado alguma coisa, um pedaço dela que não poderia viver sem. Me sinto tão ligada à minha própria existência desde que ela se foi... minha perspectiva sobre tudo mudou. Vi a família de Cam na igreja e percebi que não importa quão grande seja sua vida, o quanto você abra suas asas, no final das contas, é esse pequeno grupo que realmente importa. Desde que esse grupo seja forte, você também é. Tenho meu grupinho e agora me sinto quase indestrutível por conta disso.

É confuso, porque sei que só a encontrei uma vez e ainda assim sinto tamanha tristeza. Mas a verdade é que às vezes você ama as pessoas logo de cara. Não importa quantas vezes você as olha nos olhos.

Entro no Twitter. Esse belo símbolo de quanto nossa sociedade é frívola. Duas semanas atrás, eu era um ícone odiado de irresponsabilidade, agora me tornei uma heroína por me manter firme à minha posição. O mundo dá voltas e o melhor que podemos fazer é continuar sendo nós mesmos. Minha recusa a ceder conquistou o amor do público que tentou me destruir quando achava que eu era fraca. Eu devia odiar essas pessoas, mas a positividade é viciante. Não consigo parar de ler os tuítes.

O vídeo que fiz foi visto por quase três milhões de pessoas. Agora, em vez de ameaças de estupro, estou recebendo propostas de casamento. E em vez de ser chamada de louca, sou elogiada como uma heroína feminista por não me desculpar pela minha sexualidade.

Mas do que estou mais orgulhosa é que, desde que publiquei o vídeo, todos os jornais que falaram mal de Camilla, publicaram algo para se redimir. Tiveram que admitir que erraram ao fazer suposições sobre a gravidez de Cam ao dizer que ela pretendia ter o bebê e que estava enganando as fãs por dinheiro. Toda essa história incentivou discussões sobre aborto, abuso on-line, o direito das mulheres de mudar de ideia. Espero que de algum lugar Cam esteja vendo tudo isso, porque ela ia adorar a confusão que criou, ainda mais quando ficou provado que ela era verdadeira em tudo que dizia.

Dou uma olhada no meu feed, lendo mensagens de apoio e elogios que venho recebendo, quando um tuíte em particular chama minha atenção.

@TaraThomas123 oi, Tara, meu nome é Susan e trabalho para a L'Oréal. Patrocinávamos o blog da Camilla Stacey. Você pode me mandar uma DM com seu e-mail para que eu possa entrar em contato? Obrigada

Faço isso no mesmo instante. Em cinco minutos, recebo um e--mail de Susan Jeffries.

Querida Tara,

Obrigada por mandar seu e-mail. Já faz alguns dias que estou tentando entrar em contato com você, mas sei que a quantidade de mensagens que você tem recebido no Twitter pode ter tornado mais difícil encontrar os meus tuítes.

Um pouco sobre mim... Eu era gerente de patrocínio da L'Oréal Reino Unido, até que me ofereceram o mesmo cargo em Nova York. Aceitei, mas a pessoa que ficou no meu lugar era péssima (sei que é não é nada profissional dizer isso, mas ela já era, então quem se importa), e eles me imploraram para voltar. Chego a Londres na semana que vem. Uma das parcerias de quem eu tinha mais orgulho quando estava aí era Camilla Stacey. Eu adorava o que ela escrevia e fiquei muito feliz quando escolheu a L'Oréal para ser seu principal patrocinador. Quando fiquei sabendo da morte dela, não consegui acreditar, e ainda não acredito. Perdemos uma lenda.

Tenho matutado sobre como a L'Oréal poderia continuar promovendo uma atitude tão positiva sobre ser mulher e desde que assisti ao seu vídeo, dei uma olhada no seu portfólio. Os programas que você fazia eram fantásticos, e isso me deu uma ideia.

Tenho em mãos um ótimo orçamento disponível e fiquei imaginando qual o melhor lugar para colocá-lo. Tara, você consideraria começar um canal digital, patrocinado pela L'Oréal, para produzir minidocumentários sobre histórias de mulheres de verdade?

Tenho certeza de que você deve estar recebendo muitas ofertas, então pense e me diga o que você acha. Espero sua resposta.

Cordialmente,

Susan

Caramba! Não quero parecer desesperada, então demoro uns trinta segundos antes de responder.

Querida Susan,

Obrigada por entrar em contato. Sua proposta parece muito interessante, vamos discutir. Podemos marcar uma reunião?

Tara

Clico em enviar, depois me pergunto por que fui tão formal... Ela basicamente acabou de oferecer o trabalho dos meus sonhos e estou agindo como se eu estive gravando *O Aprendiz*. Sorrio e olho pra cima. Foi Cam que fez isso, eu sei. Então mando outro e-mail para Susan.

```
Susan, desculpe pela minha resposta anterior. É as-
sim que realmente me sinto:
  SIM, PORRA! EU ADORARIA FAZER PARTE DESSE PROJE-
TO!!

  Obrigada, Tara!
```

Alguns segundos depois, ela responde:

```
MARAVILHA! Bom, eu realmente queria que você co-
mandasse isso. Seria bom ter alguma ideia para as
histórias que você quer cobrir, algo que eu possa
passar para os chefões aqui e conseguir as assina-
turas deles. Então... alguma ideia?
```

Penso por um minuto. E tenho uma ideia.

```
Susan, tenho o tema perfeito. Me dê 24 horas. Bjs
```

Stella

Estou no banheiro com trinta analgésicos na mão direita e um copo de água na outra. Sinto repulsa de mim mesma. A única coisa que me impede de engolir as pílulas é pensar no que minha mãe e Alice diriam se soubessem o que estou prestes a fazer. Se eu me matar e houver algo depois, elas nunca mais falariam comigo. Tenho a chance de viver, elas não tiveram. É essa lógica vaga que me faz devolver as pílulas ao pote pela terceira vez hoje.

A última semana foi a mais sombria. Nem saí de casa. Até pedi para o entregador do supermercado deixar as compras na porta e assinei o recibo que ele me passou pela caixa de correio. Não quero ver ninguém. Não estou pronta para encarar o mundo.

O que me tornei? Olho no espelho do banheiro e percebo que meu cabelo está voltando a crescer. Posso parecer um soldado, mas me sinto uma vítima de guerra. Desmembramento ou morte? Essas são minhas únicas escolhas? Que vida mais triste.

A campainha toca e eu fico paralisada. Não quero saber quem é. Mas toca de novo.

Me encolho no canto do banheiro; me sinto mais segura aqui do que no meio da sala. Seja lá quem for, a pessoa está batendo na porta e chamando meu nome pela caixa de correio. É uma voz de mulher. Eu a reconheço. Vou lentamente até o hall de entrada.

Tara

— Stella, eu sei que você está aí — digo, espiando pela caixa de correio, sem ter certeza se ela está lá mesmo.

As luzes estão apagadas, mas sinto que ela está dentro do apartamento, daquele mesmo jeito estranho que você sabe que tem alguém te olhando enquanto você dorme.

— Stella, é Tara. A Mulher Siririca. Por favor, não me faça dizer isso de novo.

Ela aparece no final do corredor, me fazendo pular de susto. Ela está usando uma camiseta branca ombro a ombro e legging preta. Com a luz batendo por trás e a cabeça raspada, ela parece assustadora. Lembra um pouco a Britney de 2007. Mas quando nos entreolhamos, noto o medo genuíno nos olhos dela, o mesmo que vi no estúdio de Jason.

— O que você tá fazendo aqui? — pergunta, nervosa, a uns dois metros da porta.

— Estou com seu notebook. Imaginei que você fosse querer ele de volta... — digo, feliz por ter uma desculpa para falar com ela. Jason queria ficar com o computador para usá-lo como prova caso ela colocasse fogo no estúdio ou tentasse assassiná-lo, mas garanti a ele que ela já tinha causado todo o dano que pretendia. — Fala sério, deve ser muito chato ter que ler o *MailOn-line* no celular — digo, sorrindo e enfiando a boca na caixa de correio. Stella se aproxima da porta, e finalmente a abre. Ela aperta os olhos quando a luz do dia atinge seu rosto e fico me perguntando há quanto tempo não sai de casa.

— Olha só, se você veio aqui acertar as contas comigo, não precisa, ok? Sei que o que fiz foi errado — diz Stella calmamente, mas com uma força que comprova que ela não quer lidar com bobagens e vai bater a porta na minha cara se eu disser algo errado.

De perto, percebo que ela está cansada, seus olhos estão vermelhos e sua pele brilha, oleosa. Eu estava exatamente assim algumas semanas atrás.

— Não quero nada de você, ok? Prometo. Posso entrar?

Stella chega para o lado e eu passo por ela. Estou um pouco nervosa enquanto ela fecha a porta.

Ao chegar na sala, ela nem sequer tenta arrumar a bagunça. Há copos de café no chão e pratos sujos com pedaços de torrada no sofá. É tudo muito familiar pra mim. *The Jeremy Kyle Show* está passando na TV.

— Sua casa é linda — digo, olhando em volta. Apesar da bagunça, a casa é mesmo muito legal. — Você saiu alguma vez de casa desde a semana passada? — pergunto a ela, me sentando.

Ela continua parada na porta, com os braços cruzados, e eu me arrependo de ter me sentado.

— Não, não tenho para onde ir. Vi seu vídeo falando sobre dar a volta por cima — diz ela, e acho que não está tão brava com minha visita. Até que pergunta, seca: — O que você está fazendo aqui?

Eu tinha planejado abordar esse assunto depois, mas algo me diz que ela pode me mandar embora a qualquer minuto, então preciso contar logo a história inteira. Mas o cheiro aqui está me deixando enjoada e a falta de luz me assusta.

— Posso abrir as cortinas? — pergunto.

Ela assente, com uma expressão envergonhada.

Eu me levanto, abro as cortinas e também a janela. O ar fresco entra e sinto a tensão se dissipar da sala.

— Stella, tenho uma oferta para você — digo, confiante.

— Uma oferta? O quê? Quer que eu saia do país ou algo assim?

— Meu Deus, não, eu... não quero que você saia do país — digo, surpresa por ela pensar que eu viria aqui exigir isso. — Não, quero fazer um documentário sobre você.

Ela fica irritada. Descruza os braços e avança na minha direção.

— Por quê? Você acha que sou um show de horrores? Que diabo você quer dizer com um documentário sobre mim?

Uau, quanto a raiva. Sinto como se estivesse sendo sugada para a TV e o segurança do Jeremy Kyle vai ter que tirar ela de cima de mim. Sem pedir permissão, desligo o aparelho.

— Só isso. Você, sua história. Eu devia te odiar depois do que fez, mas aquele seu discurso no estúdio do Jason me marcou. Não passei pela mesma perda que você, mas entendo o isolamento e por que você queria um filho. Eu também me sentia assim, por isso tive Annie daquele jeito. Você está certa: ter um filho é uma razão para viver. Entendo isso, acho. Quer dizer, você tentou engravidar de uma maneira muito louca, mas entendo. Quase enlouqueci quando meu vídeo viralizou. Annie, minha mãe, meu pai, só por eles eu não desmoronei. Se eu não tivesse ninguém, não sei o que teria feito. Provavelmente ainda estaria trancada em casa, vendo programas de auditório, como você.

— Você não entende o que é perder uma irmã gêmea — diz ela, irritada.

— Você tem razão, não faço ideia. Nem consigo imaginar. Mas entendo como é perder uma parte minha — insisto. — O que aconteceu na sua vida, as coisas pelas quais você está passando agora, tudo isso é um motivo legítimo para dar uma enlouquecida. Entendo por que você perdeu a cabeça. — Faço uma pausa antes de dizer isso de novo, nervosa com a potencial violência com a qual ela pode reagir. — Por isso acho que devemos documentar sua jornada daqui por diante. A cirurgia, você reconstruindo sua vida depois da perda.

— "Minha jornada daqui por diante"? Você quer documentar quando eles tirarem meus seios e meus ovários? Ah, sim, que programa legal, muito bom de assistir.

— Só que é mais que isso, não? Você pode falar sobre o que tem passado.

— Na TV? Está brincando?

— Não estou. E, na verdade, não é na TV, vai ser pelo meu site. Vamos ter controle de tudo, você pode dizer o que quiser. Sua luta é real, Stella. E acho que pode inspirar muita gente.

— Espera aí — diz ela, parecendo menos hostil. — Desde quando você tem um site?

— Desde agora. A L'Oréal, que patrocinava Camilla, vai criar e patrocinar meu canal na internet. Vou fazer curtas e minisséries sobre mulheres com vidas extraordinárias. Quero estrear com você.

Stella abaixa a cabeça. Ela deve ter ficado chateada com algo que eu disse.

— Eu não odiava Camilla, não de verdade — diz Stella, devagar. — Só me fez sentir melhor, sabe, magoar alguém tanto quanto eu estava magoada. A vida dela parecia perfeita comparada à minha. Fiquei viciada nisso, acho. Não me orgulho.

— E acho que deveríamos falar sobre isso no filme — digo, com sinceridade.

— Ah, com certeza. Como seria? O Rosto dos Trolls da Internet?

— Não, porque você vai dizer a verdade sobre por que fez isso. Eu mesma fui hostilizada sem piedade e achava que as pessoas que escreviam as mensagens eram totalmente más. Mas agora entendo melhor. Você mudou o jeito como me sinto sobre a questão do abuso na internet e isso nunca mais isso vai me magoar como me magoava, porque agora eu entendo. A pessoa só faz isso com outra quando a própria vida é miserável. Quem me hostilizava não me odiava de verdade, as palavras dessa gente não eram reais, então acho que podemos contar essa história. — Ando até ela. — Não quero fazer um programa que vai te mostrar como vilã, Stella. Quero fazer um programa que mostre como a vida pode chegar muito perto de nos destruir, mas qualquer pessoa pode sair do buraco.

— Li de novo todos os textos da Camilla sobre não querer filhos. Acho que talvez eu tenha uma nova mentalidade agora. Estou me sentindo melhor por causa do que ela escreveu. Acho que estou aceitando minha realidade. Eu devia ter lido esses textos direito da primeira vez — diz ela, descascando nervosamente o que sobrou do esmalte das unhas. — Acho que, de alguma maneira, esses programas podem ser meu legado, não? — sugere, olhando para mim, obviamente começando a aceitar a ideia. — Uma prova da minha vida, algo para deixar para trás, além de todo esse vexame que causei?

— Exatamente — digo, assentindo.

— Ok, eu topo — diz ela, sorrindo para mim pela primeira vez desde que a conheci.

— Obrigada. Vou te ajudar a colocar sua vida em ordem de novo, prometo.

Me levanto para ir embora e ela me acompanha até a porta.

— Eu entro em contato, ok?

— Ok. Enquanto isso, abra as cortinas, lave a louça. Saia para dar um passeio. Já passei por uma espécie de prisão domiciliar e não é uma boa. Você vai ficar bem — digo. — É só uma questão de tomar as decisões certas, sabe, como Cam dizia. E com razão.

Stella concorda.

— Como vai Jason? — pergunta, nervosa em mencionar o nome dele.

— Ele está puto. Mas é compreensível. Ah, e ele precisa das senhas do celular e do computador para desbloquear a internet. Você pode mandar um e-mail para ele com essas informações? Eu não esperaria uma resposta, pelo menos ainda não, mas ele vai superar algum dia, acho. Ele sabe que você está passando por uma situação difícil e acho que você precisa procurar outro emprego.

— É, eu já imaginava. Mas acho que preciso focar um pouco em mim por um tempo. Vou marcar a cirurgia e começar por aí.

— Boa menina. Vou pagar um cachê pela sua participação nas filmagens, e nunca se sabe, pode ser um grande sucesso e você se tornar "O Rosto das Mulheres Sem Peitos". — Rio, depois me sinto mal com o que acabei de dizer. — Meu Deus, desculpa, isso foi *muito* inapropriado.

— Não. Gostei. "O Rosto das Mulheres Sem Peitos" tem seu charme.

Ela sorri e o medo em seus olhos parece ter sumido, pelo menos por um instante.

— Ok, vou embora. Mas entro em contato logo mais, tudo bem? Pego seu número com Jason, te ligo e conversamos, pode ser?

— Pode. Então, como vai chamar seu site? — pergunta, e sinto uma empolgação vindo dela.

— "Não Seja uma Maria Vai Com As Outras"— digo. — É sobre mulheres que fazem as coisas do seu jeito. Como a gente.

— Gostei — diz, enquanto saio.

Mal posso esperar para contar a Susan que estamos prontas para começar.

Seis meses depois

Tara

Estou tão empolgada em contar pra ela que ligo enquanto ainda estou fazendo o café da manhã.

— Stella, sou eu. Assisti a filmagem, e é inacreditável. Pra ser sincera, a parte que você volta da anestesia e pergunta "Como eles estão?" é uma das coisas mais meigas que já vi na tela. Você vai ficar muito orgulhosa — digo, falando a verdade.

— Meu Deus, estou tão nervosa para ver — diz ela, mas sei que ela mal pode esperar.

— Olha, é uma cirurgia, então algumas partes são difíceis de ver, mas o jeito como o médico tira o tecido do seu seio e depois coloca o implante... É incrível o que eles são capazes de fazer. Como você está se sentindo?

— Bem. Consegui andar um pouco hoje. Fui cortar o cabelo. Estou aliviada por isso ter acabado! Queria ter operado anos atrás. Quando o episódio vai ao ar?

— No final da semana que vem. O último teve quase dois milhões de visualizações e esse de agora pode quebrar a internet! As pessoas te amam, amam sua honestidade. Você precisa de alguma coisa? Posso passar aí e levar comida, se você quiser — ofereço, porque não gosto de imaginá-la sozinha.

— Não, estou bem, obrigada. Vou ver Jessica e o bebê dela hoje.

— Ah, é. Como você está se sentindo em relação a isso? — pergunto, preocupada que esse encontro possa ser um gatilho.

— Honestamente? Ela ficou em trabalho de parto por 58 horas e levou 17 pontos na vagina e no ânus. Perto disso, acho que minha cirurgia foi fichinha.

— Rá! Esse é o espírito. Ok, me liga depois, te amo, tchau.

Desligo e acabo derrubando o celular na frigideira.

— Humm, celular frito, adoro — diz Jason, voltando depois de levar Annie para a escola. Tiro o celular da panela com uma espátula e o coloco num pano de prato. — Estraguei os ovos. Torrada?

— Eu não queria ovos mesmo... — diz ele, me beijando e colocando os braços em volta da minha cintura.

— Não esqueça o que o médico disse. Estou velha, isso pode levar um tempo.

— Eu sei, então vamos curtir o treino.

Ele me levanta e me coloca sentada na bancada da cozinha, depois puxa minha saia pra cima. Meu celular toca. Atendo, ainda com a espátula na mão esquerda deixando minha mão e minha orelha cobertas de óleo.

— Vicky!

— Oi, chefe. Então, consegui achar aquela mulher sobre quem você leu na *Grazia*. Aquela que fez parte de um culto por anos e ninguém da família sabia. Agora ela tem o próprio retiro em Hebrides. Ela deixou os filhos com o marido em Londres. É uma figura, mas não consigo decidir se gosto dela ou não. A mulher é perfeita para o *NãoSejaUmaMariaVaiComAsOutras*. Pensei em encontrar com ela no final de semana, o que acha? Seria uma boa ficar um pouco longe das crianças, pra ser sincera.

— Ahã, parece ótimo. Vá em frente. Bom trabalho.

— Obrigada, chefe!

Ofereci um trabalho para Vicky assim que a L'Oréal me mandou o contrato. Tive que admitir que as ideias dela eram muito boas. É uma das melhores pesquisadoras com quem já trabalhei. Quem diria.

— Desculpa, Jason, sobre o que a gente estava falando mesmo?

— Você estava dizendo que é velha ou alguma besteira dessas.

— Ah, isso — digo, enquanto ele tira minha calcinha e a joga por cima do ombro.

Derrubo a espátula no chão.

Agradecimentos

Este livro não teria existido se não fosse pela brilhante Sarah Benton. Depois de ter trabalhado nos meus dois últimos livros, Sarah foi para a HarperCollins e falou sobre mim para sua nova equipe. Então eles me ofereceram um contrato. Adoro escrever e me sinto honrada de ser publicada por qualquer um, mas a HarperCollins sempre foi meu sonho, por isso obrigada, Sarah, espero ter te deixado orgulhosa.

Depois vem minha editora, Kimberley Young. Sarah me indicou para Kim e tinha um quê de "se você escolher ficar com a gente" na nossa primeira reunião. Posso ter disfarçado, mas precisei me esforçar para não assustá-la gritando "SIM" bem ali. Sou muito grata pela paciência que Kimberley teve nos últimos dois anos. Pelo visto, prometer a entrega de um romance nove meses depois do nascimento do seu primeiro filho, pelo menos no meu caso, é um pouco ambicioso. A data de entrega (do livro, não do bebê) foi sendo adiada até meu cérebro voltar a escrever o livro que nós duas amamos. Obrigada, Kimberley: se você tivesse sido chata com o prazo, o livro poderia nunca ter saído. Espero ter te deixado orgulhosa também!

Depois vem meu agente, Adrian Sington, que sempre tomou conta de mim e continua apaixonado pelo meu trabalho. Obrigada, obrigada!

E para todo mundo na HarperCollins que ajudou na produção deste livro. Do design de capa ao pessoal da imprensa, do marketing aos revisores. Que time!

OK, agora os agradecimentos pessoais... Eu gostaria de agradecer a cada um dos meus amigos que me aguentaram reclamando sem parar sobre as minhas dificuldades de escrever. Para aqueles que queriam sair e se divertir, mas que acabaram se sentando ao meu lado para ouvir meus problemas de ansiedade. Cada resmungo, cada conversa, cada vez em que eu disse "NÃO CONSIGO" me levou a finalmente conseguir. Então, obrigada. Tenho os melhores amigos! É muita gente, mas quero mencionar alguns em especial: Jo Elvin, Johnny e Michelle, Mel e TJ, Mamrie, Louise, Carrie, Mary Moo e minha irmã Jane.

Obrigada a todas as mulheres que escrevem, pensam e mostram sua opinião ao mundo, isso é muito importante. Não vou fazer uma lista de todas, mas quero agradecer especialmente a Polly Vernon, que escreveu sua opinião e depois ouviu que deveria calar a boca. Seu livro foi muito útil para criar Cam, então nunca obedeça. E, falando nisso, podemos parar de mandar mulheres calarem a boca? É ótimo que haja vários jeitos de ser mulher. Deveríamos aceitar todos. Com exceção de algumas, mas também não vou fazer essa lista.

Agora, do meu coração...

Chris, você é o melhor. O melhor marido, o melhor pai, o melhor encontro, o melhor amigo. Você também, muito graciosamente, suportou minhas crises, por isso te agradeço. Seu apoio chega a ser ridículo. Meu amor por você é ridículo. Para uma escritora que duvida tanto de si mesma, me sinto imensamente segura pela vida que está me esperando em casa depois de passar o dia arrancando os cabelos e subindo pelas paredes. Obrigada por todo o amor, por todas as coisas e pela felicidade. E, claro, pelo Art: o bebê que mudou minha vida. Que chegou para mim sem qualquer esforço (mentira) e que acabou se tornando o melhor bebê do mundo (essa parte é verdade). Pequeno Art, você me deu menos horas no dia para fazer qualquer coisa, mas também me deu muito mais amor do que eu poderia imaginar. Meu garotinho. Com as melhores bochechas. Te amo tanto que chega a doer, mas pare de jogar papinha no chão. Essa merda me deixa louca.

Obrigada a todo mundo que não mencionei, mas sente que eu deveria. Esses agradecimentos teriam se estendido por várias páginas. Essa é a verdade. Escrever é uma experiência solitária, mas muitas vezes é o apoio ao redor que faz com que o trabalho seja possível. Então, obrigada!

PUBLISHER
Omar de Souza

GERENTE EDITORIAL
Mariana Rolier

EDITORA
Alice Mello

COPIDESQUE
Nina Lopes

REVISÃO
Marina Góes
Iris Figueiredo

DESIGN DE CAPA
Claire Ward | HarperCollins Publishers

FOTOGRAFIAS DE CAPA
Shutterstock

ILUSTRAÇÃO
Micaela Alcaino

ADAPTAÇÃO DE CAPA
Julio Moreira | Equatorium

DIAGRAMAÇÃO
Ilustrarte Design e Produção Editorial

Este livro foi impresso em 2017,pela Lis Gráfica,
para a HarperCollins Brasil. O papel do miolo é
avena 80g/m², e o da capa é cartão 250g/m².